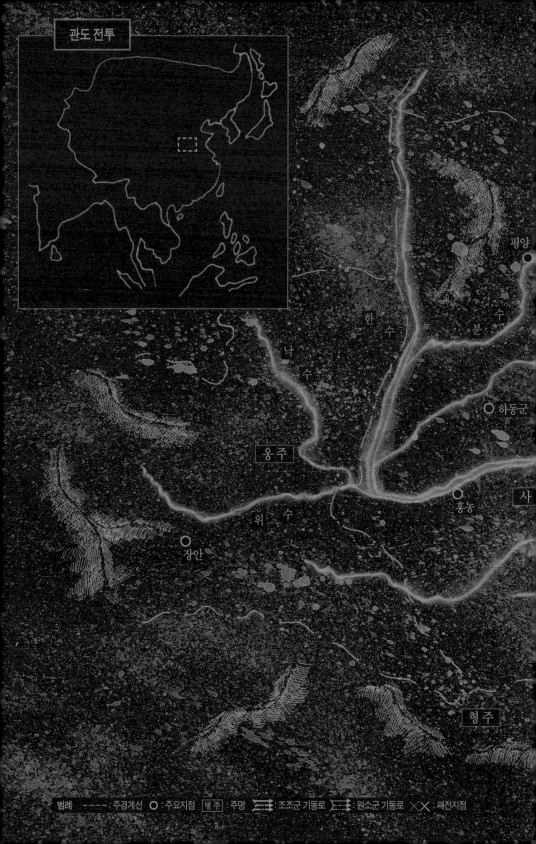

관도 전투

평양

한 수

낙 수

분 수

하동군

옹주

위 수

홍농

장안

사

낙

형주

범례 ----- : 주경계선　◯ : 주요지점　병주 : 주명　〉〉〉 : 조조군 기동로　〉〉〉 : 원소군 기동로　✕✕ : 패전지점

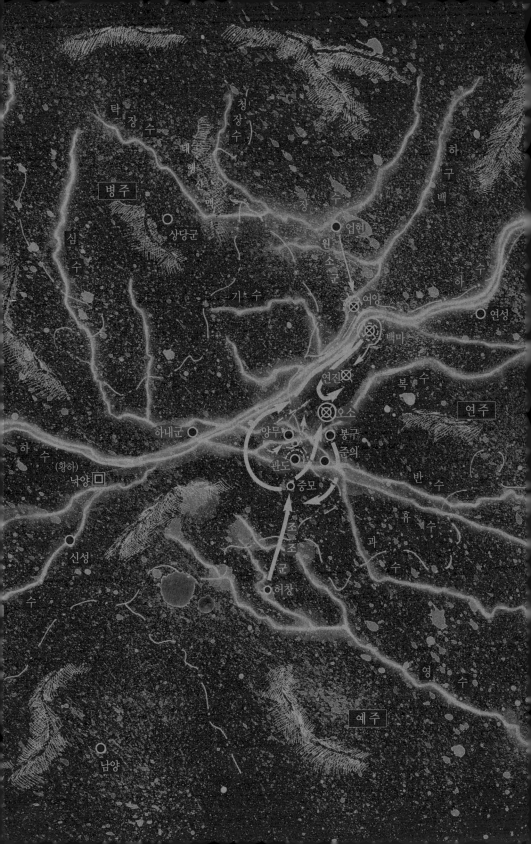

三國志

3

三國志

나관중 지음 · 정비석 옮김

3

적벽의 영웅들

은행나무

● 등장인물

제갈량諸葛亮 (181-234년)

촉(蜀)의 승상. 자는 공명(孔明). 삼고의 예로 유비와 수어지교를 맺게 되었다. 208년에는 적벽에서 조조의 군대를 크게 무찔렀으며, 214년에는 장비, 조자룡 등과 함께 성도를 공격했다. 223년, 유비가 병으로 죽자 유선을 받들어 촉을 다스리는 데 전념했다. 그러다가 227년에는 위나라를 정벌하기 위해 유선에게 출사표를 올렸다. 이후 위나라와 여러 차례 싸움을 벌였으나 결국 위의 사마중달이 펼친 지구전의 어려움을 이기지 못하고 234년 오장원에서 대패한 후 병을 얻어 죽었다.

주유周瑜 (175-210년)

오(吳)의 장수. 자는 공근(公瑾). 손책이 부친 손견을 잃은 뒤부터 장소와 함께 손책을 보좌하여 오나라의 기초를 공고히 했다. 200년에 손책이 죽고 19세의 손권이 뒤를 이었을 때, 그는 장소·정보 등 문무관과 함께 손권을 보좌했다. 그는 적벽대전에서 대승을 거둔 후 남군 태수가 되었다. 익주의 유장이 한중의 장로 공격에 고심하고 있는 것을 보고 익주를 쳐서 장로를 평정하고, 이어서 마초와 동맹하여 조조를 멸할 계획을 세웠으나 원정 도중에 병사했다.

서서徐庶

유비의 막료. 자는 원직(元直). 원래의 이름은 복(福)이었다. 어려서부터 검술을 익혔으며, 의협심이 강해 친구의 원수를 갚아주고 형리에게 체포되었다가 친구의 도움으로 도망쳤다. 그 후 느끼는 바가 있어 이름을 서(庶)로 바꾸고 무예 대신 학문에 힘썼다. 서서는 형주에 있던 유비의 막료가 되었다가 유비가 장판(長阪)에서 대패했을 무렵, 조조가 모친을 인질로 잡아두고 그를 불러들이자 눈물을 머금고 조조 휘하로 가기로 결정했다. 그러면서 그는 유비에게 제갈공명을 추천해 주었다.

노숙魯肅 (172-217년)

오(吳)의 장수. 자는 자경(子敬). 그 역시 제갈공명, 주유와 함께 적벽대전에서 조조 군을 물리친 주역의 한 사람이다. 주유가 죽자 그의 유언에 따라 군세를 인계 받았으며, 적벽대전 후 유비와 분쟁의 씨앗이 되었던 형주 분할 문제를 해결하여 상수를 경계로 분할하는 데 성공했다.

마속馬謖 (190-228년)

유비의 장수. 자는 유상(幼常). 마량의 동생. 228년 봄, 촉의 중원 진출을 좌우하는 중요한 싸움에서 마속은 제갈공명의 지시에 따르지 않아 크게 패전하고 말았다. 이에 제갈공명은 후퇴를 감행할 수밖에 없게 되었고, 전군에게 사죄하는 뜻에서 아끼는 마속을 처형했다.

장합張郃

조조의 명장. 자는 준예(儁乂). 관도의 싸움 때 원소와 의견이 맞지 않아 조조에게 투항한 후 각지에서 잇달아 승리를 거두었다. 215년, 한중의 장로 토벌에서 선봉대의 역할을 하고 한중을 수비했으나, 217년에 유비·법정에게 패했다. 이에 제갈공명의 움직임을 견제하기 위해 제갈공명을 쫓다가 화살에 맞아 죽었다.

전풍田豊

원소의 모사. 조조와 관도 싸움을 벌일 때는 지구전을 건의했고, 조조가 유비를 공격할 때 그 배후를 치도록 건의했으나 받아들여지지 않았다. 원소가 남진을 개시하기 직전에도 간언했다가 옥에 갇히고 말았다. 그러다가 원소의 패배가 결정적으로 확실해지자 어이없게도 원소의 의해 죽임을 당하고 만다.

방통龐統 (178-213년)

유비의 모사. 자는 사원(士元). 사마휘가 유비에게 천거한 인물인 '와룡과 봉추' 중 봉추가 바로 그이다. 유비의 지혜주머니로 법정 등과 함께 서촉 공략을 적극 추진했으나 성도 진격 도중 낙성 공방전 때 화살에 맞아 젊은 나이로 죽었다.

황충黃忠 (?-220년)

유비의 장군. 자는 한승(漢升). '노익장' 의 대명사. 원래 유표 휘하에서 장사를 지키고 있었으나, 적벽대전 이후 유비에게로 가서 무공을 세워 토로장군이 되었다. 218년에 한중을 공격할 때는 정군산에서 조조의 장수 하후연을 죽여 정서장군이 되었다. 같은 해 유비가 한중왕이 되자 후장군이 되었다.

감택闞澤

손권의 모사. 자는 덕윤(德潤). 적벽대전이 일어나기 전에 대장 황개의 거짓 항복 문서를 가지고 조조 군 진영을 드나들면서 교묘한 작전을 수행했다. 결국 조조로 하여금 황개의 항복을 믿게 만들어 적벽에서의 대패전을 맛보게 했다.

마량馬良 (187-222년)

촉(蜀)의 모사. 자는 계상(季常). 마속의 형. 눈썹이 희었기 때문에 백미(白眉)라 일컬어졌으며, 여기서 '백미' 라는 고사가 생겼다. 유비 휘하에서 장래가 촉망되었으나 애석하게도 이릉 싸움에서 전사했다.

모개毛玠

조조의 모사. 자는 효선(孝先). 조조가 연주목으로 있을 때 순찰관으로 초빙되었다. 이때 천자를 받들어 불신(不臣)을 다스리고, 농경을 일으켜 군량을 비축하라는 등 진언을 하여 조조의 천하 평정 계획 수립에 중요한 역할을 했다.

제갈근諸葛瑾 (174-241년)

오나라 손권의 막료. 자는 자유(子瑜). 제갈공명의 형. 동생이 촉나라를 받들고 있어 의심을 받기도 했으나 손권으로부터는 절대적인 신임을 받았다. 215년에 오나라와 촉나라가 형주를 둘러싸고 공방전을 되풀이하는 동안 조조가 한중에 침입했다. 이에 유비가 손권에게 강화를 제의하여 회담이 열렸는데, 이때 쌍방의 대표로서 만난 것이 제갈 형제였다.

황조黃祖 (?-208년)

유표의 장수. 원술의 명령을 받고 토벌하러 온 손견을 맞아 싸워 현산에서 그를 죽였다. 그는 성질이 급한 사람이었다. 강하 태수로 있을 때 유표가 사신으로 보낸 예형의 불손한 태도에 화가 나서 그만 그를 죽이고 말았다. 자신은 208년에 손권과 싸우다 죽음을 맞이했다.

신비辛毗

조조의 부하. 자는 좌치(佐治). 처음에는 원소를 따랐으나 나중에 조조 휘하에 들어가 건의관이 되고, 이어 조비ㆍ조예를 섬겼다. 사마의가 오장원에서 제갈공명의 군사와 대치했을 때는 조예의 군사(軍師)로 가서 촉(蜀)의 도발에 응하지 말도록 조칙을 전해 출전을 막았다.

유엽劉曄

위(魏)의 모사. 자는 자양(子陽). 조조에게 인정을 받아 항상 측근에 있으면서 참모 역할을 했다. 관도 싸움에서는 벽력거(霹靂車)를 만들어 원소의 군사를 격퇴하고, 원소 군이 터널을 파고들어오자 깊은 도랑을 파서 막았다.

조인曹仁 (168-223년)

조조의 사촌아우. 자는 자효(子孝). 관도 싸움 때 유비가 허도 남쪽에서 반란을 선동하자 이를 진압하였고, 적벽대전 후 서황과 함께 강릉에 머물며 추격군을 막았다. 그 후 번성에서 관우의 공격을 잘 막아냈으나, 220년 손권이 공격해 오자 성에 불을 지르고 철수했다.

허유許攸

원소의 막료. 관도·싸움에서 원소에게 여러 가지 헌책을 진언했으나 받아들여지지 않아 조조에게 갔다. 조조는 기쁜 나머지 맨발로 뛰어나가 그를 맞이했다고 한다.

손 부인孫夫人

유비의 후실. 손권의 누이. 유비가 서촉을 치러 간 사이 손권의 모략으로 본국에 송환되었다. 나중에 유비가 패하여 죽었다는 거짓 소문을 곧이듣고, 장강에 몸을 던져 죽었다.

허저許褚

조조의 장수. 자는 중강(仲康). 조조의 측근에서 용맹을 떨쳐 무위장군이 되었다. 군중들은 그를 가리켜 '호치(虎癡)' 즉 미친 호랑이라 불렀다.

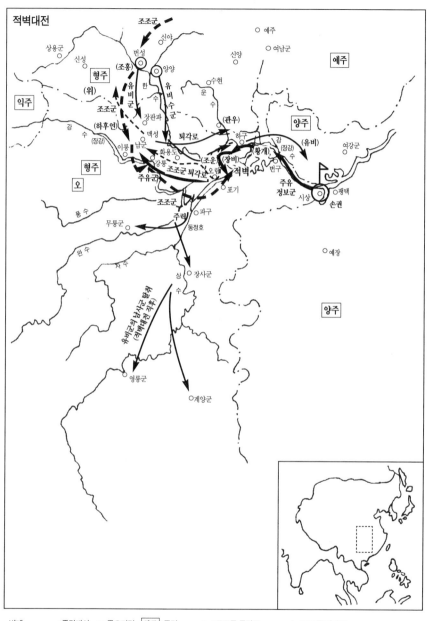

적벽대전

범례 —·—: 주경계선 ○: 주요지명 [형주]: 주명 ━▶: 조조군 공격로 ┈▶: 조조군 퇴각로
━▶: 오군 반격로 ━▶: 유비군 기동로

차례

관도 대전투

손책이 세상을 뜨자 손권은 형의 시체를 부둥켜안고 울기만 했다. 그것을 보고 장소가 말했다.

"장군은 지금 울고 계실 때가 아닙니다. 어서 장례를 치르고, 군국대사(軍國大事)를 보살피셔야 합니다."

손권은 그제야 자신의 중대한 임무를 깨닫고 눈물을 거두었다. 장소는 손권의 숙부 손정(孫靜)에게 장례식 일체를 책임지게 했다.

손권은 그제야 문무백관들을 배알하는 의식을 거행했다. 그때 마침 파구(巴丘)에 가 있던 주유도 손책의 부음을 듣고 달려왔다. 손책의 어머니는 모든 가족들이 눈물을 짓고 있는 가운데 고인이 남긴 유언을 주유에게 전했다.

주유가 고인의 영전에 배례하면서 말했다.

"불초 주유는 주공의 유언을 맹세코 지키겠습니다."

주유가 배례를 마치고 별실에서 손권을 만나 말했다.

"자고로 국가의 흥망은 오직 인사에 달려 있습니다. 선하고 지혜로운 인물을 얻으면 나라가 흥하고, 악하고 무도한 사람을 얻으면 망하는 법입니다. 부디 주공께서는 어진 사람을 높이 쓰셔야 할 것입니다."

"옳은 말씀이오. 돌아가신 형님께서 이미 말씀하신 바와 같이 내사(內事)는 장소 공에게 부탁할 터이니, 외사(外事)는 주유 공이 맡아주오."

"장소 공은 현달지사(賢達之士)이니 능히 대임을 완수할 수 있을 것입니다. 하오나 소생은 큰일을 감당할 재력이 못 되니 현인 한 분을 천거하여 주공을 보필케 하겠습니다."

"현인이라면 누구를 말하는 것이오?"

"성명은 노숙(魯肅)이요, 자(字)는 자경(子敬)이라 합니다. 임회(臨淮) 동천(東川) 태생입니다."

"노숙은 대체 어떤 인물이오?"

"그분은 가슴에 육도삼략(六韜三略)을 품고 있어 기모(機謀)가 매우 풍부하면서도 성정은 무척이나 온후합니다. 어려서 아버지를 여의고 편모 슬하에서 자란 까닭에 효성이 지극하기가 이를 데 없습니다."

"허어, 강동 땅에 그런 인재가 있었던가요?"

"노숙은 벼슬을 탐내지 않고 유유자적하며 살아왔습니다. 지금도 노숙의 친구인 유자양(劉子揚)이 소호(巢湖)에 가서 정보(鄭寶)를 만나보기를 극구 권하고 있지만 한사코 사양하고 있습니다."

"그런 인재를 다른 데에 빼앗기면 큰일이니 속히 모셔오도록 하오."

"그럼 제가 나서보겠습니다. 만약 소생이 그를 데려오거든 주공께서는 크게 등용해야 할 것입니다."

"그런 현인이라면 내 어찌 소홀히 대접하겠소."

이리하여 주유는 다음날 동성(東城)으로 노숙을 찾아갔다. 때마침 노숙은 초당에서 글을 읽고 있다가 주유를 보자 반갑게 맞았다.

주유는 예의를 갖추어 손권의 뜻을 전했다.

그러자 노숙이 말했다.

"근자에 유자양이 소호로 함께 가자고 조르고 있지만 내 아직 주저하고 있는 중이었소."

주유가 그 말을 듣고 더욱 열을 내어 권했다.

"옛날에는 인군이 신하를 고를 뿐이었으나 지금은 신하될 사람이 인군을 택해야 하는 것이오. 이제 우리 손 장군께서 어진 선비를 예를 다해 대접하는 터이니, 선생께서는 부디 소생의 청을 들어주오."

"주유 공께서 나 같은 사람을 그처럼 예우해 주시는데 내 어찌 그 뜻을 거역할 수 있겠습니까."

노숙은 주유의 권유를 못 이겨 마침내 손권을 섬기기로 결정했다.

주유가 노숙을 데리고 오자 손권은 크게 반겼다. 그날부터 손권은 정무(政務)와 군사(軍事)를 노숙과 상의했다.

어느 날의 일이었다.

손권이 노숙과 단둘이 밤늦게까지 술을 마시다가 물었다.

"경은 한실(漢室)의 운명을 어떻게 생각하오? 그리고 장차 우리는 어찌했으면 좋겠소?"

노숙이 서슴지 않고 대답했다.

"한실은 이미 멸망을 면하기 어렵게 되었습니다. 그러나 조조는 한실을 바탕으로 자립할 수 있을 것입니다. 주공께서는 강동의 요해(要害)를 근거로 삼아 하북의 원소와 삼파(三巴)의 대립을 이루고 조용히 시운을 기다리는 것이 상책입니다. 그러다가 때가 오면 황조(黃祖)를 쳐 없애고 나아가 형주의 유표를 쳐부순 연후에 천하를 도모해야 합니다."

"한나라가 멸망하면 천하대세는 어찌되겠소?"

"조조가 한나라를 이어받으려 노력할 것이나 장군께서 삼강(三江)을 굳게 지키시면 강동 땅은 반석 위에 놓이게 될 것입니다."

손권은 그 소리를 듣고 크게 기뻐하여 노숙에게 상을 후히 내리는 한편 그의 노모에게 비단 옷을 지어 보냈다. 노숙은 손권의 은혜에 감사하는 뜻에서 현인 한 사람을 천거했다. 성은 제갈(諸葛)이요, 이름은 근(瑾)이요, 자는 자유(子瑜)라는 사람이었다. 그때 제갈근의 나이 불과 이십칠 세였으나 손권은 그를 상빈으로 대접하여 매사를 그와 의논했다.

제갈근은 그 유명한 제갈공명(諸葛孔明)의 친형으로 아우보다 일곱 살 위였다. 그는 천하대세를 통찰하는 지략이 있는 사람으로 손권을 보자 이렇게 권했다.

"장군께서는 원소와 통하지 마시고, 당분간 조조에게 순종하는 빛을 보이다가 차차 기틀이 잡히거든 서서히 천하를 도모해야 할 것입니다."

손권은 그 말을 따르기로 결심하고, 원소가 오래 전에 보내온 진진(陳震)을 그냥 돌려보내며 손을 끊을 것을 선언했다.

한편 조조는 손책이 죽었다는 소식을 듣고 즉시 군사를 일으켜 강동을 집어삼키려 했다. 그를 보고 시어사(侍御史) 장굉(張紘)이 나서 간했다.

"남의 상사(喪事) 중에 군사를 일으키는 것은 역사상 없는 일입니다. 섣불리 군사를 일으켰다가 뜻을 이루지 못하면 평생 원한을 사게 될 것이니, 차라리 이런 때에는 은명(恩命)을 베푸는 것이 후일을 위해 도움이 될 것입니다."

조조는 그 말을 옳게 여겨, 손권을 토로장군(討虜將軍) 겸 회계(會稽) 태수로 봉하는 동시에, 장굉을 회계 도위로 삼아 관인(官印)을 품고 강동 땅으로 가게 했다.

장굉은 재능 있는 선비 고옹(顧雍)을 등용하여 정사를 올바로 다스리니 손권의 이름은 강동 일대에서 날이 갈수록 빛이 났다.

조조와 손권이 제휴를 두터이 하자 누구보다도 불안을 느끼게 된 사람은 원소였다. 원소는 진진으로부터 자세한 보고를 듣자 크게 노하여 전군에 급작스러운 출동 명령을 내렸다.

"지금 곧 출동하여 조조를 쳐부수자!"

원소의 명이 떨어지자 기주, 청주, 병주, 유주 등지의 칠십만 대군이 조조의 군사와 대치중인 관도(官渡)를 향하여 일제히 쇄도했다. 원소가 몸소 대군을 거느리고 관도를 향하여 떠나니 중신 전풍(田豊)이 간했다.

"안을 비우고 밖으로 달려나갔다가는 반드시 화를 입게 될 것이니 오히려 관도에 있는 군사들을 끌어들여 방비를 굳건히 하는 편이 상책일 것입니다."

옆에 있던 봉기(蓬紀)는 평소에 전풍과 사이가 매우 나쁜 사람이었다. 그가 나서며 전풍을 몹시 나무랐다.

"전풍 장군은 출진을 앞두고 무슨 그런 불길한 말씀을 하시오? 그러면 장군은 우리 주공께서 패하기를 바라고 있단 말이오? 어디에 근거를 두고 화를 입는다는 말이오?"

원소도 봉기의 말을 듣자 전풍을 크게 나무라며 추상같은 호령을 내렸다.

"저놈을 당장 옥에 가두어라! 후일에 내가 개선하여 돌아오거든 반드시 처벌하리라!"

원소가 대군을 거느리고 양무(陽武) 땅에 이르니 이번에는 모사 저수(沮授)가 달려 나오며 간했다.

"조조는 군량이 넉넉하지 못한 까닭에 속전속결로 승부를 결하려고 할 것입니다. 그러나 우리는 군량이 넉넉하기 때문에 시일을 오래 끌수록 유리합니다. 아니, 시일을 오래 끌 수만 있다면 싸우지 않고도 승리할 수 있을 것입니다. 그런데 주공께서는 어찌하여 대군을 한꺼번에 출동시키려 하십니까?"

저수의 간언은 사리가 정연했다. 그러자 원소가 또다시 크게 노해 소리쳤다.

"아가리 닥쳐라! 그대도 전풍처럼 불길한 소리만 하는구나!"

원소는 저수도 전풍처럼 옥에 가두라는 영을 내렸다. 그러고 나서 칠십만 대군을 관도로 몰아나가니, 구십여 리의 산과 들에 원소의 군사만이 개미 떼처럼 흩어져 보였다.

그 소식을 들은 조조는 곧 모사들을 한자리에 모아놓고 전략을 모의했다. 순유가 나서며 말했다.

"원소의 군사가 비록 많다고는 하나 우리 군사들은 모두 일당백(一當百)의 정예지사입니다. 수적 열세는 조금도 두려워할 것이 없으나 군량이 부족한 까닭에 속히 승부를 결하지 않으면 크게 불리할 것입니다."

"그 말이 내 뜻과 꼭 같으오."

조조는 삼군에 영을 내려 원소를 전면적으로 공격했다.

금포(錦袍) 옥대(玉帶)에 황금 갑옷을 찬란하게 차려입은 원소가 좌우에 장합, 고람, 한맹, 순우경 등의 맹장들을 거느리고 조조의 진지를 향해 다가왔다. 조조가 허저, 장요, 서황, 이전 등의 용장들을 거느리고 마주 달려나가며 원소를 향해 큰소리를 쳤다.

"내가 일찍이 천자에게 품의하여 그대를 대장군으로 삼았거늘 어찌하여 모반을 하는가?"

원소가 몹시 노하여 조조를 꾸짖었다.

"너는 승상이라 불리고 있지만 실상인즉 한나라의 도둑이 아니고 무엇이냐? 그러한 네가 어찌 나더러 모반을 했다는 것이냐?"

"이 무도한 역적 놈아! 나는 황제의 조칙을 받들어 너를 치러 온 것이다."

"묘당(廟堂)을 좀먹는 쥐새끼 같은 놈아! 나는 천하 만민의 뜻을 받들어 역적 조조를 기어이 쳐 없앨 터이니 그리 알아라!'

조조가 대로하여 곧 장요를 시켜 나가 싸우라 명했다. 그러자 원소의 진에서도 장합이 마주 달려 나왔다.

두 장수가 어우러져 싸우기를 사오십 합이나 계속했으나 좀처럼 승부가 나지 않았다. 그러자 이번에는 허저가 칼을 휘두르며 말을 몰아나가 장요를 도우니, 원소의 진영에서는 고람이 창을 꼬나 잡고 달려 나와 네 장수가 서로 어울려 어지러이 날뛰었다.

조조가 그 모양을 보고 하후돈과 조홍을 시켜, 각기 삼천군을 거느리고 일제히 적진을 찌르게 했다. 이때 대세를 관망하고 있던 원소의 숙장(宿將) 심배가 적의 내습과 동시에 몸소 호포(號砲)를 놓았다. 호포 소리가 산하를 요란스럽게 울리자 양익(兩翼)에 매복해 있던 궁노대(弓弩隊)와 철포대(鐵砲隊)가 적진을 향하여 일제히 내달으며 화살을 빗발치듯 쏘아 갔겠다.

최정예인 조조의 군사들이었지만 불의의 습격을 받고 당해 내는 재주는 없었다. 조조의 군사들이 지리멸렬하게 흩어지며 후퇴하는 기색을 보이자 원소는 군사들을 급히 휘몰아가며 맹렬한 추격전을 전개했다. 그바람에 하후돈과 조홍이 크게 패하여 관도 저편으로 쫓겨 건너갔다.

어느덧 날이 저물었다. 원소가 관도에 진을 치고, 조조의 군사에게 재공격할 태세를 갖추니 심배가 계교를 말했다.

"이제 군사 십만으로 관도를 지키게 하고, 나머지 군사들을 총동원하여 토산(土山) 수십 좌(座)를 쌓아올리십시다. 그 토산 위에서 조조의 진지를 내려다보며 노궁(弩弓)을 빗발치듯 쏘면 제아무리 조조라 해도 패망을 아니할 수 없을 것입니다."

원소는 그 말을 옳게 여겨, 그날부터 육십만 대군으로 토산을 쌓아 올리게 했다. 열흘이 채 못 가 오십여 좌의 높다란 토산이 쌓아졌다. 원소는 조조의 진지가 정면으로 내려다보이는 그 토산 위에 토막(土幕)을 무수히 짓고 화살을 연방 쏘아 갈겼다.

조조의 군사들은 크게 놀라 모두들 방배를 쓰고 땅에 엎드렸다. 그 몰골이 되고 보니 조조의 군사들은 완전히 사기가 저하되고, 원소의 군사들은 날이 갈수록 사기가 충천했다. 마침내 원소는 도하작전을 전개하기 위한 모든 준비를 갖추었다.

조조는 내심 크게 걱정되어 급히 참모들을 모아놓고 대책을 숙의했다. 모사 유엽이 말했다.

"무엇보다도 먼저 적의 토산과 토막을 분쇄해 버리기 전에는 우리가 움직일 수가 없습니다. 우리는 발석차(發石車)를 만들어 적의 근거를 부숴버려야 합니다."

"발석차는 어떤 것이오?"

"발석차는 제 고향에 있는 늙은 대장간 주인이 발명한 무기인데, 철통 (鐵筒) 속에 돌을 넣고 화약을 재어 터뜨리면 돌이 멀리까지 날아가게 되어 있습니다."

조조는 크게 기뻐하며, 그 대장장이를 급히 불러다가 발석차 수백 대를 만들게 했다. 드디어 수백대의 발석차가 적진을 향하여 열화와 같은 공격을 일시에 전개했다.

돌덩어리가 강 건너에 있는 적의 진지를 사정없이 부숴버렸다.

"저게 뭐야! 저거야말로 벽력차(霹靂車)로구나!"

원소의 군사들은 무참한 폭격을 받고 크게 당황했다. 그때부터는 잔뜩 겁에 질려 아무도 토산에 오르려 하지 않았다.

모사 심배는 생각을 거듭한 끝에 새로운 전법을 강구해 내었다. 땅에 굴을 파서 적진으로 접근해 가는 전법이었다. 그들은 그것을 굴자군(堀子

軍)이라 명명했다. 심배는 전에 북평의 공손찬을 공격할 때에도 그 전법을 써서 크게 성공한 일이 있었다.

이만여의 군사를 동원하여 강물 밑으로 토굴을 파기 시작했다. 토굴은 강을 뚫고 적의 진지로 접근해 가고 있었다. 조조가 그것을 모를 리 없었다. 토굴에서 파내는 흙이 날마다 산을 이루었다.

"땅굴을 뚫어 접근해 오는 적을 어떻게 막아내야 하오?"

조조의 질문에 유엽이 대답했다.

"그것은 이미 낡은 전법입니다. 우리는 진지 주위에 늪을 깊이 파고 물만 채워두면 그만입니다."

"과연 명안이오!"

조조는 진지의 주변에 급히 늪을 파고 물을 가득 채워두게 했다. 그 정보를 들은 원소는 토굴을 파는 작업을 일시에 중지했다.

양군이 제대로 싸우지도 못하고 대진해 있는 동안 팔월이 가고 구월이 지났다. 싸움이 의외로 장기전으로 돌입하자 양군은 모두 양초(糧草) 때문에 곤란을 겪게 되었다.

조조는 일단 관도를 버리고 허도로 돌아갈까 생각했다. 그러나 대군을 거느리고 왔다가 헛되이 돌아가는 것이 허망하게 여겨져 허도에 사람을 보내 순욱의 의견을 물었다.

순욱에게서 곧 답신이 날아왔다.

원소가 모든 병력을 총집결하여 관도로 몰려왔다면 명공께서 이를 막아내기가 무척이나 어려울 것입니다. 그러나 적들은 우리보다 훨씬 많은 군사를 거느리고 있어 양초 때문에 겪는 곤란도 더 심하다는 점을 묵과해서는 안 됩니다. 명공께서는 관도의 요해를 굳게 지키며 적이 진출을 못하도록 인후를 누르고 계시면 머지않아 형세가 다한 적은 반드시 내란이 일어나 자멸하게 될 것입니다.

순욱의 답신은 대략 이상과 같은 내용이었다. 조조는 순욱의 글을 읽어보고 크게 기뻐하며, 관도를 끝까지 지키고 있을 결심을 세웠다.

어느 날, 서황의 부장 사환(史煥)이 순찰을 나갔다가 세작(細作) 한 사람을 잡아왔다. 서황이 불러다가 문초하니 세작이 대답했다.

"우리 군사도 양초 때문에 몹시 곤란을 느끼고 있는 중입니다. 오늘밤 한맹(韓猛) 장군이 양곡 수백 수레를 실어 오기로 되어 있어 저는 길잡이를 나왔다가 붙잡혔습니다."

서황이 그 사실을 고하자 조조가 크게 기뻐하며 말했다.

"그와 같은 정보를 알게 된 것은 하늘이 내게 베풀어주신 은덕이오. 오늘밤 서 장군은 군사 이천 명을 거느리고 나가 적의 양초 부대를 섬멸시키도록 하오. 한맹은 워낙 우맹한 무부이기 때문에 서 장군이라면 문제없이 처부술 수 있을 것이오. 그러나 만일이 염려스러우니 허저와 장요 장군은 군사 오천 명을 거느리고 뒤를 따라가도록 하오."

이날 밤, 서황은 부하 이천 명을 거느리고 한맹의 행로를 중간에서 차단했다.

밤이 깊어갈 무렵, 한맹은 수백 수레의 양초 부대를 거느리고 산중으로 행군해 왔다. 중도에 매복해 있던 서황의 군사가 급작스럽게 함성을 올리며 한맹을 기습했다. 그와 동시에 양곡에 불을 지르니 한맹의 군사들은 크게 혼란스러워하며 도망을 치기에 여념이 없었다. 더구나 화광에 놀란 말과 소가 사방으로 뛰어 달아나는 바람에 산은 온통 불바다를 이루었다.

그 소식을 듣고 크게 놀란 원소가 장합과 고람에게 명해 급히 달려나

가 싸우게 했다. 장합과 고람이 대군을 거느리고 급히 달려 나오니, 양초
는 이미 모두 타버리고 한맹의 군사는 맥없이 쫓겨 달아나고 있었다. 두
장수가 크게 분개하여 맹렬히 적진을 공격하니 이번에는 허저와 장요의
군사가 좌우에서 협공을 해왔다. 그 바람에 장합과 고람은 크게 패하여
지리멸렬하게 패주했다.

원소는 크게 분개하여 한맹의 목을 베라는 영을 내렸다. 그러자 심배
가 나서 간했다.

"양초 부대만 거느리고 오다가 적의 기습을 만났으니 패하는 것은 정
한 이치입니다. 그보다는 이번 일을 교훈삼아 우리의 둔량처(屯糧處)인
오소(烏巢)에 중병을 보내어 적의 기습에 대비하는 것이 급선무일 것입니
다."

오소와 업도는 하북의 곡창이었다.

"그러잖아도 나 역시 그 일이 걱정스럽소. 그러면 심배 장군이 직접 업
도에 가서 양초 공급에 차질이 없도록 하시오."

심배는 영을 받고 곧 업도를 향해 떠났다. 그러나 원소는 그래도 불안
해서 대장 순우경을 시켜 목원진(睦元進), 한거자(韓莒子), 여위황(呂威璜),
조예(趙叡) 등의 부장들과 이만여 명의 군사들을 거느리고 오소를 지키게
했다. 그러나 대장 순우경은 워낙 부하들을 혹독하게 다루는 데다가 술
을 몹시 좋아하는 위인인지라 오소에 도착하자마자 적을 경계할 생각은
아니하고 날마다 술 마시는 것을 능사로 삼았다.

승기는 조조에게

조조의 진영에도 마침내 군량이 떨어지게 되었다. 조조는 순욱에게 편지를 보내 군량을 화급히 보내라는 지시를 내렸다. 그러나 허도로 향하던 사자는 삼십 리도 미처 못 가 원소의 부하인 허유에게 붙잡히고 말았다.

허유는 고향이 조조와 같다는 이유로 원소에게 몹시 푸대접을 받아오던 장수였다. 그는 이번 기회에 공을 세워 크게 영전을 해볼 생각에 조조의 사자를 원소에게 데리고 와 자세한 보고를 한 뒤에 말했다.

"군사 오천만 내주시면 제가 공을 크게 세워보겠습니다."

"군사 오천을 주면 어떡하겠단 말인가?"

"조조가 대군을 거느리고 관도에 머물러 있기 때문에 지금 허도는 텅텅 비어 있습니다. 군사 오천으로 진격해 허도를 단숨에 함락시킬 자신이 있습니다."

"어림없는 수작은 그만하라. 허도를 그처럼 쉽게 함락시킬 수 있다면

우리가 왜 이런 고난을 겪고 있겠는가?'

원소는 허유의 간청을 일소에 붙였다.

"적들의 군량 사정이 절박하니 이미 허도에서 군량 운송 부대가 출발했을 것입니다. 군량을 운송하자면 많은 군사들의 호위가 뒤따라야 하는 것인즉 허도는 지금 텅텅 비어 있다고 봐야 합니다."

"어리석은 소리 작작하라! 그대는 하나만 알고 둘은 모르는구나. 조조의 밀서는 우리를 속이기 위한 위필(僞筆)이기 쉽다."

"아닙니다. 저는 조조와 고향이 같아 필적을 잘 알고 있습니다. 만약 지금 결단을 안 내리셨다가는 훗날 큰 해를 입게 될 것입니다."

마침 그때, 업도에서 달려온 사자가 심배의 글을 올렸다.

심배의 편지에는 군량 수송에 대한 저간의 사정이 설명되어 있었다. 그와 더불어 허유가 기주에 있을 당시 민간의 재물을 함부로 받았고, 그의 일가친척들까지 나서서 많은 재물을 빼앗았다는 사연이 곁들여 있었다. 그 서한을 읽은 원소가 크게 노하여 말했다.

"네가 기주에 있을 때 이처럼 나쁜 짓을 일삼고는 이제 와 면목이 없으니 돼먹지 않은 수작을 꾸미는 것이로구나. 내 마땅히 너를 목 벨 것이나 이번 한 번만은 특별히 용서하는 터이니 썩 물러가라!"

호된 책망을 듣고 쫓겨난 허유는 하늘을 우러러 장탄식을 했다.

'우둔한 인물은 별 수 없구나! 네가 나를 그렇게까지 무시한다면 내게도 생각이 있으니 어디 두고 보자!'

허유는 이날 밤 심복 부하 몇 사람만을 데리고 아무도 모르게 진지를 벗어나 조조의 진영으로 달려갔다.

"누구냐?"

조조의 진영에 당도하니, 잠복 근무병이 창을 가슴에 겨누며 소리를 쳤다.

"나는 조 승상의 죽마고우요. 남양의 허유라고 하면 조 승상도 잘 아실 것이오. 급한 일을 알리러 왔으니 승상께 곧 전해 주오."

마침 잠자리에 들려던 조조가 허유라는 소리를 듣고 적이 놀라며 곧 불러들이라 명했다.

허유가 방안으로 들어서자 조조가 반갑게 맞아들이며 말했다.

"이 사람아, 이게 얼마 만인가?"

허유가 땅에 엎드려 절을 올리니 조조가 그를 아랫목으로 끌어 앉혔다.

"이 사람아, 자네와 나는 어깨동문데 새삼스러이 예의를 지키면 쑥스럽지 않은가? 절은 그만두고 어서 이리 오게."

허유는 너무도 감격하여 눈물을 지으며 말했다.

"나는 주인을 잘못 만나 평생 고생만 해왔소. 오늘도 원소에게 충언을 했던 것이 죄가 되어 조 승상을 믿고 투항해 왔소. 앞으로 견마지로(犬馬之勞)를 다할 테니 승상께서는 부디 나를 불쌍히 여겨 거두어주오."

"자네의 기질이라면 누구보다도 내가 잘 알고 있지 않은가? 오늘날 우리가 서로 만나게 된 것도 반가운 일인데, 자네가 나를 도와준다면 그처럼 고마운 일이 어디 있겠는가? 원소를 때려 부술 좋은 계책이 있거든 어서 말해 주게!"

"내가 원소에게 군사 오천 명만 내주면 허도를 간단히 함락시키겠다고 제안했소. 그랬더니 원소는 내 계책을 받아들이기는커녕 터무니없이 모함하며 나를 처벌하려 들었소."

조조는 그 소리를 듣고 크게 놀랐다.

"만약 원소가 자네의 계책을 받아들였더라면 우리는 크게 패했을 것이네. 이제는 어떡하면 원소를 깨뜨릴 수 있는지를 말해 보게."

허유는 한참 생각에 잠겨 있다가 얼굴을 들며 물었다.

"군량이 얼마쯤 되오?"

"일 년쯤 먹을 것은 있네."

"그 말이 곧이들리지 않는구려."

"일 년까지는 몰라도 반 년분은 충분하이."

허유는 그 소리를 듣더니 대뜸 일어나 장막 밖으로 나가려 했다.

"조 승상을 믿고 찾아왔거늘 나를 믿지 않으니 이만 가야겠소. 나를 못 믿는 사람을 내 어찌 믿고 지낼 수 있겠소."

조조가 황망히 놀라 소매를 붙잡으며 말했다.

"지금 말은 농담이었으니 너무 노여워 말게. 실상은 석 달쯤 먹을 게 있을 뿐이네."

허유는 그 소리를 듣더니 껄껄 웃으며 말했다.

"세상 사람들이 조 승상을 가리켜 희대의 간웅이라 하더니 과연 그 말이 옳았구려!"

조조는 따라 웃으며, 귓가에 입을 갖다대고 속삭였다.

"이 사람아, 군사 기밀이란 누구한테나 숨겨야 하는 것이 아닌가. 자네니까 솔직히 말하네만 이달 먹을 군량밖에 남지 않았네."

그 말이 끝나자 허유가 큰소리로 분연히 부르짖었다.

"거짓말은 그만하오! 군량이 이미 떨어져 병사들이 말을 잡아먹고, 풀뿌리를 캐먹고 있지 않소?"

"아니, 자네가 그 사정을 어찌 아는가?"

조조가 깜짝 놀라며 되물었다.

허유는 품속에서 조조가 순욱에게 보내는 밀서를 꺼내 보였다.

"이것은 조 승상의 필적이 아니고 무엇이오?"

"이 편지는 어디에서 났는가?"

"조 승상이 순욱에게 보내는 사자를 붙잡아 이 밀서를 빼앗았소."

조조는 그 소리를 듣고 허유의 손을 덥석 붙잡으며 청했다.

"자네는 나를 믿고 찾아왔으니 어서 내게 좋은 계책을 말해 주게."

허유가 말했다.

"승상이 군량도 없이 지구전에 대응한 것은 자멸할 길이었소. 내게 좋은 계책이 있으니 채택하겠소?"

"내가 자네의 양책을 어찌 안 듣겠는가?"

"그렇다면 말하리다. 여기서 사십 리쯤 떨어진 곳에 오소라는 요해(要害)가 있소. 오소는 원소의 군량을 저장해 두는 창고가 있는 곳이오. 현재 순우경이라는 장수가 오소를 지키고 있는데 술을 몹시 좋아해 언제나 만취해 있소. 조 승상이 불시에 기습 공격을 가하면 반드시 승리할 수 있을 것이오. 오소의 군량을 점령하면 원소의 군사는 싸워보지도 못하고 손을 들어버릴 것이오."

"오소에 가는 길이 적지인데 무슨 방법으로 돌파할 수 있겠는가?"

"경계가 심할 것이니 보통 방법으로는 어렵없소. 하지만 정병 오천 명을 뽑아 원소의 부하인 장기 장군의 군사로 가장시켜 군량을 지키러 가는 길이라고 말하면 무사히 통과시켜줄 것이오. 물론 밤중에 가야 하오. 오소의 군량을 깨끗이 불살라버리면 원소의 군사는 사흘이 못 가 굶주리게 될 것이니 군기가 몹시 어지러워질 것이오."

조조는 크게 기뻐하며 허유를 후히 대접하고, 곧 군사 오천을 뽑아 오소로 보내려 했다.

이를 보고 장요가 걱정스러이 말했다.

"원소가 허유를 보내어 기계(欺計)를 쓰고 있을지도 모르니 경계하셔야 마땅합니다."

"정병 오천 명을 내가 직접 인솔하고 갈 작정이오."

"승상께서 친히 가시다니요?"

"염려 마오. 허유가 찾아온 것은 하늘이 나를 도운 것이오. 만약 의심을 품고 이 기회를 놓쳐버리면 하늘은 나의 어리석음을 비웃을 것이오."

과단즉결(果斷卽決)하는 것은 조조의 특색이었다.

장요가 다시 말했다.

"승상께서 떠나시면 진중이 무척 허해질 것인데 거기에 대한 대비책은 세워놓으셨습니까?"

"그 대책은 이미 세워놓았으니 염려 마오."

조조는 즉시 순유, 가후, 조홍 등을 불러 허유와 함께 남아 있게 하고, 다시 하후돈, 하후연, 조인, 이전 등의 장수들에게 후방을 굳게 지키게 했다. 그런 다음 자기 자신은 장요, 허저를 앞세우고 서황, 우금을 후위로 삼아 적지로 행군을 개시했다.

이때 원소의 중신 저수는 충언을 올렸다가 노여움을 사서 옥에 갇혀 있는 중이었다.

저수는 어느 날 옥중에서 밤하늘을 바라보다가 깜짝 놀랐다.

"태백성(太白星)이 두우성(斗雨星)을 침범하니 저게 웬일일까? 이는 불원에 병혁(兵革)이 있을 징후로다!"

저수는 곧 사람을 통하여 원소에게 만나주기를 청했다. 때마침 술을 마시고 있던 원소가 저수를 불러들여 만나주었다.

"무슨 일이오?"

저수는 신념을 가지고 말했다.

"오늘밤 사이에 반드시 적의 기습이 있을 것입니다. 적들이 현명하다면 우리의 군량이 있는 오소를 우선적으로 습격할 것이라 생각합니다. 오소로 가는 산간 요지에 시급히 군사들을 매복시켜두었다가 역습을 가하면 크게 이로울 것입니다."

원소는 그 소리를 듣더니 매우 못마땅한 표정을 지었다.

"옥에 갇혀 있는 몸이 무엇을 안다고 병사(兵事)를 함부로 지껄이는가? 돼먹지 않은 수작을 부리려거든 어서 옥에나 들어가 있으라."

그뿐만 아니라 원소는 전옥(典獄)이 재감자(在監者)의 편의를 보아주었다 하여 목을 베어버리게 했다.

저수는 그 소리를 듣고 눈물을 지으며 하늘을 우러러 탄식했다.

"아아, 우리가 패망할 때가 눈앞에 닥쳐왔구나! 나의 시체는 어느 들판에서 뒹굴게 될 것인가!"

한편 조조는 몸소 정병 오천여 명을 거느리고 원소의 진지 앞을 당당하게 행군했다. 경비병들이 앞을 막으며 물었다.

"웬 군사들이오?"

조조 수하의 군사가 대답했다.

"우리는 오소의 군량 창고를 지키러 가는 장기 장군의 부하들이오."

원소의 군사들은 자가의 기호(旗號)를 보고 더 이상 의심하지 않고 통과시켜주었다. 그 다음부터는 가는 곳마다 무사 통과였다.

이날 밤 조조가 오소에 도착한 것은 날이 밝아가려는 사경(四更) 무렵이었다. 오소의 수비대장 순우경은 그날 밤에도 미녀들을 불러다놓고 늦게까지 술을 마시다가 삼경이 지나서야 잠자리에 들었다. 첫잠이 막 들려 하는데 밖에서 천지를 진동하는 듯한 함성이 들려왔다. 순우경이 황망히 일어나 문을 열고 내다보니, 어느새 사면은 불바다가 되어 있었고 북소리, 징소리와 함성이 천지를 뒤흔들고 있었다.

"적의 야습이다!"

순우경은 급히 방어전을 시도해 보았으나 아무런 소용이 없었다. 깊이 잠들었던 군사들은 도망을 가고, 또는 투항을 하고, 또는 불에 타 죽기도 해서, 도저히 수습할 길이 없었다.

어쩔 줄 몰라 쩔쩔매던 순우경은 비호같이 들이닥치는 조조의 군사들에게 붙잡히고 말았다. 순우경의 부장 목원진(睦元進)은 행방불명이 되었고, 또 다른 부장 조예(趙叡)는 도망을 가다가 칼에 맞아 죽었다.

크게 승리를 거둔 조조는 적장 순우경의 코와 귀를 베게 한 다음 수레에 태워 원소에게 보내라 했다. 원소의 노여움을 사게 하려는 계책이었다. 그때 원소는 잠을 자고 있다가 북방 하늘에 화광이 충천해 있다는 급보를 받고 급히 일어났다. 오소에 변이 일어난 것이 분명하므로 그는 참모들을 급히 소집하여 상의했다.

장합이 나서 말했다.

"소장이 오소를 급히 구하러 가게 해주십시오."

그러자 곽도가 반대했다.

"오소를 구하러 가는 것보다는 차제에 조조의 본진인 관도를 쳐서 그의 귀로를 끊어버려야 합니다."

장합이 반박했다.

"조조는 꾀가 많은 사람이니 이런 때일수록 관도의 수비를 더욱 엄중하게 해놓았을 것이오. 그리고 우리가 만약 곡창 오소를 빼앗기면 장차 무엇을 먹고 싸운단 말이오?"

"아니오. 조조는 군량을 빼앗는 데 혈안이 되어 있으니 오늘밤 본진은 텅텅 비어두었을 것이오."

곽도가 재삼 자기 고집을 세웠다.

갑론을박을 말없이 듣고 있던 원소가 문득 큰소리로 결단을 내렸다.

"나의 전략은 이미 결정되었으니 의논은 그만들 하라. 장합과 고람은 각각 오천 명의 군사를 거느리고 적의 본진인 관도를 치시오! 오소는 장기에게 일만 군사를 내주어 따로 구하도록 하겠소."

장기는 일만 군사를 거느리고 오소로 급히 달려갔다. 가는 곳마다 여기저기서 사오십 명씩 떼를 지은 군사들이 장기의 군사들에게 휩쓸려 들어왔다.

"너희들은 웬 군사들이냐?"

"순우경 장군의 부하들입니다. 대장이 체포되어 갈 데가 없으니 함께 싸우게 해주십시오."

복장과 기호(旗號)를 보아하니 아군이 분명했다. 그리하여 모두들 의심치 아니하고 합세를 시켰다. 그러나 실상인즉 그들은 모두가 조조의 군사들이었다. 순우경의 군사를 전멸시킨 조조는, 장기가 일만 군사를 거느리고 온다는 정보를 듣자 즉시 순우경의 군사처럼 차려입게 한 것이었다. 적의 군사 속에 섞여 있는 사람 중에는 장요와 허저 같은 맹장들도 들어 있었다.

조조는 그와 같은 전법을 쓴 뒤에 이삼백 명의 부하들을 거느리고 적장 장기를 정정당당하게 맞아나갔다.

"어디에서 오는 군마인가?"

장기의 수하 군사가 물었다.

"오수 패군이 장기 장군을 영접하는 길이오."

장기가 의심치 아니하고 조조를 만나려는데, 어느새 날랜 장사가 뛰어나오더니 장기의 목을 한칼에 베어버렸다. 그와 때를 같이하여 적진 속에 박혀 있던 조조의 군사가 별안간 난동을 일으키는 바람에 원소의 군사들은 제대로 한번 싸워보지도 못하고 완전히 패했다.

조조는 원소에게 사람을 보내 거짓 보고를 하게 했다.

"장기 장군이 이미 오소의 적을 완전히 섬멸해 버렸습니다."

허위 보고를 접한 원소는 크게 안심하여, 오소에는 다시 군사를 보내지 아니하고 오로지 관도 싸움에만 전력을 기울였다. 그러나 그로부터 몇 시간이 지나지 않아 원소는 참담한 운명에 직면하게 된 자기 자신의 처지를 깨닫지 않을 수 없었다.

일만 군사를 거느리고 관도로 쳐들어간 장합과 고람 등은 조홍, 하후돈, 하후연 등과 정면으로 맞부딪쳐 참패를 거듭했다. 패전하여 돌아오던 그들은 도중에 조조의 군사들에게 여지없이 공격을 당하는 바람에 군사들을 모두 잃고 말았다.

원소는 너무도 의외의 결과에 오직 망연자실할 뿐이었다. 공교롭게도 바로 그때에 코를 잘리고 귀를 잘린 순우경이 수레에 실린 채 원소 앞에 나타났다.

"도대체 오소가 어찌하여 그렇게도 쉽사리 적의 손에 떨어졌느냐?"

원소가 순우경을 보고 물었다.

순우경이 대답을 못하고 얼굴을 숙이자 옆에 있던 부하가 불평 비슷하게 대신 대답을 했다.

"대장께서 취중에 적의 기습을 당하셨습니다."

원소는 그 소리를 듣자 크게 노하여 그 자리에서 순우경의 목을 베어 버렸다.

순우경이 참혹하게 죽는 광경을 보고 원소의 부하들은 모두 불안감에 휩싸였다. 자기네도 언제 그런 참형을 당할지 알 수 없었기 때문이었다. 그중에서도 특히 곽도는 패전의 원인이 자기한테 있는 만큼 내심 전전긍긍했다.

'만약 장합과 고람이 돌아오면 내 작전 계획이 잘못되었다는 것을 원소에게 고해 바칠 텐데 그리 되면 정녕 큰일이 아닌가?'

그렇게 생각한 곽도는 보신지책(保身之策)을 세우기 위해 원소에게 말했다.

"장합과 고람이 관도에서 크게 패한 것은 그들이 평소부터 조조와 내통을 하고 있어 계획적으로 져준 것이라 합니다."

원소는 그 소리를 듣고 얼굴이 창백해질 정도로 놀랐다.

"뭐, 장합과 고람이 평소부터 조조와 내통을 하고 있었다고? 그놈들이 돌아오는 대로 능지처참을 하고 말 것이오. 아니, 그놈들이 제 발로 돌아오기를 기다리고 있을 것이 아니라 사람을 보내 속히 돌아오라 해야겠소."

그러자 곽도는 아무도 모르게 장합과 고람에게 급사를 보내어 원소의 뜻을 전했다.

'주공께서 두 장군을 죽이려 하니 당분간 돌아오지 마시오.'

두 사람이 뜻밖의 기별을 듣고 크게 놀라는데, 때마침 원소의 사자가 도착했다.

"두 장군은 곧 돌아오라는 주공의 분부이시오."

고람은 크게 노여워 즉석에서 칼을 빼어 원소의 사자를 베어버렸다.

"아니, 이게 무슨 짓이오?"

장합이 깜짝 놀라며 물었다. 그러자 고람이 노여운 어조로 대답했다.

"원소가 다른 사람의 참소만 듣고 우리 같은 충신들을 죽이려 하고 있소. 그런 자를 어찌 주인으로 섬긴단 말이오. 원소는 머지않아 멸망할 것이니 우리는 조조에게로 가서 투항합시다."

듣고 난 장합이 한참 동안 생각하다가 고개를 끄덕였다.

"실상인즉 나도 진작부터 그런 생각을 해오고 있었소. 천하대세는 어차피 조조에게로 기울어졌다고 할 수 있지 않소."

두 사람은 그 길로 군사들을 거느리고 조조를 찾아가 백기를 들었다.

조조는 두 장수를 얻고 크게 기뻐했다. 그것을 보고 하후돈이 간했다.

"저들의 허실을 알 수 없으니 명공께서는 너무 중용하지 마십시오."

그러나 조조는 고개를 흔들며 말했다.

"내가 은혜로 대접하면 저들이 설사 다른 마음을 품고 왔더라도 내 사람이 될 수 있을 것이오. 적에게서 둘을 빼앗아 내 사람을 만들면 적과 우리는 넷의 차이가 생기는 것이 아니오."

그런 다음 조조는 장합을 편장군(偏將軍) 도정후(都亭侯)에 봉하고, 고람을 편장군 동래후(東萊侯)에 봉했다. 원소는 앞서 모사 허유를 잃었고, 이번에는 대장 장합과 고람을 잃었다. 게다가 오소에 있던 군량은 화재에 깡그리 손실을 보았다.

허유가 조조를 보고 말했다.

"이번 기회에 원소를 몰아붙여 아예 결판을 내버리셔야 합니다. 천재일우의 기회인 만큼 절대로 놓쳐서는 안 됩니다."

물론 조조도 그에 찬동하여 즉시 출동 준비령을 내렸다. 순욱이 조조에게 전쟁 계책을 말했다.

"일전으로 승리를 거두려면 적을 세 파로 나뉘게 하는 것이 좋습니다. 우리 군사들이 여양(黎陽), 업도(鄴都), 산조(酸棗)의 세 방면을 향해 쳐들어갈 것처럼 소문을 퍼뜨려놓고 일시에 원소의 본진을 총공격하십시오."

"그것 참 좋은 계책이오."

조조는 순욱의 말에 따라 군사들을 세 방면으로 나눠 쳐들어간다는 소문을 널리 퍼뜨려놓았다.

원소가 그 소문을 듣고 곧 대책을 세웠다.

"대장 원상(袁尙)은 군사 오만을 거느리고 여양으로 가서 적을 쳐부수고, 대장 신명(辛明)은 군사 오만을 거느리고 나가 업도 방면의 적을 쳐부수라. 산조 방면의 적군은 따로 대비하겠다."

원소의 군령이었다.

군사를 세 방면으로 나누고 나니, 본진의 병력이 모자라는 것은 자연 지세였다. 조조는 모든 계획이 뜻대로 된 것을 알고 크게 기뻐했다.

공격 개시 시각을 미리 작정해 두었다가 밤이 깊기를 기다려 사면 팔방에서 적의 본진을 향하여 노도와 같이 밀려들어갔다. 불의의 기습을 당한 원소의 진영은 글자 그대로 암흑 속에서 아비규환을 이루었다. 군사들은 미처 싸울 생각조차 못하고 도망을 치기에 바빴다.

원소 자신도 갑옷을 입을 사이조차 없이 단의복건(單衣幅巾)으로 말을 타고 도망치기에 바빴다. 그의 뒤를 따르는 사람은 오직 아들 원담(袁譚) 하나만이 있을 뿐이었다.

"원소를 잡아라!"

장요, 허저, 서황, 우금 등 네 맹장이 군사를 휘몰아 원소의 뒤를 추격했지만 어느 숲속에서 원소를 잃어버렸다. 원소는 구사일생을 얻어 간신히 달아난 것이었다.

그 부근의 사람들에게 물어보니 원소는 적자 원담 외에 팔백여 명의 부하만을 거느리고 황하를 건너가더라고 했다.

조조는 생각 이상의 대승리를 거두게 된 것을 크게 기뻐하며, 그날의 전과를 파악해 보았다. 원소 측의 전사자가 무려 팔만여 명, 버리고 달아난 금은면백(金銀綿帛)과 무기, 마필이 이루 헤아릴 수 없을 지경이었다.

원소가 평소에 애용했다는 문갑을 뒤졌더니 놀라운 서한 몇 통이 들어 있었다. 평소 원소와 내통하며 지낸 조정의 고관 몇 사람의 극비 편지가 그 속에 들어 있었던 것이다.

"세상에 이럴 수가 있단 말입니까? 이놈들의 이름을 세상에 밝히고 모두 참형에 처해야 합니다."

좌우가 대로해 조조에게 말했다. 그러나 조조는 빙그레 미소를 지으며 말했다.

"원소의 세력이 천하를 뒤덮었을 때에는 나 역시 끈을 대어볼까 생각했던 적이 있었소. 나도 그러했으니 하물며 보통 사람들이야 더 말해 무엇 하겠소."

조조는 그 편지를 친히 불태워 버리고, 일체의 사실을 모두 불문에 붙여버렸다.

　옥에 갇혀 있던 원소의 모사 저수도 조조 앞으로 붙들려 나왔다. 조조
또한 본시부터 저수를 알고 있는지라 당하로 달려 내려가며 반가이 맞
았다.

　"오오! 이게 얼마 만이오."

　그러나 저수는 머리를 내저으며 큰소리로 외쳤다.

　"나는 항복하지 않을 테니 빨리 목을 베오!"

　"원소가 우매해 공의 말을 듣지 않았거늘 무엇 때문에 아직 그에게 연
연해 한단 말이오! 우리 이제부터 뜻을 같이하여 큰일을 도모해 봅시다."

　조조는 저수를 죽이지 않고 매우 후하게 대접했다. 그러나 저수는 끝
내 뜻을 굽히지 않고 지내더니, 어느 날 밤 말을 훔쳐 타고 원소를 찾아가
려 했다. 조조는 더는 참을 수 없어 그를 죽이도록 명했다. 저수는 참형을
당하면서도 얼굴빛 하나 변하지 아니하고 태연하게 말했다.

　"내가 내 주인을 찾아가는데 조금도 부끄러움이 없다."

　조조는 저수를 죽이고 나서 크게 후회했다.

　"아아, 내가 충의지사(忠義之士)를 경솔히 죽여버렸구나!"

　조조는 좌우에 명하여 저수의 장례를 성대하게 지내주게 하고, 그의
무덤에 '충렬저군지묘(忠列沮君之墓)'라는 묘비를 세워주었다.

원소의 패망

원소는 불과 팔백여 명의 부하를 거느리고 여양까지 쫓겨왔다. 그러나 부하들과의 연락이 단절되어 어디로 갈지 갈피를 못 잡고 있었다.

산 밑에서 밤을 새우고 있노라니 마을의 남녀노유(男女老幼)가 모두들 목을 놓아 통곡하는 소리가 들려왔다. 그 울음소리에 귀를 기울여보니, 그날의 싸움에서 목숨을 잃어버린 군사의 가족들이 대성통곡하고 있는 소리였다. 그 울음소리를 듣고 있자니 참패의 쓰라림이 뼈에 사무치는 것만 같았다.

원소는 그제야 용기를 다소 회복해 기주로 돌아가려는데, 이번에는 대장 봉기가 달려왔다. 원소는 봉기를 보고 말했다.

"내가 전풍의 말을 듣지 않았다가 이런 참패를 당했으니, 이번에 돌아가거든 그를 옥에서 불러내 중하게 써야겠소."

평소 전풍과 사이가 좋지 않았던 봉기는 내심 은근히 걱정스러워 이렇게 말했다.

"주공께서는 그렇게 말씀하시지만 소문에 의하면 전풍은 옥중에서 우리가 참패했다는 소식을 듣고 손뼉을 치며 크게 기뻐하더랍니다. 주공께서 자기 말을 듣지 않고 옥에 가두어 원한이 골수에 사무쳤던 모양입니다."

"전풍이 내가 참패했다는 소문을 듣고 손뼉을 치며 좋아했단 말인가? 그놈이 감히 그럴 수 있나? 그런 역심을 품었다면 아예 죽여버려야 할 것이오!"

원소는 봉기의 탄소에 현혹되어 크게 노했다.

실상인즉, 전풍은 옥중에서 원소가 대패했다는 소식을 듣고 밥도 먹지 않고 슬퍼하고 있었다. 전옥이 찾아와 평소부터 존경하는 전풍을 위로했다.

"주공께서 이번만은 장군님의 충간(忠諫)을 절실히 깨달으셨을 테니 이제 돌아오시면 반드시 중용할 것입니다."

전풍은 그 소리를 듣고 대뜸 고개를 흔들었다.

"천만의 말씀이오. 충신의 말을 듣고 간신의 참소를 간파할 줄 아는 주군이라면 이번엔들 왜 참패를 당했겠소. 모르면 모르되 나는 머지않아 죽음을 면하지 못할 것이오."

"설마 그럴 리 있겠습니까?"

전옥은 위로의 말이 없어 한숨만 쉴 뿐이었다.

원소가 성중에 돌아온 것은 바로 그날이었다. 그는 성중에 돌아오자마자 곧 사자를 옥으로 보내 전풍에게 '죽음의 칼'을 내렸다.

전풍은 조용히 옥을 나와 멍석 위에 정좌하고 앉았다.

"천지간에 대장부로 태어나 주인을 잘못 택했던 것은 내 자신의 불명(不明)이었으니 이제 누구를 원망하리오."

그렇게 말한 전풍은 자기 목을 칼로 찔렀다. 그 소문이 세상에 퍼지자 듣는 사람들 모두가 눈물을 뿌리며 그의 죽음을 슬퍼했다.

원소는 싸움에 크게 패하고 돌아온 이후에는 내전(內殿)에 깊이 파묻혀 날마다 번민 속에 살고 있었다. 워낙 나이가 많은 데다가 극심한 고뇌를 안고 살다 보니 그의 건강은 눈에 띄게 쇠약해져갔다.

어느 날 원소의 후처인 유 부인이 걱정스럽게 간청했다.

"당신이 건강하실 때에 세사(世嗣)를 미리 결정해 두는 게 좋을 것입니다. 그래야만 후사를 중심으로 제주(諸州)가 합심 일체가 될 것이 아닙니까?"

유 부인이 그렇게 말하는 데는 복심(腹心)이 있었다.

원소에게는 원담(袁潭), 원희(袁熙), 원상(袁尙)의 세 아들이 있었는데, 위의 두 아들은 전실 소생이고 셋째 아들 원상만이 유 부인의 소생이었다. 유 부인은 원상을 후사로 정하고 싶어 그렇게 말했던 것이다.

"하긴 나도 이제 심신이 모두 피로하니 후사를 정할 생각이오."

그렇게 대답했지만 원소의 심중도 복잡했다. 귀엽고 총명한 점으로 보아서는 원상을 후계자로 정하고 싶은 마음이 간절했다. 그러나 맏아들 원담은 청주(靑州)를 지키고 있고, 둘째 아들 원희는 유주(幽州)를 지키고 있는 터에, 이제 그들을 제치고 셋째 아들 원상을 후계자로 정했다가 과연 어떤 말썽이 일게 될지 적이 걱정스러웠다.

원소는 혼자 걱정하다 못해 하루는 심배, 봉기, 신평, 곽도를 한자리에 모아놓고 그 문제를 논의했다.

"오늘은 나의 후계자를 미리 정해 두고 싶어 여러분을 불렀소. 제대로 하자면 나의 후계자를 응당 맏아들 담으로 정해야 할 것이오. 그러나 담은 위인이 너무 강포(强暴)해 그보다는 차라리 영웅지표(英雄之表)가 풍부한 상(尙)을 후계자로 정할까 하는데, 여러분의 생각은 어떻소?"

곽도가 대뜸 나서며 반대의견을 냈다.

"천부당만부당한 말씀이십니다. 자고로 형을 제쳐놓고 아우에게 후사를 맡겨 국가가 태평한 적은 없습니다. 지금 밖으로 조조에게 끊임없는 침략을 당하고 있는 판에, 후사를 잘못 정하여 내분의 알력까지 생기게 되면 장차 우리의 운명이 어찌 되겠습니까?"

원소가 반대에 봉착하여 결단을 내리지 못하고 있는데, 때마침 맏아들 원담이 청주에서 군사 오만을 거느리고 왔고, 둘째 아들 원희가 유주에서 군사 육만을 거느리고 왔고, 생질 고간(高幹)이 병주에서 군사 오만을 이끌고 왔다. 원소가 관도에서 크게 패했다는 소식을 듣고 모두들 돕기 위해 달려온 것이다.

"뭐니 뭐니 해도 역시 정세가 위급할 때에는 핏줄밖에 없구나."

원소는 내심 크게 기뻐하며 또다시 조조를 쳐부술 생각에 골몰했다.

한편 대승을 거둔 조조는 일단 군사를 정리하기 위해 황하 상류에 머무르고 있었다. 어느 날 토인(土人)의 무리가 조조를 만나겠다고 찾아왔다. 그들은 모두 백발노인들이었다. 조조는 그중에서도 나이가 가장 많이 들어 보이는 노인에게 물었다.

"노인장은 올해 춘추가 몇이시오?"

노인이 대답했다.

"저는 일백네 살이고, 이 사람은 일백두 살이고, 그 밖의 사람들도 모두 팔구십은 넘었을 것입니다."

"허어, 모두들 다복하신 분들이시구려. 내가 오늘은 여러분의 만수무강을 바라는 마음에서 술을 한 잔씩 대접하겠소."

조조는 그들에게 술과 고기를 대접하면서 말했다.

"나는 본시 노인을 존경하는 사람이오! 오늘 연로하신 여러분을 한자리에서 대하게 되니 여간 기쁘지 않소."

노인들도 술대접을 받으며 기뻐했다. 그 중의 한 노인이 술이 거나하게 취하여 조조에게 말했다.

"지금부터 오십여 년 전, 환제(桓帝) 때의 일이었습니다. 그 무렵 요동 사람으로 은규(殷馗)라는 유명한 예언자가 우리 마을에 온 적이 있습니다. 그때 그 예언자가 말하기를 '내가 요즘 천문을 보건대 황성(黃星)이 건상(乾象)에 나타났으니, 이는 오십여 년 뒤에 진인(眞人)이 양패지간(梁沛之間)에서 일어날 징조로다'라고 했습지요. 그 뒤 원소가 권세를 잡으면서 악정이 계속돼 백성들은 도탄 속에서 허덕이게 되었습니다. 이런 세월이 언제까지나 계속되려는지 원성이 자자하던 차에 오십 년이 지난 오늘에야 조 승상께서 나타나셨습니다. 그러고 보니 조 승상이야말로 일찍이 은규가 예언한 '진인'이 분명해 보입니다. 저희들은 조 승상께 환영의 뜻을 전하려고 찾아왔습니다."

조조는 그 말을 듣고 크게 기뻐하며 말했다.

"내 어찌 노인장 말씀을 당할 수 있으리까."

조조는 노인들을 융숭히 대접하여 돌려보낸 뒤에, 곧 전군에 다음과 같은 군령을 내렸다.

첫째, 농가의 농작물에 해를 끼치는 자는 참한다.

둘째, 민가의 개나 닭을 해하는 자는 참한다.

셋째, 부녀를 농락하는 자는 참한다.

넷째, 술을 마시고 민간에 해를 끼치는 자도 가차 없이 참한다.

다섯째, 노유(老幼)를 애호하여 인덕(仁德)을 베푸는 자에게 상을 준다.

그와 같은 군령을 내리자 군사들은 모두 두려워하여 행동을 조심했고, 백성들은 그 말을 전해 듣고 한결같이 조조의 덕을 칭송했다. 그 후로는 누구나 앞을 다투어가며 원소 측의 정보를 조조에게 전해 주었다.

어느 날 민간인이 제공해 준 정보에 의하면 원소는 조조에게 설욕전을 펼치기 위해 기주, 청주, 유주, 병주의 군사 삼십만을 모아 거느리고 창정(倉亭)으로 진군해 온다고 했다.

조조도 즉시 전군에 출동 명령을 내려 창정에서 적과 대진했다. 원소가 세 아들과 생질을 뒤에 거느리고 도도하게 앞으로 나오며 조조를 불렀다. 조조도 수하 장수들을 뒤에 거느리고 나서며 원소에게 소리쳤다.

"원 장군은 계궁역진(計窮力盡)한 지금 어찌하여 항복할 생각을 안 하오? 칼이 목에 가 닿을 때에는 이미 뉘우쳐도 소용없을 것이오."

원소는 대로하여 수하 장수들을 돌아보며 소리쳤다.

"저놈을 당장 쳐부술 자 없느냐?"

셋째 아들 원상이 부친 앞에서 공을 세워보려고 쌍도(雙刀)를 휘두르며 말을 달려 나왔다.

조조는 그를 보고 손을 들어 가리키며 물었다.

"저 자가 누군가?"

"원소의 셋째 아들 원상입니다. 제가 나가서 싸우겠습니다."

그렇게 대답하며 비호같이 말을 달려나간 장수는 서황의 부장 사환(史渙)이었다.

두 장수가 서로 어울러져 싸우기를 사오 합 만에 원상이 문득 말머리를 돌려 부지런히 달아나기 시작했다. 사환이 그의 뒤를 맹렬히 추격했다. 부지런히 달아나던 원상이 활에 살을 매겨 잡더니, 별안간 몸을 돌리며 화살을 쏘아 갈겼다. 화살이 왼쪽 눈에 깊숙이 꽂히는 바람에 사환은 어이없게도 말에서 떨어져버렸다.

그와 동시에 원소의 진지에서 천지를 뒤흔드는 듯한 환성이 솟아나오며, 수만 군사가 노도와 같이 덤벼왔다. 조조의 군사들은 참패를 거듭했다. 비록 사기는 많이 저하되었다 하더라도 장비에 있어서나 수효에 있어서나 하북의 원소군은 아직도 단연 우세했던 것이다.

싸움은 그로부터 날마다 계속되었다. 그러나 조조는 며칠을 두고 연일 연패였다.

"무슨 신기한 전법이 없겠소?"

정욱이 대답했다.

"형세가 이렇게까지 불리해졌으니 이제는 십면매복지계(十面埋伏之計)를 쓰는 게 상책일 것입니다."

"십면매복지계란 어떤 전법이오?"

"황하를 뒤로 두고 군사를 십면으로 매복해 놓고, 원소를 강변까지 꾀어다가 일대 결전을 전개하는 것입니다. 우리 군사들은 뒤로 물러갈 수 없어 죽기로 싸울 것입니다."

"배수진(背水陣)을 치자는 말이구려!"

조조는 그 계교를 옳게 여겨, 모든 군사를 좌우 열 대로 나누어 강변에 매복시켰다.

좌일대는 하후돈,

좌이대는 장요,

좌삼대는 이전,

좌사대는 악진,

좌오대는 하후연,

우일대는 조홍,

우이대는 장합,

우삼대는 서황,

우사대는 우금,

우오대는 고람,

그리고 중군의 총대장으로 허저를 임명했다. 그러나 적도 이미 이편의 정보를 알았는지라 좀처럼 공격해 오지 않았다. 조조는 적을 기다리다 못해, 어느 날 밤 허저를 시켜 적진을 공격하게 했다.

허저를 본 오채(五寨)의 군사가 일제히 사면으로 포위해 왔다. 허저는 좌충우돌하며 한바탕 싸우다가 짐짓 포위망을 뚫고 맹렬히 쫓기는 기세를 보였다.

적은 대군을 휘몰아 쫓아왔다.

"너무 깊이 들어가지 마라! 적은 지금 배수진을 치고 있다!"

원소 부자가 일선에서 긴급 명령을 내렸다. 그러나 싸움에 정신이 없는 일선 부대에까지 그 명령이 전해질 리가 없었다. 더구나 군사들은 궁적(窮敵)을 쫓기에 여념이 없어 강변 깊숙이까지 추격해 갔다.

바로 그때였다.

"우리의 승리는 이 싸움에 달렸다. 제군(諸軍)은 죽기를 각오하고 싸우라!"

조조가 지휘도를 휘두르며 전선에 나서서 고함을 지르니 어둠 속에서 모든 군사가 일제히 함성을 울리며 개미 떼처럼 몰려나왔다.

전선은 어지러워졌다. 추격에만 급급했던 원소의 군사들은 불의의 반격을 당해 갈 바를 모르고 우왕좌왕했다.

원소는 급히 퇴군령을 내렸다. 그러나 퇴군하기에는 이미 십면(十面)으로 추격해 오는 적의 공격이 너무도 치열했다. 그 바람에 원소의 삼십만 대군은 아우성만 칠 뿐 제대로 싸우는 병사가 없었다.

원소는 아들 삼 형제만을 데리고 급히 도망을 치기 시작했다. 그러나 얼마 못 가 좌편으로 악진, 우편으로 우금이 일시에 달려들었다. 원소는 말을 갈아타기를 사오 차례나 거듭하며 간신히 위기에서 벗어났다. 그러자 이번에는 우측으로 서황, 좌측으로 이전이 앞을 가로막으며 들이쳤다. 그 바람에 둘째 아들 원희는 깊은 상처를 입었고, 생질 고간은 싸울 수 없을 정도로 중상을 입었다.

백여 리나 쫓겨 달아난 원소는 날이 밝아올 무렵에야 간신히 적의 공격을 모면할 수 있는 안전지대에 도달했다. 원소가 그제야 군사들을 급히 끌어 모으니 삼십만 대군 중에서 뒤따라온 군사는 겨우 일만여 명뿐이었다. 더구나 창에 찔린 부상병이 대부분이었다.

"아아! 내 평생 수십 차례나 싸움을 겪었지만 이렇게도 참패하기는 처음이구나!"

원소가 동녘 하늘을 우러러보며 탄식을 마지않는데, 뒤따라 오던 원상이 별안간 원소에게로 뛰어오며 소리쳤다.

"앗! 아버님 입에서 피가 흐르니 웬일이십니까?"

그 소리에 원담과 원희도 깜짝 놀라 달려왔다.

원소는 워낙 노령인지라 밤 새워 싸운 것이 무리였던지 입에서 피를 흘리며 마상에서 쓰러졌다. 원소의 아들 삼 형제는 부친을 급히 풀밭에 누여놓고 응급 치료를 했다.

"염려 마라! 나는 아직도 자신이 있다."

원소가 억지로 정신을 가다듬어 그렇게 말하는데, 앞에 가던 부대가 급히 되돌아오며 소리쳤다.

"큰일 났습니다. 적이 전방에서 길을 막고 우리를 습격해 오고 있습니다."

그야말로 설상가상이었다.

원담은 의식이 분명하지 못한 원소를 등에 업고, 아우들과 함께 다시 수십 리를 쫓겨 달아나는 수밖에 없었다.

"괴롭다! 그만 내려놓아다오!"

원소가 아들의 등에 업힌 채 중얼거렸다. 원담이 풀밭에 전포(戰袍)를 깔고 원소를 눕혔다. 새벽 달빛이 대지를 싸늘하게 비추고 있었다. 원소는 흐려진 시선으로 새벽달을 하염없이 바라보다가 말했다.

"나는 이제 천명이 다한 것 같구나. 너희들 삼 형제는 본국에 돌아가거든 다시 군사를 정비하여 조조와 승부를 결하도록 하여라. 이 아비의 원수를 갚아줄 사람은 오직 너희들뿐이다!"

그 한마디를 힘겹게 내뱉은 원소는 검은 피를 토하고 사지를 버둥거리며 그대로 숨을 거두었다. 원담과 원희, 원상은 목을 놓고 통곡했다. 그들은 원소가 죽은 사실을 비밀로 해둔 채 유해를 기주성에 모셔다두었다.

"주군은 지금 병중이셔서 아무도 만나지 못하신다!"

그런 다음 셋째 아들 원상을 집정(執政)으로 하여 군사를 장악하게 했다. 그리고 큰아들 원담은 청주에, 둘째 아들 원희는 유주에, 생질 고간은 병주로 돌아가 재기를 노리게 되었다.

한편 창정에서 크게 이긴 조조는 삼군에 상을 후히 내리고 다시 원소의 동정을 살피게 했다. 첩자가 적정을 살피고 돌아와 조조에게 보고했다.

"원소는 병으로 누워 있고, 원상과 심배는 성을 굳게 지키고 있고, 원담과 원희, 고간 등은 제각기 자기 고을로 돌아갔습니다."

수하의 장수들은 그 말을 듣고, 이 기회에 원소를 아예 없애버리자며 다시 싸우기를 권했다. 그러자 조조가 말했다.

"지금은 곡식이 무르익어가는 시절이오. 우리가 싸움을 전개해 백성들의 곡식에 해를 입히게 되면 크게 인심을 잃게 되오. 더구나 아직 심배 같은 명장이 건재하니 비록 원소가 병중이라 해도 결코 경시해서는 안 되오. 우리 군사도 오랜 싸움에 무척 피곤해 있으니, 당분간은 은인자중하다가 추수 때나 지나거든 다시 도모합시다."

조조가 장수들에게 그런 이야기를 하고 있는 중에, 허도에서 온 급사가 순욱의 글을 전했다.

　여남(汝南)에 있는 유현덕이 유벽(劉辟), 공도(龔都) 등과 한통속이 되어 허도로 쳐들어올 기색을 보이니 급히 회군하라는 내용이었다.

　조조는 그 글월을 보고 크게 노했다.

　"유현덕이 그렇게 나온다면 그가 허도에 오기를 기다릴 것이 아니라 우리가 선수를 쳐서 유비를 쳐부수면 그만 아닌가."

　조조는 즉석에서 결단을 내려 조홍으로 관도를 지키게 한 다음 자기 자신은 대군을 거느리고 즉시 여남 정벌의 길에 올랐다.

　이때 유비는 관우, 장비, 조자룡 등의 장수와 더불어 대군을 이끌고 허도를 엄습하러 여남을 떠났었는데, 양산(穰山) 땅에서 조조의 군사와 마주쳤다.

　유비는 어쩔 수 없이 조조와 정면충돌하게 되었다. 행군을 정지하고 전투태세를 갖추기 위해 전군을 세 부대로 나눈 유비는 관우에게 동남쪽을, 장비에게는 서남쪽을 맡게 하고, 자기는 조자룡과 더불어 정남쪽을 맡기로 했다.

　싸움은 그날 밤부터 치열하게 전개되었다. 조조는 몸소 중군을 좌우로 갈라 헤치며 전선으로 나서더니 큰소리로 외쳤다.

　"내가 할 말이 있으니 현덕은 앞으로 나오라!"

　유비는 깃발을 날리며 일선으로 마주 달려나갔다. 조조가 유비를 보자 큰소리로 꾸짖었다.

　"현덕은 듣거라! 내 너를 융숭히 대접했거늘, 이제 은혜를 잊어버리고 나에게 화살을 겨눌 작정이란 말이냐?"

　이번에는 유비가 한걸음 나서며 큰소리로 대를 놓았다.

　"네가 벼슬은 비록 한나라의 승상이지만 실상은 한나라의 도둑이 아니고 무엇이냐? 나는 한나라의 종친으로서 천자의 조칙을 받들고 너를 치려는 것이다. 네게 반심이 없거든, 내가 조칙을 읽을 테니 잘 들어보라!"

유비는 그렇게 말하고, 품안에서 의대조(衣帶詔)를 꺼내어 낭랑한 목소리로 읽어나갔다. 조조는 크게 노하여, 옆에 있는 허저에게 불호령을 내렸다.

"당장 달려나가 저놈을 사로잡아 오라!"

허저가 맹렬한 기세로 말을 달려나가니 유비의 등 뒤에 서 있던 조자룡이 창을 꼬나 잡으며 부리나케 마주 달려 나왔다.

두 장수가 서로 어우러져 싸우기를 삼십여 합이 지났건만 좀처럼 승부가 나지 않았다. 이때 홀연 함성이 크게 일어나며 동남쪽으로부터 운장이 쳐들어오고, 서남쪽으로부터 장비가 휘몰아 나왔다.

유비의 군사들이 삼면으로 공격해 오자 조조의 군사들은 도저히 당해낼 재간이 없어 오십여 리나 쫓겨 달아났다. 유비는 최초의 전투에서 대승한 것을 진심으로 기뻐했다. 그러나 관우는 고개를 가로흔들었다.

"조조는 꾀가 많은 사람이어서 앞으로 어떤 수단을 들고 나올지 알 수 없습니다. 아직 기뻐하기에는 이릅니다."

다음날 유비는 조조의 심리를 알아보려고 조자룡을 시켜 싸움을 청해 보았다. 그러나 조조는 일체 응전할 기색을 보이지 않았다. 다음날은 장비를 시켜 싸움을 걸어보았다. 조조는 역시 침묵을 지켰다. 날마다 싸움을 붙여보았지만 칠팔 일이 지나는 동안 조조는 시종 여일하게 싸울 기색을 보이지 않았다.

"암만해도 수상해. 조조가 전의를 상실했을 리가 없는데, 저토록 침묵을 지키고 있는 까닭이 무엇일까?"

조조를 잘 알고 있는 관우는 맘속으로 은근히 걱정했다. 마침 그때 탐마가 급히 달려와 유비에게 급보를 알렸다.

"여남에서 군량을 운반해 오던 우리 부대가 조조의 복병들에게 걸려들어 전멸 상태에 빠졌습니다."

"장비가 급히 달려가 그들을 구하라!"

그 말이 채 끝나기도 전에 다른 탐마가 헐레벌떡거리며 달려 들어오더니 보고했다.

"하후돈이 군사를 이끌고 멀리 돌아가 여남성을 치는 바람에 우리 부대가 고전하고 있습니다."

유비는 크게 낙담하여 관우로 하여금 여남을 구하라 했다. 여남성에는 가족들이 있는 만큼, 유비는 매우 걱정스러웠다.

다음날 유비에게는 또다시 낙심천만한 비보가 날아들었다.

군량 수송 부대를 구하러 가던 장비가 도중에서 적을 만나 완전 포위당했고, 여남성을 구하러 떠난 관우는 적과 한바탕 싸우다가 성을 지키던 유벽이 달아나는 바람에 그 역시 적에게 포위된 채 연락이 끊어졌다는 것이었다.

사세가 그쯤 되고 보니 유비의 진퇴가 매우 곤란했다.

"이왕 이렇게 된 바에 죽기로 싸워 이 판에 아주 승부를 결해 버리는 것이 어떻겠습니까?"

조자룡이 비장한 각오로 말했다.

"그건 안 될 말이오. 지금 이 마당에 싸운다는 것은 너무 경솔한 일이오."

유비는 조자룡을 신중하게 타일렀다. 그러나 사태가 워낙 위중해졌기 때문에 실상은 유비 자신도 어찌할 바를 모르고 있었다.

내분은 파멸을 부르고

관우는 여남에서 적에게 포위를 당한 이후에 소식이 묘연했고, 장비는 부대를 구하러 갔다가 적에게 에워싸여 위급하게 되었다고 하니 유비는 어찌할 바를 몰랐다.

'지금 형편으로는 도저히 적과 싸울 수 없으니 우선 양산으로 퇴각하자!'

그러나 군사를 이끌고 안전하게 퇴각하기란 오히려 진격하기보다도 어려운 일이었다. 그리하여 며칠을 두고 준비공작을 하다가 야간을 이용하여 퇴각을 개시했다. 그러나 양산에 도달하기도 전에 별안간 산중에서 횃불이 무수히 밝혀지며 천지가 진동하는 듯한 함성이 일어났다.

"유비는 도망 마라! 승상이 예서 기다리신다."

함성소리에 유비의 군사는 혼비백산하여 사방으로 흩어졌다. 유비도 당황하여 달아날 길을 찾으니, 조자룡이 앞으로 나오며 자신 있게 말했다.

"주공은 염려 말고 자룡의 뒤를 따라오십시오. 덤벼 오는 적은 제가 막아 내겠습니다."

조자룡이 철장을 꼬나 잡고 말을 놓아 협로를 뚫고 나가니, 유비는 쌍검을 빼어들고 뒤를 따랐다. 한창 군사를 쳐 물리며 나아가는 중에 문득 허저가 말을 달려 뒤쫓아왔다.

조자룡이 허저를 맞아 맹렬히 싸우는데 이번에는 우금, 장요와 그 휘하의 부장들까지 무더기로 달려들었다. 유비도 조자룡에게 가세해 맹렬히 싸웠다. 그러나 많은 군사들을 당해 내기는 어려운 일이어서 세궁역진해진 유비는 단기필마(單騎匹馬)로 도망을 치기 시작했다. 정신없이 쫓기기를 이삼십 리, 산중에 몸을 숨기고 간신히 숨을 돌리려니, 어느덧 날이 밝아왔다.

관우, 장비를 잃고 이제 조자룡마저 잃었으니 유비는 글자 그대로 단신고영(單身孤影)이었다. 암울한 생각을 달래가며 길을 찾아나가는데, 저만치서 한 떼의 군사들이 달려왔다. 유비가 깜짝 놀라 자세히 살펴보니, 그 군사는 적이 아니라 아군인 유벽이었다. 유벽이 손건, 간옹, 미방 등과 함께 여남에서 패한 군사 천여 명을 거느리고 유비를 찾아오는 길이었다.

"모두들 수고하셨소. 그래 운장은 그 후 어찌 되었소?"

유비는 그들을 반갑게 맞으며 관우의 소식을 물었다.

"운장께서는 저희들과 같이 싸우다가 어디로 가셨는지 잘 모릅니다. 적의 추격이 머지않으니 어서 달아나야 합니다."

그러나 그들은 오 리를 채 못 가 고람, 장합의 부대와 마주치게 되었다.

유벽이 앞으로 달려나가 고람과 맞싸웠다. 그러나 삼 합을 채 못 버티고 유벽은 고람의 칼에 목이 날아가고 말았다.

이제는 어쩔 수 없이 유비 자신이 싸움을 가로맡았다. 십 합, 이십 합,

삼십 합을 겨뤘지만 좀처럼 승부가 나지 않았다. 그때 별안간 뒤쪽이 어수선해지며 한 장수가 짓쳐들어오더니 고람의 목을 단칼에 휘갈겨버렸다. 급히 보니 조자룡이었다. 조자룡은 고람의 목을 베고 나더니 군사를 급히 수습하여 이번에는 장합과 싸우기 시작했다.

싸우기 시작한 지 삼십여 합 만에 장합이 마침내 달아나기 시작했다. 조자룡이 단기필마로 급히 뒤쫓았다. 그러나 적의 수효가 워낙 많아 좀처럼 쳐부수기 어려운데, 때마침 여남에서 관평, 주창 등을 거느리고 돌아오던 관우가 그 광경을 보고 급히 합세하여 장합 군을 격퇴시켜버렸다.

"아아, 하늘이시여! 저를 구해 주셔서 감사합니다."

유비는 뜻하지 못했던 승리에 너무나 기뻐 하늘을 우러러 축수를 올리고 양산으로 돌아왔다.

양산에 안착한 유비와 여러 장수들이 한자리에 모여 승리를 기뻐하는데 때마침 소식이 두절되었던 장비가 돌아왔다. 그의 보고에 의하면 수송 부대의 대장이었던 공도는 적장 하후연의 손에 아깝게도 전사를 했다는 것이었다.

"아아, 아깝게도 장수 한 명을 또 잃었구나!"

유비가 슬픔을 마지않아 하고 있는데 이번에는 또 다른 급보를 가진 탐마가 달려왔다.

"조조가 직접 대군을 거느리고 지금 우리를 공격해 오고 있습니다."

유비는 손건으로 하여금 부녀자들을 거느리고 먼저 피난의 길을 떠나게 한 뒤에 자기 자신은 관우, 장비, 조자룡 등과 함께 뒤에 쳐져서 한편으로는 싸우며 한편으로는 후퇴하는 전술을 펼쳤다.

이날의 싸움에서 조조에게 죽은 유비의 군사는 천여 명이나 되었다. 조조는 완전히 몰락해 버린 유비를 보고 승리의 기쁨에 도취하여 일단 허도로 돌아가기로 했다. 이때에 유비 진영에 남아 있는 군사는 겨우 천여 명이었다.

유비는 부평초 모양으로 또다시 끝없는 유랑의 길에 올랐다. 어딘지도 모를 곳을 지향 없이 행진하고 있노라니 한줄기 강물이 앞을 가로막았다.

"예가 어딘가?"

유비가 좌우를 돌아보고 물었으나 아는 자가 아무도 없었다.

그 지역 토착민들을 불러 물어보니 한강(漢江)이라고 대답했다. 다행히도 토착민들이 유비를 알아보고 술과 고기를 갖다주었다. 유비가 여러 장수들과 모래밭에 둘러앉아 술을 마시며 한숨을 쉬었다.

"관우, 장비, 손건, 조자룡은 왕좌지재(王佐之才)를 가졌으면서 나같이 박덕한 사람을 따른 까닭에 줄곧 고생만 하게 되는구려. 그나마 이제는 몸 둘 곳조차 없게 되었으니, 제군은 이제라도 나를 버리고 명군(明君)을 찾아가 공명을 취하는 것이 어떻겠소?"

유비의 입에서 너무도 비장한 말이 나오는 바람에 여러 장수들은 술잔을 손에 든 채 하염없이 눈물을 흘렸다.

관우가 술잔을 놓으며 말했다.

"형님 말씀은 옳지 않으십니다. 그 옛날 한고조는 항우와 싸울 때마다 패했으나 구리산(九里山) 싸움에 한 번 이겨 마침내 사백 년의 기초를 닦으셨습니다. 우리가 황숙과 사적으로는 형제의 의를 맺고 공적으로는 군신의 충성을 맹세한 지 어언 이십여 년, 그간에 고생도 많았지만 우리의 전도는 이제부터입니다. 승부는 병가지상사(兵家之常事)이오니 부디 낙심 마셔야 합니다."

그러자 이번에는 손건이 말했다.

"여기서 형주는 그리 멀지 않습니다. 형주 태수 유표는 아홉 고을을 다스리고 있어 군사도 강하고 양식도 넉넉하니, 우선은 그리 가서 잠시 몸을 의탁하는 게 좋을 것입니다."

유비가 주저하는 빛으로 말했다.

"좋은 생각이오. 유표는 나와 한실 종친간이니 우리를 용납해 준다면 오죽 좋겠소. 그러나 그간에 아무런 내왕이 없다가 별안간 이 많은 사람들을 데리고 가면 받아줄지 의심스럽소."

"그러면 제가 먼저 가서 유표 장군의 뜻을 알아보고 오겠습니다."

형주를 향하여 말을 달려간 손건이 유표를 만나 말했다.

"유비 장군은 천하의 영웅이십니다. 비록 수하에 군사는 적고 장수도 몇 명 안 되오나 항상 사직을 염려하시는 그 어른의 충정은 철저한 바 있으십니다. 그 분이 지금 조조에게 패하여 몸 둘 곳이 없으셔서, 일시나마 강동의 손씨(孫氏)에게 의지할까 하시기에 본인이 유 장군께 말씀드려 보려고 찾아온 길입니다."

유표는 그 소리를 듣고 기쁜 낯으로 대답했다.

"현덕과 나는 같은 한실 종친으로 내 아우뻘 되는 사람이오. 그가 의지할 곳이 없어 강동으로 가겠다니 내 어찌 그냥 내버려둘 수 있으리오. 현덕 일가에게 나를 찾아오게 하오."

그러자 옆에 앉아 있던 대장 채모가 간했다.

"현덕을 불러오시면 나중에 반드시 우환을 받게 될 것입니다. 유비는 도무지 의리를 모르는 사람입니다. 그는 처음에는 여포를 따르다가 다음에는 조조를 섬겼고, 근자에는 원소에게 갔다가 다시 그를 배반했으니 족히 그 인물됨을 알 수 있는 것입니다. 이제 그를 용납하면 조조가 반드시 우리에게 원한을 품고 군사를 일으켜 오지 않을까 염려될 뿐입니다."

그 말을 들은 손건이 정색을 하며 채모를 나무랐다.

"장군은 사리에 맞지도 않은 중상모략은 그만두시오. 현덕 장군이 비록 부득이한 사정으로 일시 몸 둘 곳을 찾아다녔기로 어찌 그 어른의 참된 인품을 의심할 수 있단 말이오? 여포는 과연 정의의 인사였으며, 조조는 과연 한실의 충신이었단 말이오? 그리고 원소로 말하자면 애당초 국가를 구출할 인물이 못 되오. 현덕 장군이 사직을 광부(匡扶)하기 위해 천하를 주유했기로 그것이 무슨 흠이란 말이오?"

유표는 손건의 말을 옳게 여겨 채모를 은근히 꾸짖었다.

"내 이미 뜻을 정한 바 있으니 채모는 여러 말 마오!"

채모는 속으로 한을 품은 채 얼굴을 붉히며 물러나갔다.

손건은 급히 돌아와 유비에게 길보를 전했다. 유비 일족이 형주로 찾아오는데, 유표는 삼십 리 밖까지 친히 나와 기꺼이 맞으며 말했다.

"우리는 다 같은 한실의 종친이니 이제부터 힘을 합하여 국운을 길이 선양합시다."

이리하여 유비는 기구한 운명을 잠시나마 유표에게 의탁하게 되었으니 때는 건안 칠년 가을이었다.

조조는 유비 일족이 형주의 유표에게 의탁하고 있다는 소식을 듣고, 군사를 일으켜 형주를 치려했다. 그러나 모든 장수들이 말리고 나섰다.

"겨울을 앞두고 군사를 일으키는 것은 결코 이롭지 못합니다. 해춘(解春)을 기다려서 치는 것이 유리합니다."

조조는 그 말을 옳게 여겨 군사를 거느리고 일단 허도로 돌아왔다.

해가 바뀌어 건안 팔년 정월이었다. 조조는 또다시 군사를 일으킬 생각으로 하후돈과 만총에게 여남을 지키며 유표를 견제하게 하고, 조인과 순욱으로 허도를 지키게 한 뒤에 자기 자신은 대군을 거느리고 관도로 나가 원소의 무리들을 공격했다.

기주는 크게 동요했다. 원소의 아들 원담, 원희, 원상 등은 대군을 거느리고 나와 싸웠으나 조조를 당해 낼 수가 없었다. 그들은 도처에서 참패하는 바람에 일단 관도를 포기하고 기주로 돌아갔다.

원담은 군마를 다시 증강하기 위해 청주로 내려가고, 원희는 유주로 내려갔다. 그 사이에 원소의 미망인 유씨는 아직 남편의 상사(喪事)를 세상에 발표하지 않았는데도 평소 남편에게 사랑을 받은 다섯 명의 시녀들을 후원으로 끌어내 사지를 갈가리 찢어 죽였다. 그리고 전실 소생인 두 아들이 청주와 유주에 내려간 틈을 타 남편의 죽음을 세상에 공포하는 동시에 자기 아들 원상을 후사로 결정해 버렸다. 그리고 나서 대장 봉기를 청주에 보내어, 장남 원담을 거기장군(車騎將軍)에 봉한다는 인수(印綬)를 내렸다.

인수를 받아본 원담은 어리둥절했다.

"이게 어찌 된 일이오?"

"이번에 원상 장군께서 기주의 주인이 되시면서 장군께 내리신 벼슬입니다."

"당치않은 수작 그만 하오. 나는 원씨 일가의 맏아들이오. 후사는 응당 내가 맡을 것인데 원상이 군주가 되다니 말도 안 되는 소리이지 않소."

원담은 크게 노했다.

"선군의 유언에 의하여 그렇게 정해진 모양입니다."

"아버님이 언제 그런 유언을 남겼단 말이오? 유서가 있거든 나에게 보여주오."

"유서는 유 부인이 보관하고 계셨던 까닭에 저희들은 관여할 바가 못 됩니다."

"알았소. 그렇다면 내가 직접 기주에 가서 유 부인과 담판을 하겠소."

원담이 몹시 분개하여 즉시 기주로 달려가려 하자 곽도가 손을 붙잡고 만류했다.

"지금은 형제간에 싸우고 있을 때가 아닙니다. 후사 문제는 목전의 적인 조조를 물리쳐버리고 나서 해결해도 늦지 않으니 그때까지만 참으십시오."

"하긴 그도 그렇구려."

원담은 분노를 지그시 눌러 참으며 군사를 정비하여 여양을 향해 출발했다. 그러나 원담이 가는 곳마다 싸움은 불리하게 전개되었다.

대장 봉기는 이런 위급지세를 이용해 형제간의 대립을 풀어볼 생각으로 기주의 원상에게 사람을 보내어 응원군을 청했다.

원상의 모사 심배가 이를 반대하고 나섰다.

"원담이 조조를 물리치고 나면 기주에 들어와 군주의 자리를 빼앗으려 들 것이니 응원군을 보내시면 안 됩니다. 차라리 이번 기회에 조조의 힘을 빌려 원담을 완전히 없애버리는 것이 상책입니다."

원상은 그의 말을 옳게 여겨 끝끝내 구원병을 보내지 않았다.

사자가 돌아와 사실대로 보고하자 원담은 크게 노하여 즉석에서 대장 봉기의 목을 베어버렸다. 그러고 나서 홧김에 이런 말까지 했다.

"상이란 놈이 정녕 그렇게 나온다면 나는 차라리 조조에게 투항하여 함께 아우를 치겠다."

그 말을 전해 들은 원상은 크게 두려워 몸소 군사 삼만을 거느리고 원담을 도우러 왔다. 그와 동시에 원희와 고간도 각각 대군을 거느리고 와 조조도 간단하게 침범할 생각을 못 했다.

양군은 서로 대진만 한 채 그 해가 지나고 이듬해 봄이 되었다.

건안 구년 춘삼월이 되자 조조는 다시 공격을 개시했다. 원담, 원희, 고간이 모두 크게 패하여 여양성을 버리고 달아났다. 조조는 군사를 휘몰아 기주성 밖까지 추격했다. 그러나 기주성은 워낙 금성철벽(金城鐵壁) 같아 좀처럼 깨뜨릴 수가 없었다.

그를 보고 모사 곽가가 말했다.

"이럴 때는 힘으로 적을 깨뜨리려 할 것이 아니라 계략을 써서 자멸하게 만들어야 합니다. 원씨(袁氏) 일가는 지금 장자를 폐하고 후실 소생인 삼자를 후사로 삼은 까닭에 형제간의 다툼이 심합니다. 우리가 만약 그들을 공격하면 저희는 서로 나서서 구할 것이로되, 가만 내버려두면 반드시 내란이 일어날 것입니다. 우리는 저들을 공격하기보다는 그대로 내버려두어야 승리할 수 있습니다."

조조는 그 말을 옳게 여겨, 가후를 태수로 삼아 여양을 지키게 하고, 조홍에게 군사를 주어 관도를 지키게 한 뒤에 자기 자신은 몸소 대군을 거느리고 형주로 향했다.

원담과 원상은 조조의 군사가 물러간 것을 알고 적이 안심했다. 그러자 이번에는 후사 문제로 형제간에 갈등이 생기기 시작했다.

"맏아들인 나를 무시하고 계모의 아들인 상으로 부업(父業)을 계승하게 했으니 세상에 이런 법이 어디 있단 말이오?"

어느 날 원담은 모사 곽도와 신평을 불러 노골적으로 불평을 털어놓았다. 곽도가 말했다.

"좋은 방법이 있습니다. 주공께서는 원상과 심배를 주석으로 부르십시오. 그런 다음 군사를 미리 매복해 두었다가 그들을 죽여버리면 그만 아닙니까?"

"그것 참 좋은 계교요. 그러면 주석을 베풀고 그들을 곧 부르도록 하겠소."

그러나 심배는 원담의 초청을 받고 곧 원상을 찾아와 말했다.

"주공과 제가 이 초청에 응했다가는 목숨이 남아나지 못할 것입니다. 저는 그러한 정보를 이미 듣고 있습니다."

"저들이 그런 수단으로 나온다면 내게도 생각이 있소!"

원상은 크게 노하여 대군을 이끌고 원담을 찾아갔다. 원담은 이미 계략이 탄로 난 것을 알고는 어쩔 수 없이 아우와 싸움을 벌였다. 치열한 격전 끝에 마침내 담이 패하여 달아났다. 원상은 가차 없이 원담을 추격해 왔다.

"곽도! 이 일을 어찌했으면 좋겠소?"

원담이 달아나며 곽도에게 물었다.

"일시 조조에게 투항하는 게 상책일 듯합니다. 때를 기다렸다가 조조에게 기주를 치게 하는 것이 좋겠습니다. 그리하여 원상이 패망하거든 우리는 독립을 하면 될 것입니다."

"조조에게 누구를 보내는 것이 좋겠소?"

"평원령(平原令)으로 있는 신평의 아우 신비(辛毗)가 구변이 좋으니 그 사람을 보내십시오."

원담은 곧 신비를 불러 조조에게 보냈다.

이때 조조는 형주를 공략할 계획으로 하남에 와 있었는데 원담의 사자가 도착했다는 말을 듣고 신비를 곧 만났다. 신비가 서찰을 전하며 원담이 항복한다는 뜻을 말했다. 조조는 글을 보고 나서 신비를 진중에 머무르게 한 뒤에, 참모들을 모아놓고 그 일을 의논했다.

정욱이 말했다.

"원담이 원상에게 공격을 받는 바람에 사태가 다급하여 투항하는 것이니 경솔하게 믿어서는 안 될 것입니다."

이번에는 여건이 나서서 말했다.

"승상께서 모처럼 군사를 여기까지 끌고 오셨는데, 이제 유표를 도모할 계획을 버리고 새삼 원담을 도와줄 필요는 없습니다."

그러나 모사 순유의 생각은 달랐다. 순유가 정색을 하며 말했다.

"유표는 사십이 주라는 대국을 거느리고 있으면서 국경만 튼튼하게 지키고 그 이상 발전할 생각은 아니하니, 그냥 내버려두어도 별다른 변동이 없을 것이오. 그러나 원씨 일가는 워낙 대국인 데다가 군사가 수십만이나 있어서 형제가 합심하여 부업을 지키기로 한다면 여간 큰 적이 아닐 것이오. 형제가 불화하여 원담이 투항해 온 기회를 이용해 먼저 원상을 없애고 나중에 다시 원담을 없애면 기주 천하는 절로 우리 수중으로 들어오게 될 것이 아니오?'

조조는 순유의 의견을 채용하기로 결심하고, 곧 신비를 불러 따져 물었다.

"원담이 내게 항복하려는 것이 진심이냐, 거짓이냐?"

신비가 대답했다.

"조 승상께서는 저에게 진가(眞價)를 물으실 것이 아니오라 형세를 명찰하시면 절로 판단이 내려질 것입니다. 원씨 일가는 이 대나 삼 대로 망하지 않을 정도로 강대합니다. 그러나 여러 번 싸움으로 현신(賢臣)들이 많이 죽은 데다가 지금은 후사 문제로 골육상쟁까지 벌어지고 있어서 이제는 내일의 운명을 모르게 되었습니다. 그러니 명공께서는 이 점을 특별히 명찰하소서."

조조는 그 말을 듣고 크게 기뻐하며 신비의 손을 덥석 붙잡았다.

"신비 공, 우리가 서로 만난 것이 너무도 늦은 감이 없지 않구려. 그러면 나는 군의 말대로 원담을 도와주기로 하겠소."

"만약 승상께서 이번 계획에 성공하시면 천하가 진동할 것입니다."

조조는 그날 밤으로 기주를 향하여 대군을 이끌고 떠났다.

한편, 원상은 조조의 군사가 강을 건너온다는 소리를 듣고 크게 놀라 기주로 돌아가며 여광(呂曠)과 여상(呂翔)에게 명하여 뒤를 끊게 했다.

원담은 원상의 군사가 쫓겨가는 것을 보고 대군을 이끌고 그의 뒤를 따라갔다. 그러나 수십 리를 미처 못 가 좌우 양군으로부터 맹렬한 공격을 받았다. 좌군은 여광의 군사요, 우군은 여상의 군사였던 것이다.

원담은 말을 멈추고 두 장수를 큰소리로 달랬다.

"선친께서 생존해 계실 때 내 두 분을 후하게 대접했거늘 오늘날 그대들은 어찌하여 나를 배반하고 아우를 따르려 하오?"

여광과 여상은 그 말을 듣고 곧 말에서 내려 원담에게 항복했다.

원담이 그들을 보고 말했다.

"두 장군은 내게 항복할 것이 아니라 조 승상에게 항복하도록 하오."

원담이 두 장수를 데리고 조조를 찾으니, 조조가 크게 기뻐하여 원담을 자기 사위로 삼고 여광과 여상에게는 열후(列侯)의 작위를 내렸다. 곽도는 조조의 지나친 후대가 은근히 걱정되어 원담에게 말했다.

"조조가 주공을 사위로 삼은 것은 원상을 도모한 뒤에 기북(冀北)의 모든 주(州)를 자기 영토로 삼으려는 야심 때문입니다. 그러하니 주공께서는 여광, 여상더러 만일의 경우에는 주공을 도와 조조를 치도록 미리 내통해 두십시오."

원담은 그 말을 옳게 여겨 장군인(將軍印) 두 개를 새겨 여광과 여상에게 보내며 그 뜻을 통해 두었다. 그러나 두 장수는 장군인을 받자 즉시 조조에게 그 사실을 고했다. 조조는 그 말을 듣고 소리 내어 웃었다.

"원담은 원상을 도모한 뒤에는 그대들의 힘을 빌려 나를 없앨 계획인가 보구려. 철없는 놈 같으니라구, 하하하."

조조는 아무 일도 아닌 척 호탕하게 웃으면서도 속으로는 원담을 죽여 없애야겠다고 결심했다.

이해 겨울에는 싸움 없이 지냈다. 조조는 그 동안에 수만의 인부를 동원하여 기수(淇水)의 물을 끌어 백구(白溝)까지 운하를 팠다. 그로 인해 군량을 실은 배가 허도에서 마음대로 왕래할 수 있게 되었다.

원상이 그 소식을 듣고 심배에게 물었다.

"조조의 군사가 군량을 백구로 운반해 온다 하니 이는 우리를 치려는 전초인 것 같소. 이를 어찌했으면 좋겠소?"

심배가 대답했다.

"무안(武安)에 있는 윤해(尹楷)에게 격문을 보내어 모성(毛城)에 둔을 쳐서 군량을 운반하는 도로를 확보하게 하는 동시에, 저수(沮授)의 아들 저곡(沮鵠)을 대장으로 삼아 한단(邯鄲)을 지키게 하고, 주공은 곧 평원으로 진군하여 원담을 급히 치십시오. 먼저 원담을 치고 나서 조조를 쳐야 합니다."

원상이 그 말에 따라 진림(陳琳)과 심배에게 기주를 지키게 하고 자기 자신은 마연(馬延), 장의(張顗)를 선봉으로 삼아 그날 밤으로 대군을 거느리고 평원을 향하여 떠났다.

한편 원담은 원상의 군사에게 공격을 당하자 조조에게 사람을 보내어 구원병을 청했다. 조조가 급보를 받고 회심의 미소를 지으며 허유에게 말했다.

"내가 이번에는 반드시 기주를 수중에 넣어야겠소."

조조는 조홍에게 군사를 주어 기주를 치게 하고, 자기 자신은 일군을 거느리고 윤해를 치러 갔다.

조조의 군사가 전지에 다다르자 윤해가 마주 나오며 덤벼들었다.

"허저는 나가서 저 자를 취해 오라!"

조조의 명령이 떨어지자 허저가 나는 듯이 달려나가 윤해를 한칼에 베어버렸다.

"이제라도 항복하는 자에게는 내 특별히 특사를 내리겠다!"

조조는 도망가는 적의 무리를 향하여 특사령을 내렸다. 그로 인해 투항해 오는 자가 부지기수였다.

조조는 그 길로 한단을 치러 나섰다. 적장 저곡이 군사를 거느리고 대전하러 나왔다. 이번에는 장요가 달려 나와 어우러져 싸우기를 삼 합이

못 되어 저곡이 크게 패하여 급히 달아나기 시작했다. 장요가 활을 쏘아
갈기니 저곡의 뒤통수에 그대로 명중되어 말에서 떨어져 내렸다.

조조는 군마를 휘몰아 기주성으로 달렸다. 기주성은 조홍이 이미 포위
를 하고 있었다. 그러나 아무리 공격을 하여도 기주성은 난공불락이었
다. 조조는 지하도를 파서 기주성 안으로 들어가려 했다. 그러나 적의 모
사 심배가 그 기밀을 미리 알아차리고 지하도에 물을 끌어넣는 바람에 군
사 삼백여 명이 지하에서 생죽음을 당하고 말았다.

"아아, 심배는 과연 명장이로구나!"

조조는 심배의 계략에 감탄을 마지않으며 기주성 공격을 일단 단념하
고 이번에는 양평에 있는 원상을 치려 했다.

원상은 양평에서 기주로 돌아오는 도중에 조조의 군사에게 길이 차단
되어 양평에 그대로 머무르고 있는 중이었다. 원상은 조조의 공격을 피
하여 기주성으로 돌아갈 계책을 세우고 있었다. 그리하여 이부(李孚)를
몰래 들여보내어 심배를 만나게 했다.

"주공이 군사를 이끌고 기주성 안으로 들어오려면 여간 비상한 수단을
쓰지 않으면 안 될 것이오. 게다가 많은 군사가 모두 다 성안으로 몰려 들
어오면 양식이 큰일이니, 차제에 성안에 있는 노약잔병(老弱殘兵)과 부인
네들은 성밖으로 내보내 조조에게 항복시키면 어떻겠소? 그러면 조조는
방비를 안 할 것이니, 우리는 이 기회에 백성들의 뒤로 군사를 내보내 조
조를 치도록 하십시다."

"그것 참 좋은 계책이오!"

심배는 곧 성문에 백기를 높이 달게 했는데, 그 깃발에는 '기주 백성
투항' 이라는 여섯 글자가 씌어 있었다. 조조가 그 깃발을 보고 좌우에 말
했다.

"성안에 있는 백성들이 양식이 떨어져 항복을 하는 모양이나 그들의

뒤로 반드시 군사들이 따라 나올 것이오."

조조는 장요와 서황에게 각기 오천 군마를 주어 양편에 매복시킨 뒤에 자기는 몸소 성 아래로 갔다. 과연 성문이 넓게 열리며 백성들이 손에 백기를 들고 몰려나왔다. 백성들의 뒤로는 조조의 예측대로 무장한 병사들이 노도와 같이 밀려나왔다.

조조가 분노의 눈을 부릅뜨며 홍기(紅旗)를 높이 휘두르자 성문 좌우에 매복해 있던 장요와 서황의 군사가 아우성을 치며 적을 쳐부수었다. 성에서 몰려나오던 군사들은 혼비백산하여 다시 성안으로 도망쳐 들어갔다.

조조가 급히 성안으로 군사들을 휘몰아 들이닥치려 하니 이번에는 성위에서 화살이 빗발치듯 날아왔다. 조조는 기주성을 함락시키는 것이 어렵다는 것을 깨닫자 이번에는 방향을 돌려 양평에 있는 원상을 공격할 계획을 세웠다.

조조는 양평을 공격하기에 앞서 적의 선봉장인 마연과 장의에게 사람을 보내 그들을 회유했다. 조조의 계획대로 선봉장들이 배반을 하는 바람에 원상은 크게 패하여 마침내 항복을 통고해 왔다.

"원상이 항복할 생각이 있다면 내일 만나줄 테니 오늘밤은 우선 무장을 해제하라!'

조조는 항복을 거짓 수락해 놓고, 이날 밤 장요와 서황을 보내어 원상을 죽여버리려 했다. 위기일발에서 탈출한 원상은 중산(中山) 방면으로 달아났다.

원상을 완전히 섬멸시킨 조조는 또다시 기주 공략을 개시했다. 이번에는 장하(漳河)의 물을 끌어 기주성을 물로 공격할 생각이었다.

성안의 군사들이 기아와 공포에 휩싸여 있는데, 이번에는 원담의 사신으로 갔다가 조조 진영에 머물러 있던 신비가 원상이 버리고 도망간 깃발과 인수와 의복 등을 창끝에 꿰어 들고 소리쳤다.

"성안에 있는 군사들은 들으시오! 원상은 이미 완전히 패망했으니 쓸데없이 항전하지 말고 모두들 즉시 항복하시오."

성 위에서 내려다보고 있던 심배가 크게 노하여 신비의 일가친척 팔십여 명을 모조리 끌어내 목을 베었다. 그런 다음 그들의 시체를 신비에게 던져주었다.

신비는 그 광경을 보고 호곡하기를 마지않았다. 심배의 조카 심영(審榮)은 신비와 교분이 두터운 사이였다. 심영은 심배의 참혹한 처사에 분개하여 신비에게 비밀히 편지를 보내어, 오늘밤 삼경에 서문을 열어줄 테니 군사를 들이치라고 내통했다.

그런 절호의 기회를 놓쳐버릴 조조가 아니었다. 이날 밤 조조는 심영이 지시한 대로 기주성을 들이쳐서 원씨의 본성인 기주성을 완전히 점령해 버렸다. 심배는 최후까지 잘 싸웠으나 마침내 패망하고 말았다.

조조는 심배의 지략을 몹시 아까워하며 부탁조로 말했다.

"그대는 이제라도 마음을 돌려 나를 도와줄 수 있겠는가?"

그러자 일가족이 그의 손에 몰살당한 신비가 원한이 골수에 사무쳐서 말했다.

"심배란 놈은 제 손으로 기어이 죽여야겠습니다."

그 소리를 들은 심배가 신비를 호기 있게 노려보며 말했다.

"내 살아서는 원씨의 신하가 되고, 죽어서는 원씨의 귀신이 될 것이니 간악한 신비 따위와 동일시하지 말고 어서 나를 죽이시오!"

조조는 심배의 뜻을 굽히기 어렵다는 것을 깨닫고 마침내 형장으로 끌어내 참수했다. 그런 뒤에는 심배의 충의를 애달프게 여겨 기주성 북방에 묻고 후하게 장사지내주었다. 그것으로 한때는 하북 일대를 주름잡았던 원문(袁門) 일가는 완전히 패망하고 말았다.

곽가의 요절

조조의 맏아들 조비(曹丕)는 십팔 세의 소년으로 항상 아버지를 따라 전쟁에 참가했는데, 기주성이 함락되자 수신병(隨身兵) 몇 명을 데리고 성안으로 들어오려 했다.

"당신 누구요? 승상의 명령으로 아무도 성안으로 못 들어가게 되어 있소."

성문을 지키고 있던 파수병이 조비의 앞을 가로막았다.

"이놈! 네가 승상의 영사(令嗣)를 몰라본단 말이냐!"

수신병이 파수병을 꾸짖고, 성문을 무사히 통과시켰다.

성안에서는 아직도 처처에서 여신(餘燼)이 몽몽하게 타오르고 있는데, 후당 구석에서 웬 여인 둘이 서로 얼싸안은 채 소리 없이 흐느껴 울고 있었다.

"당신들은 누구요?"

조비가 발길을 멈추고 물었다.

그러자 늙은 여인이 조그마한 목소리로 대답했다.

"첩은 원소의 후실 유가이고, 이 젊은이는 원희(袁熙)의 처 진씨(甄氏) 입니다. 원희가 유주로 출전하자 이 아이가 따라가기를 싫어하여 여기 그냥 남아 있었습니다."

보아하니 얼굴이 옥 같고 살결이 분결처럼 보드라워 천하의 절색이었다.

"나는 조 승상의 아들이오. 내가 그대들의 목숨을 구해 줄 테니 조금도 두려워 마오!"

조비는 그 한마디를 남기고 급히 당상으로 올라가 앉았다.

한편, 조조가 수하 장수들을 통솔하고 성안으로 들어오려는데, 허유가 급히 따라오더니 성문을 채찍으로 가리키며 소리쳤다.

"아만아! 네가 나를 얻지 못했던들 오늘날 이 성문을 통과할 수가 없었으리라!"

아만(阿瞞)은 조조의 아명이었다. 조조는 크게 소리 내어 웃을 뿐이었으나, 수하 장수들은 허유의 무엄한 태도에 모두들 불평을 품었다. 조조는 성안으로 들어가며 수문장에게 물었다.

"나보다 앞서 들어간 사람이 누가 있느냐?"

"승상의 장자께서 들어가셨습니다."

조조는 그 소리를 듣고 크게 노했다.

"아무리 내 아들이지만 군법을 범한 자는 용서할 수 없다. 허유와 곽도는 조비를 급히 체포하여 참하라!"

곽도가 머리를 조아리며 간했다.

"이번 싸움에 승상의 장자께서 세운 전공이 막중했으니 이번만은 너그러이 용서하십시오."

"중신들이 그렇게 말하니 나도 다시 생각해 보겠소."

마침 그때 유 부인이 며느리를 데리고 조조 앞에 나타나더니 땅에 엎드려 말했다.

"저희 두 사람은 조비 공자의 자비심으로 죽음을 면하게 되었습니다. 바라옵건대 제 며느리가 조비 공자를 모시는 몸이 되게 하여주십시오."

조조가 진씨의 얼굴을 보니 과연 천하절색이었다.

"과연 천하절색이로다! 조비에게는 이 미인만 주면 논공행상은 충분하리라!"

조조는 고개를 끄덕이며 중얼거렸다.

기주 공략이 일단 끝나자 조조는 제일 먼저 원소의 무덤을 찾아보고 정중한 제사를 지내기로 했다.

조조가 그 자리에서 수하 장수들을 돌아보며 말했다.

"그 옛날 낙양에서 원소와 단둘이 환담을 했소. 원소는 하북을 근거로 남쪽을 도모하겠다 했고, 나는 도수공권(徒手空拳)으로 신인을 규합하여 시대의 혁신책을 쓰겠노라고 웃으며 말한 일이 있었소. 이제 원소가 세상을 떠났으니 내 어찌 슬프지 않으리오."

조조는 승장의 도량으로 원소를 섬기던 문무백관들을 너그럽게 채용하는 동시에, 백성들에게는 특별히 조세를 면제해 주었다. 그리고 민심을 수습하기 위해 자기 스스로 기주목(冀州牧)이 되었다. 그로 인해 민심이 조조에게 집중된 것은 말할 것도 없었다.

어느 날 허저가 말을 타고 동문(東門)으로 들어오려는데, 허유가 문 앞에 서 있다가 말했다.

"그대는 내가 아니었으면 이 성문을 맘대로 드나들 수 없었을 것이오."

그 소리에 허저가 크게 노했다.

"우리가 목숨을 걸고 싸워 이 성을 얻었는데, 네가 감히 어디라고 그 따위 말을 함부로 지껄이느냐?"

"필부야! 큰소리 말아라!"

"뭐, 나더러 필부라고?"

허저가 급히 달려들어 허유의 목을 한칼에 베었다. 그리하여 그의 목을 조조에게 들고 와 이렇게 아뢰었다.

"허유가 하도 방자스럽게 굴기에 제가 목을 베지 않을 수 없었습니다."

"허유가 나와는 옛 친구여서 내게 희롱하기를 좋아했는데 네 어찌 함부로 그를 죽였느냐?"

조조는 짐짓 허저를 꾸짖고 나서 허유를 융숭하게 장사지냈다.

그로부터 며칠 후, 하동에 있는 기도위(騎都尉) 최염(崔琰)이라는 사람이 조조를 찾아왔다. 조조는 진작부터 기주에 숨어 사는 현인들을 찾다가 최염을 부르게 된 것이었다. 조조는 그를 별가종사(別駕從事)라는 벼슬에 봉하여, 원소의 잔당들의 행방을 살피는 동시에 흩어진 호적을 정리하게 했다.

그때에 원담은 감릉(甘陵), 안평(安平), 발해(渤海), 하간(河間) 등지를 겁략하며 돌아다니다가 원상이 중산에 있다는 소리를 듣고 그를 쳐서 중산을 빼앗은 바 있었다.

원상은 원희가 있는 유주로 쫓겨 와 원담을 쳐부술 계획을 세우는 한편 조조를 깨뜨려 부업을 부흥시키려고 했다. 그 기밀을 알아챈 조조가 원담을 불렀다. 그러나 원담은 오지 않았다. 조조는 크게 노하여 앞서 허락했던 혼담을 취소하고 평원으로 대군을 진격시켰다.

겁을 집어먹은 원담은 유표에게 사람을 보내 구원을 청했다. 유표가 유비를 불러들여 원담의 문제를 상의했다.

유비가 그 자리에서 말했다.

"원문 일가는 이미 패망할 운명에 직면했으니 군사를 보내 구해 본들 유익한 일이 없을 것입니다."

"그러면 뭐라고 대답해 보내면 좋겠소?"

"형제끼리 화해하는 것이 최선의 방책이라고 말해 돌려보내면 될 것입니다."

유표는 그의 말대로 원담에게 정중한 말로 거절하는 글을 써 보냈다.

한편 원담은 의지할 곳이 없어 남피(南皮)로 피신했다. 그러나 조조는 원담을 그냥 내버려두지 않았다. 조조의 군사가 남피성을 밤낮으로 공격하는 바람에 원담은 마침내 대장 팽안(彭安)까지 잃어버리고 신평(辛評)을 앞세워 항복의 뜻을 전했다. 그러나 조조는 항복받을 생각을 아니하고 도리어 신평에게 이렇게 말했다.

"그대는 일찍이 나를 섬기던 신비(辛毗)의 형이 아니냐? 이대로 나한테 남아 장차 가명(家名)을 빛내는 것이 어떠한가?"

신평이 대번에 고개를 저었다.

"아우는 아우요, 나는 나올시다. 주인이 번영하면 신하도 영화롭고, 주인이 근심하면 신하도 욕을 보게 되는 것은 당연지사인데, 내 어찌 이제 와서 원문 일가를 배반하오리까?"

조조는 신평의 뜻을 돌릴 수가 없음을 깨닫고 그냥 돌려보냈다.

신평이 돌아와 조조가 항복을 받으려고 하지 않더라고 말하자 원담이 크게 노해 말했다.

"네 아우가 조조를 섬기더니, 너도 두 마음을 품었나 보구나."

"그게 무슨 말씀이오!"

신평은 하도 기가 차서 큰소리로 외치다가 그 자리에 쓰러져 죽고 말았다. 원담은 크게 뉘우치며, 다시 곽도에게 후사를 모의했다.

곽도가 말했다.

"사태가 이 지경에 이르렀으니, 내일은 백성들을 앞세우고 군사를 휘몰아나가 죽기를 각오하고 싸워보십시다."

원담은 그 말대로 일대 결전을 전개할 계획을 세웠다.

다음날 아침 원담은 모든 병력을 기울여 사문(四門)으로 조조의 군사를 공격해 나갔다. 원담은 민가와 성문을 불태우며 갖은 수단을 다하여 조조를 공격했다.

혈전 또 혈전이었다. 조조의 군사는 일시 괴멸에 직면했으나 조홍, 악진 등의 장수가 교묘하게 방어망을 구축했다. 그중에도 조홍은 난군을 뚫고 나가 원담을 찾아 헤매다가 마침내 찾아내 목을 베었다.

"원담은 죽었다. 원담의 목이 여기 있다."

조홍이 외치는 소리에 원담의 군사들은 사기가 상실되었다.

곽도는 형세가 위급하게 되자 성안으로 피신하려 했다. 그러나 악진이 번개같이 달려가 그의 목을 베었다. 그것으로 원담의 군사는 완전히 패망했다.

남피성이 함락되었다는 소문이 퍼지자 그 부근 산악 지대에 웅거했던 산적 장연(張燕)과 기주의 구신이었던 초촉(焦觸), 장남(張南) 등이 각각 오천과 일만여 명의 병력을 거느리고 투항해 왔다.

조조는 원담의 목을 성문에 내걸고 엄령을 내렸다.

"감히 곡하는 자가 있으면 참형하리라!"

그러나 늙은이 한 사람이 원담의 목을 우러러보며 크게 소리 내어 울었다. 늙은이를 조조 앞에 잡아다놓고 보니 청주별가(靑州別駕)로 있던 왕수(王修)였다. 앞서 원담에게 간했다가 내쫓김을 당했던 그이지만 주군의 죽음을 알고 조상을 온 것이었다.

"네가 내 영이 내린 것을 알고서 울었느냐?"

조조의 질문에 노인이 대답했다.

"알고 있었소. 그러나 내가 살아서 그의 녹을 먹었는데, 이제 어찌 죽음이 무서워 그의 영면을 조상하지 않으리오. 만약 원담의 시신을 거두어 장사지낼 수 있다면 나는 죽어도 여한이 없겠소."

조조는 그 말을 듣고 나자 입에서 한숨이 절로 나왔다.

"하북에는 어찌 이다지도 의사(義士)가 많단 말인가? 만약 원씨 가문이 그들을 잘만 썼더라면 내가 감히 이 땅을 얻지 못했으리라."

조조는 왕수에게 원담을 장사지내주도록 허락했다. 그런 다음 그를 사금중랑장(司金中郎將)으로 삼아 상빈(上賓)으로 대접했다.

원담에 대한 공략을 끝낸 조조는 원상과 원희를 도모하려고 유주를 향해 군사를 일으켰다. 조조 군을 당해 내기 어렵다는 것을 깨달은 원상은 요서(遼西)로 달아났다. 유주 자사 오환촉(烏桓觸)은 성문을 열고 조조에게 항복했다. 조조는 크게 기뻐하며 오환촉으로 진북장군(鎭北將軍)을 삼았다.

그러자 탐마가 와서 아뢰었다.

"이전, 악진, 장연이 연일 병주를 치고 있으나 고간이 호구관을 굳게 지키고 있어 깨치지 못하고 있습니다."

조조는 즉시 대군을 거느리고 호구관으로 진격했다.

세 장수가 조조를 맞이하여 보고했다.

"고간은 죽음을 각오하고 성을 지키고 있습니다."

"그렇다면 무슨 계책을 써야 하겠소?"

조조가 모사 순유를 보고 물었다.

"정면 공격으로는 함락시키기 힘드니 사항계(詐降計)를 써야 할 것입니다."

"어떻게 사항계를 쓰자는 말이오?"

"원씨의 부하 중에 앞서 항복한 여광, 여상을 이용하여 그들이 성문을 절로 열게 하는 계책입니다."

"그들이 성문을 열어줄 리 없지 않소?"

"여광, 여상이 항복을 해보았더니 푸대접이 심하여 다시 옛 주인을 찾아왔노라고 하면 고간은 반드시 성문을 열어 그들을 받아들일 것입니다. 그때를 이용해 군사를 휘몰아 넣는 것입니다."

순유의 말대로 여광, 여상 두 사람이 고간을 찾아갔다. 고간은 과연 별 의심 없이 성문을 열어주었다. 조조가 그 기회를 놓치지 않고 군사를 성 안으로 진격시켜 고간의 군사를 여지없이 괴멸시켰다.

고간은 구사일생을 얻어 북번(北番) 좌현왕(左賢王)을 바라고 도주의 길에 올랐다. 그러나 그는 목적지에 도달하기도 전에 부하의 손에 죽고 말았다.

원상과 원희가 멀리 요서(遼西)의 오환(烏桓)이라는 곳으로 도망을 가고 나니, 원소가 다스리던 기주 천하는 이제 완전히 조조의 영토가 되었다. 그러나 조조는 그것으로 만족하지 않았다.

"원상과 원희를 내버려두었다가는 장차 무슨 후환이 있을지도 모르니, 차제에 오환을 들이쳐서 영토를 더욱 넓혀보는 것이 어떻겠소?"

조조가 수하 장수들을 보고 말했다.

조홍을 비롯한 많은 장수들이 반대하고 나섰다.

"만약 우리가 만리 원정을 떠난 사이에 유표와 유비가 허도로 쳐들어오면 무슨 방법으로 막을 수 있겠습니까?"

그러나 모사 곽가만은 조조의 뜻에 찬동했다.

"만리 원정이 다소 모험이지만 매사에는 기회가 있는 법이오. 이미 허도를 떠난 이상 천리를 가면 어떻고, 만리를 가면 어떻소. 원소의 두 아들을 그냥 내버려두면 후환이 언제 생길지 모르는 일이 아니오?"

이리하여 조조의 군사는 요동(遼東), 요서(遼西)로 대원정의 길에 오르게 되었다.

조조는 수십만 군사와 수천 대의 치중대(輜重隊)를 거느리고 북으로 행군을 계속했다. 요서, 요동은 사막지대인 데다 기후 풍토가 몹시 사나웠다. 노룡채(盧龍寨)라는 곳을 지나면서부터는 이미 산천조차 일변하여 매일같이 광풍이 불어와 문자 그대로 황진만장(黃塵萬丈)의 세계를 이루었다.

날이 갈수록 행군은 곤란했다. 게다가 더욱 걱정스럽게 된 것은 모사 곽가가 풍토병에 걸려 운신하기가 어렵게 된 것이었다.

"내가 공연히 사막을 원정하려다가 공에게 병을 얻게 했으니, 마음이 몹시 괴롭구려."

이제는 조조도 회군하고 싶은 생각이 간절했다.

"제가 승상의 대은을 입었으니 이제 죽기로 무슨 유한이 있겠습니까?"

"북지(北地) 원정길이 이렇듯 험난할 줄은 미처 몰랐구려. 이제나마 회군하는 것이 어떻겠소?"

곽가가 고개를 흔들며 대답했다.

"모름지기 군사는 행동이 신속해야 하는 법인데 우리의 행군 속도가 너무 느린 것이 문제입니다. 이렇게 길에서 시간을 보내다가는 적의 방비도 견고해질 것입니다. 승상께서는 정예부대 수천 명을 거느리고 먼저 진격하여 적을 불시에 무찔러버리십시오. 후속 부대는 제가 이끌고 가겠습니다."

조조는 그 계책을 옳게 여겨 곽가로 역주(易州)에 머무르게 하고, 옛날 원소의 부하였던 전주(田疇)를 길잡이로 삼아 길을 재촉했다. 그리하여 유성(柳城)이라는 곳에 이르니, 흉노의 장수 묵특이 군사를 거느리고 대전을 나왔다. 우선 보기에도 훈련을 받지 않아 오합지중(烏合之衆)이나 다름없는 군사들이었다.

"적은 형편없는 오합지중들이니 일전으로 전멸시켜버리라!"

조조는 선봉장 장요를 비롯하여 우금, 허저, 서황 등에게 명했다.

과연 조조의 군사가 삼면으로 쳐들어가자 적들은 참패를 거듭했다. 결국 적장 묵특은 싸움이 시작된 지 이레 만에 전사하고 말았다. 원희와 원상도 전력을 기울여 싸우다가 사세가 불리해지자 또다시 수천 군사를 거느리고 요동지방으로 도망쳐버렸다. ,

조조는 이번 싸움에서도 대승리를 거두었다. 조조는 이번 승리에는 전주의 공이 크다 하여 그를 유정후로 봉하고 유성 태수로 삼았다. 그러나 전주는 그 벼슬을 받으려 하지 않았다.

"제가 원소의 부하로 있다가 이제 구주(舊主)의 유자(遺子)들을 쳐부수는 싸움에 공이 있다 하여 벼슬을 받는 것은 너무도 의리에 벗어나는 일입니다."

"공의 심정이 그러하다면 유정후에 봉하는 것만은 보류하겠소. 그러나 유성을 지킬 사람은 그대밖에 없으니 태수의 직책만은 맡아주오."

조조가 유성을 전주에게 맡기고 역주로 돌아오니, 곽가는 이미 세상을 뜬 후였다.

조조가 목을 놓아 울며 말했다.

"아아, 나의 패업이 중도에 이르러 내가 가장 신뢰하는 모사를 잃었으니 이 슬픔을 어찌하리오."

그가 탄식을 마지않는데 곽가를 모시던 자가 조조에게 일봉서(一封書)를 바쳤다.

"이것은 곽 공의 임종시 남긴 유서입니다. 이 유서에 씌어 있는 대로 하시면 요동은 절로 얻어지리라 말씀하셨습니다."

조조는 무언중에 글발을 받아보고 몇 번이나 머리를 끄덕이며 자탄하기를 마지않았다. 그러나 유서의 내용에 대해서는 아무한테도 말하지 않았다.

그로부터 며칠 후, 조조에게는 새로운 정보가 날아들었다. 원희와 원상이 요동 태수 공손강(公孫康)과 결탁하여 다시 대항해 올 기미를 보인다는 것이었다. 그러나 조조는 웃으며 말했다.

"그냥 내버려두오. 며칠만 지나면 공손강이 제 손으로 원희와 원상의 머리를 나에게 갖다 바칠 것이오."

한편 요동 태수 공손강은 원희, 원상 형제가 수천 군사를 이끌고 들이닥치는 바람에 그들을 어떻게 대해야 좋을지 알 수 없었다. 공손강의 아우 공손도(公孫度)가 대책을 말했다.

"원소가 살았을 때 요동을 삼키려고 호시탐탐 기회를 노리고 있었소. 이제 그의 아들 형제가 패망하여 우리를 찾아온 것은 비둘기가 까치집을 빼앗으려는 것과 무엇이 다르오이까? 우리가 무사하기 위해서는 저들 형제의 목을 베어 조조에게 바쳐야 할 것이오."

공손강은 그 말을 옳게 여겨, 하루는 술자리를 마련하고 그들 형제를 친히 불러들였다. 그런 다음 그들 형제가 술이 취한 기회를 타서 목을 베어버렸다.

그 무렵에 조조는 역주에 머무른 채 움직이지를 않았다. 하후돈과 장요가 적이 걱정스럽게 말했다.

"요동을 공략하든지 허도로 회군하든지 하지 않고, 무슨 연유로 이곳에 무위하게 머물러 계십니까?"

"결코 부질없이 머물러 있는 게 아니오. 수일 후에는 공손강이 원희, 원상의 수급을 가져올 것이니 어디 한번 기다려보십시다."

하후돈과 장요는 무슨 잠꼬대 같은 말인가 하여 속으로 크게 의아스러웠다. 그러나 정확히 이틀 후에 과연 공손강이 원희와 원상의 머리를 베어 보내왔다.

장수들은 모두들 깜짝 놀랐다. 조조는 그제야 곽가의 유서를 수하 장수들에게 공개했다.

"모든 계책은 곽가의 유서에 따른 것이오. 고인의 유서에는 이렇게 씌어 있었소. '원희, 원상이 공손강을 찾아갔을 때 그들을 공격하면 힘을 합하여 대항할 것이니, 역주에 진을 치고 마냥 기다리십시오. 그러면 공손강이 반드시 원씨 형제의 목을 베어 올 것입니다.' 이것이 곽가의 유서였소."

모든 장수들은 곽가의 선견지명에 감탄을 마지않았다.

이리하여 조조는 북방에서 크게 승리를 거두고, 오래간만에 기주로 돌아갔다.

주인을 구한 흉마

　조조는 원문 일족을 멸망시키고, 기주 천하를 완전히 손에 넣은 것이 큰 기쁨이어서 좀처럼 허도로 돌아가려고 하지 않았다.

　"기주를 이미 평정하셨으니, 이제는 허도로 속히 돌아가셔야 강남을 경략할 것입니다."

　모사 정욱이 조조를 보고 말했다.

　"나도 그런 뜻은 진작부터 품고 있소. 허나……."

　조조도 회심의 미소를 지으며 말꼬리를 흐렸다.

　이날 밤, 조조는 모사 순유와 함께 동각루상(東角樓上)에서 천문을 바라보다가 남쪽 하늘을 가리키며 혼잣말 비슷하게 중얼거렸다.

　"남왕의 왕기(旺氣)가 찬연하니, 남방은 졸연히 도모하기가 어려울 것 같구려."

　그 말을 듣고 순유가 대꾸했다.

　"승상의 천위(天威)로 무엇이 불가능하오리까?"

그와 같은 이야기를 주고받다 보니 저만치 땅 위에서 일도금광(一道金光)이 비쳐 오르는 것이 눈에 띄었다.

"저게 무엇이오?"

"아마 저 땅속에는 반드시 무슨 보배가 들어 있을 것입니다."

조조가 곧 군사를 시켜 그 땅을 파보게 하니, 땅속에서 구리로 만든 참새 형태의 물건이 하나 나왔다.

"이게 무슨 징조요?"

조조가 순유에게 물었다.

"옛날 순(舜) 임금을 밸 때 어머니가 꿈에 옥작(玉雀)을 품었다고 전합니다. 이제 동작(銅雀)을 얻었으니, 이는 길상지조(吉祥之兆)가 틀림없습니다."

조조가 크게 기뻐하며 곧 그곳에 동작대(銅雀臺)라는 누대를 짓도록 명했다.

동작대의 공사는 일 년이 소요될 만큼 규모가 광대했다. 중앙 한복판에 높이 솟은 다락은 동작(銅雀)이라 부르고, 왼편 다락은 옥룡(玉龍)이라 부르고, 오른편 다락은 금봉(金鳳)이라 부르는데, 다락과 다락 사이에는 무지개 형태의 비교(飛橋)를 놓았다.

"나는 노후에 여기 와서 한가한 세월을 보내며 시나 지을까 생각한다."

조조는 둘째 아들 조식(曹植)에게 그렇게 말한 일이 있었다. 조조에게는 아들 오 형제가 있었다. 그중에서 자신의 기질을 많이 닮은 둘째 아들 조식을 가장 사랑했다.

동작대의 거창한 공사가 끝나자 조조는 조비로 업군(鄴郡)을 지키게 하고, 장연에게 북채(北寨)를 지키게 한 뒤에, 조조 자신은 많은 장성들을 거느리고 삼 년 만에 허도로 돌아왔다.

조조는 천자를 알현한 다음 대규모의 논공행상을 베풀었다. 특히 작고 한 모사 곽가에게는 정후(貞侯)의 벼슬을 추증(追贈)하고, 그의 아들 곽혁(郭奕)은 자기 자신이 양육할 책임을 맡았다.

그와 같은 정무(政務)가 모두 끝나자 조조는 다시 군사를 일으켜 남으로 유표를 칠 계획을 세웠다. 그러자 순욱이 나서서 간했다.

"대군이 북정(北征)에서 돌아온 직후입니다. 휴식을 취할 사이도 없이 군사를 일으키는 것은 옳지 않습니다. 반 년쯤 휴양을 취하면서 적당한 시기를 기다리는 것이 옳습니다."

조조는 그 말을 옳게 여겨 군사를 나누어 예기(銳氣)를 기르게 했다.

한편, 유비는 형주에서 유표에게 극진한 대접을 받고 있었다. 하루는 유표가 유비와 함께 술을 나누고 있는데, 탐마가 급히 달려오더니 강하(江夏)에 있는 장무(張武), 진손(陳孫)이 반란을 일으켰다고 알려왔다.

"너무 걱정 마십시오. 제가 수하를 거느리고 가서 그놈들을 쳐부수고 오겠습니다."

유비는 유표의 후의에 보답하기 위해 자진해서 토벌의 길에 오를 것을 청원했다.

"고마운 말씀이오. 아우가 가주신다면 나의 군사 삼만을 내드리도록 하리다."

유표가 크게 기뻐하며 쾌락했다.

유비는 관우, 장비, 조자룡을 거느리고 곧 강하로 토벌의 길에 올랐다.

장무가 싸움을 거는 데 보니, 그가 타고 있는 말이 좀처럼 보기 드문 준마였다.

"장무라는 인물보다는 말이 더 잘났구나. 저게 아마 필시 천리마일 것이렷다?"

유비가 크게 감탄하자 조자룡이 급히 달려나가 장무를 한창에 찔러 죽이고 말을 빼앗아왔다.

진손이 그 광경을 보고 급히 달려왔으나 이번에는 장비가 마주 달려나가 즉석에서 거꾸러뜨려버렸다. 두 장수가 모두 어이없게 죽어버리니 수하 군사들은 어지럽게 흩어져버렸다.

유비는 며칠 사이에 강하를 평정하고 형주로 다시 돌아왔다. 유표는 유비의 승리를 크게 기뻐했다.

"현제(賢弟)가 형주에 계시는 동안은 그나마 내가 마음을 놓고 살 수 있겠구려. 그러나 남월(南越)이 때때로 국경을 침범하고, 한중(漢中)의 장로(張魯)와 강동의 손권도 호시탐탐 우리를 노리고 있어 마냥 안심할 수는 없는 형편이오."

유비가 대답했다.

"저와 함께 있는 세 장수는 가히 천하의 맹장들입니다. 장비로 남월 지경(地境)을 순찰하게 하고, 관우로 고자성(固子城)을 막아 장로를 제압하게 하고, 조자룡으로 삼강(三江)을 막아 손권을 당하게 하면 아무런 걱정이 없을 것입니다."

유표는 크게 기뻐하며, 그 말에 따르기로 결정했다.

대장 채모(蔡瑁)가 그 말을 듣고 곧 유표의 부인에게 달려와 그 사실을 알렸다. 유표의 부인은 채모의 누이였다.

"유비가 수하의 세 장수들을 밖으로 내보내고 자기만이 부중에 남아 있는 것은 무슨 계략이 있기 때문인 듯하니, 오늘밤 주공께 말씀드려 경계토록 해야 합니다."

이날 밤 채 부인이 유표를 보고 말했다.

"소문을 들으니 형주 사람들이 현덕과 왕래하는 일이 잦다고 합니다. 현덕을 그냥 내버려두어서는 안 될 일이니, 멀리 지방으로 보내버리십시오.”

“현덕은 그런 사람이 아니오.”

“열 길 물 속은 알아도, 한 길 사람 속은 모른다고 했습니다.”

“허허, 괜한 걱정 마오.”

“현덕을 무턱대고 믿었다가는 큰코다칠 일이 생깁니다.”

부인이 그렇게까지 말하자 유표도 적이 불안한 생각이 들었다.

바로 그 다음날의 일이었다. 유표는 유비가 타고 다니는 말을 보고 적이 놀랐다.

“전에 타고 다니던 말은 아닌 듯한데 현제는 어디서 이런 좋은 말을 구했소?”

“조자룡이 장무를 죽이고 빼앗은 말입니다.”

“흐음, 그 말은 보통 준마가 아닌 듯하구려.”

“마음에 드신다면 드리겠습니다.”

유표는 크게 기뻐하며 그 말을 받았다. 그 길로 집으로 돌아가려니, 중도에서 괴월(蒯越)이라는 자가 말을 보고 깜짝 놀라며 말했다.

“주공, 그 말은 웬 말입니까?”

“현덕에게서 선물로 받은 말이오. 괴월은 이 말을 보고 왜 그리 놀라오?”

유표가 의아스러워하며 물었다.

그러자 괴월이 대답했다.

“그 말은 적로(的盧)라는 말입니다. 저의 형님이 마상을 잘 보기로 명인이었던 까닭에 저 또한 제법 잘 보는 편입니다. 말의 네 발이 모두 흰 것은 사백(四白)이라고 해서 옛날부터 흉마(兇馬)로 쳐오고 있고, 이마에 흰 점이 있는 것은 적로(的盧)라고 해서 더욱 흉마로 일러오고 있습니다. 적로는 반드시 주인을 해친다는 말이 전해 오고 있는데, 제 생각으로는 장무도 이 말을 탔기 때문에 죽음을 당했을 것입니다. 주공께서는 절대로 이 말을 타지 마십시오."

"흐흠."

유표는 매우 불쾌한 기분이 들어 집으로 돌아왔다.

"어제는 부질없이 말을 탐냈지만 암만해도 이 말은 현제가 갖는 것이 좋겠기에 오늘 다시 돌려드리기로 하겠소."

그런 다음 채 부인의 충고가 새삼스러이 머리에 떠올라 몇 마디 덧붙였다.

"현제도 언제까지나 여기서 허송세월할 수는 없을 것이오. 이제는 하남에 있는 신야(新野)라는 곳으로 가는 게 어떻겠소? 신야는 양식도 풍부한 곡창이니, 그곳에 가서 부하들을 잘 거느리도록 하오."

유비는 쾌히 응낙했다.

다음날 유비가 말을 타고 떠나려니 웬 고사(高士)가 손을 모아잡고 절하며 말했다.

"며칠 전에 마상을 잘 보기로 유명한 괴월이라는 사람이 적로는 주인에게 해를 입히는 흉마라고 말했습니다. 유 황숙께서는 그 말을 타지 마십시오."

자세히 보니, 그 사람은 유표의 막빈(幕賓)인 이적(伊籍)이라는 고사였다. 유비는 말에서 내려 마주 절하며 말했다.

"선생의 말씀은 고맙기 한량없소이다. 그러나 생사는 천명(天命)이라 하오니, 어찌 사람의 운명이 말에 달려 있겠습니까. 그 점은 너무 염려 마십시오."

이적은 유비의 도량이 큰 데 놀라 그때부터 그를 더욱 추앙하게 되었다.

신야는 변방의 조그만 고을이었다. 유비가 이 고을에 와서 백성들을 잘 다스린 까닭에, 모두들 그를 우러러 모셨다.

신야로 온 유비에게는 경사가 하나 있었으니 정실인 감(甘) 부인이 아들을 낳은 것이었다. 해산하는 날 새벽에 학 한 마리가 지붕에 내려앉아 사십 번을 울었고, 임신 중에는 부인이 북두칠성을 삼킨 꿈을 꾸었다 하여 아기의 이름을 '아두(阿斗)'라 부르고, 본명은 유선(劉禪)이라고 지었다.

그 무렵에 조조가 대군을 일으켜 북정(北征)을 한다는 소식이 들려왔다. 유비가 곧 형주로 유표를 찾아와 말했다.

"조조가 북정하느라 허도는 텅 비어 있을 것입니다. 지금이야말로 허도를 쳐서 천하를 도모할 수 있는 절호의 기회입니다."

그러나 유표는 고개를 설레설레 흔들었다.

"내가 앉아서 구주(九州)를 점거하고 있으니, 그만했으면 족한데 더 이상 또 무슨 욕심을 부리겠소."

유비는 유표에게 크게 실망했다.

유표가 유비를 안으로 불러 술좌석을 베풀더니 한숨을 쉬며 말했다.

"내 마음에 걱정되는 일이 있어 현제를 불러 의논하고 싶었소. 현제도 아시다시피 나에게는 아들 형제가 있소. 맏아들 기(琦)는 전처인 진씨(陳氏)의 소생으로 비록 성정은 어질지만 너무도 약해 선뜻 후사(後嗣)로 정하기가 꺼려지오. 후처 채씨의 소생인 종(琮)은 아이가 총명하고 지혜도 풍부하오. 그렇다고 큰아들을 버리고 작은아들을 후사를 삼을 수 없는 일이 아니오? 그런데 만약 큰아들을 후사로 정하면 채씨 문중에서 반드시 무슨 일을 내고야 말 것이니 이 일을 어찌했으면 좋겠소?"

유비는 즉석에서 정색하며 말했다.

"자고로 맏아들을 폐하고 작은아들을 후사로 세우는 것은 나라가 어지러워지는 근본입니다. 마땅히 맏아들로 후사를 계승하도록 해야 합니다.

만약 채씨 문중에서 반대할 기세가 보이면 그들의 세력을 점차적으로 약화시켜야 합니다."

유표는 눈을 감고 말이 없었다. 유비는 무심히 얼굴을 들어 방안을 살펴보다가 깜짝 놀랐다. 병풍 뒤에서 유표의 부인이 두 사람의 이야기를 엿듣고 있었기 때문이다.

유비는 황망히 일어나 변소로 나왔다. 변소에서 다리를 만져보니, 넓적다리에 살이 두둑했다. 유비는 살이 너무도 찐 것을 깨닫고 저도 모르게 눈물이 솟았다.

잠시 후에 방으로 돌아오니 유표가 눈물 자국을 보고 의아스럽게 물었다.

"얼굴에 눈물 흔적이 웬일이오?"

유비가 탄식하며 대답했다.

"제가 전에는 말안장에서 떠날 사이가 없어 넓적다리에 살이 없었는데, 오늘 보니 다리에 살이 두둑합니다. 아무런 일도 하지 않고 세월을 헛되이 보냈으니 어찌 슬프지 않겠습니까."

"내 들으니 현제가 허도에 있을 때, 조조와 더불어 매화나무 그늘에서 술을 마시며 천하의 영웅들을 논한 일이 있었다지요? 그때 조조는 현제와 자기만이 참된 영웅이라고 했다는데, 그게 사실이오?"

"저에게 조조만큼 대군이 있다면 세상에 무엇이 두렵겠습니까?"

그 말을 들은 유표의 기색이 나빠졌다. 그것을 본 유비는 불현듯 자신의 경솔을 뉘우치며 부랴부랴 객사로 돌아왔다.

유표는 유비의 말을 듣고 기분이 좋지 않았다. 유비를 보내고 안으로 들어오니 채 부인이 걱정스레 말했다.

"내가 오늘 병풍 뒤에서 엿들어보니, 현덕은 암만해도 형주를 삼킬 흑심을 품고 있음이 분명합니다. 현덕을 진작 없애버리지 않으면 반드시 후환이 있을 것입니다."

유표는 그 말에 대답을 하지 않았다.

이날 밤 채 부인은 남편 모르게 동생 채모를 불러 유비의 문제를 상의했다.

"현덕이 내 아들을 후사로 정하지 못하게 훼방을 놓고 있을 뿐만 아니라 채씨 문중의 세력을 약화시키라고 말하고 있으니 이 일을 어찌했으면 좋겠느냐?"

"별 도리 없습니다. 현덕이 지금 객사에서 쉬고 있으니 오늘밤 그 자를 죽이고 나서 주공께는 나중에 적당히 고하기로 합시다."

부중을 물러나온 채모는 유비를 살해할 계획을 세웠다.

한편, 유비가 밤이 깊어 잠자리에 들려 하는데, 문득 누구인가 문을 두드리는 사람이 있었다. 적이 놀라 문을 열어보니 전에 적로마(的盧馬)를 타지 말라고 일러주었던 이적이라는 선비였다.

"선생께서 이 밤중에 웬일이십니까?"

"채모가 장군을 살해하려고 군사를 이끌고 오고 있으니 급히 이곳을 떠나십시오."

이적은 유비에게 채모의 암살 계획을 낱낱이 말해 주었다. 그러나 유비는 즉시 떠나기를 주저했다.

"내가 유표 어른에게 하직 인사도 고하지 아니하고 그냥 떠날 수는 없지 않소?"

"죽고 사는 판에 예절이 무슨 소용 있습니까. 여기서 더 지체했다가는 반드시 채모의 손에 해를 당하게 되십니다."

이적이 하도 성화를 하며 재촉하는 바람에 유비는 깊이 사례하고, 곧 종자들과 더불어 어둠 속으로 말을 달려나갔다.

채모가 군사를 이끌고 유비를 찾아온 것은 그로부터 얼마 후의 일이었다. 채모는 절치부심하며 바람벽에 시 한 수를 써놓고, 그 길로 유표를 찾아가 말했다.

"주공! 현덕이 간밤에 벽상에 시 한 수를 써놓고 주공께 하직인사도 고하지 아니한 채 도망을 가버렸습니다."

"현덕이 그럴 리가 있나?"

유표는 하도 놀라워 친히 말을 타고 유비가 묵고 있던 객사로 와보았다. 그랬더니 과연 유비는 이미 없고 바람벽에는 시 한 수가 쓰여 있었다.

數年徒守困

空對舊山川

龍豈池中物

乘雷欲上天

세월을 부질없이 보내기 몇 해던가.

옛 산천을 헛되이 대하고 있었네.

용이 어찌 늪 속에 살 수 있으랴.

우레를 타고 하늘에 오르려네.

유표는 그 시를 보고 크게 노했다. 그는 칼을 뽑아 들고 시를 가리키며 소리쳤다.

"맹세코 저런 의리 없는 놈은 내 손으로 죽여 보이겠다."

"주공, 군사는 이미 준비되어 있습니다. 결심이 그러하시다면 지금 당장 신야로 군사를 일으켜나가시지요."

채모의 말이었다. 그러나 유표는 유비가 시를 짓는 것을 한 번도 본 일이 없었으므로 문득 이상한 생각이 들었다.

'혹시 누가 우리를 이간시키기 위해 조작한 것은 아닐까?'

잠시 생각에 잠겼던 유표가 겨우 입을 떼어 말했다.

"아직 가만히 있어보게. 좀더 형세를 보아가면서 처리하세!"

채모와 채 부인은 뜻을 이루지 못하자 유비에 대한 모략이 점점 더 심해져갔다.

'어떡하든지 현덕만은 죽여없애야 한다!'

그것이 채모와 채 부인의 목표였다. 그러나 유표는 종친간인 유비를 죽이면 외문(外聞)이 나빠질 것이기에 차마 죽일 생각은 아니하고 있었다.

이해 가을은 전에 없는 풍년이어서 유표는 양양(襄陽)의 모든 관원들을 모아놓고 풍년감사연을 크게 베풀기로 했다. 채모는 그 자리에서 유비를 죽일 계획을 세웠다.

"이번 잔치에 주공께서 꼭 참석하셔야 하겠습니다."

채모가 유표를 보고 말했다.

"나는 몸이 불편하니 잔치에 참석하지 못하겠네. 내 대신 아이들을 보내어 손님을 대접하도록 하게."

"영식들은 나이가 너무 어려 손님 접대를 할 수 없을 것입니다."

"그러면 신야에 있는 현덕을 불러 내 대신 객을 접대하도록 하게."

"네, 그리하겠습니다."

채모는 내심 쾌재를 불렀다.

유비는 신야에 돌아와서도 채모의 암살 미수사건만은 아무에게도 말하지 않고 있었다. 그런데 양양 잔치에 참석하라는 기별이 왔으므로 내심 의아스러워 그제야 지난 일을 수하 장수들에게 말했다.

"그런 일이 있었다면 무엇 하러 양양에 가신단 말씀이오?"

장비가 그 소리를 듣더니 대뜸 반대하고 나섰다.

"채모가 분명 음모를 꾸미고 있을 것이니 가지 마십시오."

손건이 나서며 간했다.

그러나 관우와 조자룡의 생각은 달라 보였다. 관우가 말했다.

"지금 가시지 않으면 유표의 의심을 면하기 어려울 것입니다. 그러므로 잠깐 접대나 하고 곧 돌아오는 게 좋을 것 같습니다."

"나 역시 그럴 생각이오. 의리로 보아 내가 아니 갈 수는 없는 일 아니오!"

"제가 마보군 삼백 명을 이끌고 모시고 가면 별일 없을 것입니다."

조자룡의 말이었다.

유비는 마침내 조자룡을 데리고 양양으로 떠났다. 신야에서 양양까지는 멀고먼 길이었다. 유비가 양양 근교에 도달하니 유기(劉琦), 유종(劉琮) 형제를 비롯하여 채모, 문빙(文聘), 등의(鄧義), 왕위(王威) 등의 대장들이 성문 밖에까지 나와 융숭하게 영접했다.

유비는 유기, 유종 형제가 마중 나온 것을 보고 적이 마음을 놓았다.

이날의 잔치에는 구 군(郡) 사십이 주(州)의 관원들이 모두 모였다. 낭랑한 주악리(奏樂裡)에 유비는 주군 유표를 대신하여 최고의 좌(座)에 참석했다.

조자룡은 무장을 갖추고 그의 뒤에 읍하고 서서 일시도 경계를 게을리하지 않았다. 물론 그의 부하 삼백여 명은 후방에 배치되어 있었다.

잔치가 시작되자 유비는 유표를 대신하여 풍량경축문(豊糧慶祝文)을 읽었다. 식이 끝나자 음률이 다시 시작되며 술과 안주가 한없이 들어왔다. 모두가 기쁨 속에서 술을 마시기 시작했다.

잔치가 벌어질 무렵, 채모는 뒷전으로 빠져나온 대장 괴월을 보고 말했다.

"유비는 천하의 효웅(梟雄)이오. 그 자를 그냥 살려두었다가는 나중에 반드시 후환이 있을 것이니, 오늘 아예 죽여버려야겠소."

괴월은 적이 놀라며 고개를 저었다.

"유비는 백성들에게 신망이 두터워 그를 죽이면 민심이 좋지 않을 것이오."

"주공의 명령으로 죽이려는 것이니 그 점은 염려 마오."

"주공의 명령이라면 어쩔 수 없는 일이구려. 그러시면 군사가 있어야 할 게 아니오?"

"준비는 다 되어 있소. 동문(東門) 현산대로(峴山大路)는 이미 내 아우 채화(蔡和)를 보내 지키게 했고, 남문 밖은 채중(蔡中)으로 하여금 지키게 했고, 북문은 채훈(蔡勳)으로 지키게 하였소."

"그러면 서문은 누가 지키오?"

"서문 밖은 단계(檀溪)가 가로막혀 있으니 구태여 군사로 지킬 필요도 없는 일이 아니오? 비록 수만의 군사가 있어도 단계만은 건너가지 못할 것이오."

"그러나 조자룡이 지키고 있으니 손을 쓰기가 어려울 것 같소. 일을 수월하게 성공하려면 외청(外廳)에 술좌석을 따로 벌여놓고 조자룡에게도 술을 듬뿍 마시게 하는 게 상책일 것 같소."

"좋은 생각이오. 곧 그리 하십시다."

채모는 곧 외청에다 큰 잔치를 베풀게 했다. 유비는 막후에서 그런 흉계가 진행되는 줄도 모르고 문무백관들과 더불어 술을 마시며 환담을 즐겼다.

마침 그때 대장 왕위가 조자룡을 찾아오더니 말했다.

"우리 외청에 나가 술이나 한잔씩 마십시다."

"나는 못 나가오."

조자룡은 일언지하에 거절했다.

"이 좋은 날에 술을 한잔도 안 하신다는 것은 너무 섭섭한 일입니다. 어서 나가서 한잔 하십시다."

"미안하지만 오늘은 안 되겠소이다."

조자룡과 왕위가 그와 같은 말을 주고받는 것을 본 유비가 말했다.

"모처럼 권하니 자룡도 외청에 나가 한잔 마시고 오구려."

유비는 어디까지나 안심하고 있었던 것이다.

조자룡은 주공의 명을 거역할 수 없어 왕위와 함께 외청으로 나왔다.

바로 그 뒤의 일이었다. 고사 이적이 술잔을 들고 오더니 유비에게 눈짓을 해보이고는 술잔을 권하며 조그맣게 속삭였다.

"장군께서는 어서 옷을 갈아입으시지요."

눈치를 챈 유비가 뒷간에 가는 척하고 밖으로 나오자 이적이 이내 따라 나와 속삭였다.

"채모가 또다시 장군을 해치려 하고 있습니다. 동문, 남문, 북문 밖에는 군사가 모두가 매복해 있으니 급히 서문으로 피하십시오. 한시가 급합니다. 빨리 피하셔야 합니다."

"고맙소! 내가 살게 되거든 다시 만납시다."

유비는 그 한마디를 남기고 급히 달려 나와 말을 서문 밖으로 달렸다. 문지기가 뭐라고 고함을 질렀으나 유비는 아랑곳 하지 않고 말을 비호같이 내몰았다.

채찍을 번개같이 휘두르며 말을 달리기를 이십여 리쯤 되었을 때였다. 거기에서 길이 끊기며, 단계의 푸른 물결이 앞을 가로막았다. 갈 길은 바쁜데, 강은 넓고 물결은 몹시 사나웠다.

뒤를 돌아다보니 채모가 어느새 군사들을 거느리고 맹렬히 추격해 오고 있었다. 자욱한 먼지구름이 시시각각 가까워 오고 있었다. 이제는 문자 그대로 진퇴유곡(進退維谷)이었다. 유비는 말을 물 속으로 몰았다. 말은 두어 간쯤 물 속으로 들어가더니 발을 멈추며 뒷걸음질을 쳤다.

그 사이에도 채모는 급속도로 접근해 오고 있었다.

"적로야! 너는 주인을 해칠 운명을 타고 났다고 하더니, 정말 그런가 보구나. 너도 마음이 있거든 나를 살리거라!"

유비는 그렇게 부르짖으며 적로에게 최후의 채찍을 가했다. 그러자 말은 별안간 크게 부르짖더니 몸을 솟구쳐 삼 장(三丈)이 넘는 강을 그대로 훌쩍 뛰어넘어버렸다.

강을 건너서자 사람과 말은 몸을 뒤흔들어 물기를 떨어냈다.

'아아, 이제야 살았구나!'

돌아다보니 놀랍도록 넓은 강물이었다.

'저 강을 어떻게 뛰어 건넜을까?'

아무리 생각해도 몸서리쳐지는 기적이었다.

어느새 대안에 다다른 채모가 큰소리로 외쳤다.

"유 사군, 어디로 가시오?"

유비는 강 건너 채모에게 큰소리로 대답했다.

"그대는 내게 무슨 원한이 있어 번번히 나를 해치려 하는가?"

"내가 유 사군을 해치려 들다니 그게 무슨 말씀이오?"

채모는 입으로는 그렇게 말하면서도 정작 손으로는 화살을 쏘아 갈겼다. 유비는 그 이상의 응수가 필요치 않아 말을 달려 남장(南漳)으로 향했다. 닭 쫓던 개 지붕 쳐다보듯 채모는 절치부심할 뿐이었다.

조자룡이 유비가 없어진 것을 알고 부하들과 함께 서문 밖으로 급히 달려 나온 것은 바로 그때였다.

"조자룡 장군 아니오? 어디를 그리 급히 가시오?"

채모는 조자룡을 보자 시치미를 떼고 물었다.

"주공이 안 계셔서 찾아 나온 길이오. 우리 주공을 못 보셨소?"

"나 역시 유 사군이 안 계셔서 찾아 나온 길이오. 그 어른이 어디로 가셨을까?"

부질없이 수작만 하고 있을 때가 아니었다. 조자룡이 급히 말을 달려 나가니 얼마 후에는 강이 가로막히는 것이었다. 조자룡은 다시 돌아와 채모를 붙잡고 물었다.

"그대가 우리 주공을 연석에 초청해 놓고 삼문에 수다한 군사를 배치한 것은 웬일이오?"

"구 군 사십이 주의 관원들이 모두 모여 있으니, 상장(上將)인 내가 어찌 호위를 게을리 할 수 있겠소. 군사를 배치한 것은 바로 그 때문이었소."

채모는 정색을 하며 대답했다.

"그대와 이런 문답을 하고 있을 때가 아닌 듯하오."

조자룡은 군사를 사방으로 나눠 유비를 급히 찾게 했다. 그러나 날이 저물고 해가 져도 유비를 끝끝내 찾아내지 못했다. 조자룡은 어쩔 수 없이 군사를 이끌고 신야로 돌아가게 되었다.

수경과 단복

기적적으로 강을 무사히 건넌 유비는 남장을 향하여 말을 달렸다.

어느덧 날이 저물어 해가 서산을 넘고 있었다.

'아아, 나는 어느새 마흔일곱! 부평초 같은 나의 방랑 생활은 언제 끝날 것인가?'

유비는 말을 멈추고 산머리를 솟아오르는 초승달을 우러러보며 한숨을 쉬었다. 저만치서 목동 하나가 소를 타고 피리를 불며 가까이 다가왔다. 목동은 유비를 지나쳐가다가 문득 멈추며 돌아다보더니 말했다.

"장군은 혹시 전일에 황건적을 토벌한 유현덕 장군이 아니십니까?"

"이런 시골에 사는 네가 내 이름을 어떻게 아느냐?"

유비는 적이 놀라며 물었다.

"아, 역시 유현덕 장군이 틀림없으시군요. 저의 사부께서 현덕 장군의 말씀을 하도 많이 하셔서 저 또한 잘 알고 있습니다. 팔이 길고 귀가 커서 자기 귀를 자기 눈으로 볼 수 있는 당대의 영웅이라는 말도 들은 적이 있습니다."

소년은 자랑삼아 대답했다.

"너의 사부가 누구시냐?"

"저의 사부는 사마휘(司馬徽)라는 분으로, 자는 덕조(德操)이고 영주(潁州) 태생입니다. 그리고 도호(道號)는 수경(水鏡) 선생이라 하시지요."

"평소에 사귀는 친구는 어떤 분들이냐?"

"친구가 많으시지만 양양(襄陽)의 방덕(龐德) 공과 방통(龐統) 두 분과 각별히 친하게 지내고 계십니다."

"네 사부님이 계시는 곳은 어디이냐?"

"저기 수풀 속에 보이는 장원에 사십니다."

"방덕과 방통이란 처음 듣는 이름인데, 그 분들은 어떤 분들이냐?"

"그 두 분은 숙질간입니다. 그 분들이 찾아오시면 우리 사부님과 함께 술을 마시고, 차를 마시며 진종일 천하를 논하고, 영웅을 논하십니다."

"네 말을 듣고 보니 나도 수경 선생을 꼭 한번 뵙고 싶구나. 나를 사부님께 지금 곧 인도해 줄 수 있겠느냐?"

"가시지요. 아마 사부님께서도 장군이 찾아주시면 무척 반가워하실 겁니다."

소년을 따라 한참 걸어가니 숲 사이에 유아한 초당이 보였다. 발을 멈추니 초당 안에서는 칠현금 소리가 그윽하게 울려왔다. 유비가 말에서 내려 소년을 안으로 들여보내려는데, 문득 칠현금 소리가 그치더니 백발 노인이 문을 열고 밖을 내다보며 말했다.

"칠현금이 유청(幽淸)하게 흐르다가 별안간 높이 울리니 밖에 누가 온 게 아니냐?"

동자가 노인을 가리키며 말했다.

"저 어른이 바로 저의 사부님이세요."

자세히 보니 머리가 백발이요, 몸이 수척한 것이 백학(白鶴)처럼 청아한 노인이었다.

　　유비는 노인 앞으로 걸어나가 경건히 허리를 굽혀 인사했다. 동자가 달려와 말했다.

　　"사부님, 이 분이 바로 유현덕 장군이세요!"

　　그러자 노인이 반갑게 달려 나오더니 손을 잡아 올렸다.

　　"오오, 명공께서 어찌 여길 다 오셨소?"

　　"우연히 이곳을 지나다가 동자의 말을 듣고 선생을 찾아뵈러 들렀습니다."

　　두 사람은 등잔 밑에 마주 앉았다.

　　"명공은 옷이 젖으셨으니 웬일이시오?"

　　수경 선생이 유비를 보고 물었다.

　　"실은 제가 모처에 갔다가 구사일생을 얻어 신야로 돌아가는 길입니다."

　　유비는 채모에게 쫓겨 단계를 뛰어 건넌 사실을 자세히 설명해 주었다. 수경 선생은 유비의 말을 다 듣고 나더니 고개를 끄덕였다.

　　"어쩐지 그리 되신 것 같소이다. 내 명공의 말씀을 들은 지 이미 오래인데 어찌하여 아직까지 낙백불우(落魄不遇)하시오?"

　　"허허, 시운이 불리한 것을 어찌겠습니까?"

　　그러자 수경 선생이 고개를 좌우로 저었다.

　　"내가 생각하기에는 그게 아니오. 명공은 인재를 얻지 못한 탓이오."

　　"제가 비록 부덕하오나 수하에 인재들은 많이 있습니다. 문관으로는 손건, 미축, 간옹 등이 있고, 무장으로는 관우, 장비, 조자룡이 있습니다. 모두들 저를 위해 충성을 다하고 있는 인물들입니다."

　　"관우, 장비, 조자룡이 만인지장(萬人之將)임에는 틀림없지만 그들을 쓸 만한 경륜지사(經綸之士)가 없는 것이 문제란 말이오. 손건, 미축, 간옹 등은 그저 백면서생들일 뿐 경륜제세지재(經綸濟世之才)는 못 되오. 그들로 어찌 천하 대업을 성취할 수 있겠소?"

"저 또한 항상 산곡(山谷)의 유현(遺賢)을 찾고 있으나 아직 그런 분을 만나지 못하였습니다."

"천만의 말씀이오. 사람이 사람을 찾지 못할 뿐이지, 어느 시대에나 사람은 있는 법이라오. 공자의 말씀에 '십실지읍(十室之邑)에 필유충신(必有忠臣)'이란 말이 있지 않소?"

"제가 본디 우매해서 현사를 못 찾고 있으니 선생께서 부디 가르쳐주십시오."

수경 선생이 웃으면서 물었다.

"공은 형양(荊襄) 제군(諸郡)에서 아이들이 부르는 노래를 들어본 일이 있으시오?"

"무슨 노래입니까?"

"그 노래는 이러하오."

八九年間始欲衰
至十三年無子遺
到頭天命有所歸
泥中蟠龍向天飛

팔구 년째부터 쇠락하기 시작하여
십삼 년이면 아무것도 남는 것이 없으리라.
마침내 천명은 제대로 돌아와
흙 속에 묻혀 있던 용이 하늘을 향하여 날리라.

"이 노래는 건안 초부터 시작되었는데, 건안 팔년에 유표가 전처를 잃고 집안이 매우 어지럽게 되었으니, 그것이 이른바 '시욕쇠(始欲衰)'가 아닌가 하오. 그래서 십삼 년이 지나면 아무것도 남는 것이 없으리라 했으니, 그것은 유표의 사후를 말한 것이오. 그렇다면 흙 속의 용이 하늘을 향하여 난다는 것은 현덕 공을 두고 이른 말이 아니고 무엇이겠소?"

유비는 그 소리를 듣고 크게 놀랐다.

"제가 어찌 감히 그런 일을 당해내겠습니까?"

"천만의 말씀이오. 천하의 기재(奇才)들이 모두 이 지방에 모여 있고, 또한 시운이 명공에게 뻗쳤으니 공은 부디 자중자애하여 대업을 이루도록 하오."

"황송할 따름입니다. 천하의 기재가 누구이오며, 그 분이 어디 계신지 가르쳐주십시오."

"와룡(臥龍)과 봉추(鳳雛) 두 사람 중에서 어느 한 사람만 얻어도 가히 천하를 바로잡을 수 있을 것입니다."

"와룡, 봉추란 과연 누구십니까?"

그러나 수경 선생은 대답은 아니하고 손뼉을 치면서 크게 웃기만 할 뿐이었다.

"좋지, 좋아!"

유비는 일순간 어리둥절했다. 그러나 그것은 수경 선생의 평소 하던 버릇이라는 것을 나중에야 알았다. 그는 여하한 일을 막론하고 '좋지, 좋아!'라고 하는 버릇이 있었다.

언젠가는 가까운 친구가 찾아와 아들이 죽었다고 알렸을 때에도 '좋지, 좋아!' 하고 말한 일이 있었다. 부인이 듣기에 하도 민망해서 손님이 돌아간 뒤에 나무랐다.

"아무리 버릇이기로 남의 아이가 죽었다는데 '좋지, 좋아!'가 무슨 말씀이오?"

수경 선생은 그때에도 '좋지, 좋아!' 라고 대답했다는 일화가 있었다.

이날 유비는 융숭한 대접을 받으며 수경 선생과 하룻밤을 같이 지내게 되었다. 밤이 이슥했을 무렵, 누군가 문을 두드리고 들어오더니 수경 선생을 찾았다.

"아, 원직(元直)인가?"

수경 선생은 손님을 옆방으로 인도하며 물었다.

그러자 손님은 이렇게 대답했다.

"오래 전부터 유표가 명현(名賢)이라기에 찾아가보았더니, 정작 만나보니 대단한 인물이 아니었소. 선한 것을 좋아하되 능히 쓰지 못하고, 악한 것을 미워하되 능히 털어버리지 못하니, 결국은 무능지사나 다를 게 뭐겠소. 그래서 작별의 글발을 써놓고 그냥 돌아와버렸소이다."

"공이 왕좌지재(王佐之才)를 품었으니 마땅히 주인을 가려서 섬겨야 할 것인데, 겨우 유표를 찾아갔더란 말인가? 영웅호걸이 바로 눈앞에 있건만 알아보지를 못하는 모양이지?"

유비는 그 소리를 듣고는 원직이라는 사람을 만나보고 싶은 생각이 간절했다. 그러나 인사도 없이 만나기가 민망하여 그대로 참고 있었다.

다음날 아침, 유비는 수경 선생을 보고 물었다.

"간밤에 선생을 찾아온 사람이 누구였습니까?"

"내 친구요."

"저를 한번 만나게 해주실 수 없겠습니까?"

"현군(賢君)을 찾아본다고 벌써 다른 데로 떠나버렸소."

"그 분의 존함이 무엇인가요?"

"좋지, 좋아."

"와룡, 봉추란 과연 누구십니까?"

그래도 수경 선생은 여전히 손뼉을 치고 웃으며 '좋지, 좋아' 만 연발할 뿐이었다.

조반 후에 유비는 길을 떠나면서 수경 선생을 향하여 간청했다.

"선생께서 나에게 한실(漢室)을 바로잡을 힘을 주십시오."

그러나 수경 선생은 웃으면서 말할 뿐이었다.

"산과 들에서 한가하게 노니는 사람이 어찌 그런 소임을 감당할 수 있겠소. 나보다도 열 배나 능력이 나은 사람이 명공을 반드시 도와줄 것이오. 공은 어서 그 사람을 찾아보오."

"그러면 와룡을 찾으란 말씀입니까?"

"좋지, 좋아."

"혹은 봉추를 찾으란 말씀입니까?"

"좋지, 좋아."

유비는 그들의 거처를 재삼 물었으나 수경 선생은 끝내 알려주지 않았다. 마침 그때, 동자가 급히 달려 들어왔다.

"웬 장수가 수백 명의 군사를 거느리고 우리 집으로 달려오고 있습니다."

유비가 급히 나가보니, 조자룡이 자신의 행방을 알고 군사들과 더불어 영접을 나온 것이었다. 유비는 그들과 기꺼이 조우했다.

유비는 그날로 조자룡과 함께 신야로 돌아왔다. 그간 채모에게 봉변당한 사실을 막료들에게 자세히 말하니, 모든 장수들이 크게 분개하는 중에 손건이 이렇게 말했다.

"유표 장군께서는 그런 일을 전혀 모르고 계실 터이니, 후일을 위해 그런 일이 있었던 것을 자세히 알려두는 것이 좋을 것입니다."

유비는 그 말을 옳게 여겨, 곧 글을 써서 손건을 유표에게 보냈다.

유표는 글을 받아보더니, 유비가 인사도 없이 도망간 연유를 그제야 알고 곧 채모를 불러 크게 꾸짖었다.

"네가 어찌 현제를 해치려 했느냐? 당장 참형에 처하라."

그러자 채 부인이 눈물을 흘리며 애원했다.

"내 동생의 목숨만은 구해 주소서."

그 광경을 보고, 손건이 조용히 말했다.

"만약 채모를 베어버리면 유 황숙께서도 이곳에 머무르지 못할 것입니다. 제발 참형만은 면하게 해주십시오."

유표는 그 말을 듣고 채모를 다시 한번 꾸짖어 물린 뒤에, 즉시 맏아들 유기를 손건과 함께 보내어 유비에게 사과를 표하게 했다.

유기가 신야에 오자 유비는 잔치를 크게 베풀어 그를 융숭히 대접했다. 유기는 술이 취하자 눈물을 흘리며 유비에게 말했다.

"채 부인은 항상 저를 모해하려 하고 있습니다. 숙부께서는 부디 모면할 방도를 가르쳐주십시오."

유비는 어린 유기를 측은히 여기며 이렇게 말했다.

"자네가 효도를 극진히 하면 능히 모해를 모면할 수 있을 걸세."

다음날 유기는 울면서 하직을 고했다. 유비는 성문 밖까지 나가 그를 전송했다.

유기를 전송하고 성안으로 돌아오려는데 머리에 갈건(葛巾)을 쓰고, 몸에 베로 된 도포를 입고, 허리에 장검을 찬 낭인 하나가 노래를 부르며 걸어오고 있었다.

그가 부르는 노래는 다음과 같았다.

山谷有賢兮

欲投明主

明主求賢兮

却不知吾
산속의 어진 선비는
명주에게 몸을 바치려 하건만,
명주는 어진 선비를 구한다면서도
나를 알아보지 못하네.

유비는, 저 사람이야말로 수경 선생이 말하던 '와룡'이나 '봉추'가 아닌가 해서 그를 현아(懸衙)로 맞아들여 성명을 물었다.

"나는 영상(穎上) 태생인 단복(單福)이라는 사람이오. 유 황숙께서 현인을 찾는다면서도 나를 부르지 않으시기에 노래 한 곡조를 만들어 불러 본 것입니다."

유비가 기뻐하며 단복을 상빈으로 대접하니, 그가 다시 말했다.

"아까 장군께서 타고 오신 말은 적로마입니다. 적로마는 주인을 해치는 법이니 앞으로는 타지 않으시는 게 좋을 것입니다."

"그게 다 괜한 소리였소. 나는 적로마 덕택에 죽을 고비를 무사히 넘겼다오."

유비는 빙그레 미소를 지으며 적로가 단계를 뛰어넘은 사실을 말해 주었다. 단복이 그 말을 듣고 다시 말했다.

"그런 일이 있었는지는 몰라도 언젠가 한 번은 반드시 주인을 해하고야 말 것입니다. 그러나 그것을 예방할 방도가 전혀 없지는 않습니다."

"그러면 그 예방법을 한번 들어보고 싶구려."

"장군께서 원수진 사람이 있거든 그 말을 그 사람에게 보내어 한번 해치게 한 뒤에 다시 타면 무사할 것입니다."

유비는 그 말을 듣고 매우 불쾌한 기색으로 단복을 나무랐다.

"내가 이롭고자 남을 해치라 하니, 그것을 어찌 정도라 하겠소. 나는 죽어도 그런 짓은 못하겠소이다."

단복은 그제야 빙그레 미소를 지었다.

"진작부터 인덕(人德)이 높으시다는 말씀을 들었기에 한번 시험삼아 말씀드려본 것입니다."

유비 또한 얼굴빛을 부드럽게 하며 말했다.

"내가 무슨 인덕이 있겠소이까? 다만 선생은 잘 인도하소서."

"제가 이곳에 와서 백성들이 노래하는 것을 들었습니다. 그 노래만 들어도 사군의 인덕을 가히 짐작할 수 있었습니다."

新野牧

劉皇叔

自到此

民農足

신야목

유 황숙이

이곳에 오신 뒤로

우리 살림 풍족하네.

유비는 단복을 만난 것을 크게 기뻐하며, 그날부터 그를 군사(軍師)로 삼아 군사들을 조련하게 했다.

단복은 한번 군사 조련의 임무를 맡고 나서자 마치 군사들을 수족과 같이 자유자재로 움직였다. 단복이 조련을 맡은 이후로 유비의 군사들은 날이 갈수록 전투력이 강해지고 사기가 왕성해졌다.

한편, 허도로 돌아온 조조는 반 년 가까운 태평세월이 지나자 이번에는 또다시 형주를 엿보기 시작했다. 그에 대한 전초전의 성격으로 조인을 총대장으로 하고 이전, 여광, 여상을 부장으로 삼아 번성(樊城)에 둔을 치고 양양성을 넘겨다보게 했다.

여광과 여상이 조인에게 말했다.

"신야의 유비가 군사들을 많이 조련하고 있다고 합니다. 그냥 내버려 두었다가는 후환이 있을 것이니 유비부터 없애버리고 나서 유표를 도모해야 합니다."

조인은 두 장수에게 군사 오천을 내주며 유비를 치게 했다.

유비가 그 소식을 듣고서 크게 걱정하니 단복이 태연히 말했다.

"너무 걱정 마십시오. 우리 군사를 모두 합하면 이천은 넘으니 적병 오천 명쯤은 문제도 안 됩니다."

"어떤 작전을 세웠으면 좋겠소?"

"관운장은 일지군을 거느리고 나가 적의 중로를 막고, 장비는 일지군을 거느리고 나가 적의 후로를 막고, 주공께서는 자룡과 함께 적의 전로를 막으십시오. 그리하면 적은 단번에 분쇄될 것입니다."

유비는 단복의 말대로 군사를 삼지대로 나누어 적들을 막았다. 이윽고 적장 여광과 여상이 수다한 군사를 거느리고 맹렬히 진격해 왔다. 유비는 깃발을 높이 올리고 나서 적진을 향해 큰소리로 외쳤다.

"네가 누구이기에 우리 영역을 침범하느냐?"

적장 여광이 가까이 다가오며 역시 큰소리로 외쳤다.

"나는 대장 여광이다. 조 승상의 명령으로 너를 사로잡으러 오는 길이다."

유비는 크게 노하여 곧 조자룡을 나가 싸우게 했다.

조자룡이 나는 듯이 달려가더니 미처 삼 합도 되기 전에 여광을 말 아래로 거꾸러뜨렸다. 그 기회를 놓치지 않고 유비가 군사를 휘몰아 쳐들어가니 여상은 당해 낼 길이 없어 급히 쫓겨 달아났다.

그러자 이번에는 한 떼의 군사들이 전방 쪽에서 마주 공격해 오는데, 그들은 다름 아닌 관우의 군사들이었다.

여상이 가까스로 공격을 피하며 옆으로 쫓겨가니, 이번에는 장비의 군사가 구름 떼처럼 일어나며 앞을 가로막았다. 여상은 어쩔 수 없어 한바탕 싸우다가 장비의 장팔사모에 무참히 쓰러지고 말았다. 두 장수를 모두 다 잃은 잔여 군사들은 개미 떼처럼 흩어져 갈 바를 몰라 했다.

크게 승리를 거둔 유비의 군은 곧 신야로 회군했다. 유비는 군사 단복을 후히 대접한 뒤에 삼군에게도 많은 상을 내렸다.

한편, 조인은 여광과 여상이 번성 싸움에서 모두 다 죽고 참패했다는 소식을 듣고 크게 분개했다.

"유비 따위가 감히 하룻강아지 범 무서운 줄 모르고 우리에게 대들다니……. 이제는 내가 직접 나서 여광과 여상의 원수를 갚아주겠다."

이전이 그 소리를 듣고 조인에게 간했다.

"여광과 여상은 적을 업신여기다가 참패를 당한 것이니, 우리는 그와 같은 전철을 밟아서는 안 됩니다."

"이 공은 어찌 그리 겁이 많단 말이오?"

"유비는 만만히 대할 상대가 아닙니다. 경솔히 다루었다가는 낭패를 보기 십상입니다."

"허허, 유비 따위가 뭐 그리 무서워 겁을 내고 그러오?"

"싸움에서 이기려면 적을 제대로 알아야 합니다. 적을 알고 신중을 기하는 것을 어찌 겁이 많다고 하십니까?"

조인은 이전의 말에 노기가 충천했다.

"공은 딴마음을 품고 싸우기를 회피하고 있잖소?"

"그건 너무나 지나친 말씀입니다. 기어이 싸워야 한다면 저 또한 최선을 다해 싸울 것입니다."

이전은 무리한 싸움인 줄 알면서도 조인의 고집에 못 이겨, 마침내 이만오천의 군마를 거느리고 강을 건너 신야를 향해 나갔다.

아쉬운 작별

조인은 크게 분노하여 본부의 군사를 모두 이끌고 밤낮없이 강행군을 하여 강을 건넌 다음, 단숨에 신야성을 짓밟으려 했다.

한편 첫 싸움에서 승리한 단복은 신야현으로 돌아와 유비에게 말했다.

"번성에 주둔하고 있는 조인이 지금쯤 두 장수의 죽음을 알고 필경 대군을 일으켜 싸우러 올 것입니다."

유비가 물었다.

"그렇다면 저들을 어떻게 맞아 싸워야겠소?"

단복이 대답했다.

"저쪽에서 전군을 모조리 출동시킨다면 번성이 텅 빌 것이니, 그 틈에 습격하십시오."

유비가 계략을 묻자 단복이 귓속말로 뭐라 일러주었다.

유비는 크게 기뻐하며 우선 준비를 마쳤다. 이때 탐마가 달려와 조인이 대군을 이끌고 강을 건너왔다고 보고했다.

단복은 자신의 예상에서 벗어나지 않았음을 기뻐하며 유비로 하여금 군사를 거느리고 출동하여 맞아 싸우게 했다.

양군이 대치하자 조자룡이 말을 몰아 달려나갔다. 조인이 이전을 출전시켰다. 이전은 조자룡과 겨루었으나 십여 합도 못 되어 말머리를 돌려 본진으로 달아났다. 조자룡은 고삐를 놓아 추격하다가 궁노대의 사정권에 들게 되자 비로소 추격을 멈추고 철수했다.

이전이 유비에게 크게 패하고 돌아오자 조인은 이전을 크게 나무라며 이번에는 자기 자신이 대군을 이끌고 나섰다. 군사 단복은 유비와 함께 단상에서 적의 진지를 바라보며 물었다.

"주공은 적의 포진(布陣)이 무슨 진형(陣形)인지 아십니까?"

"모르겠소. 저게 무슨 진형이오?"

"저것은 팔문금쇄진(八門金鎖陣)입니다. 팔문이라는 것은 휴(休), 생(生), 상(傷), 두(杜), 경(景), 사(死), 경(驚), 개(開)의 여덟 문을 말하는 것인데 생문(生門), 경문(景門), 개문(開門)으로 들어가면 길하고, 상문(傷門), 경문(驚門), 휴문(休門)으로 들어가면 다치고, 두문(杜門), 사문(死門)으로 들어가면 망하는 법입니다."

"과연 군사의 일언은 백만대군의 가치가 있구려. 그러면 어떤 방법으로 공격을 해야 하겠소?"

"제가 보건대 적의 진형이 정비되어 있기는 하오나 중간에 주지(主持)가 빠져 있습니다. 우리가 동남방의 생문(生門)으로 들어가 서쪽으로 공격하여 경문(景門)으로 나온다면 적을 크게 격파할 수 있을 것입니다."

유비는 곧 조자룡에게 군사 오백 명을 주며 생문으로 적을 쳐들어가도록 명했다. 조자룡은 군사 오백을 거느리고 아우성을 치며 적의 중군 속으로 뛰어들었다. 그와 동시에 유비의 본진에서도 진고를 높이 올리며 금방 엄습해 갈 듯한 기세를 보였다.

조자룡이 무서운 기세로 중진 속으로 공격해 오는 바람에 조인의 군사는 크게 혼란스러워졌다.

조인은 어쩔 줄을 모르도록 당황했다. 조인이 바로 눈앞에서 쫓겨가고 있었으나 조자룡은 굳이 그를 추격하려 하지 아니하고 서문까지 단숨에 뚫고 나가며 적군을 닥치는 대로 후려 때리고 나서, 이번에는 다시 방향을 돌려 경문(景門)으로 돌아 나왔다.

그 모양으로 조자룡이 적의 진형을 한바탕 휘젓고 나오자 적의 혼란은 이를 데가 없었다. 유비는 그 모양을 보자 즉시 군사를 휘몰고 나가 적을 크게 격파했다. 조인은 그제야 적의 위세가 대단한 것을 깨닫고, 앞서 참패한 이전을 불러 만회책을 강구했다.

"오늘밤에 야습으로 설욕하면 어떻겠소?"

그러나 이전은 고개를 좌우로 흔들었다.

"우리의 팔문금쇄진을 간파한 것을 보면 적에게는 반드시 유능한 모사가 있는 모양입니다. 그렇다면 야습을 해본들 아무런 소용이 없을 것입니다."

"장군처럼 겁이 많아서야 무엇이 되겠소? 싸우는 것이 그처럼 두렵거든 장군은 차라리 군복을 벗어버리는 게 좋을 것이오."

이전은 조인의 공박이 매우 불쾌했다. 그러나 그는 불쾌감을 참고 이렇게 말했다.

"제가 장군 자격이 없는지는 모르겠습니다. 그러나 이번 기회에 적이 번성을 공격해 올까 두렵습니다. 지금 번성은 텅 비어 있습니다."

조인은 이전의 말을 듣지 아니하고, 이날 밤 야습을 감행했다. 그러나 유비는 단복의 말을 듣고 야습에 충분한 대비를 하고 있었기 때문에 조인은 또다시 크게 패했다.

조인이 적진 속으로 깊숙이 공격해 들어가자 귀로가 차단되는 동시에 사면이 불바다로 변해 버렸다. 조인이 많은 부하들을 잃고 간신히 북강(北江) 기슭에 도달하니, 이번에는 어둠 속에서 복병이 나타나 맹렬한 공격을 퍼부었다.

"연인 장비가 여기에서 기다린 지 오래다. 한 놈도 강을 건너지 못할 것이다."

조인은 몇 번이고 죽을 고비를 넘기다가 이전의 도움을 얻어 간신히 목숨을 보존할 수 있었다. 조인은 이전과 더불어 가까스로 본거지인 번성을 향해 말을 달렸다. 그러나 번성은 이미 이전이 걱정하던 대로 적의 손에 함락되어 있었다.

적들이 성문을 활짝 열어주며 소리쳤다.

"패장 조인은 어서 성안으로 들어오라! 성안에서 유 황숙의 의제 운장 관우 장군께서 기다린 지 오래다."

조인이 기겁을 하고 놀라 말머리를 급히 돌려 도망을 치는데, 그때의 초라한 모습이란 말로 형언할 수 없을 지경이었다.

한편, 삼전 연승의 개선장군 유비가 많은 부하들을 거느리고 번성으로 입성하니 현령 유필(劉泌)이 몸소 나와 영접했다.

유비는 성안으로 들어오자 맨 먼저 백성들을 위무했다. 현령 유필은 본시 장사 사람으로, 그 역시 한실 종친인 까닭에 유비를 진심으로 환대했다. 그들은 일가 총동원으로 유비를 영접하면서 주연을 베풀었다.

"세상에 이런 영광스러운 일은 없을 것입니다."

그 주석상에 청년 한 명이 유필을 모시고 서 있는데, 사람됨이 매우 비범해 보였다.

"저 청년은 누구요?"

유비의 질문에 유필이 대답했다.

"제 생질 구봉(寇封)입니다. 원래 나후(羅侯) 구씨(寇氏)의 아들인데 부모를 일찍 여의는 바람에 제가 데리고 있습니다."

"그러면 저 청년을 나의 방자(房子)로 삼으면 어떻겠소?"

유필은 크게 기뻐했다.

"그래 주신다면 무생의 영광이겠습니다. 본인에게 한번 물어보겠습니다."

구봉도 그 소리를 듣자 크게 기뻐했다. 그리하여 그때부터 성도 유씨로 바꾸어 유봉(劉封)이라 부르게 되었다.

관우와 장비는 고개를 갸웃거렸다.

"형님은 슬하에 아들을 두셨는데, 무슨 까닭으로 구태여 양자를 두려하십니까? 자칫 잘못했다가는 후일에 화근이 될지도 모르는 일입니다."

그러나 유비는 태연히 대답했다.

"내가 저를 친자식처럼 대하면 저도 나를 진심으로 섬길 터인데 무슨 걱정이 있겠는가."

그로부터 며칠이 지난 뒤였다.

유비는 군사 단복의 말을 들어 번성을 조자룡에게 지키게 한 뒤에, 자신은 군사를 거느리고 다시 신야로 돌아왔다.

한편, 조인은 이전의 도움을 받아가며 허도로 돌아와서는 곧 조조 앞에 꿇어 엎드려 패전에 대한 처벌을 자청했다. 그러나 조조는 그들을 책하려 하지 않았다.

"승패는 병가(兵家)의 상사(常事)다. 이번 패전이 어찌 네 잘못뿐이겠느냐? 그러나 유비 수하에 누가 있어서 그런 획책을 했는지 그것만은 알고 싶다."

"적에게는 단복이라는 새로운 군사가 있다 합니다."

조조는 좌우를 돌아보며 물었다.

"단복이라는 자가 누구요?"

그러자 정욱이 웃으며 대답했다.

"단복은 그 사람의 본명이 아닙니다."

"그러면 본명은 무엇이오?"

"그 사람은 본디 영천(潁川) 태생으로 본명은 서서(徐庶)라는 인물로 자가 원직(元直)이라 합니다. 어려서부터 칼 쓰기를 배워 남의 원수를 갚아주느라고 사람을 죽인 까닭에 그 후로는 도망을 다니며 높은 스승을 찾아 공부를 착실히 했습니다. 그는 수경 선생 사마휘(司馬徽)의 사랑을 받은 천하의 재사입니다."

"서서의 재주가 군에게 비하면 어떻소?"

"저 따위는 문제가 안 됩니다."

"그러면 이 일을 어찌했으면 좋겠소?"

"서서가 지금 유비에게 있기는 하오나 승상께서 쓰시겠다면 불러 오기는 어렵지 않을 것입니다."

조조의 얼굴에 별안간 희색이 만연해졌다.

"그를 어떤 방법으로 불러올 수 있단 말이오?"

정욱이 조용히 말했다.

"서서는 본시 효성이 극진한 사람입니다. 아버지를 일찍 여의고 어머니를 동생 서강(徐康)이 모시고 있었는데, 얼마 전에 그만 동생이 죽었습니다. 승상께서 서서의 모친을 이곳에 데려다놓고 그에게 편지를 보내어 부르시면 반드시 올 것입니다."

"그것 참 좋은 계책이오."

조조는 곧 사람을 보내어 서서의 모친을 데려오게 했다.

서서의 모친은 어디로 보나 평범한 촌부였다. 그러나 조조는 노파를 극진히 대접하게 한 다음 하루는 친히 찾아가 말했다.

"아드님 서원직은 천하의 재사인데 역신 유비를 섬기고 있으니 그것은 마치 옥이 흙 속에 파묻혀 있는 것이나 다름없습니다. 이제 모친께서 한 장 글월로 아들을 허도로 불러 오신다면 내가 천자께 품하여 상을 후히 내리도록 하오리다."

노파는 조조를 마주 보며 조용히 물었다.

"내 자식이 지금 섬기고 있다는 유비란 어떤 사람입니까?"

"유비는 조그만 고을의 태수일 뿐인데, 성이 유가라고 해서 외람되이 유 황숙이라고 자칭하는 역적이지요."

조조의 말이 미처 끝나기도 전에 서서의 모친은 별안간 노기를 띠며 큰소리로 꾸짖었다.

"네가 누구를 속이려고 하느냐? 내 듣건대 유 황숙은 중산정왕의 후예요, 효경 황제의 현손으로 마음이 어질고 덕이 높아 목자(牧子) 초부(樵夫) 까지도 우러러보는 어른이 아니더냐? 내 자식이 지금 그런 어른을 섬기고 있다면 주인을 바로 만난 셈이다. 그런데 너로 말하면 이름은 비록 한 나라의 승상이라도 역신이나 다름이 무엇이냐? 네가 어찌 감히 유 황숙 같은 어른을 역신이라고 말할 수 있단 말이냐? 나는 죽으면 죽었지, 내 아들에게 그런 편지는 안 쓰겠다!"

시골 노파로서는 실로 놀라운 호통이었다. 호통을 끝낸 노파는 앞에 놓여 있는 붓을 들어 조조를 향해 던지기까지 했다.

조조는 크게 노했다.

"여봐라! 저 늙은이를 당장 끌어내어 목을 베어라!"

벼락같은 명령이 내려지자 수행했던 군사들이 와락 모여들어 노파를 개처럼 끌어내었다. 그러자 정욱이 급히 조조에게 간했다.

"그 노파를 참살해서는 안 됩니다. 만약 그 노파를 죽였다가는 크게 인심을 잃게 될 뿐만 아니라 서서 또한 어머니의 원수를 갚기 위해 현덕에게 더욱 충성을 다할 것입니다."

"그렇다면 저 방자한 늙은이를 어찌했으면 좋을꼬?"

"그대로 살려 봉양을 잘해야 합니다. 그러면 서서가 어머니를 생각해서라도 우리에 대한 적개심을 약하게 가질 것입니다."

"그러면 그 늙은이는 그대가 좋도록 처리하오."

"그 노파는 제가 맡아서 다루겠습니다. 제게 또 다른 계책이 있으나 차차 여쭙겠습니다."

정욱은 서서의 모친을 자기 집으로 정중하게 모셔왔다.

"서서와 저는 어려서부터 친형제나 진배없이 지낸 사이입니다. 저는 옛날을 생각해 어머님을 친어머니처럼 모시겠습니다."

"고마운 말씀이오. 이 소식을 안다면 내 아들이 얼마나 고마워하겠소."

정욱의 따뜻한 친절에 서서의 모친은 감격을 마지않았다. 그러나 노파는 사치스러운 생활을 좋아하지 않아 산중에 조그만 집을 따로 한 채 잡아주기를 원했다.

정욱은 노파의 소원대로 조용한 초당을 따로 마련해 무슨 일에나 불편이 없도록 해주었다. 그리고 나서 때때로 좋은 선물을 보내주었는데, 그때마다 편지를 정중하게 써보냈다. 서서의 모친은 그것이 무서운 계획인 줄도 모르고 물건과 편지를 받고 나면 자기도 감사의 답장을 친필로 써보내주곤 했다.

정욱은 그 필적을 본받아 노파의 위조 편지를 작성하여 신임하는 부하를 서서에게 보냈다.

그 편지는 다음과 같았다.

서야, 그간 별고 없느냐? 나는 네 아우 강이 죽은 이후로 무척 외롭게 지내왔다. 그러던 중에 뜻밖에도 조 승상이 나를 허도로 데려다놓고, 네가 조정을 배반했다 하여 옥에 가둔 것을, 다행히 정욱의 도움으로 겨우 옥살이를 면할 수 있게 되었다. 만약 네가 마음을 고쳐먹고 나를 찾아온다면 내 목숨이 보존되겠으니, 너는 이 글월을 보는 대로 이 어미를 찾아와주기 바란다.

서서는 편지를 읽어보고 눈물을 지었다. 효성이 지극한 그는 어머니의 편지를 보고 그냥 있을 수가 없어 곧 유비를 찾아가 말했다.

"저는 오늘 주공에게 용서를 빌어야 할 일이 생겼습니다."

"밑도 끝도 없이 별안간 무슨 말씀이오?"

유비가 어리둥절해 하자 서서가 다시 말했다.

"저는 오늘날까지 주공에게 이름을 단복이라 했사오나 실상인즉 제 본명은 '서서'입니다. 고향에서 죄를 짓고 관에서 체포령이 내렸기 때문에 본명을 숨기고 가명을 쓰며 살아온 것입니다. 저는 그 후로 좋은 주인을 찾아 섬기고자 천하를 주유하던 중에 형주의 유표가 인물이라 하기에 찾아갔다가 실망만 하고 나와버렸습니다. 그 후 혼자 고민하던 중에 하루는 수경 선생 사마휘를 찾아뵙고, 제가 섬겨야 할 좋은 주인을 가르쳐달라고 말씀드렸습니다. 그랬더니 수경 선생께서는 네 주인을 네 눈으로 직접 찾아볼 일이지 누구더러 그런 부탁을 하느냐고 꾸짖으시면서 신야의 유 예주를 한번 찾아보라고 말씀하셨습니다."

유비는 언젠가 수경 선생 댁에 유숙하던 날 밤, 찾아온 손님과 수경 선생이 주고받던 대화가 연상되었다. 그날 밤의 나그네가 바로 단복이었던 것이다.

서서는 말을 계속했다.

"저는 수경 선생의 말씀을 듣고 곧 신야로 달려갔습니다. 그러나 주공께서 떠돌이 낭인인 저를 얼른 써주실 것 같지 않기에 인정받을 기회를 노리며 일부러 희가(戲歌)를 부르며 돌아다녔던 것입니다. 과연 주공은 당대의 영웅이시라 저를 거두어 군사(軍師)라는 과분한 벼슬까지 주셨습니다. 대장부는 의기에 죽는다 하거늘 제가 죽은들 어찌 주공의 은총을 잊을 수 있겠습니까."

"군사는 왜 별안간 그런 말씀을 하오?"

"제게 주공의 그늘을 떠나야만 할 일이 생겼습니다."

서서는 품안에서 모친의 서한을 꺼내 유비에게 내보였다.

"어젯밤 제 노모에게서 편지가 왔습니다. 이런 말씀을 여쭙기 매우 송구스럽사오나 제 노모처럼 박명한 어른도 드물 것입니다. 남편을 일찍 여의고 사랑하는 아들까지 앞세워, 이제 혈육이라고는 저 하나밖에 남지 않은 분입니다. 이 편지를 보건대 저의 노모가 조조에게 볼모로 붙잡혀 비탄에 싸여 있는 모양입니다. 저는 자식된 도리로 이 편지를 보고 도저히 그냥 있을 수 없는 형편입니다. 이제라도 노모를 찾아가 여생을 봉양해 드리다가 후일 세상을 뜨시면 주공을 다시 찾아뵙겠습니다. 부디 주공께서는 제가 떠날 수 있게 허락해 주십시오."

서서의 간청에는 절절한 바가 있었다.

"군사를 떠나보내기 심히 안타깝지만 어쩔 수 없는 일인 듯하구려. 군사의 모친을 위하는 일인데 내 어찌 붙잡을 수 있겠소. 부디 모친을 속히 찾아가 잘 봉양해 드리오. 인연이 다하지 않는 한 언젠가는 다시 만나게 될 것이오."

유비는 이미 세상을 떠난 자신의 모친을 회상하며 즉석에서 떠나기를 쾌락했다.

이날 밤 유비는 군사 단복을 위해 성대한 송별연을 베풀었다.

"내가 오늘 군사를 보내게 되니, 좌우의 팔이 모두 떨어진 것만 같구려. 다른 일이라면 기어이 붙잡겠으나 노모를 위해 떠나는 길이니 붙잡을 수도 없는 일이 아니오."

유비가 눈물을 내비치며 말했다. 서서는 더욱 감격하여 어찌할 바를 모르도록 괴로워했다.

이날 밤, 손건이 몰래 유비를 찾아와 말했다.

"우리의 기밀을 모두 알고 있는 서서를 조조에게 보내면 안 됩니다. 그를 붙잡아두지 못할 형편이라면 차라리 다른 대책을 강구하는 것이 어떠하겠습니까?"

유비는 눈을 감은 채 대답이 없었다.

"서서를 그냥 붙들어두면 조조는 크게 노하여 그의 노모를 반드시 죽여버릴 것입니다. 그러면 서서도 조조에게 원심을 먹고 주공에게 더욱 충성을 다할 것입니다."

유비는 매우 못마땅한 듯이 머리를 크게 내저었다.

"남의 손을 빌려 그 어미를 죽이게 하고, 그 자식을 이용해 나의 이를 도모하다니, 내 어찌 그런 불의를 저지를 수 있단 말인가? 설사 내가 이번 일로 망하는 한이 있더라도 나는 그런 짓은 못하네."

이튿날 아침 유비는 관우, 장비, 조자룡 등의 여러 장수들을 친히 거느리고 멀리 성문 밖에까지 서서를 배웅하러 나갔다. 유비가 마상에서 이별주를 나누며 말했다.

"내가 덕이 없어서 선생 같은 어른을 오래 못 머무르게 하는가 보오. 가시거든 부디 새 주인을 잘 섬겨 공명을 이루도록 하오."

서서가 울며 대답했다.

"제가 주공의 은총을 받은 몸으로 부득이 노모를 찾아가나 어찌 마음을 돌려 조조에게 충성을 다할 수 있겠습니까?"

"내가 이제 선생을 잃게 되었으니 아무런 희망이 없어지는구려. 나도 이제는 차라리 세상을 버리고 산중에 숨어버릴까 하오."

"그 무슨 말씀이십니까? 부디 주공께서는 어진 선비를 찾으시어 대업을 이루셔야 합니다."

"천하에 선생보다 더 나은 이가 어디 있겠소?"

"그것은 너무도 과분한 말씀입니다."

그런 다음 서서는 좌우에 둘러서 있는 여러 장수들을 돌아보며 말했다.

"바라건대 제공께서는 부디 주공을 잘 섬기어 나와 같이 시종(始終)이 없는 사람이 되지 말아주오."

서서가 눈물을 하염없이 흘리는 바람에 다른 장수들도 모두 눈물을 지었다.

서서가 말을 몰아나가자 유비도 다시 뒤를 따랐다.

"이제 그만 들어가십시오. 이곳에서 하직을 고하겠습니다."

"이제 가시면 언제나 만날 수 있겠소. 그 일을 생각하면 슬픔이 끝이 없구려."

"인연이 있으면 이것이 어찌 영원한 작별이겠습니까? 사정만 바뀌면 저는 언제든지 사군을 찾아오겠습니다. 아무리 우서도 석별의 정은 끝이 없으니 이만 돌아가주십시오."

유비는 마지못해 마상에서 서서의 손을 잡고 이별을 나누었다. 드디어 서서는 말머리를 돌려 나그네의 길에 올랐다. 그러나 유비는 언제까지나 그 자리에 버티고 서서 점점 멀어져가는 서서의 뒷모습을 눈물지으며 바라보았다. 그러다가 서서의 모습이 나무숲 저편으로 사라져버리자 탄식하듯 중얼거렸다.

"아아, 내 저 나무숲을 모조리 베어버리고 싶구나."

이제는 어찌할 수 없어 말머리를 돌려 성안으로 돌아오려는데, 문득 서서가 말을 급히 달려 되돌아오는 모습이 보였다.

유비는 기꺼이 마주 달려나가며 물었다.

"선생이 되돌아오시니 웬일이오?"

서서가 숨 가쁘게 대답했다.

"제가 마음이 너무나 산란하여 중요한 말씀 한 가지를 잊어버리고 떠났습니다. 양양성에서 서쪽으로 이십 리 밖인 융중(隆中)이라는 마을에 대현인(大賢人)이 한 분 계십니다. 사군께서는 낙심 마시고 그 분을 꼭 찾아보십시오."

"그 분이라면 어떤 분을 말하는 것이오?"

"옛날 사람으로 치자면 주(周)나라의 태공망(太公望)이나 한(漢)나라의 장자방(張子房) 같은 희세(希世)의 대현인입니다."

"선생과 교분이 두텁다면 수고스러운 대로 나를 위해 그 분을 우리에게 데려다주고 떠나시면 어떻겠소?"

그러자 서서는 대번에 고개를 흔들었다.

"그런 어른이 어찌 저 같은 사람의 말을 듣고 움직이겠습니까. 사군께서 직접 찾아가셔도 될까말까한 일입니다."

유비는 한편으로 자신의 경솔을 뉘우치며 물었다.

"그 분의 존함은 무엇이오?"

"그는 낭야(瑯琊) 양도(陽都) 사람으로 성명은 제갈량(諸葛亮)이고, 자(字)는 공명(孔明)이라 합니다. 본디 한나라 사례교위(司隷校尉) 제갈풍(諸葛豊)의 후예인데, 천하를 도외시하고 낮에는 밭이나 갈고 밤에는 책이나 읽고 있어 세상 사람들은 그를 와룡(臥龍) 선생이라고도 부릅니다. 당대에 그의 경륜을 따를 사람이 아무도 없을 것입니다."

"아, 그 말을 들으니 생각나오. 일찍이 수경 선생이 와룡과 봉추 두 사람 중에서 어느 한 사람만 붙잡아도 가히 천하를 얻게 되리라 말씀하신 일이 있었소. 와룡 선생은 바로 그 중 한 분이신 모양이구려."

"그렇습니다. 와룡이란 바로 제갈공명을 지칭하는 말씀이십니다."

"그러면 봉추(鳳雛)는 누구를 지칭하는 것이오?"

"봉추란 양양에 사시는 방통(龐統) 선생을 지칭하는 것입니다."

"그런 분이 가까이 계신 것을 모르고 있었으니 나는 눈 뜬 장님이나 다름이 없었구려!"

"사군께서는 제갈공명을 꼭 찾아가보십시오."

서서는 최후로 그 한마디를 당부하고 다시 길을 떠났다.

삼고초려

서서는 유비와 작별하자 허도를 향하여 말을 달렸다. 그러나 떠나올 때 유비가 그처럼 애석해 하던 광경을 생각하자니 마음이 몹시 무거웠다.

'만약 현덕이 찾아가면 제갈공명이 말을 들어줄 것인가?'

세상을 등지고 살아가는 제갈공명이 유비의 청을 좀처럼 들어줄 것 같지 않았다.

'현덕의 은혜에 보답하는 셈치고, 내가 공명을 직접 만나 부탁을 해두고 가야지.'

서서는 문득 그런 생각을 하고 발길을 돌려 와룡산으로 제갈공명을 찾아갔다.

"원직이 웬일이오?"

제갈공명이 서서를 보고 적이 놀라며 물었다. 서서는 공명에게 깍듯이 인사를 올리고 나서 입을 열었다.

"실은 선생께는 아직 아무 말씀도 안 드렸습니다만 저는 그동안 신야의 유현덕 장군을 섬기고 있었습니다."

"아아, 그러셨소?"

"그런데 노모가 조조에게 붙잡혀 저를 부르는 까닭에 부득이 유 장군과 작별해 허도로 가게 되었습니다."

"잘 생각하셨소. 벼슬은 언제든 할 수 있지만 효도는 노모가 생존해 계시는 동안 다해야 할 것 아니오?"

"그런데 선생께 부탁 말씀이 있어 찾아왔습니다."

"무슨 말씀이오?"

"유 장군이 저를 보내는 것을 너무나 애석해 하기에 제가 와룡 선생을 한번 찾아뵙고 천하를 도모해 보라 말씀드렸습니다. 아마 유 장군께서 머지않아 선생을 찾아올 듯한데 그 분이 오거든 부디 청을 들어주십시오."

"공이 나를 향제(享祭)의 희생물로 만들 생각이오? 다시는 그런 소리 마오."

공명은 낯빛이 변하며 그대로 안으로 들어가버렸다. 서서는 한숨을 쉬며 초당을 떠나는 수밖에 없었다.

그로부터 며칠 후, 서서가 허도에 도착하자 조조는 순욱, 정욱 등을 시켜 융숭히 영접하게 했다. 서서가 승상부로 나오자 조조가 반겨 맞으며 말했다.

"공은 고명한 선비로 어찌하여 유비 같은 역신을 섬기셨소?"

서서가 대답했다.

"우연한 인연으로 신야에서 방랑 생활을 하다가 유현덕을 가까이 하게 되었습니다."

"이제부터는 노모를 조석으로 받들며 나를 도와주기 바라오."

서서는 사례하고 즉시 물러나와 모친을 뵈었다.

그가 노모 앞에서 엎드려 절하니, 노모는 아들을 보고 깜짝 놀랐다.

"네가 여기에 웬일로 왔느냐?"

"제가 신야에서 유 황숙을 섬기다가 뜻밖에도 어머님의 편지를 받고 부랴부랴 달려온 길입니다."

노모는 그 소리를 듣기 무섭게 주먹으로 땅을 치며 꾸짖었다.

"네가 여러 해 동안 강호로 돌아다녔기에 이제는 지혜가 많이 늘었으리라 믿었더니 어쩌면 아직도 그처럼 어리석으냐? 가짜 편지에 속아 주군을 버리고 오다니 그게 무슨 짓이냐?"

"그럼 그 편지는 위조였습니까?"

"네가 글을 배웠으니 충효가 양전(兩全)하기 어렵다는 것은 이미 짐작하고 있을 터인데, 위서에 속아 모처럼 얻은 현군을 버리고 기군망상(欺君罔上)하는 조조를 찾아왔구나. 너처럼 조상을 더럽힌 자식을 다시는 보고 싶지 않으니 썩 물러가거라!"

노모는 서슬이 푸르게 그 한마디를 남기고는 병풍 뒤로 돌아가버렸다. 서서가 얼굴을 못 들고 그냥 땅에 엎드려 있다가 한참 만에 고개를 들어보니 노모는 어느새 대들보에 목을 매고 자결을 한 후였다. 서서는 이미 시체가 되어버린 노모를 부둥켜안고 목을 놓아 통곡했다.

서서가 조조한테로 떠난 지 며칠 후의 일이었다. 하루는 유비가 서서의 말대로 융중으로 제갈량을 찾아가 보려고 예를 갖추고 있는데, 때마침 수하 병사가 들어와 보고했다.

"어떤 노인장이 주공을 뵙겠다고 찾아왔습니다."

"어떤 노인이더냐?"

"높은 관을 쓰고 손에는 지팡이를 짚은 노인인데, 피부가 복사꽃처럼 붉고 용모가 도골선풍(道骨仙風)인 것이 범상한 노인은 아닌 것 같습니

다."

유비는 혹시 제갈공명이 자진해서 찾아온 것이 아닌가 하고 부랴부랴 밖으로 달려 나와 보니, 불의의 방문객은 천만 뜻밖에도 수경 선생 사마 휘였다.

"아, 선생께서 웬일이십니까?"

유비는 크게 기뻐하며 수경 선생을 후당으로 모셔 들이며 말했다.

"제가 군무에 총망하여 미처 찾아 뵙지 못했는데, 이처럼 왕림해 주시니 황공 무비합니다."

사마휘가 대답했다.

"서서가 여기에 와 있다기에 한번 만나보러 왔소이다."

"애석하게도 서서는 수일 전 이곳을 떠났습니다. 서서의 모친이 조조에게 잡힌 몸이 되자 편지를 써 그를 허도로 부르는 바람에 아니 갈 수 없었지요."

사마휘는 그 소리를 듣더니 깜짝 놀랐다.

"서서가 허도로 갔다구요? 그러면 원직은 조조의 꾀에 속은 겁니다!"

"어찌 그런 말씀을 하십니까?"

"서서의 모친은 천하에 둘도 없는 현모인 데다 성품이 지사 못지않은 대쪽입니다. 아들에게 그런 편지를 보낼 어른이 아니란 말입니다."

"그러면 그 편지는 조조의 위서란 말씀입니까?"

"물론 그럴 것이오. 서서가 위서에 속아 모친을 찾아갔다면, 그 분은 그대로 살아 계시지 않을 것이오."

"서서가 떠나면서 남양의 제갈공명을 찾아보라고 하던데, 그 분은 어떤 분입니까?"

사마휘는 빙그레 웃으며 혼잣말로 중얼거렸다.

"가고 싶거든 저나 떠날 일이지 공연한 사람을 끌어내 누를 끼치게 하는구먼!"

"선생, 그것이 무슨 말씀입니까?"

"공명을 위해서 하는 말이오. 공명은 나의 도우(道友) 중 한 사람이오."

"선생의 도우는 어떤 분입니까?"

"융중의 제갈공명, 박릉(博陵)의 최주평(崔州平), 영천(穎川)의 석광원(石廣元), 여남(汝南)의 맹공위(孟公威) 그리고 엊그제 이곳을 떠났다는 서서 등이 모두 출중한 인물들이지만, 그중에서도 대략(大略)에 통하는 사람은 오직 공명이 있을 뿐이오."

"영천과 양양에는 어찌 그리 현인들이 많습니까?"

"그 옛날 은규(殷馗)라고 천문에 능한 분이 있었는데, 이 지방에 현인이 많이 생겨나리라고 예언한 적이 있습니다. 오늘날 그 예언이 보기 좋게 들어맞은 셈이지요. 그중에도 공명은 각별히 뛰어난 인물이오."

"제갈공명이 그렇게도 대단한 분입니까?"

"주나라의 태공망과 한나라의 장자방과 견주어도 결코 손색이 없는 분이오."

수경 선생은 하늘을 우러러 크게 웃으며 혼잣말처럼 중얼거렸다.

"와룡(臥龍)이 비록 주인을 얻겠으나 때를 얻지 못할 터이니 아까운 일이 아닐 수 없구나!"

유비는 그 일이 있고 난 후 제갈공명을 더욱 앙모하게 되어 하루는 관우, 장비를 데리고 융중에 있다는 그를 찾아 나섰다.

맑게 개인 겨울날이었다. 멀리 바라보니 두어 명의 농부가 밭에서 일을 하며 노래를 부르고 있었다.

"창천(蒼天)은 원개(圓蓋)요, 육지(陸地)는 기국(碁局)일세, 세인이 흑백으로 나뉘어 왕래하며 영욕을 다투니, 영자(榮者)는 안안(安安)하고 욕자(辱者)는 녹록(碌碌)하네. 남양에 은거가 있으니, 높이 누워 잠이 부족타

하도다."

유비는 말을 멈추고 귀를 기울이다가 농부에게 물었다.

"그 노래를 누가 지은 것이오?"

"와룡 선생이 지은 노래입니다."

"와룡 선생은 어디 계시오?"

"저기 보이는 언덕이 와룡 선생이 살고 계신 곳입니다. 저 송림 속에 있는 초당에 와룡 선생이 사십니다."

유비는 두 아우와 함께 와룡 언덕으로 갔다. 하늘은 푸르고 송백은 울창한데, 그 숲속에서 온갖 새들이 마음대로 우짖는 것이 과연 선경이었다.

유비가 초당 앞에서 말을 내리니, 동자가 보고 물었다.

"손님은 뉘신지요?"

"유비라는 사람이 찾아왔다고 아뢰어라."

"선생님은 조금 전에 나가고 아니 계십니다."

"어디를 가셨느냐?"

"아무 말씀도 없이 나가셔서 어디로 가셨는지 모릅니다."

"그럼 언제쯤 돌아오시느냐?"

"그것도 모릅니다. 한번 나가시면 삼사 일 후에 돌아오실 때도 있고, 십여 일 만에 돌아오실 때도 있습니다."

그러자 장비가 눈살을 찌푸리며 재촉했다.

"사람도 없다는데 빨리 돌아가십시다."

관우도 유비를 보고 말했다.

"다음날 사람을 보내 거처에 계신 것을 알아보고 다시 찾아오십시다."

유비는 섭섭함을 금치 못해 동자를 보고 간곡히 당부했다.

"선생이 돌아오시거든 유비라는 사람이 찾아왔다가 못 뵙고 돌아갔다고 여쭈어다오."

돌아오며 보니 부근 일대는 과연 절경이었다. 산이 높지는 않으나 아름답고, 물이 깊지는 않으나 맑고, 땅이 넓지는 않으나 평탄하고, 숲이 크지는 않으나 무성한 것이 완연한 별천지였다.

경치에 취해 있다 보니, 푸른 옷에 소요건(逍遙巾)을 쓰고 손에 지팡이를 짚은 사람이 산길을 내려오고 있었다. 유비는 와룡 선생인 줄 알고, 그의 앞으로 공손히 걸어나가 인사를 하며 물었다.

"혹시 와룡 선생이 아니십니까?"

"댁은 뉘십니까?"

상대방은 어리둥절하며 반문했다.

"저는 신야의 유비 현덕입니다."

"아, 그러십니까? 나는 공명이 아니라 그의 친구 최주평(崔州平)입니다."

"아, 그러시군요. 대명을 받든 지 이미 오래오나 이처럼 만나 뵈올 줄은 몰랐습니다."

"저 역시 덕명 높은 어른을 여기서 이렇게 만나 뵐 줄은 몰랐습니다. 우리 여기 앉아 얘기나 좀 나눕시다."

청의의 고사는 그렇게 말하며 길가에 있는 바위에 주저앉았다. 유비도 그 옆에 공손히 앉아 수인사를 끝낸 뒤에 말했다.

"천하가 크게 어지럽고, 사방에 불운이 급하기로 공명을 만나 뵙고 국태민안지책(國泰民安之策)을 구하려 찾아온 길이었습니다."

주평이 입가에 웃음을 머금으며 말했다.

"좋은 말씀이십니다. 그러나 치란(治亂)에는 도리(道理)가 있는 법입니다."

"그 치란의 도리를 선생께 듣고자 합니다. 원컨대 그 법을 가르쳐주십시오."

"나 같은 산중의 늙은이가 무엇을 알겠습니까. 하지만 자고로 치(治)와 난(亂)은 항상 무상한 것이 아닌가 합니다. 평화가 오래 계속되면 반드시 난이 오는 법이고, 난이 오래 계속되면 그 뒤에는 반드시 평화가 오게 마련입니다. 광무제 이래로 태평세월이 계속되기를 이러구러 이백여 년이니 이제 세상은 어지러울 때가 도래한 것입니다."

"그러합니다. 그 어지러운 나날이 시작된 지 이미 이십여 년째 됩니다."

"사람의 일생으로 보자면 이십 년이라는 세월이 길다 하겠으나 대자연으로 보자면 이십 년이란 촌음이 아니겠습니까. 그러하니 태풍을 알리는 찬바람이 이제 불기 시작했다고 보면 되는 것입니다."

"옳은 말씀이십니다. 저는 참된 현인을 찾아뵙고 만민의 재앙을 미연에 방지하는 동시에 그 재앙을 최소한으로 막아내는 것을 사명으로 생각하고 있습니다."

"참으로 어진 생각이십니다. 순천자(順天者)는 일(逸)하고, 역천자(逆天者)는 노(勞)한다고 했으니 부디 애써주십시오."

"어른의 높으신 가르침을 받게 돼 감사합니다. 선생은 공명이 어디 가셨는지 모르십니까?"

"나도 저를 찾아온 길이니 어찌 알 수 있겠습니까. 그가 없다면 나도 돌아갈 수밖에 없게 되었구려."

유비는 최주평과 함께 일어서면서 말했다.

"선생을 제가 모시고 갔으면 하는데 의향은 어떠십니까?"

그러나 최주평은 대번에 고개를 흔들었다.

"산중의 유생이 어찌 공명에 뜻이 있겠습니까. 인연이 있으면 다시 만나게 될 겁니다."

유비는 최주평에게 작별을 고하고 신야로 돌아오는 귀로에 올랐다.

"흥! 오늘은 만나러 온 사람은 못 만나고 썩어빠진 선비의 잔소리나 듣는 것으로 하루해를 허비했구먼!"

장비가 못마땅하다는 듯이 투덜거렸다.

유비가 장비를 나무랐다.

"그게 무슨 소리인가? 사람이 제구실을 하려면 지혜로운 어른들의 말씀을 많이 들어야 하는 법일세."

그로부터 수일 후에 사람을 융중에 보내어 알아보니 마침 공명이 집에 있다는 소식이었다. 유비는 곧 두 아우를 데리고 다시 공명을 찾아갈 채비를 했다.

"그까짓 시골 선비를 무얼 두 번씩이나 몸소 찾아가신단 말이오? 사람을 보내 당장 오라고 하면 될 일이 아니오?"

장비가 볼멘소리로 웅얼거렸다.

"공명은 당대의 대현인이다. 그런 분을 앉아서 부르다니 그런 실례가 어디 있겠는가?"

유비는 장비를 꾸짖으며 길 떠날 채비를 차렸다. 두 아우가 어쩔 수 없이 뒤를 따랐다.

때는 깊은 겨울이었다. 일행이 융중에 도착하니 때마침 천지에는 눈이 하얗게 뒤덮였는데 삭풍이 살을 에일 듯 차가웠다. 장비는 화가 동하여 유비의 옆으로 다가오더니 또다시 불평을 늘어놓았다.

"형님, 우리가 무엇 때문에 썩어빠진 유생 하나를 만나려고 이런 고생을 한단 말이오?"

"나는 공명을 뵙고 가야겠으니 그렇게도 고생스럽거든 그대들은 먼저 돌아가게!"

"내가 고생스러워 하는 소리가 아니오. 나는 다만 형님이 너무 부질없는 일을 하시는 것 같아서 그러오."

"아닐세. 나는 이렇게 해서라도 공명에게 나의 은근한 뜻을 보이고 싶어 그러네. 장비는 쓸데없는 불평 말고 나를 따르게!"

유비가 초당 앞에서 말을 멈추고 귀를 기울이니, 안에서 두 사람이 시를 읊는 소리가 들려왔다. 유비는 그 시낭송이 끝나기를 기다렸다가 정중한 음성으로 주인을 불렀다.

방문이 열리는데 보니, 두 사람이 주안상 앞에 마주 앉아 있는데, 한 사람은 얼굴이 희고 수염이 길었고, 다른 한 사람은 얼굴이 몹시 기괴하게 생겼다.

유비는 노인 앞에서 인사를 정중히 올리고는 물었다.

"와룡 선생이십니까?"

그러자 노인은 고소를 하면서 물었다.

"댁은 어디서 오신 뉘십니까?"

"저는 한나라의 좌장군 유비입니다. 제세안민(濟世安民)의 방도를 구하고자 와룡 선생을 찾아온 길입니다."

"신야의 성주 유 황숙이란 말씀이십니까? 어려운 발걸음을 하셨는데 나는 애석하게도 와룡이 아닙니다. 나는 영천에 사는 석광원(石廣元)이고, 이 사람은 여남에 사는 맹공위(孟公威)라고 합니다."

유비는 크게 기뻐했다.

"두 분의 대명을 들은 지 이미 오래인데 이곳에서 만나 뵈니 매우 반갑습니다. 두 분께서는 부디 저에게 구세(救世)의 가르침을 들려주십시오."

"산중에서 사는 우리가 어찌 구세지책을 알 수 있겠습니까. 마침 공명이 뒷산 와룡장에서 책을 읽고 있는 모양이니, 그리 가서 만나보십시오."

유비는 곧 두 고사와 작별하고 와룡장을 찾았다.

밖에서 엿보니, 초당은 죽은 듯이 고요한데, 젊은 선비 하나가 화로 옆에 앉아 시를 읊고 있었다.

> 봉황이 하늘을 날음에
> 오동이 아니면 깃들지 않는도다.
> 선비가 한 곳에 엎드려 있음이어
> 주인이 아니면 섬기지 않는도다.
> 들에 나가 몸소 밭을 갊이어
> 내 집을 사랑함이로다.
> 잠시 마음을 칠현금에 붙임이어
> 가만히 때가 오기를 기다리도다.

유비는 저 사람이 공명이구나 싶어, 노래가 끝나기를 기다렸다가 예를
갖추어 말을 걸었다.

"선생이 혹 와룡 선생이십니까?"

시를 읊던 사람이 그 소리를 듣고 깜짝 놀라며 물었다.

"앗! 댁은 뉘시오?"

"저는 와룡 선생을 흠모하여 찾아온 신야의 유비 현덕입니다."

"아, 장군이 유 예주이십니까? 저는 공명의 아우 제갈균(諸葛均)입니
다. 저희는 본래 삼 형제로, 장형 제갈근(諸葛瑾)은 지금 강동 손중모(孫仲
謀)에게 가서 막빈이 되어 있고, 공명은 저의 중형이십니다."

"아, 그러십니까? 와룡 선생은 지금 안 계시오?"

"오늘 아침, 최주평과 함께 놀러가셨습니다."

"어디로 놀러가셨는지 모르오?"

"글쎄올시다. 혹은 배를 타고 강호(江湖)에서 노닐기도 하고, 혹은 산
사(山寺)로 승려를 찾아보기도 하고, 혹은 촌락으로 내려가 친구들과 더

불어 시화(詩畵)를 즐기기도 하고, 혹은 경승지를 찾아 금기(琴棋)를 일삼기도 하니, 한번 집을 떠나시면 간 곳을 알 길이 없습니다."

유비는 그 대답을 듣고 저도 모르게 한숨을 쉬며 말했다.

"두 번 찾아와도 선생을 못 뵙게 되니, 나의 연분이 이렇게도 박하단 말인가?"

제갈균이 손님을 위해 차를 내왔다. 뒤에서 그 광경을 보고 있던 장비가 얼굴에 노기를 띠며 소리쳤다.

"형님, 공명이 없으니 빨리 돌아가십시다."

"모처럼 왔다가 어찌 그리 총총히 돌아갈 수 있겠는가?"

유비는 장비를 달래고 나서, 이번에는 제갈균을 보고 물었다.

"와룡 선생이 육도삼략(六韜三略)에 대통하시다는 말씀을 들었는데, 병서를 그처럼 많이 읽으시오?"

"글쎄올시다. 저는 잘 모르겠습니다."

제갈균의 대답은 매우 냉담했다.

장비가 또 화를 내며 소리쳤다.

"형님, 본인도 없는데 무엇 때문에 쓸데없는 말씀을 물으시오. 눈이 오니 저물기 전에 빨리 돌아가십시다."

"잔말 말고 잠자코 있게!"

유비가 장비를 꾸짖자 제갈균이 말했다.

"가형이 안 계셔서 송구스럽기 짝이 없습니다. 돌아오시거든 찾아가 만나 뵙도록 말씀드려두겠습니다."

"아닙니다. 어찌 감히 선생이 찾아주시기를 바라고 있겠습니까. 바라건대 나에게 종이와 붓을 좀 빌려주십시오. 선생께 글월을 한 자 남겨두고 돌아가겠습니다."

제갈균은 곧 문갑에서 지필묵을 꺼내 유비 앞으로 가져다놓았다.

유비는 붓을 들어 다음과 같은 사연을 적었다.

예주목 유비가 선생을 앙모한 지 이미 오래이기에 만나 뵙고자 찾아왔으나 번번이 만나 뵙지 못하고 돌아가니 섭섭한 마음 이를 데 없습니다. 돌아보건대 군웅이 나라를 어지럽게 하고, 악당이 인군을 업신여겨 비(備)가 이를 바로잡고자 하나 경륜의 방책이 없으니, 선생께서는 여망(呂望)의 재주를 펴시고 자방(子房)의 방략을 베풀어주시기를 간절히 부탁드립니다. 후일 목욕재계하고 다시 찾아뵙고자 하니, 부디 선생을 만나 뵈올 수 있는 기회를 베풀어주십시오.

유비는 편지를 써서 제갈균에게 주며 부탁했다.
"선생이 돌아오시거든 이 서찰을 꼭 전해 주십시오."
제갈균은 편지를 간직하고 나서 유비 일행을 문밖까지 배웅 나왔다. 유비 일행이 집에 돌아가려고 막 말에 오르려 할 때였다. 뒤따라 나오던 동자가 손을 들어 저편을 가리키며 외쳤다.
"아, 노 선생께서 오시는군요!"
유비가 눈을 들어보니, 머리에 난모(煖帽)를 쓰고 몸에 털저고리를 입은 노인이 나귀를 타고 저편 다리를 건너오고 있는데, 그의 뒤에는 청의동자(靑衣童子)가 술병을 들고 따라오고 있었다.
그 노인은 다리를 건너오며 큰소리로 시를 읊었다.

一夜北風寒 萬里彤雲厚
長空雪亂飄 改盡江山舊
白髮老衰翁 盛感皇天祐
騎驢過小橋 獨嘆梅花瘦

하룻밤 북풍이 춥더니

만리에 붉은 구름이 두텁구나.

장공에 눈발이 흩어져 날리니

강산에 옛 모습이 새로운 듯하도다.

백발의 노쇠한 늙은 몸이

황천의 도움이 왕성함을 느끼니

나귀를 타고 다리를 건너며

매화 여위었음을 혼자 탄식하노라.

유비는 노래를 듣자 그가 와룡인 줄 알고, 분주히 나아가 예를 갖추어 말했다.

"와룡 선생, 이 추위에 어디를 갔다 오십니까? 유비가 선생을 뵈러 찾아왔습니다."

노인이 황망히 놀라 나귀에서 내리는데, 제갈균이 얼른 달려와 말했다.

"이 어른은 공명의 악부(岳父) 황승언(黃承彦) 노인이십니다."

"아, 그러십니까? 제가 사람을 잘못 알아 뵈어 실례했습니다."

유비는 또 한 번 실수를 하고 무안스럽게 집으로 돌아오는 수밖에 없었다.

제갈공명

두 번이나 찾아갔다가 못 만나고 돌아왔지만 유비는 그 후로도 공명에 대한 생각을 단 하루도 잊은 적이 없었다.

어느덧 겨울이 가고 해가 바뀌었다. 유비는 새해 제사를 끝내고는 복자(卜者)에게 명하여 길일을 택해 사흘간이나 목욕재계를 했다. 그런 다음 공명을 세 번째 찾아갈 채비를 했다.

그러자 장비는 말할 것도 없고, 관우조차 탐탁하게 여기지 않았다.

"형님께서 몸소 두 번이나 찾아간 것도 지나친 예를 표한 것인데, 세 번이나 찾아가는 것은 당치않은 일입니다. 공명이 형님을 피하는 것은 필시 허명(虛名)만 높고 자신이 없어서일 것입니다. 그런 사정도 모르고 또다시 찾아간다면 남들이 비웃습니다."

그러나 유비는 뜻을 굽히지 않았다.

"나는 그렇게 생각하지 않네. 그 옛날 제(齊)나라의 환공(桓公)은 동곽(東郭)의 야인(野人)을 만나려고 다섯 번이나 찾아갔던 일이 있지 않은가?

하물며 내가 공명 같은 대현(大賢)을 만나려는데 세 번쯤 찾아가는 것이 뭐 그리 대단하단 말인가?'

관우는 그만 입을 다물고 말이 없었다. 그러나 장비는 여전히 불평을 늘어놓았다.

"그건 형님이 잘못 알고 하시는 말씀이오. 그까짓 촌놈이 무슨 대현이란 말이오. 이번에는 형님이 가실 것이 아니라, 사람을 보내 불러 오도록 하십시다. 만약 그래도 오지 않는다면 내가 가서 결박을 지어 끌고 오겠소."

유비는 그 말을 듣자 정색을 하며 장비를 꾸짖었다.

"장비는 주의 문왕(文王)이 태공망(太公望)을 찾아갔을 때의 이야기도 못 들었느냐? 태공망은 문왕이 찾아와도 낚시질만 하고 돌아다보지도 않았다. 그러나 문왕은 해가 저물 때까지 낚시질이 끝나기를 기다렸다. 현명한 문왕도 태공망을 그처럼 대접했거늘 장비는 무엇을 그리 잘 안다고 함부로 지껄이는가? 이번에는 운장하고 둘이 갈 테니 장비는 따라오지 말아라."

그러자 장비가 웃으며 말했다.

"두 분 형님이 가신다면 나도 응당 따라가야겠소."

"장비 아우가 기어이 따라간다면 데리고 가기는 하겠지만 만에 하나라도 실례가 되는 짓을 해서는 안 된다."

세 사람은 다시 신야를 떠나 융중으로 향했다. 아직 잔설(殘雪)이 남아 있으나 제법 화창한 봄날이었다. 와룡장 가까이 가니 마침 공명의 아우 제갈균이 나와 있었다.

"어서 오십시오. 장군께서 또다시 직접 오셨군요!"

유비는 얼른 말에서 내려 정중하게 인사를 하면서 물었다.

"선생이 오늘은 댁에 계신지요?"

"어제 석양 무렵 마침 돌아오셨습니다."

"아, 그렇습니까? 그러면 좀 만나 뵐 수 있겠습니까?"

"지금 계신 모양이니 안으로 들어가 만나보시지요."

제갈균은 그 한마디를 던지고 제 갈 길로 표연히 사라졌다.

장비는 그 모양을 보고 투덜거렸다.

"그놈 참 무례하기 짝이 없구나. 제가 인도를 해줄 일이지 그냥 제 갈 길을 가버리는 건 무슨 수작이야."

유비가 앞장서서 와룡장 대문을 두드리니 동자가 나왔다. 평소에는 언제나 열려 있던 문이 오늘 따라 굳게 닫혀 있었다.

유비가 동자를 보고 말했다.

"어서 들어가 유비가 선생님을 뵈러 왔다고 여쭈어라!"

동자가 대답했다.

"선생님은 지금 초당에서 낮잠을 주무시고 계십니다."

"그래? 그렇다면 낮잠 주무시는 데 방해가 안 되도록 아무 말씀도 여쭙지 말아라!"

그리고는 관우와 장비를 돌아다보며 말했다.

"그대들은 문밖에서 기다리고 있게!"

그렇게 말한 유비는 혼자 조용히 내정으로 들어갔다.

초당에는 따사로운 봄빛이 넘쳐흘렀다. 대청을 올려다보니 공명은 궤석(几席) 위에 네 활개를 활짝 펴고 누워 잠이 들어 있었다. 유비는 섬돌 아래 두 손을 읍하고 서서 공명이 잠에서 깨어나기를 기다렸다. 나비 한 마리가 나풀나풀 날아와 궤석 위에 앉았다가 다시 창밖으로 날아갔다.

공명은 잠이 깊이 들었는지 한참 동안이나 깨어나지 않았다. 중천에 솟아 있던 해가 어느덧 서천으로 기울기 시작했다. 공명은 그래도 깨어나지 않았다.

유비는 여전히 두 손을 읍하고 선 채 공손히 기다리고 있었다.

밖에서 기다리던 관우와 장비도 지칠 대로 지쳤다. 장비가 문틈으로 안을 엿보니 유비가 그때까지도 계하에 읍하고 서 있는 것이 보였다.

장비는 얼굴을 붉히며 관우를 보고 화를 내었다.

"형님, 저런 고약한 놈을 그냥 내버려둔단 말입니까? 큰형님은 섬돌 아래 읍하고 서 계신데, 공명이란 놈은 언제까지나 누워 자고 있으니, 저놈을 그대로 내버려두는 게 과연 옳단 말입니까?"

"이 사람아, 떠들지 말고 조용히 하게."

"내가 떠들지 않게 되었는가 생각해 보오. 저런 방자스러운 놈이 어디 있단 말이오! 내가 뒤로 돌아가 집에 불을 질러버리겠소."

"그러다가 또 형님한테 꾸중을 들을 셈인가? 조금만 더 기다려보세."

관우는 가까스로 장비를 달랬다. 해는 어느덧 서산머리에 기울어졌다. 그래도 공명은 깨어나지 않았다. 잠시 몸을 움직여 깨어나는가 싶더니 그냥 돌아누워 다시 잠이 들어버렸다. 동자가 걸어와 공명을 깨우려 하니, 유비는 손을 흔들어 깨우지 못하게 했다.

그로부터 한 식경이 다시 지나서야 공명은 잠에서 깨어났다. 그는 잠에서 깨어나며 시 한 수를 읊었다.

大夢誰先覺

平生我自知

草堂春睡足

窓外日遲遲

큰 꿈은 누가 먼저 깨우는고

평생은 나 스스로 아노라.

초당에 봄 잠이 충분한데

창밖에 해는 길기도 하구나.

공명은 시를 읊고 나더니 동자에게 물었다.

"누구 찾아온 손님은 없더냐?"

"신야의 유 황숙 장군께서 벌써부터 와서 기다리고 계십니다."

"손님이 오셨거든 왜 진작 깨우지 않느냐? 그럼 안으로 들어가 옷을 갈아입고 나오마."

공명은 안에 들어가 의관을 정제하고 나오더니 그제야 객을 맞았다.

유비가 눈을 들어보니, 공명은 신장이 팔 척이요, 얼굴은 관옥(冠玉) 같고, 머리에는 윤건(綸巾)을 썼으며, 몸에는 학창의(鶴氅衣)를 입고 있어 첫눈에 보아도 신선의 자태 그대로였다.

유비는 자리에 올라 절하며 말했다.

"우부(愚夫)가 선생의 대명을 들은 지 이미 오래입니다. 오늘은 친히 만나 뵙게 되어 기쁘기 한량없습니다."

"그 동안 여러 차례 찾아주셨다는 것을 알고 있었으나 야인이 워낙 게을러 예의를 궐한 것이 부끄럽습니다."

주객이 예의를 다하고 나자 동자가 차를 날라왔다. 공명이 차를 권하며 말했다.

"지난 겨울에 두고 가신 글월을 보고 황공 무비했습니다. 장군께서 우민우국(憂民憂國)하시는 심정은 짐작하고도 남음이 있었습니다만 생이 워낙 나이가 어리고 재주가 없어 장군께서 찾아와주신 뜻에 보답할 능력이 없어 부끄럽습니다."

"사마덕조(司馬德操)와 서서의 말씀이 어찌 헛된 말씀이겠습니까. 선생은 미천한 이 사람을 버리지 마시고 부디 가르쳐주십시오."

"그 분들은 높은 선비이지만 생은 한낱 농부에 불과합니다. 그러한 제가 어찌 천하를 논할 수 있겠습니까. 장군은 옥을 버리고 돌을 찾지 마십시오."

"선생은 세상을 건질 기재를 품고 계시면서 어찌 산중에서 무료한 세월만 보내려 하십니까? 천하 창생을 생각하시어 이 우둔한 유비에게 부디 가르침을 주십시오."

공명은 입가에 미소를 띠며 말했다.

"장군은 오늘날의 천하대세를 어떻게 보십니까?"

"한나라의 사직이 기울고 간신의 무리들이 조정의 위령(威靈)을 어지럽히니 어찌 이를 보고만 있겠습니까. 제가 지술이 부족하여 뜻을 이룰 수 없습니다. 선생이 비를 도와 천하를 바로잡게 인도해 주신다면 그 이상 다행한 일이 없을 것입니다."

공명이 옷깃을 바로잡으며 말했다.

"장군께서 저 같은 사람의 의견을 그처럼 아껴주시니 저 또한 평소에 생각하던 바를 말씀드리겠습니다."

"고맙기 짝이 없는 말씀입니다."

유비는 새삼스러이 머리를 숙여 보였다.

공명은 진지한 표정으로 다시 물었다.

"장군께서는 어떤 경륜을 가지고 계십니까?"

"한실(漢室)이 쇠퇴해 가는 징조가 보이자 각지에서 간신이 속출하여 천자께서는 낙양을 두 번이나 버리셨습니다. 지금은 역도들이 사방으로 들끓고 있습니다. 하지만 무능한 유비는 오직 적심(赤心)만이 있을 뿐이니 장차 이 세상을 어떻게 바로잡아야 할지 모르겠습니다."

"동탁의 변이 있은 이후로 크고 작은 호걸들이 수없이 배출된 것은 사실입니다. 그중에서도 하북의 원소는 가장 강력한 인물이었습니다. 그러나 그는 자기보다 힘이 약한 조조에게 멸망당하고 말았습니다."

"약자가 강자를 물리쳤다는 것은 천시(天時)라고 하겠습니까? 혹은 지리(地利)라고 하겠습니까?"

유비가 머리를 숙여 물었다.

"천시나 지리보다도 때로는 인력이 크게 작용할 수도 있습니다. 조조는 중앙에서 천자를 앞세우고 제후들을 호령하고 있으니, 그를 꺾는 것은 용이한 일이 아닙니다. 아니, 이미 오늘에 이르러서는 그를 꺾을 자는 아무도 없을 것입니다."

그 말에, 유비는 한숨을 쉬었다.

"아아, 그러면 이미 때가 늦었다는 말씀입니까?"

"반드시 그런 것은 아닙니다. 조조는 천자를 끼고 백만 군사를 거느리고 있으니 그를 꺾을 수가 없고, 손권은 강동에 웅거하여 이미 삼 대를 누려오며 인심을 얻고 있으니 그 역시 도모하기가 결코 쉽지 않을 것입니다."

"지당하신 말씀입니다."

"그렇게 보자면 지금 천하는 조조와 손권이 장악하고 있어 남북 어디로든 발을 뻗을 수 없습니다. 그러나 단지 한 곳, 그들의 세력이 미치지 못하는 곳이 있으니 바로 형주와 익주입니다."

"오오, 형주와 익주!"

"형주와 익주는 천하에 드문 험새(險塞)나 옥야천리(沃野千里)의 천부지지(天府之地)로 그 옛날 한의 고조께서도 그 땅에 의지하시어 제업(帝業)을 이루셨습니다. 형주의 유표는 우유부단한 데다가 이미 노쇠했고, 그의 아들 유기와 유종 또한 범용하여 그 땅을 지키기 어려운 형편입니다. 익주의 국주 유장은 더 말할 나위도 없는 인물입니다. 그러하니 형주를 근거로 일어나 익주를 쳐서 합하면 조조와 능히 대립할 수 있을 것입니다. 그렇게 되면 한실을 부흥시키는 것도 반드시 치자(癡者)의 꿈은 아닐 것입니다. 저는 그렇게 믿고 있습니다."

공명은 침착하게 천하를 논했다. 그가 그처럼 흉금을 털어놓고 천하를 논해 보기는 이번이 처음이었다. 공명은 천하대세를 보았을 때 당분간 중원은 삼분(三分)될 운명을 면할 수 없다는 생각을 품고 있었던 것이다.

"선생의 탁견은 잘 알겠습니다."

공명은 동자에게 그렇게 말하고는 지도 한 폭을 내다 걸게 하더니, 다시 말을 이었다.

"이것은 서촉(西蜀) 오십사 주의 지도입니다. 현재 북에는 조조가 있고, 남에는 손권이 있습니다. 장군께서는 인화(人和)를 도모하셔서 서촉을 근거로 일어나셔야 합니다. 그런 연후에 중원을 도모할 계획을 세우는 게 순서입니다."

공명의 말이 끝나자 유비는 고개를 끄덕이며 말했다.

"선생의 말씀을 듣고 나니 마치 운무를 헤치고 청천을 보는 듯 저의 갈 길이 분명해지는 것 같습니다. 그러나 형주의 유표와 익주의 유장은 모두 다 한실의 종친이니 어찌 그들의 가업을 빼앗을 수 있겠습니까."

"그 점은 염려하실 게 없습니다. 유표는 오래지 않아 세상을 떠나게 될 것이고, 익주의 유장은 비록 건강하나 악정을 거듭해 민생이 도탄에 빠져 있습니다. 백성들을 구출해 내는 것은 오히려 장군의 사명이 아니겠습니까?"

유비는 공명에게 절하며 다시 부탁했다.

"우부 유비는 본디 우둔하고 덕이 없으니 선생께서는 산을 내려가시어 아침저녁으로 저를 가르쳐주십시오."

그러자 공명은 정색을 하며 거절했다.

"저는 본래 초야에 묻혀 살아왔고, 앞으로도 세상에 나갈 생각은 추호도 없습니다."

"선생이 나와주시지 않으면 장차 한나라의 운명은 누가 바로잡을 수 있겠습니까?"

유비는 탄식을 하며 눈물을 하염없이 흘렸다. 그야말로 절망에 빠져 흘리는 낙루였다. 공명은 유비의 낙망하는 모습을 바라보며 오랫동안 침묵에 잠겨 있다가 문득 결심이라도 한 듯 얼굴을 들며 말했다.

"장군께서 저 같은 사람이 그처럼 소용되신다면 생도 삼가 견마의 수고를 다해 보겠습니다."

유비는 크게 기뻐 어쩔 줄을 몰랐다.

"선생께서 저를 가르쳐주시겠다는 말씀이십니까?"

"이것도 무슨 인연이 아닌가 합니다. 마치 장군께서는 저를 찾기 위해 천하를 방황하신 것 같고, 저 또한 장군께서 찾아주시기를 기다리며 세월을 보낸 것 같으니, 이 어찌 인연이 아니겠습니까?"

"저는 너무도 고마워 어찌할 바를 모르겠습니다."

유비는 곧 관우와 장비를 불러들여 절하게 한 뒤에 준비해 온 예물을 공명에게 바쳤다.

"제가 어찌 이런 예물을 받겠습니까?"

공명은 사양하며 받으려 하지 않았다.

"이것은 예물이라기보다는 저의 조그만 정성이니 받아주십시오."

공명은 그제야 절을 하고 예물을 받았다.

이날 밤 유비는 관우, 장비와 더불어 와룡장에서 묵었다. 다음날 공명은 길 떠날 채비를 차리며 아우 제갈균에게 말했다.

"유 황숙께서 세 번이나 찾아주신 뜻을 저버릴 수 없어 집을 떠나기로 결심했다. 너는 내가 없는 동안에도 농사를 게을리 하지 말고 가사를 잘 돌보아라. 공을 이루어 유 황숙의 은혜를 갚거든 다시 돌아오마."

그리고 나서 공명은 유비와 함께 와룡장을 떠나 신야로 향했다.

신야로 돌아온 유비는 공명을 상빈으로 대했다. 식사도 한 탁자에서 했고, 잠자리도 한 방에서 같이하면서 늘 천하대사를 논했다.

어느 날 공명이 유비를 보고 말했다.

"조조가 기주에 현무지(玄武池)를 파고 수군을 조련한다고 들었습니다. 이는 반드시 강남을 침범하려는 계획 때문이니, 사람을 강동으로 보내어 정세를 알아보아야 합니다."

유비는 공명의 말에 따라 강동으로 사람을 보냈다.

불붙는 강동 세력

조조가 천자의 이름으로 천하를 도모하고, 유비가 한나라를 바로잡으려고 공명에게 삼고초려를 하는 동안 강동의 손권은 기초를 튼튼히 했다. 손권은 그의 형 손책의 뒤를 물려받은 이후로 산업을 개발하고 문화를 발전시키는 한편, 어진 선비를 널리 모아들였다.

손권은 장소, 장굉, 주유, 노숙 같은 숙장(宿將)을 비롯하여, 팽성 출신의 엄준(嚴畯), 패현 출신의 설종(薛綜), 회계 출신의 감택(闞澤), 능통(凌統), 여남 출신의 정병(程秉), 오군 출신의 주환(朱桓), 육적(陸績), 장온(張溫), 오정 출신의 오찬(吳粲) 등의 인재를 규합했다.

무장으로는 여양 출신의 여몽(呂蒙), 오군 출신의 육손(陸遜), 낭야 출신의 서성(徐盛), 동군 출신의 반장(潘璋), 여강 출신의 정봉(丁奉) 등의 명장이 있어 손권의 기세는 날이 갈수록 왕성했다.

건안 칠년의 일이었다. 조조는 원소를 물리치고 나자 사자를 보내 손권의 아들을 허도로 올려 보내 벼슬을 하게 하라는 명령을 내렸다. 말인즉 벼슬을 주겠다는 것이었지만 손권의 세력이 날로 강대해지는 것이 두려워 그의 아들을 볼모로 잡아두려는 계획이었다.

손권은 조조의 심중을 파악하고 있었지만 좋은 말로 답장을 했다.

"은명(恩命)은 황송무비하나 일가친척과 상의하여 후일에 대답을 드리겠습니다."

그 후에도 조조는 가끔 손권에게 아들을 허도로 올려 보내라고 재촉했다. 조조는 천자를 모시고 있는 만큼 그의 말은 절대권을 가지고 있었다.

"어머니, 이 문제를 어찌했으면 좋겠습니까?"

손권은 어느 날 강동의 태부인을 보고 물었다.

"너에게는 지혜로운 인재들이 많이 있으니, 그들의 의견을 들어 결정하는 것이 좋을 것 같구나."

손권은 곧 수하의 관료들을 한자리에 모아놓고 의견을 물었다.

장소가 먼저 입을 열어 말했다.

"조조가 우리에게 인질을 요구하는 것은 제후를 견제하려는 상투적인 수단입니다. 따라서 인질을 보내게 되면 조조에게 굴복하는 뜻이 되고, 만약 인질을 보내지 않으면 적대의 뜻을 내비치는 게 됩니다. 적대적인 의사를 보일 경우 조조는 반드시 군사를 일으켜 우리를 응징하려 할 것입니다. 이 문제는 그처럼 중대한 의미를 내포하고 있는 만큼 신중히 토론해야 합니다."

그러자 이번에는 주유가 정색하며 말했다.

"주공께서 주형의 업을 계승하며 육군(六軍)을 통합한 지 이미 오래입니다. 우리는 정예의 군사들을 보유하고 있고, 양식 또한 풍부한데, 무엇이 두려워 조조에게 인질을 보낸다는 말씀입니까? 저는 인질을 보내는 데는 절대 반대올시다. 하지만 선수를 쳐서 태도를 표명할 필요는 없으니 당분간 그 문제를 묵살해 버리고 조조의 태도를 관망할 필요가 있습니

다."

모든 장수들은 주유의 말을 옳게 여겼다. 그리하여 끝내 인질을 보내지 않았다.

조조는 매우 괘씸하게 여겨 강동 정벌의 뜻을 품게 되었다. 그러나 때마침 변방이 어지러워 남정(南征)의 길에 오를 겨를이 없었다.

손권은 건안 팔년에 군사를 일으켜 강하의 황조를 치기로 했다. 겉으로 드러난 전력은 손권이 압도적으로 우세했다.

'황조의 머리는 이미 우리 수중에 들어온 것이나 다름없다.'

강동의 장수들은 모두들 그렇게 생각하고 있었다. 그러나 황조를 너무 업신여긴 까닭에 손권은 크게 패하여 대장 능조(凌操)를 잃고 말았다. 그 싸움에서 용명을 크게 떨친 사람은 능조의 아들인 열다섯 살 소년 장수 능통이었다. 능통은 나이가 어렸지만 적진 깊숙이 달려 들어가 아버지의 시체를 찾아내왔다.

전세가 그쯤 되자 손권은 승리의 가망이 없음을 깨닫고 마침내 군사를 거두어 돌아왔다. 그때에 손권의 아우 손익(孫翊)은 단양(丹陽) 태수로 있었다. 그는 천성이 사나운 데다 술을 좋아해 취하면 부하들에게 매질을 가하기 일쑤였다. 잘못도 없는데 툭하면 매질을 하자 단양 독장(督將) 규람(嬀覽)과 군승(郡丞) 대원(戴員)이 손익을 죽일 생각으로 종인(從人) 변홍(邊洪)과 짜고 기회를 노리고 있었다.

"저런 놈은 아예 죽여버려야 해."

"그럴 생각이 있다면 나도 협력하겠네."

때마침 단양 고을에서는 현령과 제장(諸將)들이 한자리에 모여 주연을 열 기회가 있었다.

손익이 그 자리에 참석하고자 집을 나오려는데 부인 서씨(徐氏)가 옷깃을 부여잡으며 말했다.

"내가 오늘 아침에 점을 쳐보았는데, 점괘가 몹시 나쁘니 아무도 만나지 않는 게 좋겠습니다."

부인 서씨는 강동에서 이름난 미인일 뿐만 아니라 어려서부터 역서(易書)를 많이 읽어 점도 잘 쳤다. 그러나 손익은 부인 말에 코웃음만 쳤다.

"쓸데없는 소리! 현령과 제장들이 모이는 자리에 태수인 내가 참석을 안 한다는 게 말이 되오?"

손익은 이날도 연락에 참석하여 대취하도록 마셨다.

이윽고 밤이 깊어 부중으로 돌아오는데, 뒤따라오던 종인 변홍이 별안간 칼을 뽑아들고 손익을 찔러 죽였다.

변홍은 규람과 대원의 사주를 받고 손익을 죽였다. 그러나 막상 일을 저지르고 나자 규람과 대원은 모든 죄를 변홍에게 뒤집어씌우고 그를 잡아다 거리에서 참수시켰다.

규람과 대원은 그 기회에 손익의 집을 습격하여 가재도구와 시첩들을 마음대로 노략질했다. 그뿐이 아니었다. 규람은 손익의 처 서씨가 드물게 보는 미인인 데 눈이 어두워 겁탈을 하려고 덤벼들었다.

"내가 그대 낭군의 원수를 갚았으니 이제부터는 나를 섬기라. 만약 말을 듣지 않으면 살려두지 않겠다."

서씨는 울면서 말했다.

"지아비가 돌아가기 무섭게 다른 이를 섬기는 것은 여자의 도리가 아닙니다. 그믐날 제사나 지내고 복(服)을 벗은 뒤에 모시겠습니다."

규람은 그 말을 믿고 더 이상 덤비지 않았다.

서씨는 손익의 장례를 끝내자 곧 남편의 심복 장수였던 손고(孫高), 부영(傅嬰)을 비밀리에 불러들여 눈물로 호소했다.

"주인을 직접 죽인 사람은 변홍이지만 실상 그를 사주해 죽이도록 만든 사람은 규람과 대원이오. 그 증거로 규람은 우리 집 가재를 약탈한 뒤에 나더러 자기를 섬기라고 위협했소. 나는 어쩔 수 없이 그믐날에 규람을 만나자고 거짓 약속을 했소. 두 분께서는 이런 사실을 손권 장군께 급히 알리고, 그믐날 밤 내가 규람을 만나거든 숨어 있다가 반드시 원수를 갚아주오."

손고와 부영은 그 말을 듣고 모두 눈물을 흘리며 고주(故主)의 원수를 갚을 것을 굳게 맹세했다.

드디어 그믐날이 왔다.

서씨가 술상을 차려놓고 기다리니, 규람이 찾아왔다. 서씨는 그를 반갑게 맞으며 술을 권했다. 규람은 술이 취하자 천연스럽게 서씨에게 몸을 요구했다.

"그것만은 못하겠습니다."

"뭐, 못해? 네가 내 말을 안 듣겠단 말이냐?"

규람은 포악한 본성대로 허리에 차고 있던 칼을 뽑아 서씨의 가슴에 겨누며 말했다.

"이래도 말을 못 듣겠느냐?"

그 순간 서씨는 규람의 팔목을 움켜쥐고 결사적으로 싸웠다.

"두 장군은 어서 나와 주인의 원수를 갚아주오."

그러자 장막 뒤에 숨어 있던 손고, 부영이 번개같이 달려 나와 규람을 그 자리에서 찔러 죽였다. 규람을 처치하고 나자 이번에는 급히 사람을 보내어 대원을 불러냈다. 손고와 부영은 부중으로 들어오는 대원도 칼로 찔러 죽였다.

서씨는 그제야 다시 상복을 갈아입고 규람과 대원의 머리를 손익의 제사상 위에 올려놓은 뒤에 목을 놓아 울었다.

손권이 몸소 군사를 거느리고 단양에 급히 달려온 것은 바로 그 다음날의 일이었다. 그러나 손고, 부영의 힘으로 아우의 원수를 이미 갚은 후

여서 그들을 크게 칭찬하며 두 사람을 아문장(牙門長)으로 삼아 단양을 지키게 했다. 그리고 서씨의 정렬(貞烈)이 지극히 아름답다 하여 그에게는 많은 녹지(綠地)를 내려 고향에서 여생을 편히 살아가도록 배려해 주었다.

해가 바뀌어 건안 십삼년 봄이 되었다. 손권은 황조를 치고자 군사를 일으킬 계획을 세웠다. 그러한 때 북평도위 여몽이 급히 와 말했다.

"소장이 용추수구(龍湫水口)를 경비하고 있는데, 황조의 부장 감녕이 강을 건너와 항복을 하니 이를 어찌했으면 좋겠습니까?"

감녕은 파군(巴郡) 임강(臨江) 사람으로 사서에 능통하고 기력이 있으며, 한때에는 힘을 믿고 해적 행세도 했다. 그러나 그 후 깨달은 바 있어 스스로 과거를 청산하고 유표를 섬겼다. 그런데 유표와 지내다보니 주군으로 섬길 만한 인물이 못 돼 손권을 찾아오던 길에 황조를 만나 그의 수하로 잠시 머무르게 되었던 것이다.

겪어보니 황조 역시나 용렬한 인물이었다. 손권과 싸울 때 생명이 위급하게 된 황조를 구출하여 공을 세웠는데도 감녕은 여전히 박대를 받았다. 해적 출신을 높이 쓸 수 없다는 것이 황조의 이유였다.

도독(都督) 소비(蘇飛)가 그 사정을 알고 감녕을 높이 쓸 것을 여러 차례 권했으나 황조는 끝내 듣지 않았다. 감녕은 마침내 손권에게 투항할 결심을 품었다.

여몽으로부터 감녕에 대한 보고를 들은 손권은 크게 기뻐했다.

"황조를 치려는 이때에 적장 감녕이 부하를 거느리고 투항해 왔다는 것은 이만저만한 길조가 아니오. 빨리 돌아가 감녕을 이리로 데려오도록 하오."

"그러나 감녕은 한 가지 겁을 내는 것이 있습니다."

"무슨 얘기요?"

"감녕은 일찍이 황조를 구하기 위해 강동의 장수 능조(凌操)를 죽인 까닭에 주공께서 용납해 줄지 두려워하고 있습니다."

"능력 있는 사람을 쓰는데 어찌 구원(舊怨)에 구애될 수 있겠소. 과거는 일체 묻지 않겠다고 말하오."

여몽도 크게 기뻐하며 곧 감녕을 데리고 나타났다.

손권은 군신들을 거느리고 감녕을 정중히 맞으며 말했다.

"감 장군이 이렇게 나를 찾아주니 내 마음이 기쁘기 한량없소. 내 어찌 지나간 일을 다시 말하겠소. 과거는 걱정 말고, 이제는 나를 위해 황조를 칠 계책을 말해 주오."

감녕이 감격하여 대답했다.

"한나라의 사직이 위태로워 조조가 찬역할 날도 머지않은 듯합니다. 조조는 형주를 항상 엿보고 있는데도 유표는 백년대계를 세울 생각을 하지 않고 세월만 보내고 있으니, 명공께서는 이 기회에 한시바삐 형주를 공략해야 합니다."

"형주가 그리도 어지럽소?"

"유표는 노쇠하여 기력이 없는 혼부(昏夫)이고, 적자와 서자 간의 암투가 심해 군사들의 사기가 극도로 저하되어 있습니다."

"형주를 치려면 어디로 들어가야 하오?"

"형주를 치려면 먼저 황조를 쳐부수는 게 순서입니다. 황조는 노쇠하여 재물밖에 모르니 그를 쳐부수는 것은 식은 죽 먹기보다도 쉬울 것입니다."

"황조의 군비(軍備)는 어떻소?"

"군비는 충실하지만 사람을 쓸 줄 몰라 공격을 받으면 대번에 흩어집니다. 황조를 깨뜨린 후에 초관(楚關)을 점거하고, 연이어 파촉(巴蜀)을 정벌하시면 가히 패업을 정하실 수 있을 것입니다."

"참으로 금과옥조 같은 정보를 들었소. 감 장군의 말대로 모든 순서를 정하겠소. 우리가 이번 싸움에서 승리하면 감 장군에게 공을 돌리겠소."

마음을 다진 손권은 급히 전비를 갖추게 했다. 주유를 대도독으로 삼아 수륙 양군을 총괄하게 한 손권은 여몽을 선봉장에, 동습(董襲)과 감녕을 부장으로 삼았다.

손권은 몸소 십만 대군을 거느리고 장강을 거슬러 강하로 진군했다. 황조는 손권이 직접 십만 대군을 거느리고 강하로 진격해 온다는 정보를 듣고 크게 놀랐다. 그러나 전에 손권과 싸워 승리를 거둔 일이 있는 까닭에 이번 싸움에도 자신이 있었다.

황조는 소비를 대장으로 삼고 진취(陳就)와 등룡(鄧龍)을 선봉장으로 삼아 강상(江上)에서 손권의 십만 군사들을 맞아 싸울 계획으로 병선을 총동원시켰다.

손권의 군사들은 수다한 병선을 거느리고 면구(沔口)를 제압하며 위세도 당당하게 접근해 왔다. 황조는 강안(江岸)에 수많은 병선과 노궁(弩弓)을 미리 배치해 놓고 있다가 적선이 접근해 오자 일제히 화살을 쏘아 갈겼다. 그야말로 적선을 향하여 빗발치듯 쏟아지는 노궁이었다.

화살이 맹렬하게 날아오자 손권의 군사들은 크게 당황했다.

"대세는 우리에게 불리한가 보구나!"

총대장 주유는 눈살을 찌푸리며 후퇴할 생각까지 하고 있었다. 그러나 감녕이 동습을 보고 말했다.

"여기까지 왔다가 싸워보지도 않고 후퇴하면 안 되오! 결사적으로 싸웁시다."

그렇게 말한 감녕은 작은 배 백여 척을 물 위에 띄워놓고 이삼십 명씩 떼를 지어 급히 적의 대함선을 공격했다. 화살은 여전히 빗발치듯 날아왔다. 그러나 강동 군은 북을 치고 함성을 울리며 결사적으로 접근하여 칼로 대함선의 밧줄을 끊어버렸다.

몸소 부하들을 거느리고 갑판으로 뛰어오른 감녕은 번개같이 적진 속으로 뛰어들어 적장 등룡을 한칼에 찔러 죽였다. 그 광경을 본 선봉장 진취가 배를 버리고 도망을 쳐버렸다. 마침 여몽이 육지로 올라오다가 도망치는 진취의 뒤를 급히 따라가 한칼에 목을 잘라버렸다.

적장 소비는 전세가 크게 불리해진 것을 깨닫고 군사들을 이끌고 급히 강변으로 달려왔다. 그러나 때는 이미 늦어 강동의 장수들이 일제히 상륙한 뒤였다.

양군이 강변에서 한참 어지러이 싸우는 중에, 강동의 대장 반장이 번개같이 달려들어 소비를 사로잡았다. 반장이 소비를 사로잡아 배로 돌아와 손권에게 보고했다.

손권이 깜짝 놀라며 명했다.

"저놈이 바로 내 가친을 죽인 놈이로다. 저놈은 여기서 간단히 죽일 수 없으니 황조를 사로잡거든 같이 죽이도록 하겠다."

대장을 잃어버린 황조의 군사들은 다시는 싸울 생각조차 못하고 개미떼처럼 흩어졌다. 강동 군은 기회를 놓치지 않고 적의 본성으로 진격했다.

황조는 혼자서 성을 지킬 수가 없게 되자 몸을 피하여 형주로 달아나려 했다. 그러나 황조가 형주로 도망갈 것을 미리 짐작하고 있던 감녕이 동문 밖에 멀찌감치 군사를 매복시켜놓고 황조가 나타나기를 기다렸다.

이윽고 성안에서 검은 연기와 함께 불길이 일더니, 과연 황조가 이십여 기의 부하를 거느리고 동문으로 달려 나왔다.

황조가 동문 밖에 나타나자 감녕보다도 먼저 함성을 지르며 덤벼드는 군사들이 있었다. 그들은 강동의 숙장인 정보와 그의 수하들이었다. 정보는 손견, 손책, 손권을 삼 대에 걸쳐 섬겨온 충신으로 고주(故主)의 원수를 기필코 자기 손으로 갚을 결심이었던 것이다. 그러나 감녕도 구경만 하고 있을 수는 없었다. 그는 정보에게 선수를 빼앗긴 것을 아쉽게 여기며 등에서 활을 내려 황조를 향해 쏘았다.

황조는 어이없게도 한 대의 화살을 맞고 마상에서 떨어졌다. 감녕과 정보가 일시에 달려들어 황조의 머리를 베었다.

손권이 황조의 머리를 보고 말했다.

"원수의 머리를 상자에 넣어 본국으로 보내라. 나중에 소비의 머리와 함께 아버님의 무덤에 제사를 지내리라."

그것으로 강하는 쉽게 함락되었다. 싸움은 끝났다. 강동 군이 개가를 올리자 손권은 그 자리에서 말했다.

"이번 승리는 감녕 장군의 공로가 지대했소. 감녕을 도위(都尉)에 봉하여 이곳을 지키게 하겠소."

그러자 장소가 말했다.

"주공, 우리가 이곳을 지키는 것은 상책이 아닙니다. 차라리 모든 것을 고스란히 내버리고 그냥 돌아가십시다. 그리하면 유표가 반드시 군사를 보내 이곳을 점령하고 나서 우리를 치려고 들 것입니다. 그럴 때 우리는 유표를 공격하면서 그 여세를 몰아 형주까지 밀고 들어가면 유표를 쉽게 깨뜨릴 수 있을 것입니다."

말하자면 강하를 미끼로 유표를 유인해 형주까지 정벌하자는 계책이었다. 손권은 그 말을 옳게 여겨, 일단 점령했던 영토를 고스란히 내버리고 강동으로 돌아왔다.

그 무렵 강동으로 호송되어온 소비는 황조가 완전히 패망했다는 소문을 듣고 한숨을 푹 내쉬었다. 그 순간 소비는 문득 감녕을 떠올렸다.

'내가 전일에 감녕을 많이 도와주었으니, 그에게 부탁하면 목숨만은 살릴 길이 있을지도 모른다!

소비는 즉시 구명 운동의 편지를 써서 비밀리에 감녕에게 보냈다.

그로부터 며칠 후의 일이었다. 손권이 본국에서 돌아와 논공행상을 할 때 감녕에게 상을 주려했다. 그러자 감녕은 머리를 조아리며 이렇게 말했다.

"만약 소장에게 공로상을 주시려거든 상을 주시는 대신 소비의 목숨을 살려주시면 고맙겠습니다."

"소비를 살려주다니 그게 무슨 소리요?"

"이번 싸움에서 저에게 다소의 공로가 있었다면 그것은 모두 소비의 덕행 때문이었습니다. 그 옛날 소비가 저를 돕지 않았더라면 저는 이미 황조의 손에 죽어버렸을 몸이기 때문입니다. 사람이 어찌 생명의 은공을 저버릴 수 있겠습니까."

"으음."

손권은 무거운 생각에 잠겨 있다가 물었다.

"만약 소비를 살려주었다가 나중에 원수를 갚으려 들면 큰일 아니오?"

"아닙니다. 제가 목숨을 걸고 결코 그런 일이 없을 것임을 맹세하겠습니다."

"틀림 없소?"

"절대로 그런 일이 없도록 다짐을 받아두겠습니다."

"감 장군이 그렇게까지 확언한다면 소비를 살려두겠소."

손권은 마침내 소비를 살려준다는 단안을 내렸다.

논공행상이 있은 뒤 주연이 벌어졌다. 모든 장수들이 즐겁게 술을 마시고 있는데, 별안간 어린 장수 하나가 칼을 뽑아 들고 감녕에게 덤벼들었다.

"이놈! 내가 오늘에야 부친의 원수를 갚으련다."

깜짝 놀라 바라보니 그는 능통이었다. 감녕이 황조의 수하에 있을 때 능통의 아비 능조가 그의 손에 죽었기 때문이었다. 능통은 이 기회에 그 원수를 갚을 생각이었던 것이다.

"능통, 이게 무슨 짓인가?"

손권이 크게 호통을 친 뒤에 능통을 달래려고 말했다.

"그대가 돌아가신 부친을 생각하는 효성은 충분히 짐작이 가오. 그러나 그것은 감녕이 적이었을 때의 일이고, 오늘날에는 이미 한집 식구가 되었는데 어찌 구원에 구애되어 복수를 하려고 드오. 효도도 좋지만 충성은 그보다 앞서는 덕목이오. 나를 보아 감녕과 얽힌 과거를 잊어버리오."

손권의 설복에 능통은 검을 땅에 던지고 울면서 말했다.

"제가 어찌 주공의 명령을 거역할 수 있겠습니까? 하지만 어려서 아비를 잃은 설움이 뼈에 사무치는 바가 있을 따름입니다."

능통은 머리를 움켜잡고 몸부림을 치며 통곡했다.

손권은 능통의 비통한 심정을 짐작하고도 남음이 있었다. 그리하여 그를 잘 위무한 뒤에 승렬도위(承烈都尉)에 봉하고, 감녕에게는 범선 백 척과 수병 오천을 주어 하구(河口)를 지키게 했다. 말하자면 두 사람의 충돌을 미연에 방지하기 위해 멀리 떨어뜨려놓은 것이다. 그로부터 강동의 위세는 점점 더 강대해졌다.

손권이 가장 주력하여 힘을 키우는 쪽은 수군(水軍)이었다. 주유는 수군 대도독이 되어 날마다 파양호(鄱陽湖)에서 맹훈련을 계속했다. 그리고 병선을 만드는 데 큰 힘을 기울였다.

육지에서는 숙부 손정(孫靜)으로 오회(吳會)를 지키게 한 다음, 손권 자신은 시상(柴桑)에 둔을 치고 유표를 쳐부술 기회를 노리고 있었다.

한편, 신야의 유비는 큰 뜻을 품고 날마다 공명과 더불어 천하대사를 논하고 있는 중에 하루는 유표에게서 급사가 달려왔다. 급히 상의할 일이 있으니 지체 말고 와달라는 사연이었다.

"공명, 이 일을 어찌했으면 좋겠습니까?"

유비가 공명을 보고 물었다.

"꼭 가셔야 합니다. 모르면 모르되 유표는 손권에게 멸망당한 황조의 일로 주공을 만나려고 하는 것입니다."

"유표를 만나면 내가 어떤 태도를 취하는 게 좋겠소?"

"먼저 양양의 일을 사례하시고 유표가 만약 주공더러 강동을 치라고 하시거든 일단 신야로 돌아와 군사를 정돈한 뒤에 태도를 결정하겠다고 말씀하십시오."

유비는 공명과 장비를 거느리고 형주를 찾아갔다. 장비에게 오백 명의 군사를 거느리고 성밖에서 기다리게 한 뒤에, 자신은 공명과 함께 유표를 만났다.

유표가 유비를 보고 말했다.

"전일 양양에서는 불의의 재앙을 당하게 하여 미안하오. 내가 응당 현제에게 채모의 목을 베어 보내는 것이 마땅하나 많은 사람들이 만류하여 그대로 둔 것이니 너무 원망 마오."

유비는 머리를 숙여 보이며 대답했다.

"채 장군이 그 일과 무슨 상관이 있겠습니까? 필시 철없는 아랫사람들의 장난이었을 겁니다. 저는 이미 잊은 지 오래입니다."

"오늘은 긴히 상의할 일이 있어 오라고 했소. 이번에 황조가 전몰하여 강하를 손권에게 빼앗겼으니 장차 이 일을 어찌했으면 좋겠소?"

"만약 주공께서 손권을 치려고 남하하시면 북에서 조조가 그 기회를 노려 쳐들어오지 않을까 염려스럽습니다."

"문제는 바로 그 점에 있소. 나도 이미 늙어 이것저것 생각하면 결심이 안 서오. 현제는 이제부터 이리로 와서 나를 돕다가 내가 죽거든 형주의 주인이 되어주면 어떻겠소?"

"이 어려운 난국에 저처럼 미거한 사람이 어찌 그 소임을 감당할 수 있겠습니까?"

공명은 그 말을 듣고 응낙하라고 눈짓을 했으나 유비는 그것을 못 보았는지 끝내 거절했다.

이날 저녁 객관에 돌아오자 공명이 유비를 보고 물었다.

"주공은 어찌하여 유표가 물려주겠다는 형주를 극구 안 받으시겠다고 사양하십니까?"

그러자 유비가 대답했다.

"유표가 나를 지성으로 대하는데 내 어찌 그것을 기회로 삼아 남의 가업을 빼앗을 수 있겠소."

공명은 그 소리를 듣고 유비의 의리가 강한 데 새삼스러이 감탄했다.

마침 그때에 유표의 맏아들 유기가 찾아왔다. 유기는 유비를 보고 울면서 말했다.

"전에도 말씀드렸다시피 계모 채씨가 자기 아들을 후사로 정하기 위해 저를 죽이려 애쓰고 있습니다. 부디 저를 도와주십시오."

"그것은 자네의 집안 일이 아닌가? 어찌 타인인 내가 남의 집안 일에 간섭할 수 있겠는가."

"저에게는 생사에 관련된 일이니 부디 외면하지 마십시오."

"공명, 이 일을 어찌했으면 좋겠소?"

유비가 공명을 보고 물었다. 그러나 공명은 냉연히 대답했다.

"남의 집 내사를 우리가 어찌 간섭할 수 있겠습니까?"

유기는 낙심천만하여 그대로 돌아갔다. 유비는 몸소 문간까지 따라 나와 배웅하며 귀띔했다.

"내가 내일 공명을 자네에게 보내겠네. 그때 자네는 공명을 꼭 붙잡고 묘안을 강구해 주도록 간청하게."

다음날 유비는 복통이 났다는 핑계를 대고, 공명더러 유기에게 답례를 다녀오도록 부탁했다.

공명이 명을 받고 찾아가 인사를 올린 뒤에 곧 돌아오려고 하자 유기가 붙잡고 놓아주지 않았다.

"모처럼 어려운 발걸음을 하셨는데 이대로 돌아가시는 법이 어디 있습니까? 제가 술이라도 한잔 대접하고 싶습니다."

"천만의 말씀이오. 나는 곧 가야겠소이다."

공명은 냉담하게 말하며 자리에서 일어섰다.

유기는 공명을 붙잡기 어렵다는 것을 깨닫고는 문득 꾀를 써서 이렇게 말했다.

"저에게 진귀한 고서(古書)가 한 권 있으니 그 책이나 구경하고 돌아가시지요."

글을 좋아하는 공명은 진귀한 고서가 있다는 소리에 귀가 솔깃했다.

"그러면 그 고서나 한번 보여주오."

"벽장 속에 있으니 그리 올라가시죠."

유기는 공명을 벽장 위로 모시고 올라오자 눈물을 흘리면서 말했다.

"실은 제게 고서가 있다고 한 것은 거짓말이었고, 선생께 좋은 계책을 듣고자 이리로 모시고 왔습니다. 계모가 저를 해하려고 하는데 장차 어찌했으면 좋겠습니까?"

"남의 집 가정사를 내 어찌 말할 수 있겠소. 나는 속히 돌아가야 하오."

공명은 벽장에서 내려가려고 했다. 그러자 유기는 더욱 슬프게 울면서 간청했다.

"선생은 제가 살아날 수 있는 방도를 끝내 가르쳐주지 않으시렵니까?

그렇다면 저는 차라리 선생 앞에서 목숨을 끊겠습니다."

공명은 손을 들어 유기를 제지하며 말했다.

"그렇게까지 나오시니 한 말씀 드리겠습니다. 유기 공자는 춘추시대의 신생(申生)과 중이(重耳)의 이야기를 듣지 못하셨소? 진(晉)나라의 헌공(獻公)에게는 전실 소생 형제가 있었는데, 후모가 자기 아들을 태자로 세우려고 전실 소생을 죽이려 했습니다. 큰아들 신생은 그 음모를 알면서도 집에 그냥 있다가 죽었고, 둘째 아들 중이는 밖에 나와 있다가 화를 면했습니다. 그러니 유기 공자도 하루바삐 형주를 떠날 도리를 강구하십시오. 황조가 손권에게 패하여 죽고 지금 강하가 비어 있으니 군사를 거느리고 강하 태수로 나가시면 우선 급한 화는 면할 수 있으리라 생각합니다."

유기는 크게 기뻐하면서 공명에게 꿇어 엎드려 재삼 절을 올렸다.

다음날 유기가 아버지에게 강하 태수로 갈 것을 자원했다. 강하가 마침 비어 있는지라 유표는 쾌히 승낙했다.

공명의 첫 싸움

이 무렵 조조는 직제(職制)를 개혁하여 내정을 쇄신하는 동시에, 유능한 인재를 널리 등용하여 국기를 더욱 튼튼하게 했다.

모개(毛玠)를 동조연(東曹掾)으로, 최염(崔琰)을 서조연(西曹掾)으로 삼고, 주부(主簿) 사마랑(司馬朗)의 아우 사마의(司馬懿)를 문학연(文學掾)으로 삼은 것도 이 무렵의 일이었다.

사마의로 말하자면 자를 중달(仲達)이라고 하는데 문교(文敎)에 수완이 비상할 뿐만 아니라 군정(軍政)에도 재략이 뛰어난 사람이었다. 조조는 그 모양으로 문무 양방에 완전한 정비를 갖추고 나서 다시 남정(南征)의 계획을 세웠다.

어느 날 남방의 정세를 말하는 자리에서 하후돈이 말했다.

"유비는 공명이라는 자를 군사(軍師)로 초빙해 날마다 군대를 조련하고 있다고 합니다. 유비를 그대로 내버려두었다가는 반드시 후환이 따를 것입니다. 그렇게 되기 전에 일찌감치 유비를 치는 게 좋을 것입니다."

여러 대장들 중에는 하후돈의 제안에 이의를 말하는 사람도 있었다. 그러나 조조는 하후돈의 말에 따라 즉시 출동령을 내렸다. 즉, 하후돈을 도독으로 삼고 우금, 이전, 하후란, 한호 등을 부장으로 삼아 군사 십만을 거느리고 박망성(博望城)으로 가서 신야를 엿보게 했다.

이를 보고 순욱이 간했다.

"유비는 보통 인물이 아닌 데다가 공명 또한 비상한 군략가입니다. 그들을 우습게 보고 함부로 출동했다가 승리를 거두지 못하는 날에는 중앙의 위신에 영향이 클 것입니다."

그러나 하후돈이 웃으며 말했다.

"유비나 공명은 뛰어나지만 아직은 쥐새끼처럼 아무런 힘도 없는 무리들인데 무얼 그리 두려워하오?"

그 말을 듣고 서서가 한마디 참견했다.

"장군은 유비를 얕보아서는 안 됩니다. 더구나 그에게는 이미 공명이 가담해 있어 범에게 날개가 달린 셈입니다."

"제갈량은 대체 어떤 사람이오?"

조조가 서서에게 물었다.

서서가 두 손을 모아 잡으며 대답했다.

"제갈량의 자(字)는 공명이요, 도호는 와룡 선생이라고 합니다. 그는 경천위지(經天緯地)하는 재주가 있을 뿐만 아니라, 지리민정(地理民情)에 밝고, 육도삼략(六韜三略)에 도통합니다. 게다가 신산귀모(神算鬼謀)의 기재까지 있어 결코 얕볼 인물이 아닙니다."

"공과 비교했을 때 어떠하오?"

"저는 감히 그의 발밑에도 미치지 못합니다. 제가 반딧불이면 공명은 천하의 암혹을 밝히는 달과 같은 존재입니다."

"공명이 그리도 대단한 기재였던가?"

그러나 하후돈은 여전히 비웃으며 조조에게 말했다.

"공명이 아무리 병법에 뛰어나다지만 실전 경험이 없는데 무엇이 두렵겠습니까? 만약 이번에 출동하여 유비와 제갈량을 사로잡아오지 못한다면 제 수급을 승상께 바치겠습니다."

하후돈이 그렇게까지 자신만만하게 나오자 조조는 그의 뜻을 장하게 여겨 곧 출동명령을 내렸다.

한편, 유비는 공명을 초빙해 온 이후로 그를 깍듯이 군사(軍師)로 대하니, 관우와 장비는 내심 불평이 이만저만이 아니었다.

하루는 장비가 유비를 보고 말했다.

"공명은 나이도 어리고 재주도 대단한 것 같지 않은데, 형님은 무엇 때문에 그토록 예우를 하오?"

그러자 유비가 말했다.

"아우는 모르는 소리일랑 그만 하여라! 내가 공명을 얻은 것은 고기가 물을 얻은 것과 같다."

장비는 그 이상 아무 말도 못하고 입을 다물어버렸다.

어느 날 지방의 부호(富豪)가 유비에게 소꼬리털을 보내왔다. 유비는 그것으로 모자를 만들어 쓰고 혼자 기뻐했다.

공명이 그 모양을 보고 눈살을 찌푸렸다.

"주공은 큰 뜻을 생각지 않으시고, 어찌하여 그런 일로 세월을 헛되이 보내십니까?"

그 말을 들은 유비는 곧 모자를 벗어 땅에 던져버렸다.

"내가 이것으로 잠시 시름을 잊어볼까 한 것이오."

"외람된 질문이지만 주공께서는 스스로 생각하시기에 조조와 견주어볼 때 어떠하십니까?"

"내가 어찌 조조만할 수 있겠소?"

"지금 주공의 수하에 군사라고는 수천 명밖에 없는데, 이제 만약 조조가 쳐들어오면 어찌하시렵니까?"

"나도 그 일이 큰 걱정이지만 도무지 좋은 방도가 없소이다."

"걱정만 하고 계신다고 모든 문제가 해결되는 것은 아닙니다. 오늘부터라도 민병을 모집하십시오. 그러면 제가 몸소 가르치겠습니다."

유비는 그날로 민병 삼천 명을 모집했다. 공명은 그들에게 몸소 진법(陳法)을 가르치고 전술을 가르쳐주었다. 하후돈이 십만 대군을 거느리고 신야로 진군해 온 것은 바로 그 무렵의 일이었다.

유비는 그 소식을 듣고 관우와 장비를 급히 불러들였다.

"하후돈이 십만 대군을 이끌고 쳐들어온다니 이를 어찌했으면 좋겠는가?"

"형님은 공명을 얻은 것이 고기가 물을 얻은 것과 같다고 말씀하시지 않았소? 그러니 이번에는 물(공명)더러 막아내라 하시구려."

장비가 아니꼬운 어조로 빈정거렸다.

유비는 이맛살을 찌푸리며 장비를 나무랐다.

"지혜는 공명을 믿고, 용기는 아우들을 믿거늘 그게 무슨 말버릇인가?"

두 사람이 물러나가자 유비는 곧 공명을 불러 상의했다.

공명이 말했다.

"우리가 내부적으로 단결만 하면 이번 일은 조금도 걱정할 것이 없습니다. 그러나 관우와 장비가 제 명령에 복종할지 의문입니다. 군령이 서지 않았을 때 패하는 것은 정한 이치가 아닙니까?"

"나도 그 점이 염려스럽지 않은 것은 아니오. 이를 어찌했으면 좋겠소?"

"황송한 말씀이오나 주공의 검인(劍印)을 저에게 잠시 빌려주십시오.

제가 그것으로 영을 내리겠습니다."

"그것은 어렵지 않은 일이오."

유비는 즉석에서 검인을 꺼내어 공명에게 건네주었다. 그리고 나서 모든 장수들을 소집했다.

유비가 중앙에 좌정하자 공명은 그 옆에 있는 군사의 자리에 앉아 엄숙한 어조로 군령을 내렸다.

"신야에서 구십 리쯤 떨어진 박망성 왼편에 험한 산이 하나 있으니 이름은 예산(豫山)이다. 그 오른편에는 안림(安林)이라는 숲이 있는데, 가히 군사를 매복할 만한 곳이다. 이제 운장은 일천 명의 군사를 거느리고 가서 예산에 매복해 있으되, 조조의 군사들이 지나가더라도 그냥 내버려두라. 뒤에는 반드시 치중양초(輜重糧草)가 따를 것이니, 남쪽 하늘에서 불길이 일기를 기다렸다가 곧 그 부대를 습격하여 양초를 깡그리 불살라버리라! 그리고 장비 역시 일천 명의 군사를 거느리고 안림 뒷산 골짜기에 매복해 있다가 남쪽 하늘에서 불길이 일어나거든 즉시 박망성을 습격하여 적의 군량창고를 분쇄해 버리라. 그리고 관평(關平)과 유봉(劉封)은 각각 군사 오백 명을 인술하고 박망파(博望坡) 뒷산 양측에 매복해 있다가 적이 접근해 오거든 불을 놓아 군호를 삼으라!'

그리고 번성에서 급히 불러온 조자룡에게 명했다.

"그대는 선봉장으로 나가 적을 맞아 싸우되, 결코 이길 생각을 말고 쫓겨 들어오면서 적을 깊이 끌어들이라."

마지막으로 유비를 돌아다보며 말했다.

"주공께서는 일지군을 거느리시고 뒤에서 응원을 하십시오."

군령이 끝나자 장비가 매우 못마땅하여 큰소리로 외쳤다.

"우리들은 모두 다 일선에 나가 싸울 것으로되, 군사는 어찌할 생각이오?"

"나는 여기 남아 신야를 지키고 있겠소."

공명의 입에서 그 말이 떨어지자 장비는 소리를 크게 내어 조소했다.

"하하하, 우리들은 일선에 나가 목숨을 내놓고 싸우게 하고, 당신만은 성안에 편히 앉아 있겠단 말씀이구려? 공명의 지혜라는 것을 오늘로 대강 짐작했소."

공명은 그 소리를 듣자 자세를 바로잡으며 추상같은 호령을 내렸다.

"내게 검인이 있다는 것을 모르는가? 군령을 어기는 자는 가차 없이 참형에 처할 것이다."

"군사의 명령을 어기는 것은 나의 명령을 어기는 것과 같다. 장비는 불평 말고 썩 물러나가 출전하라."

장비는 마지못해 물러나왔다. 그러나 공명의 군령을 의심스럽게 여기는 장수는 비단 장비뿐만이 아니었다.

관우가 불만을 억제하며 장비를 달랬다.

"어쨌든 공명이 형님 대신 군령을 내렸으니 성패가 어디에 있든 한번 복종해 보세."

장수들이 다 나간 뒤에 공명이 유비를 보고 말했다.

"주공께서 오늘 군사를 거느리고 박망산 아래 나가 계시면 내일 황혼 무렵에 적병이 반드시 나타날 것입니다. 주공께서는 조금 싸우시다가 영채를 버리고 쫓기십시오. 그러다가 남쪽 하늘에서 불길이 일어나거든 곧 군사를 돌이켜 반격을 가하십시오. 저는 미축, 미망과 함께 군사를 거느리고 성을 지키고 있으면서 손건과 간옹더러 승리의 축하잔치를 준비시켜 주공께서 승전하시고 돌아오시기를 기다리겠습니다."

유비는 그러겠다는 뜻으로 고개를 숙여 보였다. 그러나 내심 적이 의심스러운 바가 없지 않았다.

조조의 십만 대군은 하후돈의 영솔로 박망산으로 접근해 왔다. 지방 사람들을 불러 지명을 물어보니, 앞에 보이는 산은 예산이요, 옆에 보이는 숲은 안림이라고 했다. 하후돈은 하후란과 한호의 부장들로 선봉장을 삼고, 우금과 이전에게 치중부대를 거느리게 하며 예산에 이르렀다.

하후돈은 산 위에서 적진을 살펴보다가 별안간 크게 소리를 내어 웃었다.

"장군은 무슨 일로 웃으십니까?"

"서서가 승상 면전에서 극구 칭찬하던 공명의 포진이 겨우 저 모양이구려. 내 이제는 공명의 실력을 알겠소. 저따위 병력으로 우리와 대적하려는 것은 양 떼가 범과 싸우려는 것과 무엇이 다르겠소. 내가 유비, 제갈량을 사로잡아 오겠다고 승상 앞에 다짐한 것을 오늘 중으로 실천하게 될 것이오."

이미 승리감에 도취된 하후돈은 적의 선봉장을 대번에 무찔러버리라는 명령을 내렸다.

조자룡은 한두 번 싸우다가 급히 쫓겨 달아났다.

"이놈, 겁부(怯夫)야. 왜 싸우지를 못하고 쫓겨가기만 하느냐?"

하후돈이 급히 추격해 오며 소리쳤다.

"장군, 너무 깊이 들어가면 위험합니다. 적은 지금 유도작전을 쓰고 있습니다."

"쓸데없는 소리 마라! 쥐새끼 같은 적들이 뭐 그리 무섭단 말이냐!"

하후돈은 어느덧 박망산 깊숙이 들어왔다. 그때 별안간 진고가 요란스럽게 울리며 적들이 몰려나왔다. 깃발을 휘두르며 선봉으로 달려 나오는 장수는 다름 아닌 유비였다.

"적장 유비로구나. 적의 주력부대가 저 꼴이라면 승부는 이미 결정되었다."

하후돈은 그렇게 외치며 유비에게 덤벼들었다. 두 군사가 어지럽게 어울려 한바탕 싸웠다. 그러다가 유비는 공명의 지시대로 급히 쫓겨달 아났다.

어느덧 날이 저물어 하늘에는 달이 솟았다. 하후돈이 그대로 군사를 휘몰아쳐나가는데 뒤에서 쫓아오던 이전이 우금을 보고 말했다.

"도대체 우리는 적을 어디까지 추격할 생각이오! 이미 길은 험하고 숲은 우거졌소. 적이 화공법을 쓴다면 무엇으로 막아내려고 무작정 추격을 한단 말이오!"

우금은 그 소리를 듣자 새삼스러이 사방을 둘러보았다.

"옳은 말이오. 내 곧 앞으로 달려가 하후 장군을 모시고 돌아올 테니 장군은 후군을 더 이상 나오지 못하게 하오."

이전은 곧 후군을 멈춰 서게 했다. 그러나 승리감에 도취된 군사들은 영을 듣지 않고 앞을 다투어 달려나갔다.

우금은 한참 동안 말을 몰아서야 겨우 하후돈을 따라잡았다.

"장군, 산천은 험악하고 길은 좁은 데다가 수목이 우거져 만약 적에게 화공을 당하면 큰일입니다. 더 이상 쫓아가다가는 위험합니다."

하후돈은 그제야 군사들을 멈춰 세우며 고개를 끄덕였다.

"딴은 그렇기도 하군!"

바로 그때였다. 별안간 남쪽 하늘에서 검은 연기가 일어나더니, 동서 사방에서 불길이 맹렬히 솟아올랐다.

"앗! 복병이다!"

"앗! 화공이다!"

군사들이 소리소리 지르며 불을 피하느라 아우성을 치는 바람에 그 일대는 온통 아비규환을 이루었다. 그때를 이용하여 적은 진고를 울리고 함성을 올리며 맹렬히 엄습해 왔다.

"하후돈은 어디 갔느냐? 용기가 있거든 이리 나와 싸우자!"

조자룡이 말을 달려 나오며 소리쳤다. 그러나 하후돈은 도망치기에 바빠 싸울 용기가 없었다.

이때 이전은 후군을 거느리고 급히 박망산을 향해 퇴진했다. 그러나 얼마 가지 않아 검은 연기 속에서 한 떼의 군사가 내달으며 앞을 가로막는데 자세히 보니 관우였다. 이전은 말을 놓아 한바탕 싸우다가 간신히 혈로를 뚫고 급히 쫓겼다.

치중부대는 급히 달아나려 했으나 어느새 장비가 양초 수레에 불을 지르고 맹렬히 습격해 오는 바람에 목숨을 얻으려고 달아나기에 바빴다. 그 바람에 하후란은 장비의 손에 목이 달아났고, 한호는 불에 타 크게 화상을 입었다. 승리감에 도취해 있던 십만 대군은 삽시간에 여지없이 패배를 맛본 셈이었다.

싸움은 새벽녘이 되어서야 끝났다. 산은 타서 잿더미가 되었고, 산골짜기에는 불에 타 죽은 군사들의 시체가 참혹하게 쌓였다.

관우와 장비는 군사들을 거두어 돌아오며 새삼 공명의 지혜에 감탄을 마지않았다.

"공명은 정말 영걸인가 보오."

"아닌 게 아니라 영걸이 틀림없어 보이네."

이윽고 신야성에 접근해 왔을 때 미축, 미방 등의 호위를 받으며 한 채의 수레가 다가왔다. 자세히 보니 수레 위에 단정히 앉아 있는 사람은 제갈공명이었다.

관우와 장비는 자기들도 모르게 말에서 뛰어내려 땅에 꿇어앉으며 승리의 보고를 올렸다.

"우리가 대승을 거둔 것은 오직 군사의 영걸하신 군령 덕택이었습니다."

이때 유비도 조자룡, 유봉, 관평 등과 한자리에 모였다.

"진정한 싸움은 이제부터요. 하후돈이 참패하고 돌아갔으니 이번에는 조조가 반드시 몸소 대군을 거느리고 쳐들어올 것이오."

공명은 조용히 다음 일을 걱정했다.

그러자 유비가 물었다.

"어떻게 방비하면 좋겠소이까?"

"신야는 너무 작아 오래 머물러 있을 곳이 못 됩니다. 듣건대 유표가 근자에 병이 심해 위중하다고 하니 형주를 손에 넣으면 조조가 쳐들어온다고 해도 두려울 게 없을 것입니다."

그러나 유비는 그 말에 고개를 흔들었다.

"나의 오늘이 있게 된 것은 오로지 유경승의 덕택이었소. 차라리 내가 망하면 망했지 어찌 의리를 저버리고 그를 배반할 수 있겠소."

"소승적인 생각을 버리고 대의에 입각하십시오."

"내가 죽을지언정 의리를 배반할 수는 없는 일이오."

"주공께서 그렇게까지 말씀하시니 다른 방도를 찾아보겠습니다."

공명은 유비의 의리에 다시 한번 감탄하며 말했다.

한편 패군을 수습하여 허도로 돌아간 하후돈은 스스로 결박을 지고 승상부에 꿇어 엎드려 대죄했다.

조조는 고소를 지으며 하후돈의 결박을 풀어주었다.

"어찌하여 패하였는가?"

"제갈량의 위계(僞計)에 속아 화공을 만나 패하였습니다."

"그대는 백전노장인데 좁은 골짜기에 들어가면 화공이 있을 것을 몰랐는가?"

"그저 죽을죄를 지었습니다. 유비의 세력이 날로 강해 가니 승상께서는 한시바삐 군사를 일으켜 싹을 없애야 할 것입니다."

"때가 오면 응당 설욕할 날이 있을 테니 너무 상심 말고 물러가 있으라."

조조는 좋은 말로 하후돈을 위로했다.

그로부터 얼마 후인 칠월 중순에 조조는 유비를 쳐 없애려고 오십만 대군에게 출동 명령을 내렸다.

제 일대는 조인, 조홍이 십만 명을 거느리고,

제 이대는 장요, 장합이 십만 명을 거느리고,

제 삼대는 하후연, 하후돈이 십만 명을 거느리고,

제 사대는 우금, 이전이 십만 명을 거느리고,

제 오대는 조조 자신이 몸소 여러 장수와 함께 십만 명을 거느리고 나섰다. 그리고 허저를 절충장군(折衝將軍)으로 삼아 삼천 명을 거느리고 선봉에 서게 했다.

태중대부(太中大夫) 공융(孔融)이 조조에게 간했다.

"유비, 유표는 모두 한실의 종친입니다. 또한 손권은 험난지지(險難之地)를 점거하고 있어 용이하게 취하기 어려운데 아무런 대의명분도 없이 대군을 출동시켰다가 천하의 인망을 잃게 되지 않을까 두렵습니다."

"유표, 유비, 손권은 모두 역명지신(逆命之臣)들인데 어찌 대의명분이 없단 말이오? 대군의 출동을 앞두고 그런 망령된 말을 다시 한다면 용서하지 않겠소."

조조가 크게 노하는 바람에 공융은 더 이상 아무 말도 못하고 승상부를 물러나오며 탄식했다.

'불인(不仁)으로 인(仁)을 치니 어찌 패하지 않겠는가!'

이때 어사대부(御史大夫) 극려(郗慮)의 집에 문객으로 있던 자가 그 말을 듣고 주인에게 일러바쳤다. 극려는 본시 공융을 원수처럼 미워하던 사람인지라 그 말을 조조에게 고해 바쳤다.

"아무리 보아도 공융은 승상께 원한을 품고 있는 게 분명한가 봅니다.

그렇지 않고서야 어찌 승상을 불인지자(不仁之者)라 말할 수 있으며, 어찌 승상께서 패하시기를 바랄 수 있겠습니까?'

조조는 그 소리를 듣고 크게 노하여 곧 정위(廷尉)더러 공융을 잡아들이게 했다.

공융에게는 아들 형제가 있었다. 그들 형제가 바둑을 두고 있는데, 하인이 급히 달려오더니 황망히 소리쳤다.

"도련님! 큰일 났습니다. 대감께서 지금 정위에게 끌려가 참형을 당할 것이라 하오니 두 분께서는 어서 몸을 피하십시오."

그러나 두 형제는 얼굴을 마주 보며 태연히 말했다.

"새 둥지가 엎어지는 판국인데 어찌 그 속에 있는 알이 온전하기를 바랄 수 있으리오."

그 말이 채 끝나기도 전에 정위가 달려와 두 청년을 참살하고, 공융을 거리로 끌어내어 대로상에서 목을 베었다.

그 일이 있은 후 누군가가 승상부에 달려 들어와 말했다.

"어떤 사람이 공융의 시체를 부둥켜안고 통곡을 하고 있습니다."

"그놈이 누구냐? 어서 잡아들여라!'

문제의 인물을 잡아놓고 보니, 그는 경조(京兆) 지습(脂習)이었다. 조조는 지습마저도 죽이려 했다.

그러자 순욱이 간했다.

"제가 듣기로 지습은 매양 공융을 보고 '공은 너무도 강직하여 언젠가는 반드시 화를 입을 때가 있을 것'이라고 말했다고 합니다. 이제 공융의 시체를 붙잡고 울었다면 지습은 의인(義人)이 틀림없으니 승상께서는 널리 헤아려주십시오."

조조는 순욱의 간언을 옳게 여겨 지습을 죽이지 않고 놓아주었다. 지습은 사지에서 풀려나자 공융 부자의 시신을 거두어 후히 장사지냈다.

그때에 형주 유표의 병은 매우 위중했다. 유표는 유비를 병석으로 불러 손을 붙잡고 간곡히 말했다.

"내가 목숨이 경각에 달렸기로 어린 자식들을 부탁할 생각에 현제를 오라고 했소. 현제와 나는 모두 한실의 종친이오. 내가 죽거든 현제가 이 나라를 맡아주오. 내가 지금 유언장을 쓰겠소."

유비는 눈물을 흘리며 고사했다.

"그것은 아니 될 말씀입니다. 형님께는 뒤를 이을 자제들이 있는데 어찌 제가 후사를 잇겠습니까. 다만 저는 현질(賢姪)들을 힘닿는 데까지 돕겠습니다."

"아니오. 내 자식 놈들이 영민해 후사를 맡아줄 수 있다면 내 어찌 이런 소리를 하겠소. 현제가 형주 땅을 맡아주지 않으면 언제 누구의 손에 빼앗길지 모르는 일이오. 그러니 꼭 부탁하오."

유언에 가까운 절실한 부탁이었으나 유비는 끝내 수락하려 들지 않았다. 때마침 조조가 오십만 대군을 거느리고 침범해 온다는 소식이 들려오자 유비는 밤을 도와 급히 신야로 돌아왔다.

유표는 병석에서 그 놀라운 소식을 듣고 사후의 일이 더욱 걱정스러웠다. 만약 유비가 형주를 맡아주지 않을 생각이면 맏아들 유기를 군주로 세우고 그를 전적으로 보좌해 달라는 유언장을 쓰려 했다. 그러자 채 부인이 그 기미를 알아채고 크게 노했다. 채 부인은 동생 채모와 심복 부하 장윤(張允) 등을 내실로 불러들여 물었다.

"어떡하면 기(琦)를 쫓아내고, 내 아들 종(琮)을 형주의 주인으로 책립할 수 있겠느냐?"

한편, 강하에 나가 있던 유기는 그런 사정을 전혀 모른 채 부친의 병세가 위급하다는 말을 듣고 형주로 달려왔다. 그러나 유기가 성문 밖에 이르자 채모는 그를 성안으로 들이려 하지 않았다.

"나는 강하에 나가 있던 유기다. 내가 부친의 병환을 간호하러 왔거늘 성문을 열어주지 않으니 웬 말이냐?"

유기는 성문 밖에서 크게 노하여 파수병을 꾸짖었다.

그러자 문안에 있던 채모가 파수병 대신 큰소리로 대답했다.

"공자는 부명(父命)을 받들고 강하를 진수하러 나가셨소. 그 소임이 지극히 중대하거늘 주공의 명령 없이 함부로 임지를 떠나오셨다가 그 틈에 적의 침범을 받으면 어떡하려 하오? 군명이 있기 전에는 비록 공자라도 이 문을 통과시키지 못하겠으니 빨리 임지로 돌아가오!"

"그 목소리를 듣자 하니 채모 외숙이 아니오? 내가 일껏 여기까지 왔으니 부친의 얼굴이라도 잠깐 뵙고 돌아가게 해주시오."

"그것은 안 될 말, 공자가 병인을 만나 뵙고 노여움을 사면 병환에 더욱 해로우니 아무 소리 말고 돌아가라."

유기는 문밖에서 일장통곡을 하고 힘없이 발길을 돌리는 수밖에 없었다.

유표는 물론 그런 사정을 알 길이 없었다. 그는 맏아들 유기가 찾아와 주기를 내심 안타까이 기다리다가 끝내 만나보지 못하고, 이해 팔월 무신일(戊申日)에 드디어 세상을 떠나버렸다. 그러자 채 부인은 채모, 장윤 등과 짜고 거짓 유언장을 꾸며 유종으로 군주를 삼게 했다.

그때에 유종은 열네 살의 소년이었으나 기질이 매우 총명한지라 막하의 장수들을 모아놓고 물었다.

"돌아가신 부친의 유언이지만 강하에 유기 형님이 계시고 신야에 현덕 숙부가 계신데 나를 형주의 주인으로 삼았으니, 만약 그 분들이 군사를 일으켜 문죄해 오면 그 일을 어찌 처리할 생각이오?"

채모 등이 미처 대답을 못하고 간담이 서늘해 하는 사이에 막관(幕官) 이규(李珪)가 나서며 말했다.

"공자님의 말씀은 실로 지당하십니다. 이제 곧 강하로 사람을 보내 대공자님을 모셔다가 형주의 주인으로 삼으시고 현덕 공을 모셔다가 보좌를 받으면 조조도 감히 침범을 못할 것이고, 국기(國基) 또한 튼튼해질 것입니다. 그 이상의 만전지책은 없을 것입니다."

그 말이 떨어지자 채모는 얼굴에 서릿발 같은 노기를 띠며 이규를 꾸짖었다.

"너는 뭐하는 놈이기에 고주의 유언을 무시하고 방자스러운 주둥아리를 함부로 놀리느냐?"

그러자 이규는 서슴지 않고 채모를 큰소리로 마구 꾸짖었다.

"네가 국가의 질서를 무시하고 유언장을 가작하여 폐장입유(廢長立幼)로 형주를 손아귀에 넣으려 하니, 만약 지하에 계신 고주께서 이 사실을 아신다면 너를 가만두지 않을 것이다. 그러고서는 세상이 망하지 않는 법이 없느니라."

채모는 크게 노하여 그 자리에서 칼을 뽑아 이규의 목을 베어버렸다. 그 소식을 들은 백성들은 한숨을 쉬고 눈물을 지었다. 채모는 이규를 죽이고 유종을 형주의 주인으로 책립한 뒤에 중요한 벼슬은 채씨 일족이 모두 나누어가졌다.

그러고 나서 양양성으로 천도를 감행했다. 그러나 유종이 양양에 이르러 미처 자리를 정하기도 전에 홀연 조조가 오십만 대군을 거느리고 진격해 온다는 소식이 들려왔다.

유종이 크게 두려워 즉시 채모, 괴월의 무리를 청해 상의하니 동조연(東曹椽) 부손(傳巽)이 말했다.

"우리에게 지금 두려운 적은 조조만이 아닙니다. 강하에는 대공자 유기가 계시고, 신야에는 현덕 공이 계신데 우리는 아직 상보(喪報)도 전하지 않았습니다. 두 분이 힘을 합하여 문죄해 오면 조조는 고사하고 그들을 무슨 힘으로 막을 수 있겠습니까. 그러하니 지금이라도 우리의 안전을 기하려면 특이한 수단을 써야만 합니다."

"그게 무슨 수단이오?"

유종이 기대에 넘친 눈을 뜨며 조심스레 물었다.

"형주와 양양의 구 군을 모두 조조에게 바치는 것입니다. 그러면 조조는 반드시 주공을 후히 대접할 것입니다."

유종은 그 소리를 듣고 얼굴을 붉히며 큰소리로 꾸짖었다.

"내가 부군의 가업을 이어받은 지 며칠이 못 되었는데 영토의 태반을 조조에게 바치다니 그게 무슨 소리요?"

그러자 이번에는 산양(山陽) 고평(高平)의 기인 왕찬(王粲)이 말했다.

"우리가 아무 힘도 없으면서 조조와 대항하는 것은 계란으로 바위를 치는 것이나 다름없는 일입니다. 국토의 일부를 상실하는 한이 있더라도 조조에게 화의를 청하는 것이 옳다고 생각합니다."

중신들은 모두 조조에게 겁을 집어 먹고 화의를 찬성하는 쪽으로 기울었다. 마침내 그 길을 택한 유종은 조조에게 화친의 사신을 보내기로 결정했다.

갈 곳 없는 유랑민

조조가 오십만 대군을 이끌고 남양에 이르렀을 때, 양양의 사신 송충(宋忠)이 항서를 품고 진중의 조조를 찾아왔다.

조조는 항서를 받아보고 크게 만족했다.

"유종의 휘하에는 현명한 신하들이 많은가 보구려. 그러면 그의 뜻을 가상히 여겨 유종을 충렬후(忠列侯)에 봉하여 형주 태수로 삼을 터인즉, 그리 알고 돌아가 나를 영접케 하오."

송충이 임무를 다하고 양양으로 돌아오는 도중에 한 떼의 군마를 만났다. 마상의 장수를 보니 관우였다. 관우는 송충을 붙잡아놓고 엄하게 문초했다.

"너는 무슨 일로 어디를 갔다 오는 놈이냐?"

송충은 처음에는 거짓말을 몇 마디 꾸며대다가 마침내 관우의 위엄에 눌려 모든 것을 사실대로 고백했다.

관우는 송충이 털어놓는 이야기를 듣고 크게 놀랐다.

"조조에게 항서를 바치고 돌아오는 길이라고?"

사건이 너무나 중대하므로 관우는 송충을 체포해 신야로 돌아와 그 사실을 유비에게 보고했다. 유비가 놀라는 것은 말할 것도 없었고, 장비는 길길이 날뛰며 떠들어댔다.

"일이 이렇게 된 바에는 송충이란 놈의 목을 베어버리고, 군사를 일으켜 형주를 빼앗고, 유종과 채모를 죽인 뒤에 조조와 한번 싸워봅시다."

"아우는 가만있거라. 내게 생각이 있다."

유비는 장비를 나무라고 나서, 이번에는 송충을 보고 말했다.

"이제 너를 죽인다고 해서 조금도 이로울 것이 없으니 어서 돌아가거라!"

송충이 구사일생을 얻어 고마운 마음으로 놓여나가자 유비는 공명 이하 많은 장수들을 한자리에 불러놓고 대책을 논의했다.

마침 그때 형주의 막빈인 이적이 찾아왔다. 유비는 그가 전일에 두 차례나 위태로운 지경에 놓인 자신을 구해 준 일이 생각나 곧 회의석상으로 맞아들였다. 유비는 섬돌 아래로 내려가 그를 극진히 맞으며 그간의 격조를 재삼 사과했다. 이적은 자리에 앉기 무섭게 채 부인과 채모가 공모하여 국정을 어지럽힌 사실을 낱낱이 설명하며 분개해 마지않았다.

유비는 이적의 비분강개하는 말을 모두 듣고 나서 말했다.

"이적 공이 비분강개하는 것은 너무나 당연한 일입니다. 그런데 제가 조금 전에 들은 소식은 더욱 놀라울 따름입니다."

"또 무슨 소식이 있습니까?"

"유종이 형양 아홉 군을 조조에게 고스란히 바치기로 한 항서를 이미 전달했습니다."

이적은 그 소리를 듣자 소스라치게 놀랐다.

"사군께서는 그 소식을 누구한테서 들으셨습니까?"

유비는 송충에게서 들은 이야기를 자세히 설명해 주었다. 이적은 주먹을 불끈 쥐고 몸을 부들부들 떨다가 오히려 유비를 나무랐다.

"그런 사실을 이미 알고 계시면 유 장군께서는 어찌 그들을 그냥 내버려두십니까? 문상을 핑계삼아 군사를 일으켜 유종을 납치한 뒤에 한시바삐 채모 일당을 소탕하십시오."

공명이 옆에서 듣고 있다가 비로소 입을 열어 말했다.

"이적 공의 말씀이 옳습니다. 주공께서는 지금 곧 일을 단행하셔야 합니다."

그러나 유비는 눈물을 흘리며 말했다.

"형님이 돌아가시기 전에 내게 어린 자식에 대한 부탁을 그처럼 간곡하게 하셨는데, 내 어찌 그 신뢰를 저버릴 수 있겠소."

공명이 고개를 저으며 말했다.

"그처럼 주저하고 계시다가는 완성까지 쳐들어온 조조에게 형주를 완전히 빼앗기고 말 것입니다. 형주를 빼앗기면 유종, 유기 형제도 조조의 포로가 되고 말 것입니다. 그때에는 우리도 조조를 막을 길이 없습니다."

"그때에는 번성으로 피해가는 수밖에 없겠지요."

바로 그때, 탐마가 들어오더니 조조의 오십만 대군이 박망성에 이르렀다고 알려왔다.

유비는 이적에게 즉시 강하로 돌아가 유기의 군사를 정돈하도록 부탁한 뒤에, 공명과 더불어 조조에게 대항할 계책을 논의했다.

공명이 유비를 안심시키기 위해 말했다.

"제가 살아 있는 한 조조는 그다지 두려울 것이 없으니 안심하십시오. 우선적으로 신야는 바닥이 너무 좁으니 근거지를 번성으로 옮겨야 합니다. 신야를 떠나기 전에 성문에 방문을 내붙여 백성들을 책임지고 번성으로 피난시키십시오."

공명은 이상과 같은 기본 원칙을 말한 뒤에, 다음과 같은 구체적인 군령을 내렸다.

"손건은 서쪽 강안에 배를 준비해 두었다가 피난민을 사고 없이 나르도록 하고, 미축은 피난민들을 번성까지 인도하라. 그리고 관운장은 군사 천 명을 백하(白河) 상류로 이끌고 가서 매복하되, 제각기 포대에 모래와 흙을 넣어 강물을 막도록 하라. 그리고 있노라면 내일 밤 삼경 무렵 하류에서 인마가 들끓을 것인즉, 그때에 지체 말고 막았던 강물을 터뜨려 놓고 하류로 내려와 적들을 공격하라."

다음에는 장비를 보고 명했다.

"장비는 일천 군사를 거느리고 박릉도구(博陵道口)에 매복해 있다가 관운장이 공격하거든 조조의 중군을 뚫고 들어가 적을 무찌르라."

다시 조자룡을 불러 명했다.

"조자룡은 군사 삼천을 내줄 터이니 사 대로 나누어 세 대는 서, 남, 북 삼문 밖에 매복시키고 그대는 남은 한 대를 거느리고 동문 밖에 매복하되 먼저 민가의 지붕 위에 유황과 염초 같은 인화물들을 많이 감추어두라. 조조의 군사가 성안에 들어오면 반드시 민가에서 잘 것인데, 내일 황혼 무렵부터는 바람이 일어날 것이니, 그때 서, 남, 북 삼문 밖에 매복해 있던 군사들은 일제히 화전(火箭)을 쏘아 집집마다 불을 지르라. 화광이 충천할 무렵, 동문 밖에 매복시켰던 군사로 적을 사정없이 들이치라. 적을 닥치는 대로 무찌르다가 날이 밝거든 그 이상 싸울 생각을 말고 깨끗이 번성으로 돌아오라."

그런 다음 끝으로 미방과 유봉을 불렀다. 공명은 미방에게 붉은 깃발을 주고, 유봉에게는 푸른 깃발을 주면서 무엇인가 낮은 말로 지령을 내렸다.

두 장수는 무슨 지령을 받았는지 각각 군사 일천 명을 거느리고 신야에서 삼십 리쯤 떨어진 작미파(鵲尾坡)라는 곳으로 급히 달려갔다.

한편 조조는 아직도 총사령부를 완성에 두고 있었으나 조인과 조홍을 대장으로 하는 제일군의 십만 군사는 허저의 정병 삼천 기를 선봉으로 하여 이미 신야 교외까지 쇄도하고 있었다.

이날 오시 경에 그들이 신야 교외에 군사를 멈추고 사방을 살펴보니, 작미파에 적군이 청기, 홍기를 내세우고 둔을 치고 있다가 허저의 군사를 보자 청군과 홍군이 좌우로 갈리는 것이었다.

허저는 적정을 살피기 위해 적진 깊숙이까지 들어가보았다. 산은 높고 골은 깊은데, 수목이 울창하여 적의 정세를 알아보기가 무척이나 어려웠다. 멀리 산 너머에서 푸른 깃발과 붉은 깃발을 가끔 휘두르는 것은 무슨 군호 같았다.

허저는 진지로 돌아오자 대장 조인에게 그 사실을 보고했다.

"적의 병력이 얼마나 되는지 모르지만 결코 만만하게 보아서는 안 될 것 같습니다."

그러나 조인은 그 말을 일소에 부쳤다.

"놈들의 병력이 많아봐야 얼마나 되겠소. 걱정 말고 빨리 진격하오. 내가 뒤를 따라가리다."

허저는 영에 의하여 군사를 이끌고 다시 작미파로 진격했다. 어디를 가나 유비의 군사는 한 명도 보이지 않았다.

어느덧 날이 저물어 동산 봉우리에 초승달이 솟아올랐다. 허저가 다시 군사를 정돈하여 진격을 개시하는데, 문득 산 위에서 대뢰(大擂)를 부는 소리가 들려왔다.

삼천 군사는 걸음을 멈추고 산을 올려다보았다. 자세히 보니 산상봉에서는 정기가 휘날리는데, 산개(傘蓋) 아래에서 유비와 공명이 마주 앉아 술을 마시고 있었다.

허저는 조롱을 당한 것 같아 크게 노했다. 그리하여 삼천 군사를 휘몰아 산봉우리를 향하여 진격했다. 그러나 산중턱까지 올라갔을 무렵 별안간 산 위에서 포석이 빗발치듯 쏟아져 내려왔다. 많은 군사들이 부상을 당하여 마지못해 정체하고 있는 중에, 이번에는 이산 저산에서 천지를 진동하는 함성이 솟아올랐다.

때마침 조인이 군사를 거느리고 뒤쫓아 당도했다. 그는 곧 영을 내려 신야성으로 진격했다. 신야성에 당도해 보니, 사대문은 열려 있고 적은 한 명도 보이지 않았다. 쥐 한 마리 얼씬하지 않는 완전한 공성이었다.

조홍이 성안을 둘러보며 말했다.

"유비와 공명은 대전할 자신이 없어 백성들을 이끌고 피신을 간 것이 분명하다. 우리는 오늘밤 여기서 자고, 내일 아침에 다시 추격하자!"

전군에게 휴식령이 내려졌다.

이 무렵부터 공명의 예언대로 바람이 몹시 일기 시작했다. 이경쯤 되었을 무렵 문득 성안의 군사들이 소리치기 시작했다.

"불이야! 불이야!"

술을 마시고 있던 조인과 조홍은 불을 대단스럽게 여기지 않았다.

"병사들이 밥을 짓다가 불을 낸 것이로군!"

그 말이 채 끝나기도 전에 서, 남, 북 삼면에서 맹렬히 불길이 일어났다는 급보가 날아들었다. 그제야 조인이 황급히 밖으로 나와보니, 때는 이미 늦어 서, 남, 북 삼면은 문자 그대로 불바다를 이루고 있었다.

"아, 적들의 화공이다!"

그것을 깨달았을 때에는 달아날 길조차 막혀버렸다.

"동문 쪽에 불길이 없으니, 그쪽으로 피하라!"

수만 군사가 동문으로 몰려들었다. 이번에는 동문 밖에 매복해 있던 조자룡의 군사가 달려들며 창으로 사정없이 찌르고, 검으로 목을 후려갈겼다. 그리하여 다시 뒤돌아가니 이번에는 후방에 매복해 있던 미방, 유봉의 군사가 쏟아져 나오며 공격을 가해 왔다.

조인과 조홍은 필사적으로 동문을 빠져 나와, 남아 있는 군사들과 함께 백하 강변까지 달아났다. 그제야 겨우 숨을 돌리며 군사를 정돈하려는데, 이번에는 난데없는 물이 미친 듯이 무서운 형세로 흘러 내려오며 사람과 말을 그대로 휩쓸어가버리는 것이었다.

조인은 가까스로 남은 군사를 수습하여 박릉도구에 이르렀다. 그러나 이곳에서도 별안간 함성이 일어나며 적이 맹렬히 공격해 오는데, 선봉에서 비호같이 덤벼드는 장수는 이름만 들어도 등골이 오싹해 오는 장비였다. 그 바람에 조인은 완전히 사지에 빠졌으나 허저의 도움으로 간신히 도피할 기회를 얻었다.

이윽고 각처에 흩어졌던 유비의 군사는 전고에 없던 대승리를 거두고, 날이 밝아올 무렵 모두들 강변으로 모여들었다.

강가에는 미방이 이미 배를 준비해 놓고 있었다. 일동이 모두 배를 타고 강을 건너자 공명은 놀라운 명령을 내렸다.

"배를 모조리 불태워없애라!"

배를 남김없이 태워버린 유비의 군사들은 모두들 번성으로 향했다.

조조는 조인의 대군이 여지없이 참패했다는 보고를 받자 크게 노했다.

"제갈 촌부가 뭐기에 우리 군사들이 참패를 거듭한단 말이냐!"

조조는 남은 대군을 총출동시켜 신야와 백하와 번성을 한꺼번에 함락시키려고 서둘렀다. 그것을 보고 유엽(劉曄)이 간했다.

"승상의 위명은 아직 이곳에 널리 알려져 있지 않습니다. 그러하니 먼저 민심을 사는 방도를 취해야 합니다. 유비가 신야 백성들을 모조리 이끌고 번성으로 갔습니다. 이때 유비를 무조건 공격하면 민심이 크게 이

반될 것입니다. 우선 사람을 보내 유비에게 항복을 권하고, 만약 듣지 않을 때 공격해도 그다지 늦지 않습니다."

조조는 고개를 끄덕이며 물었다.

"그러면 누구를 보내는 것이 좋겠소?"

"서서가 유비와 교분이 두터우니 그를 보내십시오."

"그가 갔다가 돌아오지 않으면 어떡하오?"

"그가 돌아오지 않으면 세상의 치소를 면치 못할 것이니 그런 걱정은 없으오리다."

조조는 그 말을 옳게 여겨, 곧 서서를 불러 말했다.

"내 본래 번성을 쑥밭으로 만들 것이로되 백성들이 가긍하여 군사를 일으키지 않을 것이니, 유비에게 가서 항복을 권해 주오. 만약 항복을 하면 죄를 사하고 관작을 후히 내릴 것이지만 나의 권고를 거역하면 여지없이 토벌하겠소. 내 공의 충정을 믿고 보내는 터이니 부디 성공하고 돌아오기 바라오."

서서는 조조의 영을 받고 번성을 찾았다.

유비는 서서가 찾아왔다는 소리를 듣고 옛정을 생각하여 공명과 함께 반갑게 맞았다. 세 사람이 함께 정회를 나눈 뒤에 서서가 말했다.

"조조가 나를 보내어 사군에게 항복을 권고하는 것은 민심을 사려는 계책입니다. 조조가 대군을 일으켜 공격해 오면 사군은 번성을 보존하기 어려울 것입니다. 그러나 그 일이 두려워 항복을 하시면 세상 사람들의 치소를 천추에 남길 것이니 사군은 부디 대비책을 강구하십시오. 저는 다만 그 한마디만 말씀드리고 돌아가겠습니다."

유비는 서서의 손을 붙잡으며 같이 있어주기를 간청했다. 그러나 서서는 고개를 흔들었다.

"제가 만약 돌아가지 않으면 세상의 치소를 면치 못할 것입니다. 몸은 비록 조조의 그늘에 있으나 모친의 원한을 생각해서라도 사군을 해치는 꾀는 한 번도 쓰지 않을 것인즉 그리 아십시오. 사군께는 와룡 선생이 계신데 어찌 천하 대업을 이루지 못하겠습니까."

서서가 눈물을 뿌리며 작별하고 조조에게 돌아와 유비가 항복을 거절하더라고 고했다. 조조는 크게 노하여 곧 출동령을 내렸다.

유비는 서서를 보내고 나서 공명을 보고 근심스럽게 물었다.

"조조가 머지않아 대군을 거느리고 올 터이니, 이 일을 어찌했으면 좋겠소?"

"번성에서는 당해 내기 어려우니 우선 양양으로 가서 적의 동정을 살펴가며 대책을 강구하십시다."

"모처럼 따라온 백성들을 어찌 버려두고 우리만 피난을 가오?"

"피난을 간다는 사실을 백성들에게 널리 알려 따라가겠다는 사람은 모두 데리고 가십시오."

곧 사람을 시켜 그 사실을 알리니 신야에서 따라온 백성과 번성에 있던 백성들은 앞을 다투어 유비를 따라가겠다고 나섰다.

강가에 배를 준비해 놓고 기다리니, 남녀노소를 막론하고 유비를 따르는 백성들이 구름 떼처럼 밀려왔다.

유비는 그 광경을 보고 눈물을 뿌리며 울었다.

"나 한 사람으로 인해 백성들이 이처럼 곤경을 겪게 되니, 내 어찌 이대로 살아 있겠는가."

유비가 강에 뛰어들어 죽으려 하니, 좌우에서 급히 달려들어 구해 내었다.

"저희들을 버리고 사군 혼자만 돌아가시면 장차 누구를 믿고 살아갑니까?"

백성들도 울며 유비에게 호소했다.

유비는 백성들을 이끌고 양양에 이르렀다. 양양성에는 유종이 채 부인과 함께 머물고 있었다.

"유종은 성문을 열어라! 나는 백성들을 구하고자 왔다. 다른 뜻이 있어서 온 것이 아니니 안심하고 문을 열어다오."

유비는 성하에서 큰소리로 외쳤다. 그러자 성안에서는 문을 열어주기는커녕 별안간 누상에서 수백 명의 사수가 활을 쏘아댔다.

유비와 백성들은 너무도 기가 막혀 성루를 쳐다보며 통곡을 했다. 그러자 문득 성안에 있던 한 장수가 손수 성문을 활짝 열어주며 크게 소리쳤다.

"유현덕은 인자한 군자다. 매국노 채모와 장윤은 듣거라. 유 장군이 백성들을 구하러 오셨는데 이 무슨 해괴한 짓이냐!'

그 사람은 대장 위연(魏延)으로 자는 문장(文長)이라는 장수였다. 위연은 수문장을 죽이고 성문을 열어주며 외쳤다.

"유 황숙은 어서 들어오셔서 형주를 팔아먹은 역적들을 죽이십시오."

성밖에 있던 장비와 관우가 나는 듯이 성안으로 달려 들어오며 적들을 찾았다.

"잠깐 섰거라. 공명, 이 일을 어찌했으면 좋겠소이까?'

공명이 말했다.

"이곳은 기상이 흉하니 들어가지 말고 강릉(江陵)으로 가십시다. 강릉은 형주의 요지입니다."

유비 일행이 방향을 돌려 강릉으로 향하자 성안에 있던 백성들까지 나와 뒤를 따랐다.

그러는 동안 위연은 채모, 장윤, 문빙(文聘) 등과 혈투를 거듭하다가 많은 부하들을 잃고 밤이 깊어 혼자 유비의 뒤를 따랐다. 그러나 유비를 찾을 길이 없자 장사 태수 한현(韓玄)에게 몸을 의탁했다.

유비는 그런 사정도 모르고 자꾸만 길을 재촉했다. 그를 따르는 군사와 백성이 무려 십여 만이나 되었다. 가도 가도 행렬이 끝이 없는 데는 공명도 눈살을 찌푸리지 않을 수 없었다.

"만약 이대로 가다가 적들을 만나면 몰살을 면하기 어려우니, 주공께서 일대 결단을 내리셔야겠습니다."

"죽어도 같이 죽고 살아도 같이 살아야 할 판에 도리가 있겠소?"

"백성들은 일단 이곳에 머물게 했다가 군사들이 먼저 가 자리를 잡은 뒤에 데려가면 어떻겠습니까?"

그러나 유비는 대번에 고개를 저었다.

"나를 따르는 백성을 어찌 버리고 갈 수 있겠소? 나라의 근본은 백성이오. 나는 고을을 잃었으되 나라의 근본인 백성들만은 아직도 나를 따르고 있소. 나는 죽더라도 백성들과 함께 죽을 생각이오."

백성들은 그 말을 전해 듣고 모두들 목을 놓아 울며 유비를 우러러 모셨다.

공명도 백성들을 내버려두고 떠날 생각을 단념하고 말했다.

"추병이 오래지 않아 당도할 것이니 운장을 강하의 유기에게 급히 보내어, 배편으로 원병을 보내오도록 해야 합니다."

유비는 관우와 손건에게 군사 오백 명을 내주며 강하로 원병을 청하러 떠나게 했다. 그런 다음 장비와 조자룡으로 하여금 백성들을 호위하게 하여 강릉으로 유랑의 길을 계속했다.

유비가 나라를 바로잡아보겠다는 큰 뜻을 품고 의병을 일으킨 이래 시운이 불리해 유랑의 길에 올랐던 게 그 몇 번이었던가. 유비는 자기를 자부(慈父)처럼 따르는 남녀노유 십만의 백성들을 이끌고 당장 내일의 운명조차 모르는 막막하고도 불안스러운 유랑의 걸음을 옮기고 있었다. 그러면서도 애민지정(愛民之情)은 언제나 일편단심이었다.

'죽어도 이 백성들과 함께 죽고, 살아도 이 백성들과 함께 살아야 한다.'

유비는 몇 번이나 마음에 다짐을 새기면서 발길을 옮겼다.

장판파의 두 영웅

조조는 번성에서 양양으로 사람을 보내, 형주의 유주(幼主) 유종을 불렀다. 그러나 어린 유종은 겁이 나서 감히 가지를 못하고, 채모와 장윤이 대신해서 가게 되었다. 이때에 왕위(王威)가 유종에게 가만히 귀띔을 했다.

"장군께서는 이미 항복을 했고, 현덕도 멀리 달아났으니 조조는 지금 마음을 푹 놓고 있을 것입니다. 이때를 이용해 조조를 기습해 보는 것이 어떠하겠습니까? 지금이면 조조를 사로잡기가 어렵지 않을 것입니다."

유종이 그 말을 채모에게 전했다. 채모가 그 말을 전해 듣고 왕위를 꾸짖었다.

"네가 천명을 모르면서 어찌 감히 어린 군주에게 망령된 말을 지껄이느냐?"

왕위는 크게 노했다.

"나라를 팔아먹은 역적 놈아! 내가 너를 씹어 삼켜도 시원치 않겠거늘 어느 안전이라고 감히 큰소리를 치느냐?"

채모는 더욱 분개하여 왕위를 참형에 처하려 했다. 그러나 괴월이 간곡히 만류해 죽이지 아니하고 길을 떠났다.

조조가 두 사람을 맞으며 물었다.

"형주의 군마와 전량(錢糧)은 얼마나 되오?"

"기병이 오만, 보병이 십오만, 수군이 팔만이니 도합 이십팔만입니다. 전량도 일 년분은 넉넉합니다."

"전선(戰船)은 몇 척이나 되오?"

"칠천여 척입니다."

"그것은 누가 관령하오?"

"전선은 저와 장윤이 관령하고 있습니다."

조조는 그 소리를 듣고는 곧 채모에게 진남후(鎭南侯) 수군 대도독(大都督)이라는 벼슬을 내리고, 장윤에게는 조순후(助順侯) 수군 부도독(副都督)의 벼슬을 내렸다.

두 사람이 크게 기뻐하는 모양을 보고 조조는 미소를 지으며 다시 말했다.

"유표 장군이 세상을 떠나셨으니 나는 천자께 상주하여 유종을 형주의 주인으로 봉하겠소."

채모와 장윤이 진심으로 기뻐하며 조조의 앞을 물러나자 순욱이 조조를 보고 간했다.

"채모나 장윤 따위는 아첨밖에 모르는 소인인데, 승상께서는 어찌 그런 자들에게 수군 도독이라는 벼슬을 주셨습니까?"

조조는 빙그레 미소를 지으며 대답했다.

"내 어찌 사람을 몰라보고 그런 벼슬을 주었겠소. 우리 북방 군사들이 수전에 익숙하지 못한 까닭에 당분간 그들을 이용해 쓰고, 후에 달리 조

처할 생각이오."

순욱은 그 말을 듣고 감탄하며 고개를 끄덕였다.

채모와 장윤은 그런 줄도 모르고 의기양양하게 돌아와 곧 유종을 보고 말했다.

"조 승상이 천자에게 보하여 주군을 형주의 주인으로 봉하겠다고 했습니다."

다음날 조조가 양양에 입성한다는 전갈이 왔다. 채 부인이 크게 기뻐하며 아들 유종과 함께 멀리 성밖까지 나와 조조를 영접했다.

이날 양양의 백성들은 모두 다 성밖까지 나와 조조의 행차에 환호성을 올렸고, 문무백관들은 식전(式殿) 앞 계단에 배열하여 조조를 군왕처럼 맞아들였다.

조조가 드높은 자리에 도사리고 앉고, 그가 거느리고 온 심복 장수들이 이중 삼중으로 그를 호위했다. 채 부인은 아들 유종을 대신하여 남편 유표가 가지고 있던 인수(印綬)와 병부(兵符)를 비단보에 싸서 조조에게 바쳤다.

"내 오늘 이 자리에서 여러분을 대하게 되니 매우 기쁘오."

조조는 여럿을 돌아보며 그렇게 말하고 나서, 이번에는 멀리 앉아 있는 형주의 대장 괴월을 가까이 불러 말했다.

"내 형주를 얻은 것도 기쁘지만, 그보다 더 기쁜 것은 괴월 장군을 얻은 것이오. 나는 이 자리에서 장군을 강릉 태수 번성후로 봉하겠소."

괴월이 조조의 우대에 감격을 마지못했음은 말할 것도 없었다.

조조는 다시 부손과 왕찬처럼 두각을 나타내는 인물들을 일일이 가까이 불러서 관내후(關內侯)로 삼고, 유종을 청주(靑州) 자사(刺史)로 봉하여 그날로 양양을 떠나게 했다.

유종은 적이 놀라며 말했다.

"저는 벼슬보다는 부모가 계시던 향토를 지키고 있기를 원합니다."

그러나 조조는 머리를 흔들었다.

"청주는 허도에서 매우 가깝소. 앞으로 공을 허도로 불러올려 높은 벼슬을 내리려고 하오. 양양에 있다가는 남의 모해를 받기 쉬우니 두말 말고 떠나오!"

유종이 어쩔 수 없이 선친의 영토이던 양양을 떠나는데, 인심은 변하기 쉬운 것인지라 이제 그의 뒤를 따르는 구신(舊臣)은 오직 왕위 한 사람뿐이었다.

조조는 유종 모자를 청주까지 무사히 도착하게 내버려두지 않았다. 우금이 오백 명의 정병을 이끌고 유종의 뒤를 따라가 어느 강가에서 그들 일행을 무참히 죽여버렸다. 노장 왕위는 혼자서 최후까지 싸우다가 그 역시 비참하게 죽고 말았다.

조조는 유종의 일족을 처치하고 나서 우금을 다시 불러 엄명을 내렸다.

"융중에는 공명의 가족이 있을 터인즉, 일족의 한 사람도 놓치지 말고 모두 붙잡아 오라."

조조가 눈에 가시처럼 미워하는 사람이 공명이었다. 엄명을 받은 우금은 많은 부하들을 이끌고 와룡산에 있는 공명의 집을 습격했다. 그러나 공명의 가족은 이미 수일 전에 어디론지 종적을 감추고 한 사람도 남아 있지 않았다. 갖은 수단을 다 써가며 마을 사람들에게 그들의 행방을 알아보려 애썼으나 아무도 모른다는 대답이었다. 마을 사람들은 오래 전부터 공명을 존경하고 있었던 까닭에 설사 알고 있더라도 말하지 않았을 것이다.

조조가 공명의 가족을 체포하지 못한 것을 매우 통분하게 여기던 중에 유종의 부하였던 대장 문빙이 나타났다.

"그대는 어찌하여 이제야 오는가?"

조조는 문빙을 보고 몹시 노여워했다. 그러자 문빙은 흐느껴 울며 말했다.

"제가 주인의 국토를 보전하지 못했으니 부끄러워 못 나타났습니다."

조조는 그의 충성심을 가상히 여겨 곧 문빙을 강하(江夏) 태수로 봉했다.

마침 그때, 탐마가 들어와 조조에게 놀라운 사실을 고했다.

"현덕이 십여 일 전에 양양을 떠났지만 십만이나 되는 피난민을 이끌고 걷는 까닭에 발걸음이 몹시 더디어 아직 삼백 리 밖에 있다고 합니다."

조조는 그 보고를 받자마자 모든 장수들에게 명을 내려 정병 오천을 거느리고 급히 유비를 추격케 했다.

이때 유비는 십여 만의 백성들과 삼천여 명의 군사를 이끌고 가다가 쉬고, 쉬다가 가면서 강릉을 향해 지지부진한 행차를 계속하고 있었다. 조자룡이 노소를 보호하고, 장비가 뒤를 지키며 따라오고 있었다.

공명이 유비에게 말했다.

"운장이 강하로 구원병을 청하러 떠난 후 도무지 소식이 없으니 웬일인지 모르겠습니다."

"군사(軍師)가 몸소 가보시는 게 어떠하겠소? 유기가 전날의 은혜를 생각해 군사가 가면 반드시 청을 들어줄 것이오."

공명이 유비의 명에 의하여 유봉과 함께 오백 군을 거느리고 강하로 원병을 청하러 떠났다. 공명이 떠난 후 유비가 간옹, 미축, 미방을 옆에 두고 길을 계속 가는데, 홀연 일진광풍과 함께 검은 구름이 천지를 뒤덮었다.

"이게 무슨 징후인가?'

유비는 적이 걱정하며 간옹을 보고 물었다. 간옹은 천문에 밝은 사람인지라 한참 점을 쳐보고 나서 대답했다.

"이는 대흉지조(大凶之兆)입니다. 주공께서는 백성들을 버리고 속히 몸을 피하시는 게 좋겠습니다."

그러나 유비는 듣지 않았다.

"신야에서부터 나를 따라온 백성들을 어떻게 버리오."

"그렇지만 지금 버리지 않으면 화가 미치는 것을 어찌합니까?"

유비는 그 말에는 대답조차 아니하고 옆의 사람에게 물었다.

"여기가 어디오?"

"여기는 당양현(當陽縣)으로 저기 보이는 산이 경산(景山)입니다."

유비는 영을 내려 이날 밤 경산에서 하룻밤을 보내기로 했다.

때는 늦은 가을이었다. 밤이 깊어오자 추위가 뼛속까지 스며들었다. 십여 만의 유랑객이 추위에 몸을 떨며 잠을 청하는 중이었다. 초경쯤 되었을 무렵 별안간 산중에서 난데없는 함성이 일어나더니 수많은 군사들이 뛰쳐나오며 난동을 부렸다. 말할 것도 없이 조조의 군사들이었다.

유비는 소스라치게 놀라 말에 올라 타 적과 싸우려 했다. 그러나 장비가 어둠 속에서 소리쳤다.

"형님, 형세가 위급합니다. 급히 동쪽으로 피하십시오."

유비가 적의 대세를 당해 낼 재주가 없어 급히 장판교(長坂橋) 근방까지 피해 오는데 문득 눈앞에 한 장수가 나타나며 소리쳤다.

"유비는 살기를 단념하고 수급을 나에게 맡기라!"

자세히 보니 그는 어제까지도 유종의 부하였던 문빙이었다.

유비는 문빙을 보자 크게 노했다.

"이놈! 주인을 배반한 놈이 무슨 낯으로 나에게 덤벼드느냐?"

문빙은 그런 꾸지람을 듣자 아무 소리도 못하고 멀리 달아나버렸다.

유비는 그제야 정신을 차려 좌우를 돌아보았다. 수하에 따르는 군사라고는 겨우 백여 기가 전부였다. 십여 만의 백성들은 말할 것도 없고 미축, 간옹, 조자룡 등의 장수들조차 생사를 알 길이 없었다.

유비는 먼동이 터오는 하늘을 우러러보며 목을 놓아 울었다. 마침 그때 미방이 화살을 맞고 황급히 달려오며 조자룡이 마음이 변하여 조조에게로 갔다고 알려주었다.

"조자룡이 우리를 배반했다고?"

유비는 깜짝 놀라 소리치다가 이내 고개를 가로 저으며 자신 있는 어조로 말했다.

"자룡이 나를 버리고 갈 리 있는가? 그대가 잘못 안 것이오."

그러자 장비가 말했다.

"우리가 망해 가니 부귀가 탐이 나서 변심했을지도 모르지요."

"아우도 사람을 함부로 의심해서는 못 쓰는 법이야. 자룡은 결코 마음이 변할 사람이 아닐세."

그러자 미방이 다시 말했다.

"조자룡이 말을 타고 적진을 향하여 달려가는 것을 제 눈으로 분명히 보았습니다."

그러자 장비가 화를 버럭 내며 소리쳤다.

"그런 놈은 그냥 내버려둘 수 없으니 내가 당장 나가 목을 베어 오겠소."

"아닐세. 자룡은 결코 그런 사람이 아니라니까!"

유비가 아무리 만류해도 장비는 듣지 아니하고 이십여 기를 거느리고 적진을 향하여 급히 달려갔다.

거기서 십 리쯤 가면 장판교가 나왔다. 다리 동쪽에는 수목이 무성했다. 장비는 수하의 병사들을 숲속에 숨겨놓고, 말꼬리에 나뭇가지를 비끄러매어 오락가락하게 했다. 일종의 의병술(疑兵術)을 쓴 것이었다. 그러고 나서 장비 자신은 장팔사모를 비껴 잡고 장판교에 오연히 서서 멀리 적진을 바라보았다. 그러나 조자룡은 아무데서도 보이지 않았다.

조자룡은 감 부인과 미 부인을 비롯하여 유비의 아들인 아두를 호위하고 오던 중에 적에게 기습을 당해 그들 일행을 잃어버리고 말았다.

'가족들을 찾지 못한다면 이후에 무슨 낯으로 주공을 뵈올 수 있을까?'

조자룡은 그렇게 생각하며 미친 듯이 유비의 가족을 찾아 헤맸다. 신야에서부터 유비를 따라온 피난민들은 화살에 맞아 쓰러지고, 말발굽에 짓밟혀 죽거나 부상을 당한 모양이었다. 그러나 지금은 그런 것에 연연해 할 형편이 아니었다.

유비의 가족을 잃어버린 것이 다급해 동분서주하며 그들을 찾아 헤매노라니 문득 숲속에 엎드려 피를 흘리며 신음하고 있는 장수 한 사람이 눈에 띄었다. 가까이 달려가 일으켜보니 대장 간옹이었다.

"간옹 장군 아니시오? 나, 조자룡이오. 혹시 두 분 주모를 못 보셨소?"

조자룡의 머릿속에는 그 생각뿐인지라 간옹을 잡아 일으키며 그 말부터 물었다.

"내가 적과 싸우는 중에 두 분 주모께서는 도련님을 품에 안고 수레를 타신 채 달아나셨소."

"그러면 적에게 사로잡히시지 않았을까?"

조자룡은 곧 간옹을 말에 태워 본진으로 돌려보내고, 자기는 다시 적진 속으로 말을 달려 두 주모를 찾아 나섰다.

마침 그때 군사 몇 명이 조자룡을 향해 달려오며 소리쳐 불렀다.

"장군님! 장군님!"

돌아다보니 수레를 몰던 군사들이었다.

"주모님들과 도련님은 어디 가시고 너희들만 남았느냐?"

"두 분께서는 적의 눈을 피하기 위해 수레를 버리시고 맨발로 피난민들 틈에 끼어 남쪽으로 내려가셨습니다."

조자룡은 그 말을 듣기 무섭게 말머리를 남쪽으로 돌렸다. 얼마를 달려가자니 피난민의 행렬이 끝없이 이어지고 있었다.

"여기에 주모님은 계시지 않으십니까? 도련님은 어디 계십니까?"

조자룡이 울부짖으며 피난민들의 행렬 속을 헤매고 있노라니, 별안간 군중 속에서 목을 놓아 울며 조자룡의 말 아래 쓰러지는 여인이 있었다. 감 부인이었다. 조자룡은 말에서 급히 뛰어내려 감 부인을 잡아 일으키며 말했다.

"주모께서 이렇듯이 욕을 보신 것은 모두 제가 잘못했기 때문입니다. 미 부인과 아두 도련님은 어찌 되었습니까?"

"우리 세 사람은 함께 도망을 치다가 도중에서 적을 만나는 바람에 뿔뿔이 흩어져버렸소."

감 부인이 눈물로 탄식하는 중에 또다시 한 떼의 군마가 아우성을 치며 엄습해 왔다.

조자룡이 곧 창을 꼬나 잡고 싸울 태세를 갖추고 보니, 쫓겨 오는 장수는 미축이었고, 쫓아오는 장수는 조인의 부장 순우경이었다.

조자룡은 번개같이 내달아나가 순우경을 한창에 거꾸러뜨리고 미축을 구했다. 그런 다음 감 부인을 말에 태워 난군 속을 뚫고 장판교까지 달려나왔다. 창을 비껴 잡고 다리 위에 서 있던 장비가 조자룡을 보고 소리를 질렀다.

"자룡아, 네 어찌하여 우리 형님을 배반하였느냐?"

조자룡이 말했다.

"나는 주모와 도련님을 찾아 헤매고 있소. 한데 배반이라니 무슨 소리요?"

그 말을 듣고 장비가 별안간 껄껄 웃었다.

"자룡이 배반했다는 소리를 듣고 나는 그대를 죽이려고 나왔소. 지금 간옹의 말을 듣고 나서야 모든 것이 오해였음을 알았소. 하하하."

"주공께서는 지금 어디 계시오?"

"바로 저기 머지않은 곳에 계시오. 두 형수와 아두 조카님의 소식을 모르서서 몹시 걱정스러워하시고 있소."

"그러실 겁니다. 장군께서는 감 부인을 주공에게 모시고 가서 먼저 소식을 알려드리오. 나는 다시 적진 속에 들어가 미 부인과 도련님을 찾아보겠소이다."

조자룡은 그 말 한마디를 남기고 단기필마로 나는 듯이 앞으로 달려나갔다.

얼마를 달려가니 장수 하나가 십여 명의 부하를 거느리고 행군을 하는 것이 보였다. 그 장수는 손에 철창을 잡고, 등에는 칼 한 자루를 메고 있었다. 조자룡은 나는 듯이 덤벼들어 그 장수를 한창에 거꾸러뜨렸다. 그러자 그의 부하들이 개미 떼처럼 사방으로 흩어져버렸다. 그제야 장수의 본색을 알아보니 조조의 총애를 한 몸에 받고 있는 하후은(夏侯恩)이었다.

조자룡이 하후은의 등에서 검을 빼앗아보니, 놀랍게도 천하의 명검으로 알려진 청홍검(靑紅劍)이었다. 본디 조조에게는 두 자루의 보검이 있었으니 하나는 의천검(倚天劍)으로 자신이 직접 차고 다녔다. 또 하나의 보검인 청홍검은 하후은에게 맡겨두었던 것이다.

조자룡은 천하의 명검이 손에 들어온 것을 크게 기뻐하며 다시 말을 달려 적진 깊숙이 들어갔다. 조조의 군사들은 이미 천지를 뒤덮고 있었고, 유비를 따라오던 피난민들은 가엾게도 사방에 시체로 나뒹굴었다.

"주모님! 아두 도련님! 어디 계십니까?"

조자룡은 너무나 안타까운 마음에 정신없이 소리치며 사방으로 찾아 헤매었다. 그때 개천가에 쓰러져 있던 부상자 하나가 머리를 들며 조자룡에게 말했다.

"장군, 저기 보이는 농가에 귀부인 하나가 창에 다리를 찔린 채 아기를 안고 쓰러져 있었소. 아마 그 여인이 현덕 장군의 부인일지도 모르오."

부상자는 말을 마치자 그대로 고개를 떨구며 숨을 거두었다.

조자룡은 농가로 급히 달려가보았다. 과연 미 부인이 아두를 품에 안은 채 농가의 토담 그늘에 쓰러져 있었다. 조자룡은 말에서 뛰어내려 미 부인을 잡아 일으켰다. 미 부인은 조자룡을 보자 눈물을 흘리며 말했다.

"오오, 장군! 이 어린 것을 주공에게 데려다주오."

"어디 도련님뿐이겠습니까? 주모님도 같이 가서야 합니다. 어서 말에 오르십시오. 제가 걸어서라도 모시고 가겠습니다."

"적병이 개미 떼처럼 흩어져 있는데, 말도 타지 않고 어떻게 무사히 가실 수 있겠소. 나는 이미 죽음을 각오한 몸이니 내 걱정은 말고 이 아이를 데리고 돌아가오!"

"아닙니다. 저는 걸어가면서도 능히 적을 막아낼 수 있으니 빨리 말에 오르십시오."

그 말이 미처 끝나기도 전에 미 부인은 아기를 땅에 내려놓더니 가까운 우물 속으로 몸을 던졌다.

"앗!"

조자룡이 소스라치게 놀라 급히 구하려 했으나 때는 이미 늦었다. 미 부인은 우물 속에서 목숨이 끊어져버렸던 것이다.

조자룡은 어쩔 수 없이 잠들어 있는 아두를 갑옷 속에 품어 안고 말에 올랐다. 적병들을 헤치고 본진으로 돌아오려니 저만치서 장수 하나가 달려오며 앞길을 막아섰다. 그는 조홍의 부장 안명(晏明)이었다. 안명이 삼

첨양인도(三尖兩刃刀)를 휘두르며 달려왔다. 조자룡은 번개같이 달려나가며 안명을 한창에 거꾸러뜨렸다.

다시 한참을 달리는 중에 이번에는 대장의 기호(旗號)를 휘날리며 덤벼오는 장수가 있었다. 그 기호에는 장합이라고 쓴 글자가 보였다. 조자룡은 아두를 갑옷 속에 품어 안은 채 곧 장합을 맞아 싸웠다. 서로 어울려 싸우기를 십여 합 만에 조자룡은 가슴에 아두를 안고 있는 까닭에 몸이 자유롭지 못해 급히 쫓겨 달아났다.

장합이 급히 추격해 왔다. 조자룡은 아두의 안전을 위해 급히 도망치다가 길가에 있는 토갱(土坑) 속에 빠져버렸다.

"이거 큰일이로다!"

이제는 꼼짝 못하고 죽을 판이었다. 장합이 창을 꼬나 잡고 덤벼들었다. 그 순간이었다. 별안간 토갱 밑바닥에서부터 붉은 광명이 비쳐 올라오더니 장합의 눈을 시리게 했다. 그 바람에 장합이 눈을 못 뜨고 달아나 버렸다. 그와 동시에 조자룡이 타고 있는 말이 별안간 네 굽을 모았다가 몸을 솟구쳐 토갱에서 뛰어나왔다.

사지에서 벗어난 조자룡이 다시 말을 몰아 도망치는데, 문득 등 뒤로부터 장수들이 급히 쫓아오며 앞뒤를 막아섰다.

"조자룡아! 어디로 도망치느냐!"

앞을 막아선 장수는 초촉과 장남이고, 뒤쫓는 장수는 마연과 장의로 모두들 원소 수하에 있다가 조조에게 항복한 무리들이었다.

조자룡이 정신을 가다듬어 네 장수와 한창 어울려서 싸우는데, 문득 멀리서부터 함성이 일어나며 조조의 군사가 벌 떼처럼 쳐들어왔다. 사세가 위급함을 깨달은 조자룡은 창을 거두고, 등에 메고 있던 청홍검을 뽑아 휘두르며 닥치는 대로 적들을 후려갈겼다. 조자룡이 삽시간에 수많은 적들을 물리치고 앞으로 달려나갔다.

그때 조조는 경산 위에서 전투를 구경하고 있었다. 때마침 조자룡이 필마단기로 수천 군사를 물리치며 무인광야로 달리는 광경을 본 조조가 조홍에게 명했다.

"저 장수의 이름을 알아 오라."

조홍이 급히 달려나가며 이름을 물었다.

"나는 상산 조자룡이다. 그대도 싸우려거든 덤벼보라!"

조자룡이 큰소리로 외쳤다. 조홍이 다시 산상으로 돌아와 이름을 고하니, 조조가 무릎을 치며 감탄했다.

"과연 소문에 듣던 대로 조자룡은 천하의 호장(虎將)이로다. 저런 장수를 수하에 거느려보면 죽어도 여한이 없겠다. 지금 기어이 사로잡아야 하겠으니 조자룡을 활로 쏘지 말고 꼭 사로잡아 오라!"

수십 기의 급사들이 진지마다 급파되어 조자룡을 죽이지 말고 사로잡아 오라는 조조의 명령을 전했다.

조자룡은 그런 줄도 모르고 아두를 가슴에 품은 채 가는 곳마다 에워싸는 적을 뚫고 앞으로 달려나갔다. 얼마를 가다보니 적군이 또다시 앞을 가로막았다. 적의 두목은 하후돈이 부장 종진(鍾縉), 종신(鍾紳) 형제였다. 형 종진은 대부(大斧)의 명수요, 아우 종신은 방천극(方天戟)을 잘 쓰기로 유명한 무사였다.

"조자룡은 속히 말을 내려 항복하라!"

종진과 종신이 앞뒤에서 호응하며 소리쳤다.

마침 그때, 대장 장요와 허저가 조자룡을 사로잡으려고 많은 군사를 거느리고 급히 달려와 사방으로 에워쌌다. 조자룡은 죽기를 각오하고 싸워 겨우 적을 뚫고 장판교를 향하여 내달렸다. 적들의 추격은 여전히 맹렬했다. 장판교 위는 장비 혼자만이 버티고 서 있었다.

"장비는 급히 나를 구해 주오!"

조자룡이 멀리서부터 달려오며 장비에게 고함을 질렀다. 장비가 비호같이 달려 나오며 응했다.

"자룡은 급히 내 뒤로 물러나시오. 추병은 내가 막아 치우리다!"

조자룡은 숨을 헐떡이며 장판교를 건너 본진으로 내달렸다. 본진까지 무사히 도착한 조자룡은 그대로 쓰러져버렸다. 물론 몸에서는 피가 여기 저기에서 흘러내렸다.

"오, 조자룡 아닌가? 어찌하여 돌아오기가 이처럼 늦었는고?"

유비는 조자룡을 보자 손을 와락 붙잡으며 다급하게 물었다.

"주공, 소장을 용서하십시오. 아두 도련님은 지금 제 품안에 계십니다."

"뭐, 내 아들이 살아 있다고?"

"지금 제 품안에서 잠을 자고 계십니다. 그러나 미 부인께서는 아두 도련님을 살리기 위해 장렬히 최후를 마치셨습니다. 모든 일은 제가 불민한 탓이었습니다."

조자룡이 눈물을 지으며 갑옷을 풀어헤치니, 아두는 아직도 세상 모르고 잠들어 있었다.

"오, 아두가 무사하였구나. 그러나 이 아이 때문에 조 장군을 잃을 뻔했으니 하마터면 큰일 날 뻔했구려!"

유비는 아두가 살아온 것보다도 조자룡이 무사한 것을 더욱 기뻐했다. 조자룡은 너무나 감격스러워 눈물을 지으며 중얼거렸다.

"제가 간뇌도지(肝腦塗地)하더라도 주공의 은혜를 갚을 수 없을 것입니다."

강동에 이는 풍운

조자룡이 장판교 쪽으로 달아나자 조조 휘하의 모든 장수들이 그리로 몰려들었다. 조인, 이전, 하후돈, 악진, 장요, 허저 같은 맹장들이 장판교에 도달해 보니 조자룡은 보이지 아니하고 얼굴이 험상궂게 생긴 자북수염의 장수 하나가 장팔사모를 들고 다리목에 턱 버티고 서 있었다.

"저자가 바로 장비인가 보구나!"

이름난 장수들도 장비를 보자 무심중에 발을 멈추며 겁을 집어먹었다.

장비는 말없이 버티고 서서 이쪽을 노려보기만 했다. 눈은 고리눈이요, 수염은 좌우로 뻗쳐올라 보기만 해도 인상이 무서웠다. 장수들은 그 자리에 멈춰 서서 곧 조조에게 고하였다.

조조가 장판교까지 급히 달려 나왔다. 조조의 뒤에는 수천 군사가 기치를 휘두르며 진군해 오고 있었다. 장비는 그때까지도 다리목에 버티고 서서 조조를 바라보며 큰소리로 외쳤다.

"나는 연인 장비다. 너는 조조가 아니냐? 감히 용기가 있거든 나와 더불어 승부를 겨루자!"

장비의 목소리는 뇌성벽력처럼 천지를 뒤흔들었다. 모든 군사들이 부지불식간에 장비의 목소리에 공포감을 느끼는 듯했다.

여러 장수들은 조조가 욕을 보자 제각기 달려나가 싸우려 했다. 그러나 조조가 그들을 억제하며 말했다.

"관운장이 내게 천하의 명장이라고 칭찬했던 장비가 바로 저자로구려. 저자가 한번 노하면 백만대군 속에 뛰어들어 대장의 머리를 베어 오는 것이 주머니 속에서 물건을 꺼낼 때처럼 쉽다고 했소. 그대들도 장비의 이름은 들어서 알고 있을 것이오."

그러자 하후걸(夏侯傑)이라는 젊은 장수가 나서며 말했다.

"승상, 저자를 그처럼 두려워하는 이유가 무엇입니까? 제가 나가 저자의 머리를 취해 오겠습니다."

말을 끝내기 무섭게 하후걸이 장판교에 서 있는 장비에게로 달려갔다. 장비가 그 자리에 버티고 선 채 소리쳤다.

"이 쥐새끼 같은 놈아! 네가 나에게 어쩌자는 것이냐!"

그 소리가 어찌나 요란스럽던지 하후걸이 그대로 말에서 떨어져버렸다. 그 광경을 본 모든 군사들이 공포에 떨었다.

조조는 장비가 그처럼 호담하게 나오는 것을 보자 그의 배후에는 반드시 대군이 있으리라 짐작했다. 그리고 그것은 제갈공명의 계략이리라 생각되어 별안간 병사들에게 후퇴 명령을 내렸다.

정세가 그쯤 되고 보니, 조조의 군사는 사기가 완전히 꺾여 제각기 앞을 다투어 달아났다.

"승상, 장비 한 사람이 무엇이 두려워 군사를 거두십니까?"

장요가 조조를 보고 물었다.

조조가 대답했다.

"내가 두려워하는 것은 장비 한 사람이 아니오. 다리 저편 숲속에 수많은 군사가 내왕하고 있는 것을 내 눈으로 분명히 보았소. 공명이 필시 그 숲속에서 계략을 꾸미고 있을 것이오."

한편 장비는 조조의 군사가 후퇴해 버리자 장판교를 헐어버리고 본진으로 돌아왔다.

조조는 장비가 다리를 헐어버렸다는 소리를 듣고는 크게 뉘우쳤다.

"아, 다리를 헐어버릴 정도라면 대단한 군사가 아니었구나! 그렇다면 이제라도 다리를 세 개쯤 놓아 적의 뒤를 추격하도록 하라!"

유비도 장비가 다리를 헐어버렸다는 소리를 듣고 탄식을 마지않았다.

"아우가 용맹은 출중해도 꾀가 부족하구나. 조조가 다리를 끊은 것을 알면 우리를 업신여겨 반드시 대군을 이끌고 다시 추격해 올 것이다."

유비는 그렇게 탄식하면서 수하 장병들을 재촉하여 한진(漢津)을 향해 면양로(沔陽路)를 달려갔다. 유비 일행이 한진에 다다랐을 무렵, 뒤에서 적의 대군이 구름 같은 티끌을 일으키며 쳐들어왔다.

"이거 큰일 났구나. 앞에는 장강이요, 뒤에는 추병이니 이를 어찌했으면 좋겠는가?"

유비는 조자룡을 불러 적과 싸울 태세를 급히 갖추라 일렀다.

한편 조조는 수만 군사를 친히 몰고 한진을 향해 휘몰려왔다.

"이 기회에 현덕을 쳐부수지 못하면 호랑이를 산에 놓아주는 것과 다름없는 결과가 될 것입니다."

순욱이 조조에게 그렇게 조언했다.

조조의 군사들과 마주친 유비는 도처에서 참패를 거듭했다. 이제는 모든 군사들과 함께 강물에 뛰어들어 자결을 하는 수밖에 없다고 생각하는 그때 천만다행하게도 관우가 응원병을 이끌고 나타났다.

강하에서 유기에게 일만 군사를 빌린 관우가 이제야 한진에 도착한 것이다. 유비는 관우와 함께 조그만 범선을 타고 강을 건넜다. 관우는 그 배 위에서 미 부인이 죽었다는 소리를 듣고 크게 비탄의 눈물을 흘리며 말했다.

"그 옛날 허전(許田)에서 사슴 사냥을 나갔을 때, 제 말대로 조조를 죽여버렸으면 오늘날 이런 곤경을 당하지 않았을 게 아닙니까?"

그 말을 들은 유비가 의를 내세워 대답했다.

"나는 그때 천자께 누가 미칠까 두려워 아우의 행동을 말린 것일세."

유비가 강을 건너가는 중에 홀연 남쪽 언덕에서 전고(戰鼓)가 크게 울리며 무수한 적선이 순풍에 돛을 달고 이편으로 몰려왔다.

"저것은 적의 수군이 아닌가?"

유비는 깜짝 놀랐다. 그러나 앞장선 뱃머리에 하얀 전포를 입고 앉아 이편을 향해 손을 흔들어 보이는 사람은 천만 뜻밖에도 유표의 장남 유기였다.

유비가 크게 기뻐하며 유기를 자신이 탄 배로 반가이 맞아 올렸다. 유기도 크게 기뻐하며 말했다.

"숙부님이 조조에게 핍박받고 있다는 소식을 듣고 제가 강하의 군사를 모두 이끌고 왔습니다."

"오, 그대의 도움으로 이제야 내가 살게 되었구려!"

유비가 감격의 눈물을 흘리고 있을 때 서남 편에서 또다시 난데없는 전선이 나타났다. 적인가 싶어 자세히 보니 뱃전에 서 있는 사람은 윤건 도복(綸巾道服)을 입은 제갈공명이 틀림없었다.

유비가 황망히 공명을 자기 배로 청해 들이며 물었다.

"대체 어디서 오시는 길이오?"

"주공께서 암만해도 이리로 오실 것 같기에, 제가 강하에 남아 있는 군사를 모아 오는 길입니다."

위급지세에 응원군을 만나기는 매우 어려운 법이건만, 관우와 유기가 필요한 때 나타난 것은 모두 공명의 지시가 적절했기 때문이었다.

유비는 크게 기뻐하며 앞으로 조조를 깨뜨릴 계책을 물었다.

공명이 대답했다.

"하구(夏口)는 성이 험하고 전량이 풍부하여 능히 오래 머무를 만한 곳입니다. 당분간 주공께서는 하구에 머무르시고, 유기는 강하로 돌아가 성을 지키면서 군사를 정리하여 우리와 호응하면 조조를 능히 막아낼 수 있을 것입니다."

그러자 유기가 말했다.

"하구는 다른 분에게 지키게 하고, 숙부님은 저와 함께 강하로 가서서 군사를 정비하시는 것이 어떻겠습니까?"

그것도 좋은 방법이어서 관우에게 군사 오천을 주어 하구를 지키게 하고, 유비는 공명과 함께 유기의 본거지인 강하로 가기로 했다.

한편 조조는 장비와의 전투를 피하고 강릉을 먼저 점령하려고 수군을 그쪽으로 돌렸다. 조조가 강릉을 점령하고 나니 형주를 지키고 있던 치중(治中) 등의(鄧義)와 별가(別駕) 유선(劉先)이 이미 양양의 소식을 들은 바 있는지라 자진하여 성문을 열어놓고 조조에게 항복했다.

조조는 형주를 점령하고 나자 이제는 강동에 있는 손권을 쳐부술 계획을 세웠다. 그래야 천하를 통일할 수 있기 때문이었다.

순유가 아뢰었다.

"손권에게 글을 보내어 현덕을 쳐부수게 하십시오. 만일 그 말을 듣지 않으면 손권을 실력으로 쳐부숴야 합니다."

조조는 그 말대로 손권에게 글월을 보내는 동시에, 팔십여 만의 수륙 양군을 강동과의 경계선에 널리 배치시켰다. 손권이 말을 듣지 않으면 실력 행사를 하겠다는 무언의 협박이었다.

그때 손권은 조조가 형주를 취하고 머지않아 강동까지 침공해 오리라 믿고 있어 시상성(柴桑城)에 둔을 친 채 대책에 부심하고 있었다.

오나라의 대현(大賢) 노숙이 손권을 보고 말했다.

"유표가 세상을 떠난 지 오래지 않으니 제가 조상(弔喪)의 명목으로 강하에 가서 정세를 한번 알아보고 오겠습니다. 유비가 우리와 힘을 합해 조조에게 대항할 뜻이 있는지도 살펴보겠습니다. 유비의 힘을 빌릴 수만 있다면 조조도 크게 두려워할 필요는 없을 것입니다."

손권은 그 말에 따라 곧 예물을 갖춰 노숙을 강하에 파견했다.

그 무렵 제갈공명은 강하의 성중에서 유비와 더불어 날마다 천하대사를 논의하고 있었다. 공명의 주장은 언제나 이러했다.

"지금 천하대세를 보았을 때 중원은 삼국(三國)으로 정립할 수밖에 없는 형편입니다. 그리고 그것이 가장 이상적이기도 합니다. 우리 입장에서 보자면 멀리 있는 손권과 가까이 있는 조조가 싸워 양자의 힘이 동시에 약화되는 어중취리(於中取利)를 하면 좋을 것입니다."

"조조와 손권이 그래 준다면 우리에게 분명 이로울 테지만 저들이 과연 우리 희망대로 싸워줄지 의문이구려."

유비는 고개를 끄덕이면서도 회의를 품지 않을 수 없었다. 그러나 공명은 자신만만했다.

"두고 보십시오. 머지않아 손권이 사자를 보내올 것입니다. 그때에 제가 사자를 따라가 손권이 조조와 싸우도록 계책을 꾸며보겠습니다. 손권이 조조와 싸워 이기거든 우리도 조조를 함께 무찔러 형주를 취하고, 만약 조조가 이기거든 때를 타서 강남을 취하면 그뿐입니다."

마침 그때 강동의 손권이 노숙을 보내왔다는 소식이 날아들었다. 유비는 깜짝 놀라며 공명을 바라보았다. 공명이 웃으며 말했다.

"모든 계획이 우리 뜻대로 되어가고 있습니다."

그러고 나서 유기를 돌아다보며 물었다.

"손권이 문상차 사람을 보내왔다는데, 전에 손책이 세상을 떠났을 때 양양에서 문상사(問喪使)를 보냈소?"

"선친은 강동의 손권과는 원수지간이었으니 경조지례(慶弔之禮)를 통했을 까닭이 없습니다."

공명은 알았다는 듯이 고개를 끄덕이며 유비에게 말했다.

"손권이 노숙을 보내온 것은 문상을 핑계삼아 군정을 살피려는 데 목적이 있습니다. 노숙이 조조의 군정을 묻거든 아무 말씀도 하지 마십시오. 그래도 여러 차례 물어보거든 저를 만나게 해주십시오."

공명은 그 말을 남기고 자리를 피했다. 유비는 유기와 함께 노숙을 만났다. 노숙이 그 자리에서 유비에게 말했다.

"황숙의 대명을 들은 지 이미 오래되나 이렇듯 친히 만나 뵙게 되어 진심으로 기쁩니다."

"원로에 오시느라 수고가 많았소."

"황숙께서는 근자에 조조와 회전(會戰)하셔서 저들의 실력을 잘 아실 것입니다. 조조의 군사가 지금 어느 정도나 됩니까?"

노숙이 지나가는 말처럼 물었다. 유비는 공명이 일러준 대로 대답을 회피했다.

"우리 군사가 원체 적고 장수도 몇 명 되지 않아 조조가 온다고 하면 쫓겨 달아났기 때문에 적의 실력을 잘 알지 못하오."

"그래도 소문에 듣자 하니 황숙께서는 화공법을 쓰셔서 조조를 크게 격파했다고 하시던데요?"

"공명이 계책을 내어 그리 된 것이오. 조조의 군세를 기어이 알고 싶으면 공명을 한번 만나보오."

"그러잖아도 저 역시 공명 선생을 한번 만나보고 싶었습니다."

"지금 곧 청해 오리다."

유비는 곧 공명을 불러들였다.

노숙이 예의를 갖춰 공명에게 말했다.

"일찍부터 선생의 재덕을 앙모해 마지않았습니다. 초면에 너무 당돌한 질문이오나 지금 천하대세는 어찌 되어가고 있다고 보십니까?"

공명이 서슴지않고 대답했다.

"조조의 간계는 대략 짐작하고 있고, 대비책 또한 없지 않으나 현재 우리의 힘이 너무 부족해 이처럼 잠시 몸을 피해 가며 때를 기다리고 있소이다."

노숙이 다시 물었다.

"그러면 황숙께서는 이곳에 언제까지 머물러 계실 생각이십니까?"

그러자 공명이 얼른 대답을 가로막았다.

"아니지요. 사군께서 강동의 손 장군과 힘을 합하면 조조를 치는 것은 문제없을 텐데 노숙 공께서는 그 점을 어찌 생각하오?"

"글쎄올시다. 그것은 매우 중대한 문제올시다."

"자긍은 아니지만 강동의 손 장군도 우리와 손을 잡지 않으면 조조의 공격을 당해 내기가 쉽지 않을 것이오. 우리가 생사의 안전을 도모해 조조와 손을 잡는다면 강동의 손 장군은 큰 위험에 직면하게 될 것이오."

그 말은 정중하게 노숙을 협박하는 뜻이 포함되어 있었다. 노숙은 속으로 은근히 겁을 집어먹었다. 형편에 따라서는 유비와 조조가 제휴할 가능성이 전혀 없지 않아 보였기 때문이다.

노숙은 옷깃을 바로잡으면서 말했다.

"나는 강동의 신하일 뿐이니 책임 있는 답변을 드리기는 어렵습니다. 그러나 귀국과의 교섭 여하에 따라 우리 주군께서도 공명 선생의 말씀에 반대하지는 않을 것이오."

"그럼 한번 교섭해 볼 가치가 있다는 말씀인가요?"

"물론입니다. 공명 선생께서 친히 와주시면 더욱 좋겠습니다."

"제가 강동으로 갈까요?"

"공명 선생의 백씨께서도 강동의 신하로 있는데 주공의 신임이 두터우십니다. 선생께서 강동에 와주신다면 주공은 반드시 기뻐하실 것입니다. 오래간만에 백씨도 만나보실 겸 저와 함께 가시면 어떻겠습니까?"

옆에서 듣고 있던 유비는 불현듯 불안해졌다. 노숙이 궤계(詭計)로 공명을 납치해 가려는 것이 아닌가 싶었기 때문이다. 만약 공명을 빼앗기는 날이면 물을 잃은 물고기 신세와 다를 바 없을 터였다.

유비는 낯빛조차 창백해지며 노숙을 보고 단호히 말했다.

"공명 선생은 나의 스승이오. 내게서 잠시도 떨어질 수 없는 사람이니 멀리 강동 땅까지 보낼 수 없소!"

그러자 노숙이 적이 실망하면서 애원하듯 말했다.

"천하대세가 위급지세이니 공명이 잠시 우리 주공을 만나고 돌아오게 해주십시오. 황숙께도 이로움이 많은 일일 것입니다."

공명 역시 유비를 설득했다.

"제가 신념을 가지고 다녀올 터이니, 아무런 염려 마시고 승낙해 주십시오."

이에 유비는 마지못해 공명이 노숙과 함께 떠나도록 허락했다.

장강 수천 리 길을 노숙과 함께 떠나가는 공명이 장차 손권을 어떻게 설복해 유비에게 무슨 이득을 가져올 것인지는 아무도 예측할 수 없는 일이었다.

그런 점에서 보자면 당시 중국의 천하대세는 오직 공명의 계략에 의해 결정된다고도 볼 수 있었다.

불 뿜는 설전

노숙은 제갈공명과 함께 배를 타고 장강 천 리의 귀로에 올랐다. 가도 가도 파도만이 넘실거리는 끝없는 뱃길이었다.

노숙은 공명이 종자 한 명도 거느리지 않고 단신으로 나선 것을 보고 그의 비장한 결심을 능히 짐작할 수 있었다.

노숙이 공명을 보고 말했다.

"공명 선생은 우리 주공을 만나시더라도 조조에게 군사가 많다는 말씀은 하지 마십시오."

"노숙 공이 부탁하지 않아도 대강 짐작하고 있었소이다."

여러 날이 걸려 배가 시상성에 도착하자 노숙은 공명을 역관에 머무르게 하고 손권을 먼저 만났다. 때마침 문무백관들을 한자리에 모아놓고 큰일을 의논 중이던 손권은 노숙이 돌아왔다는 소리를 듣고 곧 회의장으로 불러들였다.

"원로에 다녀오시느라 수고하셨소. 그래, 현덕의 군세가 어떠합디까?"

"대략 짐작은 했습니다만 서서히 말씀드리겠습니다."

손권은 그 이상 캐어묻지 아니하고, 노숙에게 한 장의 격문을 내보였다. 노숙이 읽어보니 손권이 항복하지 않으면 백만 대군을 동원해 강동 정벌에 나서겠다는 조조의 최후통첩이었다. 아침부터 그 일 때문에 회의가 열리고 있었던 것이다.

격문을 읽어보고 난 노숙이 손권에게 물었다.

"이 사안에 대한 여러분들의 의견은 어떠합니까?"

"아직 최후 결정은 내리지 않았지만 싸우지 말고 화의하자는 의견이 지배적이오."

그때 중신 장소가 목소리를 가다듬어 말했다.

"조조가 천자의 이름으로 백만 대군을 동원하고 있으니 거역하는 것은 불순입니다. 차라리 조조와 강화를 맺어 강동 여섯 군(郡)의 번영을 도모해 나가면서 후일을 기약하는 것이 상책이 아닐까 합니다."

다른 모사들도 모두들 장소의 의견에 찬성하는 빛을 보였다.

손권은 고개를 숙인 채 아무 말이 없다가 문득 자리에서 일어서 별실로 들어갔다. 노숙이 얼른 그의 뒤를 따라갔다.

"노숙 공, 이 문제를 어찌했으면 좋겠소?"

손권이 한숨을 쉬며 묻는 말에 노숙이 엄숙히 대답했다.

"조조와 화의하자는 것은 모두 자신의 안락과 영화만을 도모하는 것이지 주공을 위한 의견은 아닙니다. 주공께서는 결단코 조조에게 항복해서는 안 됩니다. 한번 항복하면 천하의 패업은 영영 소망이 없어지고 마는 것입니다."

그러자 손권이 노숙의 손을 감격스럽게 붙잡으며 말했다.

"내가 듣고 싶던 말이오. 하지만 조조가 백만 대군과 수천 척의 전선을 동원해 우리를 공격해 오면 무엇으로 막아낼 수 있겠소."

"마침 제가 제갈근의 아우 제갈량을 데리고 왔으니, 그 문제는 그와 함께 의논해 보십시오."

"와룡 선생이 와 계시다고요? 그러면 내일 아침에 그 분을 만나게 해 주시오."

다음날 아침, 손권은 장소, 고옹 등의 중신들을 일당에 미리 모아놓았다.

공명은 손권을 만나기 전에 그들을 먼저 만났다. 수인사가 끝나자 장소가 공명을 보고 말했다.

"유 예주는 선생을 세 번씩이나 찾아가 세상에 나오시게 했다는데, 그 후에 형양(荊襄)도 얻지 못하고 조조에게 쫓겨 다니신다니 대체 어찌 된 일입니까?"

장소는 손권 진영의 최고 모사였다. 장소를 설복하지 못하면 안 되겠기에 공명은 조용히 입을 열어 말했다.

"유 예주께서 형주를 빼앗는 것은 손바닥을 뒤집는 것보다도 쉬운 일이었소이다. 그렇지만 우리 주공께서는 세상을 떠나신 유표 장군과 같은 종친인 관계로 남의 불행을 틈타 영지를 빼앗는 짓을 하지 않은 겁니다. 우리 주군께서는 그처럼 인자하신 어른이십니다."

"만약 그렇다면 선생의 언행은 불일치하는 것이 아닙니까? 선생은 스스로 춘추시대의 관중이나 악의(樂毅)와 견주고 계시다 하는데, 옛날의 영웅들은 천하 만민의 해를 구제하는 데 있었지, 소의(小義)와 사정(私情)을 위해 대의를 그르치는 일은 하지 않았습니다. 그런데 선생께서는 사정 때문에 조조에게 쫓겨 다니신다니 그것은 근본을 모르는 소치가 아닙니까?"

공명은 그 소리를 듣고 나서 소리 내어 웃었다.

"하하하, 장군의 눈에 그렇게 보이는 것도 무리는 아닙니다. 대붕(大

鵬)의 큰 뜻을 어찌 잔 새들이 알 수 있겠소. 옛글에 선인(善人)이 나라를 다스리려면 적어도 백 년을 기해야 한다는 말이 있소이다. 병이 중한 사람에게는 먼저 죽을 먹여가면서 부드러운 약을 줘야 하는 법이오. 먼저 몸을 곧추세워놓고 나서 좋은 약을 써야만 병의 뿌리가 뽑히는 법입니다. 천하대사도 그와 다를 바 없소이다. 천하는 지금 중환자처럼 병이 들었고, 모든 백성들은 빈사 상태에서 허덕이고 있는 중이오. 병든 천하를 고치는 데 어찌 조급하게 극약을 쓸 수 있으리오. 그런데 유 예주는 여남전(汝南戰)에서 패하고 신야전(新野戰)에서도 패하여 군사도 미처 정비하지 못했소. 그것으로 조조의 백만 대군과 대항하는 것은 스스로 모험을 하는 것과 무엇이 다르겠소? 그러나 우리는 비록 퇴각할지언정 백하(白河)의 격전에서도 하후돈, 조인의 무리를 강물 속으로 몰아넣었고, 박망대전(博望大戰)에서는 조조의 주력 부대도 여지없이 무찔렀던 것이오. 당양(當陽)의 광야에서 우리가 처참하게 패한 것은 사실이지만, 그것은 주공을 따르는 십만의 선민(善民)을 구하기 위한 것이었으니, 비록 패전했지만 자랑할 만한 일이었소. 그 옛날 초의 항우는 싸울 때마다 승리했고, 한고조는 싸울 때마다 패했소. 명장 한신은 이겨본 적이 없는 장군이었으나 최후의 승리는 그에게 있었소. 그것이 바로 원모대계(遠謀大計)라는 것이오. 그것을 모르고 국부적인 승리에 도취되어 일희일비(一喜一悲)한다면 어찌 사직의 백년지계(百年之計)를 더불어 논할 수 있겠소이까?'

공명의 태도는 정정당당하고, 그의 음성은 구슬을 굴리는 듯이 낭랑했다. 장소는 응답을 하지 못했다. 그러자 좌중에서 갑자기 한 사람이 소리를 높여 물었다.

"단도직입적으로 묻는 것을 용서하십시오. 지금 조조는 백만 대군과 천 명의 장수로 강하(江夏)를 한입에 삼키려 하는데, 선생의 대책은 무엇입니까?'

큰소리로 묻는 장수는 우번(虞翻)이었다.

공명이 조용히 대답했다.

"조조가 원소의 군사를 모으고 유표의 군사를 합쳤으니 오합지졸이 수백만인들 무엇이 두렵겠소?"

우번은 그 말을 듣고 코웃음을 쳤다.

"군사는 당양에서 패하고, 계교는 하구에서 졌으면서 아직도 두렵지 않다고 큰소리만 치시오?"

"유 예주를 따르는 군사는 비록 수는 적어도 모두가 인의(仁義)의 군사들이오. 우리가 어찌 조조의 잔포(殘暴)한 백만 대군을 당해 낼 수 있겠소. 우리가 잠시 물러나 하구를 지키고 있는 것은 때가 오기를 기다리고자 하는 것이오. 그러나 강동은 강한 군사도 있고, 양식도 넉넉하고, 장강이 험준하여 지리적 조건이 유리한데도 주인더러 조조에게 무릎을 꿇으라 권하고 있으니, 그야말로 천하의 치소를 살 일이라 하겠소. 거기에 비하면 유 예주야말로 조조를 두려워하지 않는 분이 분명할 것이오."

우번이 얼굴을 붉히며 대답을 못하니, 이번에는 보즐이라는 사람이 질문의 화살을 던졌다.

"공명은 옛날의 소진(蘇秦)과 장의(張儀)를 본떠서 우리를 설복하러 오신 게 아니오?"

"공은 소진과 장의가 변설에 능한 것만 알았지, 그들이 진정한 호걸이었던 것은 모르시는구려. 소진은 몸에 육국(六國) 상인(相印)을 가졌고, 장의도 두 번이나 진나라의 정승이 되었으니 그들은 모두 나라를 바로잡으려는 애국지사들이었소. 그들은 강한 것을 겁내거나 약한 것을 업신여기지 않았을 뿐만 아니라, 무력을 두려워하는 일도 없었소. 그런데 제군은 조조의 무력이 두려워 항복을 권하면서 무슨 면목으로 소진과 장의를 비웃는 것이오?"

보즐이 얼굴을 붉히며 입을 다물었다. 그러자 이번에는 설종(薛綜)이라는 사람이 나서며 물었다.

"공명은 조조를 어떤 인물로 보시오?"

"조조는 한실의 적신(賊臣)인데 새삼 물을 일이 무엇이오?"

"그것은 잘못 보신 것이오. 한나라는 이제 운수가 다했고, 조조는 천하의 삼분의 이를 점유했을 뿐만 아니라 인심도 그에게 돌았소. 유 예주는 그런 천운을 모르고 함부로 덤비는 게 아니오?"

그러자 공명은 목소리를 가다듬어 꾸짖었다.

"공은 어찌 부모도 모르고 인군도 모르는 말을 함부로 하오? 공은 한나라의 신하가 아니오? 신하된 사람이 반역을 저지를 때에는 죽음으로 멸적(滅賊)시켜야 하거늘, 공은 조조의 찬역(簒逆)을 하늘의 뜻으로 돌리니 그런 불충이 어디 있단 말이오? 공은 만약 주공인 손권 장군이 쇠운을 만나면 그것도 천운으로 돌리고 돌아서겠단 말이오?"

설종이 얼굴을 붉히며 대답을 못했다. 그러자 이번에는 육적(陸績)이라는 사람이 물었다.

"조조가 비록 천자를 업신여긴다 하지만, 그는 개국 초기 상국(相國) 조참(曹參)의 후예요. 그런데 유 예주는 중산정왕(中山靖王)의 후손이라 자칭하나 자리를 짜고 짚신을 삼던 천부에 불과하오. 그렇다면 우리는 누구를 내세워야 하겠소?"

공명이 웃으면서 대답했다.

"공은 원술의 그늘에 있던 육랑(陸郎)이구려? 거기 앉아 내 말 좀 들으오. 그 옛날 주(周)나라의 문왕(文王)은 천하를 삼분의 이나 점유하고 있으면서도 은(殷)나라를 여전히 섬겼기 때문에 공자는 그 덕을 높이 칭찬했던 것이오. 조조는 오늘날 권세를 잡았다고 해서 천자를 업신여기니 가문이 아무리 훌륭하기로 반역이 아니고 무엇이오. 공은 유 예주가 자리를 짜고 짚신을 삼던 것을 매우 경멸하는 모양이지만, 고조께서도 정장(亭長)으로 몸을 일으켰으니, 그것이 무엇이 욕된 일이오? 세상을 그런 눈으로 관찰하는 것은 너무도 어리석은 소견이오."

육적이 무색하게 뒤로 물러나니, 이번에는 엄준(嚴畯)이라는 사람이 비웃는 어조로 물었다.

"공명의 궤변은 천하일품이구려. 공명은 대체 무슨 경전을 읽었기에 궤변이 그렇게도 능하오?"

공명이 다시 대답했다.

"글줄이나 읽고 글귀나 따지는 썩은 선비가 어찌 나라를 일으킬 수 있겠소? 한나라를 일으킨 장량(張良), 진평(陳平)이 경전에 정통하다는 말은 아직 듣지 못했소. 나는 구차스럽게 책을 끼고 다니며 귀중한 시간을 헛되이 보낸 일은 없소."

이번에는 정병(程秉)이라는 사람이 반박해 왔다.

"학문이 나라를 다스리는 데 무용지물이라면 선비들이 웃을 일이오."

공명이 웃으며 대답했다.

"너무 속단하지 마시오. 선비 중에도 군자가 있고 소인이 있소. 군자지유(君子之儒)는 충군애국(忠君愛國)하고, 수정오사(守正惡邪)하여 세상에 덕을 베풀어 이름을 후세에 남기오. 그러나 소인지유(小人之儒)는 교문영설(巧文令說)로 세상을 혼란하게만 할 뿐이오."

좌중이 모두 무색해진 채 다시는 질문을 못했다.

이때, 문밖에서 인기척이 나더니, 사람이 하나 들어왔다. 그는 만좌를 돌아보며 큰소리로 말했다.

"공명은 당대의 기재인데 군들은 어려운 이야기로 괴롭히기를 일삼으니, 이는 손님을 대하는 예가 아니오. 지금 조조의 군사가 밖에 이르렀는데, 적을 물리칠 계책은 생각지 않고 무슨 부질없는 입씨름들이오?"

눈을 들어 바라보니, 그는 강동의 양재(糧財)를 맡아보는 황개(黃蓋)라는 장수였다. 황개는 다시 공명을 돌아보며 말했다.

"선생께서는 어찌 이런 사람들을 상대로 변론을 펴십니까? 지금 안에서 주공이 선생을 기다리고 계십니다. 어서 들어가십시오."

공명이 노숙의 안내를 받으며 황개와 함께 안으로 들어가니 제갈근이 문밖으로 나오며 말했다.

"네가 강동에 왔으면서 어찌 나를 찾지 않느냐?"

제갈근은 손권의 최고 모사로, 공명의 친형이었다.

"제가 유 예주의 명을 받들고 왔기에 먼저 손 장군을 뵙고 나서 형님을 찾을 생각이었습니다."

"그러면 우리 주군을 뵌 뒤에 내게로 오너라."

말을 마치자 그는 곧 표연히 사라져버렸다.

공명이 노숙을 따라 당상에 오르려 하니, 손권은 몸소 층계까지 내려와 융숭히 맞았다.

공명은 유비의 친필을 전하고 나서, 손권의 얼굴을 가만히 엿보았다. 손권은 눈이 푸르고 수염이 자줏빛인 것이 범상한 인물이 아니었다.

'이 사람은 상모(相貌)가 비상하고 감정이 격하여, 격동을 시켜야만 움직일 수 있겠구나!'

공명은 차를 마시며, 속으로 그렇게 관찰했다.

손권이 공명을 보고 말했다.

"선생의 말씀은 오래 전부터 들었소이다. 오늘 이렇게 만나 뵙게 되니 좋은 말씀을 많이 들려주시기 바라오."

"제가 배운 것은 없지만 물으시는 대로 대답은 하겠습니다."

"선생께서 유 예주를 도와 신야에서 조조를 맞아 싸우셨다고 들었소. 조조의 전력을 어떻게 보시오?"

"유 예주는 군사도 수천 명에 불과하고 장수도 많지 못한 데다가 신야라는 곳이 수비하기에는 불리한 곳이어서 참패를 당했습니다."

"조조의 병력은 얼마나 됩디까?"

"백만 명가량 돼 보였습니다."

"그것은 실상 떠드는 소리에 불과하고, 그보다는 훨씬 적은 것 아니오?"

"아마 그것은 틀림없는 숫자일 것입니다. 연주를 공취하고 청주군 이십만을 얻었으며, 원소를 패망시켰을 때 오륙십만을 얻었습니다. 그 뒤에 중원에서 새로 모집한 군사가 삼사십만은 될 것이고, 최근에도 형주와 양주군 이삼십만을 통합했기 때문에 실상인즉 일백오륙십만이 넘을 것입니다. 강동의 인사들이 너무들 놀라실까봐 저는 일부러 숫자를 줄여 말한 것입니다."

노숙은 그 소리를 듣고 낯빛이 표변했다. 노숙이 몇 번이고 눈짓을 했으나 공명은 본 체도 하지 않았다.

손권이 다시 물었다.

"조조 수하에 장수는 얼마나 됩디까?"

"양장(良將), 지장(智將) 모두 합하면 이삼천 명은 될 것입니다."

"조조가 이미 형초(荊楚) 일대를 평정했으니 이제는 어디를 도모하리라고 생각하시오?"

"이제 남은 것은 강동 이외에 또 어디가 있겠습니까?"

"그러면 싸우느냐, 강화를 하느냐, 어느 편을 택하는 것이 바람직하리라 생각하시오? 나를 위해 좋은 경륜을 들려주기 바라오."

"제가 한 말씀 여쭐 것이 있으나 장군께서 들어주실지 크게 의문입니다."

"어쨌든 고론(高論)을 들려주기 바라오."

"그럼 기탄없이 말씀드리겠습니다. 향자에 세상이 크게 어지러워졌을 때, 손 장군은 강동에 군사를 일으키시고, 유 예주는 한남(漢南)을 다스리시어 조조와 천하를 다투었습니다. 그런데 조조가 그 후 여러 제후들을 쳐서 평정하고, 근자에는 형주까지 점령하여 그 위력을 천하에 떨치고 있습니다. 비록 조조에게 대적할 영웅이 있다 한들 현재로서는 발붙일 땅이 없습니다. 유 예주께서 지금 강하에 머무르고 계신 것은 그 때문입니다. 만약 장군께서 위대한 부형의 창업을 계승하실 웅지를 갖고 계시거든 지금 곧 조조와 의를 끊으시고 유 예주와 손을 잡으십시오. 그러나 조조와 대항하여 싸울 만한 웅지가 없으시거든 지금 그에게 항복을 하는 길밖에 없습니다. 지금이야말로 양자택일하실 위급존망지추입니다."

손권은 고개를 숙인 채 말이 없었다. 공명은 다시 입을 열어 말했다.

"물론 장군께서는 남아로 태어나 천하대사를 한번 겨루어보고 싶은 웅지를 품고 계실 것입니다. 그런데 수하의 원로 장수들이 모두 찬성을 아니하니 지금 장군의 흉중은 매우 복잡할 것입니다. 그러나 작금의 사태는 매우 위급합니다. 결단을 미루었다가는 머지않아 반드시 커다란 우환을 겪게 됩니다."

"……."

"싸울 각오를 하시든 항복을 하시든 양단간에 빨리 결정을 내려야 합니다. 만약 항복을 하신다면 마음은 괴로울지 몰라도 몸은 편안할 것입니다."

"그러면 선생은 어찌하여 유 예주에게 항복을 권하지 않으시오?"

"천만의 말씀입니다. 옛날의 전횡(田橫)은 제(齊)나라의 장수에 불과했지만 의리를 지켜 적에게 항복하지 않고 죽었습니다. 유 예주는 황실의 후예일 뿐만 아니라, 그 재주가 일세를 덮으시고 모든 선비와 백성들이 한결같이 우러러 모시는 터이니 어찌 조조 따위 소인에게 훌훌히 머리를

굽히겠습니까?'

손권은 그 소리를 듣자 별안간 얼굴빛이 변하더니 자리를 떨치고 일어나 안으로 들어가버렸다. 시립해 있던 중신들도 공명을 비웃으며 그의 뒤를 따랐다.

"선생은 어찌하여 그런 말씀을 하시오? 우리 주공께서 이해가 깊으셔서 면책(面責)은 아니하셨지만, 어쩌려고 그런 모욕적인 말씀을 하시는가 말씀이오?"

노숙이 공명을 나무랐다. 공명이 소리 내어 웃으며 대답했다.

"손 장군이 사람을 그리도 용납하지 못할 줄은 몰랐소. 조조와 싸울 계략은 물어보지도 않고 일신상의 안전만 도모하는 사람이 무슨 큰일을 할 수 있겠소."

"그럼 선생은 조조와 싸워 이길 수 있는 계략이 있으시오?"

"그런 계략이 없으면 내가 무엇 때문에 이곳까지 찾아왔겠소."

"그럼 내가 주공을 다시 모셔올 테니, 반드시 그 계략을 들려주시려오?"

"나는 조조의 백만 대군을 개미 떼로밖에 보지 않으오. 내가 손만 한 번 들면 모두가 가루가 되고 말 것이오."

노숙은 곧 후당으로 손권을 찾아 들어갔다.

손권이 노숙을 보고 말했다.

"공명은 나를 너무 업신여기는가 보오."

노숙이 대답했다.

"그 점에 대해서는 저도 공명을 나무랐습니다. 그러니까 공명은 도리어 주공께서 도량이 좁다며 웃습다. 공명에게 조조를 깨칠 계략이 있는 모양이나 제 입으로 먼저 말하기는 싫은 모양이니 주공께서는 노여움을 푸시고 넌지시 한번 물어보아주십시오."

"공명에게 무슨 계책이 따로 있는 모양이었소? 그렇다면 내가 경솔하게 대사를 그르칠 뻔했구려. 그러면 공명을 다시 한번 만나봅시다."

손권은 곧 공명을 후당으로 청해 술을 나누면서 물었다.

"조조가 과거에 적으로 생각하고 있던 여포, 유표, 원소, 원술 등의 영웅들은 이내 세상을 떠났기 때문에 그가 지금 적으로 생각하는 사람은 유예주와 나 그렇게 두 사람뿐일 것이오."

공명은 눈을 크게 뜨며 대답했다.

"장군께서도 이미 그 점을 깨닫고 계셨습니까?"

"내가 그것을 모를 리 있겠소. 그런데 우리 강동의 십만 군사들은 실전 경험이 많지 않기에 조조의 강병을 대적해야 할 영웅은 오직 유 예주밖에 없지 않소. 한데 유 예주는 이미 조조에게 패하여 피신을 다니고 있는 형편이니 이를 어쩌면 좋겠소?"

"그 점은 염려 마십시오. 주공이 이번에 비록 조조에게 패했으나, 관운장이 아직도 정병 만 명을 거느리고 있고, 유기의 강하 군사가 또한 만 명이 넘습니다. 조조 군이 비록 수는 많으나 그들은 본시가 오합지졸인데다가 근자에는 오랜 행군에 지쳐 수효만 가지고 논할 바는 절대 아닙니다. 게다가 형주 출신 군사들은 최근에 억지로 통합했기 때문에 전투력을 발휘하기 어렵습니다. 그러하니 장군께서 유 예주와 협전동쟁(協戰同爭)한다면 조조를 깨치는 것이 불가능한 일은 아닙니다. 조조가 패하여 북쪽으로 돌아가고 나면, 장군과 유 예주는 지반이 반석처럼 굳어져 천하는 정족(鼎足)의 형세를 이루게 될 것인데, 그것은 오직 장군의 결단 하나에 달렸습니다."

그 소리를 듣고 손권은 크게 기뻐했다.

"선생 말씀을 듣고 보니 답답하던 가슴이 한꺼번에 뚫린 것 같소. 내이미 마음을 굳게 먹었으니 그리 알아주오."

"그렇다면 오늘 당장 군사를 일으키셔야 합니다. 조조의 대군은 지금 문전에 박두해 있으니 손을 빨리 쓸수록 유리합니다."

"알겠소. 노숙! 지금 곧 나가서 모든 관료들을 불러놓고 출동 준비를 시키시오. 강동의 손권이 어찌 조조에게 항복을 하고 앉아 있겠소."

노숙은 즉시 달려가 모든 장수들에게 손권의 명령을 전달했다.

장소는 그 소식을 듣자 즉시 여러 모사들을 불러놓고 탄식했다.

"주공이 기어이 공명의 꼬임에 넘어가신 모양인데 장차 이 일을 어찌 하면 좋겠소?"

그런 다음 내당으로 손권을 직접 찾아 들어가 눈물을 흘리며 말했다.

"주공께 직언을 한 말씀 여쭙겠습니다. 주공은 원소를 한번 생각해 보십시오. 그렇듯 강대하던 원소도 조조의 손에 패망했는데, 그때보다도 훨씬 강해진 조조를 우리가 무슨 힘으로 막아낼 수 있겠습니까? 우리가 조조에 대항하여 군사를 일으키는 것은 섶을 지고 불속으로 뛰어드는 격이나 마찬가지입니다. 주공은 공명의 꼬임에 넘어가서는 안 됩니다."

손권은 고개를 숙이고 말이 없었다. 고옹(顧雍)이 들어와 역시 손권에게 간했다.

"유비가 우리의 힘을 빌려 조조에게 설욕을 하려고 공명을 책사로 보낸 것인데 주공께서는 어찌하여 그런 얄팍한 수단에 넘어가려 하십니까?"

"내가 다시 한번 생각해 볼 테니 모두들 나가 있으오."

장소와 고옹이 나가자 노숙은 손권을 보고 강력히 말했다.

"장소와 고옹이 군사를 일으키지 못하게 하는 것은 모두 자신들의 안전을 도모하기 때문입니다. 주공께서는 일대 용단을 내리셔서 선조에게 욕됨이 없도록 하십시오."

"알겠소. 내 충분히 생각해 볼 터이니, 경도 물러가 있으오."

이때에 장중에서는 주전론자와 반전론자들의 이론이 분분했다.

손권이 번민에 잠긴 채 식사도 아니하니, 노모가 아들을 보고 물었다.

"너는 무슨 일로 식사도 들지 않고 걱정을 하는고?"

손권이 대답했다.

"조조가 백만 대군을 거느리고 우리를 치러 오는데, 문무백관들의 의견은 항복해야 한다는 측과 싸워야 한다는 측으로 팽팽하게 나뉘어져 있으니 저로서는 어찌할 바를 모르겠습니다. 저는 싸울 생각이나 한번 패하는 날에는 완전한 패망을 면치 못하겠기에 최후의 결단을 내리지 못하고 있습니다."

"네 형 손책이 임종시에 일러주던 말을 너는 벌써 잊었느냐?"

노모는 아들을 꾸짖듯이 말했다.

"형님이 주신 유언 말씀입니까?"

"너 혼자 결정하기 어려운 일이 있거든 내사는 장소에게 묻고, 외사는 주유에게 물으라고 하던 유언 말이다."

"아, 참. 이제야 생각납니다. 그러면 주유와 의논해 최후의 단안을 내리도록 하겠습니다."

손권은 곧 파양호로 사람을 보내어 수군 도독 주유를 급히 불러오도록 명했다.

손권, 군사를 일으키다

이때 강동의 최고 모사인 주유는 파양호에서 수군을 조련하고 있었다. 주유는 선군 손책과는 동서지간이며 손권과는 사돈이었다.

주유가 부름을 받고 시상성으로 급히 달려오니, 노숙이 모든 정세를 자세하게 설명한 뒤에 말했다.

"주공을 만나 뵙기 전에 공명을 먼저 만나보시면 어떻겠소?"

"잠시 쉬었다가 저녁에 공명을 먼저 만나보고, 주공은 내일 아침에 뵙기로 합시다."

주유가 객관에서 금후의 대책을 강구하고 있는데 장소, 고옹, 장굉, 보즐 등의 비전파 신하들이 찾아왔다.

장소는 얼굴을 맞대자마자 노숙을 비난하고 나섰다.

"지금 조조는 백만 대군으로 우리를 공격할 채비를 갖추고 있소. 우리의 현재 실력으로는 도저히 조조를 당해 낼 대책이 없거늘, 노숙은 어리석게도 제갈공명을 불러다놓고 우리가 조조와 싸우기를 주장하고 있으니 장군께서는 그것을 기어이 막아주기 바라오."

주유는 모두 듣고 나서 고개를 끄덕였다.

"공들의 의견은 모두 장소 공과 같소?"

"다들 같소이다. 우리가 조조와 싸웠다가는 멸망을 면하기가 어려울 것이오."

"알겠소. 나도 제공들과 동감이니, 내일 아침에 주공을 만나 뵙고 그렇게 말씀드리겠소."

네 명의 비전파가 기쁜 안색으로 돌아가자 이번에는 주전파의 맹장인 정보, 황개, 한당이 찾아왔다.

정보가 주유를 보고 말했다.

"우리들은 선군께서 대업을 일으킨 이후로 목숨을 바쳐 강동 땅을 수호해 왔소. 그런데 지금 주공은 장소 등의 말을 들어 조조에게 항복을 하실 모양이니 이런 굴욕이 어디 있단 말이오? 주 도독께서는 이 사태를 깊이 살펴 주공께 부디 싸우기로 진언해 주기 바라오. 죽기를 각오하고 싸우면 승리는 반드시 우리에게 돌아올 것이오."

"잘 알겠소. 제공들이 그만한 각오를 가지고 있다면 나도 기쁘게 생각하오. 난들 어찌 조조의 무리에게 항복하기를 원하겠소. 내일 부중으로 들어가 주공을 만나 뵐 터이니 오늘은 다들 돌아가 있으오."

그들이 돌아가자 이번에는 제갈근, 여범(呂範), 관택(關澤), 주치(朱治)가 찾아왔다.

제갈근이 주유를 보고 말했다.

"내 아우 공명이 주공을 만나 뵙고, 유 예주와 군사동맹을 맺어 조조와 대항하자고 주장하니, 제독께서는 이 일을 깊이 살피셔서 결단해 주기 바라오."

"제갈 공 자신은 이 문제를 어찌하는 것이 좋겠다고 생각하오?"

"항복하면 안전하지만, 싸우면 매우 위태로울 것이오."

"그러면 아우인 공명의 의견에는 반대한다는 말이구려? 어쨌든 이 문제는 내일 다시 의논합시다."

주유는 많은 장수들을 만나보고 나서 최후로 공명을 만났다.

노숙은 두 사람을 한자리에 앉혀놓고, 먼저 입을 열어 말했다.

"두 분을 한자리에 모시게 된 것을 무상의 영광으로 생각합니다. 지금 천하의 풍운이 매우 급하니 두 분께서는 부디 흉금을 털어놓고 천하를 마음껏 계략해 주십시오."

주유와 공명은 수인사를 나누며 웃음으로 대했다. 그 순간 공명은 주유를 어떻게 보았고, 주유는 공명을 어떤 인물로 평가했는지 그것만은 아무도 모르는 비밀이었다.

주유는 화기애애한 분위기 속에서 술잔을 나누다가 공명을 보고 말했다.

"조조가 백만 대군을 이끌고 와서 우리를 치려 하고 있으니 현재 우리의 실력으로는 도저히 당해 낼 수 없을 것 같소. 항복하면 화를 면할 수 있으나 대항하면 오직 멸망이 있을 뿐인 것 같소. 나는 내일 아침 주공을 만나 뵙고 항복을 권할 생각이오."

노숙이 그 소리를 듣고 깜짝 놀랐다.

"그게 무슨 말씀이오? 강동의 기업이 삼대(三代)에 이르러 이미 반석 위에 서 있는 이 나라를 싸워보지도 않고 조조에게 내준다니 그게 웬 말씀이오?"

"만약 싸움을 한다면 우리가 패하는 것은 정한 이치인데, 승산 없는 싸움을 무엇 때문에 시작한단 말이오?"

"그렇지 않소. 우리의 정병과 지세의 험고(險固)에는 조조 또한 맥을 못 출 것인데, 뭐가 두려워 항복한단 말이오?"

주유와 노숙은 얼굴을 붉혀가며 싸웠다.

공명은 팔짱을 낀 채 아무런 소리도 아니하고 빙글빙글 웃으며 그들의 논쟁을 듣고만 있었다.

그러자 주유가 공명에게 물었다.

"선생은 어찌하여 아까부터 웃고만 계시오?"

공명이 비로소 입을 열어 말했다.

"노숙 공이 너무도 시무(時務)에 어두워 보여 웃지 않을 수 없었소이다."

"공명 선생! 내가 어째서 시무에 어둡다는 말씀이오?"

노숙이 얼굴을 붉히며 반문하자 공명이 조용히 대답했다.

"나는 주유 제독께서 조조에게 항복할 결심을 한 것이 매우 옳은 일이라 생각하오. 조조는 용병술이 지극히 능란하여 여포, 원소, 원술, 유표 등이 모두 그 때문에 패망했소. 강동인들 무슨 재주로 조조를 당해 낼 수 있겠소. 조조를 당해 낼 영웅은 지금 천하에 유 예주 한 분뿐이오. 그러나 유 예주는 지금 강하에서 때를 기다리고 계시니, 그것은 어디까지나 미지수에 속하는 문제요. 강동의 장수들은 모두 나라야 망하거나 말거나 일신상의 안전만 기하기 위해 항복을 건의하는 판인데, 노숙 장군 혼자서 싸우려 애쓰고 있으니, 그것이 시무를 모르는 증거가 아니고 무엇이겠소. 내가 웃은 것은 바로 그 때문이었소."

노숙은 그 소리를 듣고는 더욱 분개했다.

"우리 주공께 조조에게 무릎을 꿇고 항복하도록 권고를 하라는 말이오?"

공명은 그 말은 들은 체도 아니하고 혼잣말 비슷하게 중얼거렸다.

"싸우지 아니하고도 강동 땅을 깨끗이 보전할 수 있는 묘책이 있기는 할 것이오."

주유가 그 소리를 듣고 눈을 번득이며 물었다.

"싸우지 아니하고도 강동 땅을 보전할 수 있다니요? 그게 어떤 묘책이오?"

공명은 서슴지 않고 대답했다.

"조조에게 여자 두 사람만 선물로 보내면 대군을 거두어갈 것이란 말씀이오."

"천하대세가 몹시 어지러운 이 판국에 선생은 지금 농담이나 하자는 것이오?"

"내 말이 어찌 농담이란 말씀이오? 내 말대로 조조가 원하는 여자 두 사람만 보내주면 만사는 무난하게 해결될 것이오."

"조조가 원하는 여자란 누구를 말하는 것이오?"

"내가 융중에 있을 때의 일이었소. 그 당시 조조는 하북을 점령하고 장하(漳河)에 새로 누대를 지었소. 조조는 그 누대를 동작(銅雀)이라 불렀는데, 크고 화려하기가 이루 말할 수 없을 지경이었소. 수많은 미녀들이 선발돼 누대를 지은 기념으로 함께 놀았으나 조조의 마음에 드는 여인이 아무도 없었소. 그날 이후 조조에게는 강동에 있다는 교공(喬公)의 두 딸을 데려다가 놀아보는 것이 평생의 소원이 되었다고 하오. 교공의 큰딸은 대교(大喬)라 부르고, 작은딸은 소교(小喬)라 하는데 모두 천하절색이라 들었소. 조조가 백만 대군으로 강동을 제압하려는 여러 목적 중에서 교공의 두 딸을 차지하고 싶은 생각도 분명 있는 듯싶으오. 따라서 그 두 여인을 조조에게 보내주면 싸우지 아니하고 절로 물러갈 것이 아니오?"

주유는 그 소리를 듣는 순간 얼굴에 노기가 충천해졌다. 그도 그럴 것이 강동에서 절세미녀로 유명한 교공의 두 딸 중에서 큰딸 대교는 죽은 손책의 아내였고, 작은딸 소교는 주유 자신의 아내였기 때문이다.

주유는 분노의 빛을 띠며 공명에게 물었다.

"공명 선생이 말한 것은 아마도 항간에 떠도는 소문일 거요. 선생께서 그렇게 말씀하시는 증거라도 있으십니까?"

"물론 증거가 있습니다."

"어떤 증거입니까?"

"조조의 둘째 아들 조식은 천하의 문장가입니다. 조조는 아들에게 명하여 '동작대부(銅雀臺賦)'라는 시를 짓게 했소. 그 시에 그런 사실이 여실히 나타나 있소."

"선생은 그 시를 외우고 계십니까?"

"전에는 전부 다 외웠는데, 지금은 대강 잊어버렸소. 그러나 조조가 교공의 두 미녀를 탐내는 구절만은 지금도 기억하고 있지요."

"그러면 그 구절을 한번 들려주오."

"좌흥으로 그 구절을 들려드릴까요?"

공명은 눈을 감고 '동작대부'라는 시의 일 절을 조용히 외어주었다.

臨漳漳水之長流兮 望園果之滋榮
立雙臺於左右兮 有玉龍與金鳳
攬二喬於東南兮 樂朝夕之與共

장수의 강류에 임함이어, 원과의 자영을 바라보고,
좌우에 쌍대를 세움이어, 옥룡과 금봉이 있게 하고,
이교를 동남에 잡아맴이어, 조석을 같이 즐기기로 하리.

원래는 동작대부의 원문(原文)에는 '連二橋於東南兮 若長空之蟳蝀(두 다리를 동남에 연결함이어, 장공에 솟은 무지개 같도다)'로 되어 있건만 공명은 주유를 분격시키기 위해 일부러 '二橋'를 '二喬'라고 슬쩍 바꾸어 읊었던 것이다.

그 순간, 주유의 손에 들려 있던 술잔이 땅에 떨어져 산산이 깨어졌다.

"아니, 웬일이십니까? 술잔이 깨어졌습니다."

"선생, 조조라는 늙은 도둑놈이 나를 너무도 업신여기니 이런 통분할 일이 어디 있습니까?"

"여자 두어 명을 보내주는 것이 뭐 그리 아까워 그러십니까? 옛날에 흉노의 추장 선우(鮮于)가 중국을 침범했을 때, 한(漢)의 천자는 눈물을 머금고 사랑하는 딸을 내주어 화친을 맺은 일이 있었소. 이제 민간의 처녀 두어 명을 조조에게 보내주는 것이 뭐 그리 아깝다고 그리 통분하십니까?"

"선생은 내막을 모르고 하시는 말씀입니다. 실은 교공의 두 미인 중 대교는 돌아가신 손책 장군의 미망인이고, 소교는 바로 저의 내자입니다."

공명은 짐짓 놀라는 표정을 지으며 말했다.

"내가 그런 사정도 모르고 큰 실례를 했습니다. 무엇으로 용서를 빌어야 할지 모르겠습니다."

"선생한테야 무슨 죄가 있겠소. 조조가 그런 헛된 망상을 품고 있다면 나는 죽어도 항복을 안 할 것이오. 선생은 우리와 함께 힘을 합하여 조조를 격파할 계책을 생각해 보십시다."

"주유 장군이 명하시는 일이라면 저는 견마지로(犬馬之勞)를 다 하겠습니다."

"내일 아침 내가 주공을 뵙고, 군사를 일으키도록 하겠습니다. 선생은 좋은 계책이나 꾸며주십시오."

옆에서 듣고 있던 노숙은 공명의 심오한 계획을 그제야 알아채고 내심 탄복을 마지않았다.

이튿날 아침, 주유가 부중으로 돌아오니 손권은 이미 좌우에 문무백관들을 거느린 채 기다리고 있었다. 손권은 중앙단상에 높이 앉아 있고, 왼

편에는 장소, 고옹, 장굉, 제갈근, 우번, 방통, 진무, 정봉 등의 반전파가
앉았고, 오른편에는 정보, 황개, 한당, 주태, 여몽, 반장, 육손 등의 주전파
가 앉아 주유의 최후 단안이 내려지기를 고대하고 있었다.

손권은 주유가 들어오자 조조의 격문을 내보이며 말했다.

"조조가 백만 대군을 이끌고 와 이런 격문으로 우리를 위협하고 있으
니, 이 일을 어찌 처리했으면 좋을지 경의 의견을 듣고 싶소."

주유는 격문을 신중히 읽어보고 나서 입을 열었다.

"주공께서는 이 문제에 대해 문무백관들의 의견을 물어보셨습니까?"

"모두 한자리에 모여 의논해 보았으나 화전(和戰) 양론이 구구하여 결
론을 짓지 못했기에 경의 의견을 들어 최후의 단안을 내리려는 것이오."

"주공께 항복을 권한 사람은 누구입니까?"

"장소 공을 비롯하여 왼편에 앉아 있는 중신들이오."

주유는 장소를 쳐다보며 말했다.

"장소 공께서도 항복을 권유했다니 그 이유를 듣고 싶소이다. 우리는
이미 삼대째 내려오는 강국이고, 조조는 일시적인 시운을 얻어 날뛰는 풍
운아에 불과한데, 우리가 무엇 때문에 항복을 해야 하는지 그 이유를 모
르겠구려!"

장소는 주유의 태도가 어제와 너무도 달라진 데 크게 놀랐다. 그러나
장소는 자기 주장을 말하지 않을 수 없었다.

"조조가 천자의 이름을 앞세워 수륙 양면으로 백만 대군을 몰아쳐오면
우리는 무슨 힘으로 그를 당해 낼 수 있겠소이까?"

그러자 주유는 크게 소리 내어 웃었다.

"백만 대군이 아니라 천만 대군이기로 그깟 오합지졸들이 뭐가 두렵단
말씀이오?"

주유는 장소의 항복설을 일소에 부치고 나서 이번에는 손권을 보고 말

했다.

"조조의 군사가 강대한 것은 사실입니다. 그러나 북국에서 훈련을 받은 그들은 수천 리나 되는 머나먼 길을 행군해 왔으니, 이제 우리의 수군(水軍)을 무슨 재주로 당해 내겠습니까? 게다가 우리의 남쪽은 바다로 둘러싸여 있고, 동쪽은 대강(大江)으로 가로막혀 있으며, 서쪽과 북쪽도 적의 침범을 받을 우려가 없으니, 조조가 경솔히 쳐들어오더라도 추호도 겁낼 것이 없습니다. 그와 반대로 조조는 북국을 평정했다고는 하나 아직도 그의 후면에는 마등, 한수 같은 무리가 기회를 노리고 있고, 그의 전면에는 현덕, 유기 등이 호시탐탐 기회를 노리고 있습니다. 조조가 대군을 움직여 우리를 정벌하러 온 것은 스스로 무덤을 파는 것과 다름없는 우거(愚擧)입니다. 우리 입장에서 보자면 지금이야말로 숙적 조조를 일거에 깨뜨려버릴 절호의 기회입니다. 이러한 대세를 모르고 적에게 항복을 한다는 것은 더할 나위 없이 어리석은 생각일 뿐입니다."

장소 일파의 비전론자들은 주유의 너무도 표변한 태도에 아연할 뿐이었다.

그러자 이번에는 손권이 자리에서 벌떡 일어서며 큰소리로 외쳤다.

"오오, 주 도독은 나의 어리석음을 진실로 깨우쳐주었소. 조조라는 늙은 도둑은 평소부터 조정을 무시하고 스스로 제위에 오르려는 역모지심을 품고 있었던 자이오. 원소, 여포, 원술, 유표 등이 그 자 때문에 망해 이제는 오직 이 손권만이 남아 있을 뿐이오. 내 어찌 앉아서 항복해 도둑에게 천하를 내맡길 수 있겠소."

"그러면 주공께서도 이미 조조와 싸울 결심을 하고 계셨습니까?"

"내 어찌 싸우지 아니하고 항복을 하겠소. 경은 이제부터 전군을 지휘하고, 노숙은 육군을 지휘하여 조조의 대군을 일격지하에 깨뜨려주오."

"신은 주공을 위하여 백 번 죽어도 사양치 아니하고 기필코 조조를 굴복시키겠습니다."

손권은 그 말을 듣자 허리에 차고 있던 보검을 빼어, 앞에 놓은 책상을 두 조각으로 후려갈기며 추상같은 결의를 내보였다.

"누구든 앞으로 나에게 항복을 권하는 자는 모두 이 책상과 같이 될 것이다."

그러고 나서 그 보검을 주유에게 주며 엄숙히 당부했다.

"경을 대도독으로 삼고, 정보 장군을 부도독으로 삼고, 노숙 장군을 찬군교위(贊軍校尉)로 삼으니, 세 사람은 부디 백전백승의 개가를 올려주기 바라오."

주유는 검을 두 손으로 받아 허리에 차고 모든 장수들을 향하여 대도독으로서의 영을 내렸다.

"주군의 군명을 받들어 제군들과 함께 조조를 치려 하오. 싸움에 이기려면 군기의 확립이 절대적이니, 만약 영을 어기는 자가 있으면 군령에 의하여 가차 없이 참할 것이오."

모든 장수들은 주유의 추상같은 군령에 몸을 떨 뿐이었다.

이윽고 부중을 나온 주유는 곧 사람을 보내 공명을 청했다.

"지금 부중에서 조조를 깨치기로 결의가 되었으니, 선생은 우리에게 승리의 계책을 말씀해 주십시오."

공명은 속으로 쾌재를 부르면서 겉으로는 천연스러운 표정으로 말했다.

"손 장군께서 결심을 하셨더라도 아직 마음속에는 일말의 불안감이 도사리고 있을 것이오. 대도독은 수고스러우시겠지만 내일 아침 출전하기 직전에 손 장군을 다시 한번 찾아뵙고, 쌍방의 군세(軍勢)를 자세히 말씀드려 자신감을 갖게 할 필요가 있습니다."

주유는 공명의 말을 듣고 이튿날 새벽에 다시 한번 부중으로 손권을 찾아갔다.

"대도독께서 새벽부터 웬일이오?"

"이제 군사들을 이끌고 싸움터로 나가려 합니다. 주공의 결심에는 변동이 없으시겠지요?"

"실은 그 때문에 한잠도 못 잤소. 적은 백만이나 된다는데, 우리의 군사가 너무 적어 걱정을 아니할 수 없었소."

"주공께서 그 점을 염려하실 것 같아 지금 일부러 들렀나이다. 조조의 군사가 백만이라 하는 것은 터무니없는 과장된 숫자입니다."

"물론 과장은 되었겠지만 조조 군의 실수효가 어느 정도라고 생각되오?"

"조조의 직계 군사는 십오륙만에 불과합니다. 원소, 원술, 유표의 구군(舊軍)을 모두 합해도 사십만을 넘지 못합니다. 그런 데다가 모두 오합지졸들이니 결코 두려워할 상대는 아닙니다."

"그렇지만 우리가 수적으로 너무 열세가 아니오."

"현재 우리 군사는 오만밖에 안 되지만 삼만 정도는 즉시 증원할 수 있습니다. 제가 오늘 아침에 오만 명을 거느리고 먼저 떠날 터이니, 주공께서는 삼만 명을 새로 모집해 뒤를 지켜주십시오. 제가 오만 군사와 함께 앞서 나가 수륙 양면으로 조조를 쳐부수겠습니다."

주유가 자신 있게 말하자 손권은 그제야 마음을 놓았다. 주유는 부중을 물러나오며 문득 섬뜩한 생각이 들었다.

'공명이 주공의 마음을 훤히 꿰고 있으니, 그 사람을 그냥 살려두었다가는 나중에 큰 화를 입게 되겠어.'

생각이 거기까지 미친 주유는 공명을 없애버리는 것이 앞날을 위해 좋을 것 같아 노숙을 보고 말했다.

"우리는 이제 모든 힘을 쏟아 부어 조조를 깨뜨려야만 하오. 그러나 공명 같은 인물을 살려두었다가는 후일 반드시 화가 될 것인즉 숫제 지금 죽여버리는 게 어떻겠소?"

"공명을 죽이다니요?"

"공명을 지금 죽이지 않으면 후일에 우리가 반드시 화를 입게 된다는 말이오."

"그것은 안 됩니다."

"왜요?"

"조조와 싸우기도 전에 공명을 먼저 죽이는 것은 스스로 묘혈을 파는 것이나 다름없습니다. 조조를 물리치기 위해 공명은 반드시 필요한 인물입니다."

"그 말도 일리는 있소. 그렇다고 공명을 그냥 놔둘 수는 없는 일 아니오?"

"그러면 차라리 제갈근을 시켜 공명을 우리 편으로 만들어버리는 것이 어떻겠습니까?"

"그것 참 좋은 생각이오."

주유는 곧 제갈근에게 노숙을 보내 그 뜻을 전했다.

제갈근은 주유의 밀명을 받고 객사로 공명을 찾아갔다. 제갈근이 아우 공명을 보고 말했다.

"너는 백이(伯夷)와 숙제(叔齊)를 아느냐?"

공명은 그 말을 듣고, 형님이 친히 찾아온 뜻을 깨달았다. 그러면서도 태연히 앉아서 대답했다.

"제가 어찌 백이, 숙제 같은 성현들을 모르겠습니까?"

"백이와 숙제는 수양산(首陽山)에 들어가 고사리를 캐어 먹으면서도 형제가 한곳에 모여 지냈다 하니, 우리도 이제 같은 나라에 모여 살아야 할 것이 아니겠느냐? 나는 네가 강동 땅에 오래도록 머물러주기를 바란다."

"옳은 말씀이십니다. 그러나 형님의 말씀은 정(情)에 기반한 것이고, 제가 지키려는 것은 의(義)입니다. 저나 형님이나 다 같은 한나라 사람이고, 유 황숙은 한나라의 종친입니다. 형님도 이제 저와 함께 유 황숙을 받들면 좋을 것입니다."

제갈근은 더 이상 할 말이 없었다. 동생을 설득하려다가 오히려 자신이 설득당한 꼴이었기 때문이다. 제갈근은 할 수 없이 주유를 찾아가 사실대로 고했다.

주유가 제갈근을 보고 물었다.

"그러면 공도 장차 공명과 함께 유현덕을 찾아갈 생각이란 말이오?"

"아니올시다. 제가 어찌 주공의 은공을 저버리고 딴마음을 먹겠습니까?"

"하하하, 나도 한마디 그저 희롱을 해보았을 뿐이오."

주유는 농담으로 돌려버리고, 이내 전군에 출동령을 내렸다.

"왕법(王法)에는 친(親)이 없는 터이니, 제군은 각기 자기 직책에 최선을 다하라! 내 이제 주공의 명을 받들어 조적(曹賊)을 치려 하니, 제군은 힘을 합하여 나아가되, 대군이 이르는 곳의 백성들에게 조금도 원한을 사지 말도록 하라!"

주유가 영을 내리자 곧 군사들이 출동하기 시작했다.

선봉장인 한당, 황개는 삼강구(三江口)로 진군하게 하고,

장흠, 주태로 제이군을 삼고,

능통, 반장으로 제삼군을 삼고,

태사자, 여몽으로 제사군을 삼고,

육손, 동습으로 제오군을 삼고,

여범, 주치로 사방순경사(四方巡警使)를 삼아 수륙방면으로 총동원의

장도에 올랐다. 그런데 노장 정보만은 출진하지 않고, 아들 정자(程咨)를 대신 내보냈다. 왜냐하면 한참 후배인 주유가 대도독의 높은 벼슬에 올라 있었기 때문이다. 그러나 주유가 당당한 기세로 군령을 내렸다는 소식을 들은 정보는 출진하지 않은 것을 곧 후회했다.

"나는 지금껏 주유를 깔보았는데, 그의 위풍이 그처럼 당당하다면 내 어찌 불복하겠는가."

오나라의 대군이 원정의 길에 오르자 공명도 그들의 뒤를 따라 출정했다. 주유는 공명과 함께 출정하면서도 그를 죽이려는 생각만은 추호도 굽히지 않았다. 군사들이 삼강구에서 진을 치고 머물게 되었을 때, 주유가 사람을 보내 공명을 만나자고 청했다. 어떡하든 공명을 죽일 생각이었던 것이다.

주유의 책략

주유가 진중에서 만나기를 청하자 공명은 즉시 달려왔다. 공명은 주유가 자신을 죽이려 한다는 것을 이미 알고 있었다. 그러기에 한술 더 떠 지체 않고 달려온 것이었다.

공명이 노숙의 안내를 받고 진중으로 들어서니, 주유가 공명을 보고 말했다.

"나는 선생에게 한 가지 묻고 싶은 일이 있소."

"무슨 말씀이십니까?"

"전일에 조조는 적은 군사로 원소의 대군을 물리친 일이 있소. 선생은 그때 조조가 승리한 비결이 무엇인지를 잘 알고 계실 것이오. 오늘 나를 위해 그 비결을 말씀해 주실 수 있겠소?"

"조조가 당시 승리를 거둘 수 있었던 원인은 여러 가지입니다. 그중에서도 가장 결정적인 원인은 조조 군이 원소의 군량고(軍糧庫)를 불태워버린 것입니다."

"아아, 선생의 생각도 나와 일치되니 나는 매우 유쾌하오. 그때와는 달리 현재 조조의 군사는 팔십만 명인 데 비해 우리는 겨우 삼만뿐이오. 저들을 물리치기 위해서는 우리도 역시 적의 군량고를 쳐부수는 것이 상책이 아닐까 생각되오. 선생의 의견은 어떠십니까?"

"조조의 군량고가 어디 있는지 아십니까?"

"백방으로 염탐해 본 결과 적의 군량고가 취철산(聚鐵山)에 있다는 것을 알아냈소이다. 취철산으로 말하자면 선생이 어렸을 때부터 살아온 형주 땅이니 그곳 지리를 누구보다도 잘 알 것입니다. 선생이나 나나 주군들을 위해 이번 싸움은 반드시 이겨야만 합니다. 선생은 군사 천여 명을 데리고 가서 적의 군량고를 쳐부숴주실 수 있으시겠소?"

공명은 그 말을 듣는 순간 주유가 적의 손을 빌려 자신을 없애려는 술책을 쓰고 있음을 깨달았다. 그러나 나중에 대책을 강구하더라도 일단 면전에서는 승낙하는 수밖에 없었다.

"제가 임무를 맡아보겠습니다."

공명이 쾌히 승낙하고 돌아가자 노숙이 주유를 보고 말했다.

"공명에게 조조의 양도를 끊도록 부탁한 것은 어떤 주견에서 나온 계책이시오?"

"공명은 지금 죽여야 후환이 없을 것이오. 내 손으로 직접 죽이기보다는 적의 손으로 죽이게 하려고 계략을 짠 것이오."

노숙은 그 말을 듣고 즉시 공명을 찾아갔다. 공명은 주유의 흉계를 아는지 모르는지 몸에 무장을 갖추고 출진 준비를 서두르고 있었다. 노숙은 그 광경을 차마 보고 있을 수 없어 공명에게 말했다.

"선생은 이번에 출전하시면 공을 이루실 수 있을 것 같습니까?"

공명이 웃으며 대답했다.

"나는 수전(水戰), 보전(步戰), 마전(馬戰), 차전(車戰)에 모두 교리를 얻고 있소. 어찌 승리할 자신이 없겠소? 노숙 장군이나 주유 장군처럼 한 가지에만 능통한 분들과는 비할 바가 아니오."

"어찌하여 우리 두 사람은 한 가지에만 능통하다고 보십니까?"

"강동 사람들이 자랑하기를 육전(陸戰)에는 노숙, 수전(水戰)에는 주유를 꼽더이다. 실례의 말씀이지만 적어도 명장이 되려면 수륙(水陸) 어느 싸움에나 정통해야 할 것이오."

"오늘은 선생답지 않게 어찌 그런 호언장담을 하십니까?"

"노숙 공도 생각해 보시오. 주유 장군이 만약 육전에 능하다면, 군사 천 명으로 취철산에 있는 적의 양도를 끊으라는 명령은 내리지 않았을 것이오. 내가 만약 이번 싸움에 출전해 죽는다면 주유 장군은 육전을 모르는 우장이라는 소문이 천하에 널리 퍼질 것이오."

노숙이 그 말을 듣고 급히 돌아와 주유에게 그대로 전했다. 주유는 그 보고를 받고 발끈했다.

"뭐, 내가 육전을 모르는 우장이라고? 그렇다면 오늘밤 내가 일만 군사를 거느리고 나가 적의 양도를 끊어보일 테니, 공명을 나가지 못하게 하오."

노숙이 즉시 달려와 공명에게 그 말을 전했다. 공명이 그제야 웃으며 말했다.

"주유 장군이 나더러 조조의 양도를 끊으라고 한 것은 적들의 손을 빌려 나를 죽이려 했던 술책이기에 내가 큰소리를 한번 쳐본 것이오. 조조가 얼마나 지혜가 뛰어난 사람인데 양도를 그처럼 호락호락 끊기겠소. 만약 주유 장군이 취철산을 치러 나갔다가는 반드시 적에게 사로잡히게 되고 말 것이오. 강동의 손 장군을 위해서나 유 예주를 위해서나 인명을 헛되이 하여서는 안 되오. 그러하니 적의 양도를 끊을 생각은 포기하고, 우선 수전을 벌여 적의 예기(銳氣)를 꺾어놓아야 할 것이오. 공은 지금 곧 돌아가셔서 주유 도독에게 그 뜻을 전하시오."

노숙이 그 길로 다시 주유를 찾아가 그 말을 전했다. 주유가 크게 놀라며 말했다.

"공명의 지혜는 나보다 열 배는 더 뛰어나구려. 그 사람을 지금 죽이지 않으면 나중에는 우리에게 큰 화가 미칠 것이오."

"공명을 죽이더라도 조조를 쳐부수고 난 다음 죽이시지요. 그래도 늦지는 않을 것입니다."

주유는 그 말에 고개를 끄덕일 뿐이었다.

한편 유비는 유기에게 강하를 지키게 하고, 자신은 수하를 거느리고 하구를 지키며 공명이 돌아오기만을 기다리고 있었다. 그러나 강동으로 떠난 공명으로부터 소식이 없으니, 사태가 어찌되어가는지 몹시 궁금했다.

마침 그 무렵, 염탐을 나갔던 군선이 돌아오더니 보고를 올렸다.

"강동의 손권이 조조와 일대 결전을 각오한 모양입니다. 강동에서는 수천 척의 병선이 삼각 일대에 뒤덮여 있고, 조조의 군사도 강릉, 형주 등지에서 대거 남쪽으로 이동하고 있습니다."

유비는 그 보고를 받고 크게 기뻐하며 군사들을 모조리 번구(樊口)로 옮겨놓고 부하들을 돌아보며 말했다.

"손권이 비로소 군사를 일으켰는데, 공명이 아직도 안 돌아오고 있으니 웬일인지 모르겠소. 누가 공명을 찾아보고 올 사람이 없겠소?"

미축이 말했다.

"제가 다녀오겠습니다."

유비는 미축이 적임자라 생각되어 훈주(葷酒), 양육(羊肉), 차(茶) 등의 예물을 갖추어주며, 호군(犒軍)을 왔다는 명목을 대고 공명을 만나고 오게 했다.

강동 군의 진중에 도달한 미축은 곧 주유를 만났다.

주유가 예물을 받고 매우 기뻐하자 미축이 기회를 틈타 말했다.

"공명이 이곳에 머무신 지 오래이니, 제가 가는 길에 모시고 돌아가고 싶습니다."

그러자 주유가 대답했다.

"공명은 지금 나와 함께 조조를 대적할 계획을 수행하고 있는 중이니 지금은 못 돌아가오. 조만간 유 예주도 만나 협동 작전을 의논해 보고 싶소. 유 예주께서 이곳까지 왕림해 주신다면 그처럼 다행한 일은 없을 것이오."

미축은 그 말을 전하기로 약속하고 혼자 돌아오는 수밖에 없었다.

노숙이 뒤에 주유에게 물었다.

"현덕을 무슨 목적으로 이곳에 오도록 말씀하셨소?"

"유비는 천하의 효장(梟將)이라 죽여없애야 후환이 없을 것이오."

노숙은 그런 일을 하지 말도록 간했으나 주유는 끝끝내 말을 듣지 않았다. 그런 음흉한 계획을 꾸미고 있는 줄도 모르고 유비는 미축의 보고를 듣고 강동으로 떠날 준비를 차리고 있었다.

그러자 관우가 간했다.

"미축이 공명을 직접 만나보지 못하고 돌아온 것을 보면 필연코 주유가 무슨 음모를 꾸미고 있음이 분명합니다. 그러하니 형님께서도 섣불리 움직이지 마십시오."

그러나 유비는 고개를 저었다.

"공명을 보내어 강동의 손 장군과 동맹을 맺으려는 터에 그들을 의심하면 어떡하오. 나는 허심탄회하게 그들을 믿고 가볼 생각이오."

"만약 형님께서 기어이 가시겠다면 제가 모시겠습니다."

그러자 장비도 나섰다.

"형님이 가신다면 나도 따라가겠소."

"잠깐 다녀올 텐데 여러 사람이 따라갈 필요는 없을 것이네. 운장만 나와 함께 가고 장비는 조자룡과 함께 영채를 잘 지키고 있게!"

유비는 관우 이외에 수병(隨兵) 이십여 명만을 데리고 곧 주유를 만나러 떠났다.

유비가 주유의 본진에 도착하자 파수병이 그 사실을 알렸다. 주유가 파수병을 보고 물었다.

"유 예주가 군사를 얼마나 거느리고 왔더냐?"

"배 한 척에 종자 이십여 명을 거느리고 왔을 뿐입니다."

주유는 그 소리를 듣고는 회심의 미소를 지으며 만족스럽게 생각했다.

'흠, 이제 유현덕이 죽을 때가 왔구나!'

주유는 유비를 맞아 상좌에 앉히려 했다. 그러나 유비는 자리를 끝끝내 사양하며 말했다.

"장군의 대명이 천하에 떨친 지 오래인데, 제가 어찌 상좌에 앉을 수 있겠습니까. 오늘, 장군을 친히 만나 뵙게 된 것만으로도 다시 없는 기쁨이올시다."

주유는 유비를 맞아 이내 주연을 베풀었다.

이때 공명은 우연히 강변을 산책하다가, 방금 전에 유비가 찾아왔다는 소리를 듣고 소스라치게 놀랐다.

'유 황숙께서 여기에 무엇 하러 오셨단 말인가! 이거 큰일 났구나.'

공명은 내심 크게 걱정되어 부랴부랴 장중으로 달려갔다. 공명이 장중으로 성큼 들어서지 않고 장막 뒤에서 엿보니, 유비가 주유와 마주 앉아 허심탄회한 표정으로 담화를 즐기고 있었다. 유비의 등 뒤에는 관우가 검을 붙잡고 시립해 있는 게 보였다. 공명은 그제야 안심하고 다시 밖으로 나와버렸다.

주유가 유비와 함께 술을 나누다가 관우가 검을 붙잡고 서 있는 것을 보고 물었다.

"저 사람은 누굽니까?"

"내 아우 관운장입니다."

주유는 깜짝 놀라며 물었다.

"그러면 전일에 안량과 문추를 벤 장수가 바로 저 사람입니까?"

"그렇습니다."

주유는 너무도 놀라 등골에 식은땀이 흐를 지경이었다.

유비가 노숙을 돌아다보며 물었다.

"공명이 어디 있는지 이 자리에서 한번 만나보게 해줄 수 없겠소?"

그러자 주유가 대답을 가로맡았다.

"조조를 쳐부순 후에 개선 축하의 석상에서 만나보십시오."

유비가 다시 말을 잇지 못하고 있는데, 관우가 눈짓으로 속히 일어서기를 권했다.

유비가 눈치를 알아채고 자리에서 일어서며 말했다.

"오늘은 이만 실례하고, 장군께서 조조를 쳐부수거든 다시 축하를 올리러 오겠습니다."

주유는 더 이상 붙들지 않고 원문까지 배웅을 나왔다. 그는 유비를 죽이기 위해 사방에 정강한 군사 수십 명을 매복시켜두었으나, 관우가 두려워 감히 손을 쓰지 못했던 것이다.

유비가 관우와 함께 배로 돌아오니 공명이 손을 흔들며 반갑게 달려와 말했다.

"주공께서는 어찌하여 위태로운 상황을 무릅쓰고 이곳까지 행차를 하셨습니까?"

"오오, 공명? 실은 공명의 소식이 궁금해 왔소이다."

유비는 공명의 손을 다정하게 붙잡으며 말했다.

"만약 운장이 같이 오지 않았다면 주공께서는 주유에게 반드시 해를 당했을 것입니다."

"오오, 그랬던가요? 그러면 공명도 위태롭다는 뜻 아니오?"

"저는 지금 호구(虎口)에 들어와 있으나 마음은 편하기가 태산 같으니 안심하십시오. 주공께서는 돌아가시거든 군선과 군마를 수습하여두시되, 십일월 이십일인 갑자일(甲子日)을 기하여 조자룡더러 배를 가지고 남쪽 강안으로 와서 저를 기다리게 해주십시오. 저는 그날 동남풍이 불기를 기다려 돌아가려 합니다."

"지금 나와 함께 돌아가시면 어떻겠소?"

"지금은 안 됩니다. 주공께서는 속히 돌아가십시오."

공명은 그 한 마디를 남기고 총총히 사라졌다.

유비가 하는 수 없이 관우와 함께 돌아오는데, 배가 강 한복판에 이르니, 장비가 만일을 염려하여 오십여 척의 군선을 거느리고서 강을 건너오고 있었다. 세 형제는 강상에서 만나 크게 기뻐했다.

유비가 돌아가자 노숙이 주유를 보고 물었다.

"공은 현덕을 일껏 여기까지 꾀어 왔으면서 어찌하여 하수를 아니하셨습니까?"

주유가 대답했다.

"관운장은 범 같은 장순데, 그가 현덕의 등 뒤에 꼭 붙어서 있으니 어떻게 손을 쓸 수가 있겠소? 내가 만약 현덕을 해하려 들면 운장이 먼저 나를 죽여버릴 게 아니오."

노숙은 그 소리를 듣고, 강동을 위해 불행 중 다행한 일이었다고 생각했다.

그런 일이 있은 지 며칠 뒤에, 조조가 주유에게 사자를 보내왔다. 주유가 조조의 사자를 불러들여 만나보니, 그는 조조의 서신을 받들어 올렸다. 그 서신의 피봉에 '한나라의 대승상은 주 도독에게 부치노라' 고 씌어 있었다.

주유는 그 문구를 보고 크게 노하여, 편지를 뜯어보기는커녕 즉석에서 북북 찢어 땅바닥에 내던지며 불호령을 내렸다.

"저놈을 당장 끌어내 참하여라!"

군사들이 조조의 사신을 급히 끌어내가자 노숙이 주유에게 간했다.

"나라와 나라가 싸울 때에도 사신만은 죽이지 아니하는 법입니다."

"사신을 베어 우리의 위엄을 보이자는 거요. 그놈의 목을 베어 조조에게 보내도록 하오."

주유는 기어코 사신의 목을 베어 수급을 조조에게 보내주었다. 그러고 나서 즉시 싸울 태세를 갖추었다. 감녕을 선봉으로 삼고, 한당과 장흠으로 좌우익을 삼았다. 사경에 아침 식사를 마친 뒤에, 오경에 배를 내어 북을 치며 진군하기로 했다.

한편 조조는 주유가 편지를 찢고, 사신을 목 벤 것에 대해 크게 노했다. 그리하여 즉각 채모와 장윤을 선봉으로 삼고, 자기 자신은 후군이 되어 전군을 독촉하여 급히 삼강구(三江口)에 이르니, 벌써 강동에서도 전함을 몰아오고 있었다.

양군은 접촉과 동시에 전투를 개시했다. 강동의 대장 감녕이 배 위에 높이 올라 큰소리로 외치며 활을 한 대 쏘아 갈기자, 모든 군사들이 일제히 활을 쏘기 시작했다. 화살이 조조군의 병선에 빗발처럼 쏟아졌다. 그와 동시에 좌우편에서 조조의 군사를 맹렬히 공격해 왔다.

적들의 기세가 워낙 사나워 조조군은 도저히 당해 낼 재주가 없었다. 조조의 군사들이 수전(水戰)에 익숙지 못한 데 반해 강동의 주유군은 수전이 전문이었다. 조조군은 변변히 대항해 보지도 못하고 크게 패했다. 싸움 중에 채모의 아우 채훈(蔡壎)이 전사했다.

조조는 그 사실을 보고 받고 대로해 채모와 장윤을 불러들였다. 채모와 장윤은 전전긍긍하며 조조의 앞으로 불려 나왔다.

조조는 두 대장을 향해 노기 띤 어조로 말했다.

"우리는 군사가 많고 강동은 군사가 적은데 이렇듯 패한 것은 그대들이 총력을 기울이지 않았기 때문이 아닌가?"

채모가 아뢰었다.

"우리 수군은 조련을 받지 못했고, 적은 수전이 능숙한 까닭에 패한 것입니다. 앞으로 조련을 충분히 한다면 반드시 이길 수 있습니다."

"그대는 진작 수군 도독이 되었으면서 이제 와서 그런 소리가 무슨 소용이란 말인가? 이번만은 관대히 용서하지만 앞으로 이런 참패가 또다시 이어진다면 반드시 군법으로 엄히 다스리겠다."

채모와 장윤은 조조의 앞을 물러 나오자 전선을 수습하여 적의 공격에 대비했다. 그들이 밤을 도와 수군을 훈련하는데, 연안 일대에 사십이 좌의 수문을 나누어 세우고, 대선(大船)은 밖에 늘어놓아 성곽을 삼고, 소선(小船)은 안에 넣어 자유롭게 왕래하게 하되, 배마다 불을 밝혀 하늘을 비치니, 강상 삼백여 리에 화광이 충천했다.

수전에 정통한 주유가 그 모양을 보고 적이 놀랐다.

"적도 수군의 묘를 얻었구나. 적의 도독이 누구냐?"

"채모와 장윤입니다."

"아, 그래?"

채모와 장윤이 수전에 능통하다는 것은 주유도 잘 알고 있었다. 그런 까닭에 조조를 쳐부수기 위해서는 먼저 그 두 사람부터 없애버려야겠다고 생각했다.

주유는 그날 밤, 일부러 수선을 타고 적진 깊숙이 들어가보았다. 조조는 주유가 진지 안에 나타났다는 보고를 받고, 급히 전함을 동원시켜 사로잡으라는 영을 내렸다. 그러나 주유는 적의 전함들이 출동할 기세를 보이자 급히 배를 몰아 진지로 돌아와버렸다.

조조는 크게 실망하여 수하의 무리를 모아놓고 물었다.

"어제 패전으로 예기가 꺾였는데, 오늘은 적장 주유가 우리 진지 안에 들어와 수채를 엿보고 가게 놔두다니 정말 한심한 노릇이 아닌가?"

이 말이 끝나자 장하에서 한 사람이 나서며 말했다.

"승상, 너무 걱정 마십시오. 제가 주유를 만나 우리 편으로 귀순시키겠습니다."

그는 막빈(幕賓)으로 있는 장간(蔣幹)이었다.

"오오, 장 공은 주유와 교분이 그토록 두터우시오?"

"주유는 저와 구강(九江)에서 같이 자란 죽마고우입니다."

"그러면 잘 부탁하오. 예물은 무엇을 가지고 가면 좋겠소?"

"예물 같은 것은 필요치 않습니다. 동자 하나에 배 한 척만 주시면 됩니다."

조조는 크게 기뻐하며 술을 주어 그를 전송했다.

장간은 갈건(葛巾)에 포의(布衣)를 입고, 곧 배를 몰아 주유를 찾아갔다.

"나는 주 도독의 죽마고우요. 주 도독을 좀 만나게 해주오."

장간이 주유의 부하에게 부탁하자 주유는 장중에서 그 소식을 전해 듣고 앙천대소를 하며 말했다.

"하하하, 장간이 나를 설복하러 온 모양이구나. 아무튼 장중으로 모셔 들여라!"

이윽고 장간이 들어오자 주유가 반갑게 맞으며 말했다.

"참으로 오래간만일세. 자네가 조조의 막빈으로 있다는 소리를 들었네. 자네는 오늘 조조의 부탁을 받고 나를 설득시키려고 온 것인가?"

장간은 그 소리를 듣고는 악연히 놀랐다.

"내가 족하를 만나본 지가 하도 오래되었기에 오늘은 구정을 풀어볼까 해서 왔는데, 어찌 나를 세객(說客)으로 아시오?"

그러자 주유가 장간의 어깨를 두드리면서 말했다.

"너무 노여워 말게. 자네와는 허물없이 친한 사이이기에 농담을 해본 것뿐이네. 자, 오늘은 오래간만에 만났으니 술을 마시며 구회(舊懷)나 마음껏 풀어보세!"

주유는 수하 장성들을 모조리 불러다가 장간에게 인사를 시킨 뒤에, 잔치를 크게 베풀며 말했다.

"장간은 나의 죽마고우로 하북에서 오시기는 했지만 조조의 세객은 아니니 제장들은 안심하고 융숭히 대접해 주오."

그리고 나서 허리에 차고 있던 검을 끌러 옆에 있는 태사자에게 맡기며 특명을 내렸다.

"오늘밤은 옛 친구와 더불어 술이나 마음껏 마시고 싶소. 그러하니 오늘밤 술자리에서 우리와 조조가 벌이고 있는 전쟁에 대해 말하는 자가 있거든 그 칼로 가차 없이 베어버리시오."

태사자가 검을 부둥켜안고 옆에 서니, 장간은 바늘방석에 앉은 듯한 불안감을 느꼈다.

주유가 장간에게 술을 권하며 말했다.

"내가 군사를 통솔하기 시작한 뒤로는 술을 한 방울도 입에 대지 않았는데, 오늘은 자네를 만났으니 마음껏 취해 보고 싶네. 자, 술을 드세."

주유는 유쾌하게 술잔을 나누었다. 술이 반쯤 취했을 무렵, 주유는 소풍을 핑계로 장간을 밖으로 데리고 나와 영내의 무기고와 군사들의 장비를 자세히 보여주었다.

"내 군사들과 장비를 대한 소감을 한번 말해 보게."

"매우 훌륭하오."

"우리 군사들은 사기도 높지만 군량도 십 년분은 넉넉히 저장하고 있다네. 자, 다시 들어가 수하 장수들과 함께 술을 드세."

주유는 장간을 다시 데리고 들어와 술을 권하며 말했다.

"여기 모여 있는 장수들은 모두 일기당천(一騎當千)의 영웅호걸들이네. 우리들은 이 모임을 군영회(群英會)라고 부르지. 이 모임에 있을 때면 내가 춤을 추며 노래를 부르도록 되어 있으니, 자네도 한번 구경해 보게."

주유는 그렇게 말하고는 몸소 일어나 노래를 부르며 검무를 추기 시작했다.

丈夫處世兮立功名

立功名兮慰平生

慰平生兮吾將醉

吾將醉兮發狂吟

장부가 세상에 처함이어

공명을 세우리로다.

공명을 세움이어

평생을 위로하리로다.

평생을 위로함이어

내 장차 취하리로다.

내 장차 취함이어

즐겁게 노래를 부르리로다.

주유가 노래를 마치자 만좌의 박수갈채가 우레처럼 울려 퍼졌다.

밤이 깊어 장간이 자리에서 일어섰다. 그러자 주유도 따라 일어섰다.

"나도 술이 취했으니 이만 자야겠소. 장 공, 오늘밤은 우리가 어렸을 때로 돌아가 한방에서 자기로 하세."

주유는 거짓 취한 척하며 장간을 자기 방으로 데리고 들어와 눕기 무섭게 코를 골기 시작했다. 문득 살펴보니, 책상 위에는 군사 기밀에 속하는 서류들이 쌓여 있었다. 그리고 그 옆에는 편지 한 장이 놓여 있는데, 그 편지의 뒷등에 '채모 장윤 근봉'이라고 씌어 있는 글자를 보았다. 장간은 깜짝 놀라 그 편지의 알맹이를 꺼내보았다.

그 편지의 사연은 이러했다.

우리 두 사람이 조조에게 항복한 것은 영화를 누리기 위해서가 아니라 시세를 기다리는 방편일 뿐입니다. 이제 조조의 군사를 속여 수채에 가두어놓았으니, 기회를 보아 조조의 머리를 베어 족하에게 바치는 일이 있을 따름입니다. 일간 다시 소식을 전할 터이니 족하는 저희들을 믿어 의심치 말아주십시오.

장간이 그 편지를 읽은 후 곰곰이 생각해 보니, 채모와 장윤은 유표의 사람이었던지라 조조를 충분히 배반할 수 있는 인물들이었다. 문득 주유가 몸을 뒤척였다. 장간은 편지를 제자리에 돌려놓고 당황히 불을 꺼버렸다.

잠시 뒤에 누구인가 문을 두드리더니, 장수 하나가 들어와 주유를 흔들어 깨웠다. 주유는 잠에서 깨어나는 척하다가 옆에 사람이 누워 있는 것을 보고 짐짓 놀라 보였다.

"내 방에서 자고 있는 사람은 누군가?"

"장군의 죽마고우이십니다."

"아, 그래? 손님을 이 방으로 모시고 온 걸 보면 내가 어젯밤에 몹시 취했던 모양이구나? 그래, 무슨 일로 나를 깨웠는가?"

"강북에서 밀사가 왔습니다."

"강북에서 사람이 또 왔어? 그래, 일이 잘 진행된다고 하던가?"

주유는 일부러 목소리를 낮추어 물었다.

"경계가 심해 단시일 내에 목적을 달성하기가 어려울 것 같답니다."

"그래, 알았네. 조반 후에 내가 그 사람을 직접 만나볼 테니 기다리라고 하게."

주유는 부하를 내보내고 장간을 불렀다.

"여보게! 아직 자는가?"

장간은 짐짓 자는 듯이 누워 코를 드르렁 드르렁 골았다. 주유는 옷을 벗고 자리에 누워 이번에야말로 정말로 잠을 자기 시작했다. 장간은 암만해도 불안해 견딜 수 없었다. 주유가 깨어나 채모의 편지가 발각된 사실을 알게 되면 당장 자기 자신을 죽이려 들 것이기 때문이었다. 그리하여 주유가 잠든 틈을 타 도망치려고 새벽같이 밖으로 달려 나와 배가 기다리고 있는 강변으로 달려갔다.

"누구냐?"

파수병이 길을 막으며 물었다.

"나는 주 도독의 친구요!"

"아, 그러십니까. 선생께서는 새벽같이 어디로 가십니까?"

"강변으로 아침 산책을 나가는 길이오."

장간은 가까스로 적진을 빠져 나와 강가에서 기다리고 있는 배를 타고 황급히 귀로에 올랐다.

공명의 신비한 계책

장간은 본진에 돌아오기 무섭게 즉시 조조를 만났다. 조조가 장간에게 초조한 빛으로 물었다.

"주유를 만난 일은 어떻게 되었소?"

"송구스러운 말씀입니다만 주유를 설득하지 못했습니다."

장간은 거기까지 말하고 나서 새삼스러이 정색을 하며 덧붙였다.

"하오나 그보다도 더 중대한 기밀 한 가지를 알아왔습니다."

"그보다도 더 중대한 기밀이라니? 무슨 기밀 말이오?"

"수군 도독 채모와 장윤이 적과 내통하여 승상을 해할 기회를 노리고 있다는 사실을 알았습니다."

"채모와 장윤이 적과 내통해 나를 죽이려 한다고?"

조조는 격분한 어조로 반문했다.

"그렇습니다. 채모와 장윤이 주유에게 보낸 비밀 서신을 제 눈으로 직접 보았습니다."

장간이 주유의 숙소에서 겪은 일들을 낱낱이 고해 바치니, 조조는 노기가 등등하여 불호령을 내렸다.

"두 놈을 당장 불러다가 내 눈앞에서 목을 베어라!"

채모와 장윤은 영문도 모르고 조조 앞에 불려 나왔다.

"네 이놈들! 네놈들이 나를 배반하고도 무사할 줄 알았느냐?"

"승상께서는 무슨 연유로 그리 노여워하십니까?"

"네놈들도 양심이 있으면 알 게 아니냐? 여봐라, 당장 저놈들의 목을 베어라!"

명령 일하 채모와 장윤의 목이 무참하게 달아났다.

조조는 채모와 장윤의 머리가 땅에 떨어지는 것을 보는 순간 번개처럼 어떤 생각 하나가 뇌리를 스치고 지나갔다.

"아차, 내가 주유의 꾀에 속아넘어갔구나!"

그러나 때는 이미 늦었다.

한편, 세작의 보고를 통하여 채모와 장윤이 살해되었다는 사실을 안 주유는 노숙을 보고 흔쾌히 웃으며 자랑스럽게 말했다.

"내가 꺼려하는 적장은 채모와 장윤뿐이었소. 그 두 사람이 조조의 손에 죽었다니 이제는 두려울 게 없소."

노숙이 대답했다.

"도독의 술책이 그리도 능란하시니 조조를 반드시 쳐부술 것입니다."

주유가 다시 말했다.

"내가 그런 꾀를 썼다는 것을 다른 장수들은 아무도 모를 것이오. 그러나 공명만은 혹시 짐작하고 있을지도 모르오. 장군이 공명을 찾아가 이번 일을 알고 있는지 알아봐주시오."

노숙은 주유의 명을 받고, 공명이 거처하는 배를 방문했다.

"연일 군무에 바빠 오랫동안 찾아뵙지 못했습니다. 그간 별고 없으셨습니까?"

공명은 노숙을 반겨 맞으며 대답했다.

"그러잖아도 나는 지금 주 도독을 찾아뵙고 축하 말씀을 올리려던 참이었습니다."

"축하 말씀이라니요? 무슨 축하 말씀입니까?"

"주 도독이 노 장군을 보내 내가 알고 있는지 어떤지를 알고 싶어하는 바로 그 일 말입니다."

노숙은 공명의 말에 깜짝 놀라 얼굴빛이 새파래지며 반문했다.

"선생은 대체 그 일을 어떻게 아셨습니까?"

"주 도독은 장간을 꾀어 조조를 속일 만큼 재주가 뛰어나니, 내가 그 사실을 알고 있는 것도 이미 짐작하고 계실 것이오. 그러나 조조는 그들을 죽이고 나서 자신이 속았다는 것을 금세 깨달았을 것입니다. 어쨌든 채모와 장윤을 제거했으니 강동의 군사들은 머지않아 승리의 기쁨을 맛보게 될 것입니다. 조조는 그들 대신에 모개와 우금을 수군 도독으로 임명했으나 그들로는 도저히 주 도독을 당해 낼 재간이 없을 것이오."

노숙은 공명이 모든 기밀을 다 알고 있는 데에 오직 아연할 뿐이었다. 노숙이 물러가려 하자 공명은 문간까지 따라 나오며 당부했다.

"공은 지금 돌아가서서 주 도독을 뵙더라도 내가 일체의 사실들을 알고 있더라는 말씀만은 하지 말아주시오. 주 도독이 그 일을 알고 나면 반드시 나를 죽이려 할 것이오."

노숙은 그러겠노라고 응낙하고 돌아왔으나 정작 주유를 보자 모든 일을 사실대로 말해 버렸다. 주유는 그 소리를 듣고는 새삼스러이 놀라며 큰소리로 외쳤다.

"공명을 그대로 살려두었다가는 후환이 클 테니 반드시 죽여야 할 것이다."

"만약 공명을 죽인다면 조조의 비웃음을 살 것이오."

"나 또한 그것이 걱정이오."

주유는 무엇을 생각하는지 한동안 명상에 잠겨 있다가, 별안간 무릎을 치며 외쳤다.

"아! 좋은 수가 있소!"

"무슨 수 말씀입니까?"

"내가 좋은 계책이 있으니 두고 보시오!"

주유는 노숙에게 설명하려 들지 않았다.

다음날 아침 주유는 모든 장수들을 불러 모았다. 그 자리에 공명도 불러냈다. 주유가 공명에게 물었다.

"일간 조조와 싸우려 하는데, 수상전(水上戰)에는 어떤 병기를 많이 준비하는 것이 좋겠습니까?"

공명이 대답했다.

"수상전에는 궁전(弓箭)을 많이 준비하는 것이 좋습니다."

"내 생각과 꼭 같습니다. 옛날 태공망은 진중에서 친히 무기를 많이 만들었다는 이야기를 들었습니다. 선생은 우리 강동을 위해 진중에서 십만 대의 화살을 만들어주실 수 있습니까?"

"도독의 명령이라면 힘써보겠습니다. 한데 그 화살들은 언제 쓰시려고 그러십니까?"

"열흘 안에 만들어주시면 고맙겠습니다."

"조조가 언제 쳐들어올지 모르는 이 판국에, 어찌 그처럼 늦게 잡으십니까?"

"그러면 선생은 며칠 내로 그만한 화살을 준비할 수 있겠습니까?"

"사흘 안으로 준비하겠습니다."

"사흘 안으로?"

주유는 도저히 믿어지지 않는다는 듯이 눈을 커다랗게 떠보이다가 이내 정색을 하며 공명을 나무랐다.

"진중에서 실없는 농은 용납되지 않는 법입니다."

그러나 공명은 어디까지나 근엄한 안색으로 대답했다.

"제가 어찌 도독에게 실없는 말씀을 여쭈오리까? 사흘 안에 준비를 못해 놓으면 군법에 의하여 중벌을 달게 받도록 군령장이라도 쓰겠습니다."

주유는 크게 기뻐하며 공명에게 군령장을 쓰게 했다.

공명이 군령장을 써놓고 돌아가자 노숙이 주유를 보고 말했다.

"사흘 안에 십만 개의 화살을 만드는 것은 도저히 불가능한 일일 텐데 공명은 왜 터무니없이 그런 장담을 하는 것일까요?"

"공명이 죽으려고 혼이 나가 그러는 거요. 여러 장수들이 보는 앞에서 군령장까지 받아두었으니 이제는 죽음을 면할 길이 없을 것이오."

"밤중에 도망을 치려고 그러는 것이 아닐까요?"

"공명이 그렇게까지 비루한 짓은 하지 않을 것이오. 어쨌든 만일을 염려해 면밀하게 동태를 살펴보시오."

다음날 아침 노숙이 공명을 다시 찾아갔다.

공명이 강가에서 세수를 하고 있다가 말했다.

"내가 어제 장군에게 말씀드린 것을 주 도독에게 알리지 말라고 했지 않소? 장군이 주 도독에게 그 말씀을 했기 때문에 이렇게 봉변을 당하게 된 것이오."

"주 도독은 화살 십만 개를 열흘 안으로 만들어 내라고 했는데, 선생은 자진해서 사흘 안으로 만드시겠다고 장담하시고는 이제 와서 무슨 말씀이십니까?"

"이제 와서 따지지는 않겠소. 나도 살아야겠으니 장군 수하의 군사 오류백 명과 배 이십여 척만 잠시 빌려주시오."

"그것을 가지고 뭘 하시려고 그러십니까?"

"배마다 군사 삼십 명씩 태우고, 선상에서 푸른 천으로 휘장을 둘러 강기슭으로 보내주시오. 그리만 해준다면 사흘 안으로 화살 십만 개를 주도독께 보내드리겠소. 그러나 내가 지금 부탁한 사실들은 일체 비밀로 해주시오. 만약 주 도독이 알게 되면 내 계책은 수포로 돌아가고 말 것이오."

그러나 장중으로 돌아온 노숙은 이번에도 주유에게 모든 사실을 말해 버렸다.

"배를 내주면 무얼 하겠다는 거요?"

주유는 공명의 계획을 몰라 고개를 갸웃거리며 물었다.

"글쎄올시다. 그것은 저도 모르겠습니다. 일단 배를 주어보기로 하시지요."

"달라고 하면 주어보구려. 그러나 경계만은 단단히 해야 하오."

노숙은 이내 공명의 부탁대로 쾌선 이십 척에 포장을 둘러주었다. 그러나 공명은 첫날에는 아무 동정이 없었고, 이튿날에도 아무런 움직임이 없더니, 사흘째 되는 날에는 노숙을 배로 불렀다.

"오늘이 사흘째 되는 날이니, 이제는 노숙 공이 나와 함께 가서서 화살을 가지고 오십시다."

"대체 십만 개의 화살을 어디로 가지러 가신다는 말씀입니까?"

"나를 따라오면 자연히 알게 될 것이오."

공명은 노숙을 배에 오르게 하더니, 군사들을 시켜 이십여 척의 배를 단단한 밧줄로 서로 연결하게 했다. 그런 다음 선단을 이끌고 조조의 진영을 향하여 노를 저어가게 했다. 이십여 척의 배는 안개가 자욱해 앞이 보이지 않는 강심을 향해 가고 있었다.

노숙은 매우 불안했다. 그러나 공명은 선실 등잔 밑에 앉아 술잔만 비우고 있었다.

"선생! 아무런 장비도 없이 적진 가까이 접근해 갔다가 조조의 군사들이 습격해 오면 어쩌려고 그러십니까?"

노숙이 겁에 질려 물었다.

"아무리 조조이기로 이 안개 속에 갇힌 우리를 어떻게 발견할 수 있겠소. 우리는 그저 술이나 마시다가 안개가 걷히거든 돌아가기로 합시다."

이날 밤은 안개가 몹시 짙어, 조조는 각별히 경계를 엄중히 하라는 엄명을 내렸다. 강동의 군사들이 수전에 능해 어떤 도발을 해올지 알 수 없었기 때문이다.

이날 밤 조조는 잠도 자지 않고 경계 강화를 독려했다. 한밤중에 장요와 서황을 부른 조조는 궁노군(弓弩軍) 삼천 명을 강변에 배치시켰다. 적들이 기습해 오면 수군을 도와주기 위해서였다.

사경쯤 되었을 무렵, 별안간 강상에서 함성이 일었다. 말할 것도 없이 공명이 군사들을 시켜 외치게 한 함성이었다.

조조의 군사들은 크게 놀라 안개 속에서 접근해 오는 괴선단을 향해 사정없이 화살을 쏘아 갈겼다. 조조도 직접 진두에 나서 만여 명의 수군에게 총공격을 개시하라고 명령했다. 조조의 일만 수병이 빗발치듯 쏘아 갈긴 화살은 모두 다 공명이 타고 있는 배의 푸른 휘장에 날아와 꽂혔다.

이윽고 안개가 걷히고 날이 밝아왔다. 공명은 귀로에 오르며 군사들에게 일제히 외치게 했다.

"조 승상, 화살을 많이 공급해 주어 고맙소."

조조가 이를 알고 뒤쫓으려 했으나 이미 이십여 척의 배는 멀리 사라져버리고 난 후였다.

공명은 돌아오면서 노숙을 보고 말했다.

"노숙 공, 아마 우리 배에 꽂힌 화살 정도면 줄잡아 십만 개는 넘을 것이오."

노숙은 오직 감탄할 뿐이었다.

"선생은 참으로 신인(神人)이십니다. 사흘 후에 안개가 짙을 것을 어떻게 아셨습니까?"

"장수가 천문을 몰라 어떡하오? 만약 공장(工匠)을 시켜 화살을 만들기로 하자면, 열흘 안에 십만 개는 도저히 불가능할 것이오. 게다가 주 도독은 나를 죽일 구실을 찾기 위해 사람과 물자도 제대로 대주지 않았을 것이오."

"선생은 그 일까지 알고 계셨습니까?"

"짐승들도 자신을 죽이려는 것은 직감으로 깨닫는 법이오. 사람이 어찌 그런 것을 모르겠소."

공명은 지극히 담담한 어조로 말했다.

이윽고 배를 이끌고 돌아와 화살을 정리해 보니, 배 한 척에 꽂혀 있는 화살은 오천에서 칠천 개나 되었다. 이십여 척의 화살을 모두 합하니 십만하고도 이만여 개가 넘었다.

주유는 노숙을 통하여 그 소식을 듣고는 찬탄을 마지않았다.

"아, 공명의 신기묘산(神機妙算)은 도저히 나 같은 사람이 따를 바가 못 되는구나!"

다음날 주유가 공명을 만나 말했다.

"선생의 신계(神計)에는 오직 경탄이 있을 뿐입니다."

"한낱 속임수에 불과했던 일을 뭘 그리 칭찬해 주십니까?"

주유는 이내 축하연을 베풀어주며 공명에게 고백했다.

"솔직히 말씀드리거니와 선생이 이토록 위대한 분인 줄 미처 몰랐소. 나는 어제까지 선생을 살해하려는 생각을 품고 있었습니다. 그러나 이제야 깨닫고 보니 너무나 어리석은 생각이었소. 하룻밤 사이에 적의 화살을 십여만 개나 고스란히 빼앗아오는 신통방통한 계책을 선생이 아니면 누가 감히 생각해 낼 수 있었겠습니까?"

"사술소계(詐術小計)를 그처럼 칭찬해 주시니 오히려 부끄럽습니다."

"천만의 말씀이오! 자, 평소의 비례에 대한 사과의 술을 받아주십시오."

주유는 공명에게 사과의 술잔을 올리고 나서 말했다.

"실은 어제 주공께서 사람을 보내시어, 속히 조조를 공격하라는 분부를 내리셨습니다. 그러나 저에게는 아직 좋은 계책이 없으니 선생께서 부디 한 수 가르쳐주십시오."

"녹록지재인 제가 무슨 묘계가 있겠습니까?"

"선생께서는 사양 마시고 부디 가르쳐주십시오. 전번에 제가 적의 수채를 탐지한 바 있는데, 적을 녹록하게 깨칠 수는 없을 것 같았습니다. 저도 한 가지 계책이 없진 않지만 성공 여부를 알 수 없어 아직 결정을 내리지 못하고 있는 중입니다."

공명은 그 소리를 듣고 나더니 빙그레 웃으며 말했다.

"그러면 도독의 계책과 제가 생각하고 있는 계책이 일치되는지 알아봅시다. 우리 서로 자신의 계책을 공개하기 전에 손바닥에 글자로 써보면 어떻겠습니까?"

"그것 참 좋은 말씀입니다."

주유는 곧 붓을 가져오라 하여 공명과 함께 손바닥에 글자를 한 자씩 썼다.

"자, 한번 맞춰보실까요?"

두 사람이 서로 손바닥을 떼어 보이니, 놀랍게도 같은 '火' 자가 씌어 있었다.

"아아, 선생과 저의 계책이 이렇게 부합될 줄은 미처 몰랐습니다. 저는 이제 자신을 얻었습니다. 이 일은 아무에게도 누설치 말아주십시오."

"이 같은 중대사를 내 어찌 누설하겠습니까? 저도 매우 유쾌합니다."

두 사람은 통쾌하게 웃으며 새삼 축배를 나누었다.

조조는 공명의 계책에 속아 넘어가 화살을 십만여 개나 잃은 것을 뒤늦게 깨닫고 매우 침울해 하고 있었다. 그러자 모사 순유가 말했다.

"강동에는 지금 주유와 공명이 있기 때문에 싸워서 쳐부수는 것은 용이하지 않습니다. 누군가를 거짓 항복시켜 적의 정세를 정확하게 염탐해야 할 것입니다."

"그것 참 좋은 생각이오. 그러나 누구를 보낸단 말이오?"

"참수를 당한 채모의 아우 채중과 채화가 지금 근신 중에 있습니다. 그들을 보내면 강동에서도 의심하지 않을 것입니다."

"그들이 강동으로 아주 귀순해 버리면 어떡하오?"

"가족들을 볼모로 붙잡아둔 다음 성공하고 돌아오면 높은 벼슬을 내리겠다고 하십시오. 그러면 절대 배반하지 않을 것입니다."

조조는 순유의 말을 옳게 여겨, 두 사람을 장중으로 불러들여 말했다.

"그대들은 가형(家兄)의 오명을 씻길 원할 것이다. 그대들이 손권에게 거짓 항복한 다음 우리에게 적정을 알려주면 상을 후히 내리겠다. 그리하겠는가?"

"승상의 명령이라면 불속에라도 뛰어 들어가겠습니다."

"혹시라도 강동에 가면 마음을 달리 먹지 않겠는가?"

"처자식이 이곳에 있는데 저희들이 어찌 두 마음을 먹을 수 있겠습니까? 반드시 공명과 주유의 수급을 베어 올 테니, 승상은 추호도 의심치 말아주십시오."

다음날 아침 채중과 채화는 탈주를 가장하기 위해 여러 척의 병선에 군사 오백여 명을 싣고 강동으로 향했다.

이날 저녁 주유는 채모의 두 아우가 조조를 배반하고 항복해 왔다는 보고를 받고 크게 기뻐했다. 주유가 두 사람을 불러들인 다음 물었다.

"그대들은 무슨 까닭으로 조조를 배반하고 우리에게 항복해 왔는가? 주인을 배반하는 것은 장수의 치욕이 아닌가?"

그러자 채중과 채화가 울며 호소했다.

"저희 두 사람의 가형 채모가 죄 없이 조조에게 죽었습니다. 우리는 형의 원수를 갚고자 항복한 것입니다. 우리 형제를 거두어주신다면 반드시 조조를 쳐부수는 데 큰 공을 세우겠습니다."

주유는 그 말을 듣고 크게 기뻐하며 채중과 채화를 감녕과 함께 선봉장으로 삼았다. 채중과 채화는 내심 크게 기뻐하며, 주유의 앞을 물러나왔다. 그러나 주유는 두 사람을 내보내고 즉시 감녕을 불러 말했다.

"채중, 채화가 조조를 배반하고 항복해 왔다면서 가족들을 그냥 내버려두고 온 것을 보면 우리를 염탐하러 온 첩자가 분명하오. 나는 오히려 그놈들을 역이용해 조조를 깨뜨릴 생각이오. 감녕 장군은 그들의 행동을 잘 살폈다가 출병할 때 죽여버리도록 하오."

감녕이 밀명을 받고 물러나가자 노숙은 주유의 내심도 모르고 장중으로 들어와 간했다.

"채중, 채화의 항복은 거짓입니다. 도독은 어찌하여 그들을 높이 쓰시려 하오?"

그러나 주유는 얼굴에 노기를 띠며 노숙을 나무랐다.

"조조가 저들의 가형을 죽였기에 원수를 갚으려고 항복해 왔거늘 무엇을 의심한단 말이오? 그렇게 의심이 많아서 어떻게 천하의 장수들을 용납하오?"

노숙은 더 이상 할 말이 없어 공명을 찾아가 그 사실을 말했다. 그러자 공명은 빙그레 미소만 지을 뿐 말이 없었다.

"선생은 어찌하여 제 말을 듣고 웃기만 하오?"

"노숙 공께서 주 도독의 계책을 너무도 모르는 것 같아 웃었소. 채중, 채화의 항복은 분명 거짓이오. 항복을 하러 오는 사람들이 어찌 처자식을 내버려두고 올 수 있겠소? 주 도독 또한 그 사실을 이미 간파하고 있을 것이오. 하지만 그들을 역이용하려고 일부러 속아 넘어간 척하는 것입니다."

노숙은 그제야 주유의 본심을 깨닫고 공명의 형안(炯眼)에 새삼 감탄했다.

주유가 장차 채중, 채화를 이용하여 어떤 위계(僞計)를 쓸지는 아무도 모르는 비밀이었다.

고육지책

주유가 장중에 혼자 앉아 채중과 채화를 이용해 조조를 깨뜨릴 계획을 세우고 있는데, 노장 황개가 찾아왔다. 황개는 손견 때부터 삼대에 걸쳐 충성을 다해 온 백발의 노장이었다.

주유는 황개를 정중히 맞아들였다. 황개가 자리에 앉으며 말했다.

"조조는 군사가 많고, 우리는 적으니 시일을 오래 끌수록 우리에게 불리하오. 도독은 조조에게 화공법을 쓰면 어떠하겠소?"

주유가 내심 적이 놀라며 물었다.

"누가 공에게 그런 계책을 말씀하십디까?"

"내가 혼자 생각해 본 일이지 누가 나에게 일러주었겠소?"

"실상은 나 또한 같은 생각을 가지고 있습니다. 채중, 채화의 거짓 항복을 용납하고 진중에 거두어놓은 것도 그들을 이용해 조조를 속이기 위한 수단이었습니다."

"그들을 어떻게 이용하려고 그러오?"

"조조를 속이기 위해서는 우리도 거짓 항복자를 보낼 필요가 있는데, 적당한 사람이 없어 걱정입니다."

"만약 필요하다면 내가 한번 나서보리다."

"노장께서 직접 나서주시겠습니까? 하지만 그 임무를 완수하려면 무진장한 고초를 견뎌내야 합니다. 노장으로서 감당하기에는 너무나 과중한 고통일 것입니다."

"내가 강동 땅에서 삼대에 걸쳐 후은(厚恩)을 입었는데, 무슨 고통인들 못 참겠소."

"만약 노장께서 고통을 무릅쓰고 이번 임무를 맡아주신다면 강동의 내일을 위해 그처럼 다행한 일은 없을 것입니다."

"무슨 고통이든 참고 견딜 테니 기탄없이 말해 주오."

주유는 무슨 결심이라도 한 듯 사방을 둘러보고 나서, 황개의 귀에 입을 대고 무엇인가 소곤거렸다.

황개는 주유의 말을 들으며 고개를 끄덕였다.

그 다음날 아침이었다. 주유는 북을 쳐서 모든 장수들을 장중으로 집합시켰다. 그 자리에는 마침 공명도 참석했다.

주유가 장수들을 굽어보며 말했다.

"머지않아 우리는 조조를 쳐부수기 위해 행동을 개시할 것이오. 이번 싸움은 필시 장기전이 될 것인즉 모든 장수들은 자기 배에 삼 개월분의 양초를 준비해 두오!"

그의 말이 채 끝나기도 전에 노장 황개가 벌떡 일어서며 말했다.

"삼 개월은커녕 삼십 개월의 양초를 준비하더라도 조조와 싸워 이기지는 못할 것이오. 만약 이달 안으로 조조를 쳐부술 수 있다면 모르거니와 그렇지 못할 바에는 차라리 깨끗하게 항복하는 편이 좋을 것입니다."

그 말을 듣자 주유는 살기가 등등해지며 크게 노했다.

"내 이제 주공의 명을 받들어 조조를 쳐부수려는 마당에 항복이란 웬 소리오? 이는 군심(軍心)을 어지럽히는 망언이니 군법에 의하여 당장 참하리라."

주유는 좌우를 불러 황개를 끌어내어 머리를 베라고 했다. 황개도 노기가 등등하여 주유에게 마주 소리쳤다.

"내가 손견 장군을 모신 이후로 삼대에 걸쳐 충성을 다해 왔거늘 네가 감히 내게 이럴 수 있단 말이냐?"

주유는 더욱 노하여 불호령을 내렸다.

"저놈을 당장 끌어내어 목을 베어라!"

그러자 감녕이 황망히 앞으로 나와 애원했다.

"황개 장군은 강동의 신망 있는 구신(舊臣)이니 너그럽게 용서해 주십시오."

주유는 더욱 분개하여 소리쳐 꾸짖었다.

"법 앞에 사(私)가 있을 수 없거늘, 네 어찌 여러 말로 군법을 문란하게 하려느냐?"

그러자 이번에는 모든 관원들이 무릎을 꿇고 고했다.

"황개의 죄가 죽어 마땅하오나 지금 당장 처벌하실 게 아니라 조조를 쳐부순 뒤에 참수하십시오."

"그대들이 그토록 말한다면 참수만은 일시 참아주겠소. 그러나 군법만은 분명히 밝혀둬야겠으니 백 장(杖)의 형을 가하여 죄를 다스려야겠소."

관원들은 거기에 대해서도 다시 무릎을 꿇고 엎드려 사면을 애원했다. 그러나 주유는 그 이상은 한사코 용납하려 하지 않았다.

"저놈을 매우 쳐라! 만약 사를 두는 놈이 있으면 동죄(同罪)로 다스리겠

다."

황개는 드디어 만인이 지켜보는 가운데 곤장을 맞을 신세가 되었다. 형장(刑杖)이 늙고 야윈 몸을 사정없이 유린했다. 주유의 추상같은 엄명이 있었는지라 형졸들은 더욱 힘을 주어 형장을 가했다.

황개는 이를 악물고 신음을 토했다.

"네가 이래도 나를 넘보겠느냐? 이제 다시 방자스러운 주둥아리를 놀린다면 그때에는 참형으로 다스릴 줄 알아라!"

주유가 최후의 한마디를 남기고 자리를 뜨자 모든 장수들이 울면서 황개를 잡아 일으켰다. 몸에서는 피가 흘러내리고 있었고, 황개는 정신을 못 차릴 지경이었다.

노숙은 황개의 숙소를 찾아가 위로의 말을 건네고는 다시 공명을 방문했다.

"오늘 노장 황개가 처벌을 당함에 있어 저희들은 부하의 몸이라 가슴이 아프면서도 감히 만류를 못했습니다. 선생은 어찌하여 그런 비참한 광경을 보시고도 아무 말씀이 없으셨습니까?"

공명이 웃으면서 말했다.

"하하하, 귀공은 어찌하여 나를 속이려 하오?"

"제가 선생을 속이다니요?"

"그러면 귀공은 주 도독이 황개 장군을 처벌한 것이 계책이란 걸 모르셨단 말씀이오? 주 도독이 계획적으로 벌인 일인데 내가 무슨 말을 하겠소?"

"그럼 아까 황개 장군에게 내린 형벌이 계책이었단 말씀입니까?"

"틀림없는 계책이었소. 그러나 주 도독에게 내가 그런 소리를 하더라는 말만은 하지 말아주시오."

노숙은 그제야 모든 진상을 깨닫고 감탄의 고개를 끄덕였다. 그러나 아직도 공명의 말이 확고하게 믿어지지 않아 주유를 찾아가 말했다.

"오늘 황개에 대한 처벌은 심하셨습니다. 어찌하여 그처럼 노여우셨습니까?"

"장수들이 모두 나를 원망합디까?"

"대개는 심중으로 불안해 하였습니다."

"공명은 뭐라고 합디까?"

"공명도 도독께서 너무 심하더라고 말씀하십디다."

"공명도 나의 처사가 너무 지나치더라고 했단 말이오?"

주유는 빙그레 웃으며 중얼거렸다.

"어찌하여 웃으십니까?"

"공명도 그렇게 말했다면 오늘의 일은 대성공이오. 실은 오늘 만인이 지켜보는 가운데 황개 장군에게 가혹한 체벌을 한 것은 조조를 속이기 위한 계책이었소."

노숙은 그 말을 듣고, 공명의 탁월한 판단력에 거듭 탄복했다. 그러나 그 말까지는 주유에게 말하지 않았다.

황개는 그로부터 사오 일 동안 자리 보전하고 누워 일어나지 못했다.

"주 도독도 너무 하시지, 장군에게 이럴 수 있단 말입니까?"

모든 장수들이 병문안을 와 주유를 나무랐다. 황개는 한숨만 깊게 내쉴 뿐 아무 말이 없었다.

어느 날 심복 참모인 감택이 황개의 병문안을 왔다. 황개는 좌우를 모두 물리치고 감택과 단둘이 만났다.

감택이 수심이 가득한 얼굴로 물었다.

"장군은 평소에 주 도독과 무슨 사원(私怨)이라도 있으십니까?"

"그런 일이 있을 까닭이 있소?"

"그럼 주 도독이 어찌하여 장군께 그리 가혹하신지 이해할 수 없는 일입니다."

"그러잖아도 그 일 때문에 귀공을 기다리고 있던 참이오. 실은 그 일은 주 도독과 내가 미리 짜놓고 벌인 연극이었소."

"그럼 고육지계(苦肉之計)였단 말씀입니까?"

"귀공에게 무엇을 숨기겠소? 실은 고육지계였소. 늙은 몸에 가혹한 매를 맞자니 고통스럽기는 했으나 모두가 우리 강동을 위하는 일이라고 생각하니 기뻤소. 귀공에게 한 가지만 부탁할 일이 있소."

"알겠습니다. 저더러 조조에게 사항서(詐降書)를 갖다 바치라는 말씀입니까?"

"과연 감택다운 선견지명이오. 그 부탁을 들어줄 수 있겠소?"

"알겠습니다. 장군의 부탁인데 제가 어찌 거절할 수 있겠습니까?"

감택이 흔연히 응낙하니, 황개는 너무도 감격하여 두 손을 마주 잡고 눈물을 흘렸다.

"이왕 떠날 바에는 빠를수록 좋을 것 같습니다. 항서를 빨리 써주십시오."

"항서는 이미 준비되어 있소."

황개가 요 밑에 미리 준비해 두었던 항서를 내주었다. 감택은 서한을 가슴에 숨기고, 이날 밤 어옹(漁翁)으로 가장하고 한 척의 배에 올라 조조의 진영을 향하여 떠났다.

이때 조조는 공명에게 크게 속아 십여 만의 화살을 잃은 뒤인지라, 강상(江上)의 경계가 매우 삼엄했다. 감택은 조조의 경비병에게 붙잡히자 강동의 참모임을 밝히고 조조를 만나볼 수 있기를 청했다.

조조가 감택을 불러들여 물었다.

"네가 강동의 참모라면서 여기는 무슨 일로 왔느냐?"

감택은 어이없는 질문이라는 듯 조조의 얼굴을 멀거니 올려다보다가 한숨을 쉬며 혼잣말로 중얼거렸다.

"세상에서 이르기를 조 승상은 어진 이를 구하기를 목마른 사람이 물 찾듯 한다더니 정작 만나보니 소문과는 판이하구나! 노장 황개가 사람을 잘못 보아도 분수가 있지, 무엇 때문에 저런 이를 경모하고 있는지 알 수 없구나."

조조는 눈살을 찌푸리며 다시 물었다.

"적진의 참모가 어옹으로 가장해 나를 만나려고 해 진의를 캐어묻는 것인데 무엇이 잘못인가? 어서 진심을 토로하라!"

감택이 말했다.

"황개 장군으로 말하자면 삼대에 걸쳐 손씨 일가에 충성을 다해 온 노장이오. 강동의 도독 주유는 황개 장군의 공로를 모르고, 많은 사람들 앞에서 잔인한 체벌을 가해 욕을 보였소. 황개 장군은 분한 생각을 참지 못해 승상께 항복하여 원수를 갚고자 나에게 항서를 써보낸 것이오. 승상은 그 항서를 받아보십시오."

감택이 품속에서 황개의 항서를 꺼내 바치니, 조조는 즉석에서 뜯어 읽었다.

삼가 조 승상 전에 항서를 바칩니다. 소장 황개는 손씨 일가를 삼대에 걸쳐 모셔온 무장으로 본디 항복할 생각은 추호도 없었습니다. 하지만 근자에 이르러 주유는 자신의 어리석음을 모르고 적은 군사로 조 승상의 백만 대군에 항거하는 우(愚)를 범했습니다. 수일 전에는 답답한 마음에 충언을 올린 소장에게 참기 어려운 모욕을 주었습니다. 이제 소장은 수하의 군사들을 이끌고 조 승상에게 항복하여 공을 세울 결심입니다. 그것으로 주유로부터 받은 원한을 풀고자 하오니, 승상께서는 부디 저의 뜻을 저버리지 마십시오.

조조는 황개의 항서를 십여 차례나 세밀히 읽어보다가 별안간 주먹으로 책상을 내리치며 큰소리로 꾸짖었다.

"네 이놈! 황개가 고육지책을 써서 나를 속이려고 이런 항서를 써보낸 게 틀림없다. 내가 이런 술책에 넘어갈 줄 알았느냐? 여봐라, 저놈을 당장 끌어내어 목을 베어라!"

좌우가 급히 달려들어 감택을 끌어냈다. 그러나 감택은 눈썹 하나 까딱하지 않고 오직 하늘을 우러러 크게 웃을 뿐이었다. 그 모양을 본 조조는 감택을 다시 안으로 불러들였다.

"네 간계를 알고 참하려는데 웬 웃음이냐?"

감택이 대답했다.

"황개 장군이 너를 과대평가한 게 우스워 혼자 탄식했을 뿐이다."

"무엇이 나를 과대평가했단 말이냐?"

"나를 죽일 테면 속히 죽일 일이지, 무슨 쓸데없는 군소리가 그리도 많으냐?"

"나는 병법에 정통하다. 다른 사람은 속여도 나만은 못 속인다."

"그러면 네 말을 들어보자. 대체 무엇이 간계란 말이냐?"

"너희들이 진심으로 항복할 마음이 있었다면 어찌하여 투항해 올 날짜를 분명하게 밝히지 않았느냐?"

"흥, 그러고도 네가 주제넘게 병법에 정통하다고 말할 수 있느냐? 그 정도로는 강동의 주유에게 멸망당할 것은 불을 보듯 명확한 일이다."

"어디에다 근거를 두고 방자스럽게 나의 패배를 운운하느냐?"

"스스로 투항해 오려는 장수 하나도 제대로 용납하지 못하는 네가 어찌하여 천하의 명장 주유를 당해 낼 수 있겠느냐?"

감택은 이미 죽음을 각오한 듯 기탄없이 조조를 공박했다.

조조는 적이 주저했다.

"만약 네 말에 일리가 있다면 나도 생각을 달리할 터이니, 아까 그 문제에 대해 한번 말해 보아라!"

감택이 입을 열어 말했다.

"너는 배주작절(背主作竊)에 불가정기(不可定期)라는 말을 모르느냐? 황개 장군은 지금 영어(囹圄)의 몸이다. 행동이 부자유스러운데 어찌 항복해 올 시일을 미리 정할 수 있겠느냐? 그만한 이해도 못하면서 어찌 병법에 정통하다고 자신하느냐?"

"듣고 보니 과연 일리가 있는 말이구려. 내가 너무 지나치게 의심했으니 노여워 마오."

조조는 즉시 태도를 고쳐 솔직하게 사과했다. 그러고 나서 감택을 귀객으로 대접하며 주석을 베풀었다.

마침 술이 한창 어우러져가는데, 사람이 들어와 조조에게 무엇인가 귓속말로 속삭였다.

"응, 응……. 그래, 글을 가져왔던가?"

"네, 여기 있습니다."

"이리 내라. 어디 보자."

조조는 서신을 받아보고, 기쁜 얼굴을 감추지 못했다. 감택은 그 밀서를 보내온 사람이 필시 채중과 채화일 것이라 생각했다.

조조는 다시 술잔을 들어올리며 감택에게 말했다.

"선생은 다시 강동으로 돌아가거든 황개 장군을 만나 내 뜻을 전해 주시오. 언제든 시일만 알려주면 내가 마중을 나가겠다고 말이오."

그러나 감택은 머리를 내저었다.

"한번 강동을 떠난 몸이니, 나는 다시 돌아가고 싶지 않소이다. 다른 사람을 택해 보내시지요."

"다른 사람을 보냈다가는 황개 장군이 의심을 사기도 쉬우려니와 누설

될 우려도 많으니, 수고스러운 대로 선생이 한 번 더 다녀와주오."

감택은 재삼 사양하다가 마침내 가기로 응낙했다.

조조는 감택에게 금백(金帛)을 후히 내렸다. 그러나 감택은 그것을 깨끗이 사양하고 길을 떠났다.

강동으로 다시 돌아온 감택은 곧 황개를 만나 자초지종을 보고했다.

"조조는 좀처럼 나를 믿지 못하다가 채중, 채화가 보낸 밀서를 받아보고 나서야 비로소 믿어주었습니다. 내 말과 채중, 채화의 보고가 완전히 부합된 모양이지요?"

"음, 만약 공의 웅변과 수단이 아니었으면 우리의 노고가 수포로 돌아갈 뻔했구려."

"내 이번 기회에 감녕을 찾아가 채중, 채화의 동정을 살펴보고 오겠습니다."

감택은 그 길로 감녕의 부대를 찾아갔다. 감택이 감녕을 만나 이야기를 하고 있는 중에 공교롭게도 채중과 채화가 나타났다. 감택은 감녕에게 눈짓을 해보이며 일부러 불평을 늘어놓았다.

"요새는 주 도독이 자기 권세만 믿고 장수들을 업신여기니 정말 불쾌해서 못 견디겠구려."

"어쩌면 공의 생각이 나와 같소?"

그러자 채중이 가까이 다가오더니 물었다.

"두 분께서는 무슨 불평이 그리도 많으십니까?"

감택이 말했다.

"우리의 괴로움을 네가 어찌 알겠느냐?"

그러자 이번에는 채화가 한마디 참견했다.

"두 분께서는 혹시 조 승상께 항복할 생각이 있으십니까?"

그 말에 감택의 얼굴빛이 변했고, 감녕은 칼을 뽑아 들었다.

"네놈들이 우리 속을 알았다면 불가불 죽일 수밖에 없다."

채화와 채중이 동시에 손을 저으며 황급히 말했다.

"두 분께서는 부디 염려하지 마십시오. 실은 저희들은 조 승상의 명을 받고 거짓 항복을 한 것입니다. 두 분께서 귀순할 마음이 있다면 제가 그 뜻을 조 승상께 전해 드리겠습니다."

"그 소리를 듣고 나니 이제야 안심이 되는군. 그대들이 조 승상과 그처럼 내통이 있을 줄은 꿈에도 몰랐네."

감녕과 감택은 그제야 안도의 숨을 내쉬었다. 곧이어 감택이 말했다.

"나는 이미 조 승상을 만나 뵙고 황개 장군과 함께 항복할 뜻을 전했소. 감녕 장군은 아직 뜻을 전하지 못했으니 두 분께 잘 부탁하오."

"그 점은 염려 마십시오. 저희들이 오늘로 서신을 올려 만전을 기하겠습니다."

네 사람은 짐짓 크게 기뻐했다.

채중과 채화가 그 자리에서 조조에게 보내는 보고서를 작성하자 감택도 조조에게 서신을 따로 썼다.

일간 황개와 함께 많은 수하 군사와 양초를 싣고, 뜻을 같이하는 감녕 장군과 동행으로 강을 건너갈 터인즉, 뱃머리에 청아기(靑牙旗)를 꽂고 가는 배를 보거든 공격하지 말아달라는 사연이었다. 그러나 감택의 밀서를 간단히 신임할 조조가 아니었다. 그는 채중, 채화의 보고까지 받았지만 긴급 참모회의를 열어 그 문제를 논의했다.

"채중, 채화 형제와 감택에게서 똑같은 편지가 왔는데, 이것을 믿어야 좋겠소?"

그러자 장간이 나섰다.

"제가 전일에 강동에 갔을 때 주유를 회유하려다 실패하고 돌아왔습니다. 승상께서 한 번만 더 보내주신다면 반드시 진상을 알아오겠습니다."

조조는 곧 허락했다.

장간이 적의 배를 타고 또다시 강동을 찾아가 주유를 만나볼 수 있기를 청했다. 때마침 주유는 양양의 명사 방통(龐統)과 이야기를 나누고 있었다. 방통의 아호는 봉추(鳳雛)로 공명과 함께 세상이 모두 우러러보는 지략가요 전술가였다. 양양에 있던 방통은 전란을 피해 강동에 와 있던 것이다.

주유가 방통에게 물었다.

"조조를 깨치려면 어떤 계책을 써야 하겠습니까?"

방통이 대답했다.

"조조를 깨뜨리려면 화공법밖에는 없소. 하지만 한두 척의 배에 불을 붙여도 다른 배들이 모두 달아나버리면 아무것도 안 되니까, 모든 배를 한데 붙들어 매는 연환계(連環計)를 써야 합니다."

주유가 내심 탄복하며 어떤 수단을 써야만 조조의 배를 모두 붙들어 맬 수 있을지 궁리 중인데, 마침 장간이 찾아왔다.

주유는 방통을 보내고 곧 장간을 장중으로 불러들였다. 주유가 장간을 보기 무섭게 나무랐다.

"자네는 나를 또 속이려고 왔는가?"

"내가 공을 속이다니 그게 무슨 말씀이오? 나는 전일의 후대에 사례도 할 겸, 매우 긴한 이야기를 하려고 찾아왔소."

주유는 그래도 노기를 풀지 않았다.

"그대의 뱃속은 들여다보지 않아도 아는 일이다. 나에게 항복을 권하러 찾아오지 않았는가?"

"오늘은 왜 다짜고짜 화만 내시오?"

"내가 화를 안 내게 되었는가? 자네가 내 허락도 없이 사신(私信)을 훔쳐보고 조조에게 고자질을 하는 바람에 채모와 장윤이 죽지 않았는가?

분한 마음으로 따지자면 당장에 물고를 내어야 마땅할 것이지만 구정(舊情)을 생각해 특별히 참아주는 것이니 내가 조조를 쳐부술 때까지 서산에 있는 암자에나 가 있게. 여봐라, 이 분을 당장 절간으로 모셔라!'

장간은 꼼짝도 못하고 군사들에게 붙잡혀 산속에 있는 암자로 끌려갔다. 그날부터 장간은 파수병들의 엄중한 감시를 받으며 암자 생활을 시작했다.

불안한 세월을 보내던 장간은 어느 날 밤 파수병들의 눈을 속여 암자를 빠져나왔다. 도망치고 싶은 마음은 간절했으나 산 밑에 군사들이 깔려 있어 도저히 도망을 칠 수 없었다. 산속을 방황하다 보니, 멀리에서 빨간 불빛이 보였다.

가까이 다가가보니, 그 집에서는 글 읽는 소리가 낭랑하게 흘러나왔다. 문틈으로 엿보니 삼십 대의 젊은 서생이 책상 앞에 단정히 앉아 병서를 읽고 있었다. 자세히 보니 전날 군영회(群英會)에서 한 번 만나본 일이 있는 봉추 방통 선생이었다.

장간은 주인을 찾아 방안으로 들어서며 말했다.

"전일 인사드렸던 봉추 선생이 아니십니까?"

"오오, 장간 공이 이 밤중에 웬일이오? 장 공은 아직도 강동에 머물러 계셨소?"

"실은 강동을 떠났다가 다시 돌아왔습니다. 그 때문에 주유에게 의심을 사 산중에 억류되어 있는 중입니다."

"불행 중 다행이오. 내가 주유 같으면 당장에 목을 베었을 것이오."

"선생께서는 지금 무슨 말씀을 하고 있습니까?"

"하하하, 지금 한 말은 농담이었소."

차츰 이야기를 해보니 방통은 강동의 인사들과는 별로 깊은 관계가 있는 것 같지 않았다. 장간이 방통의 진심을 떠보려고 이렇게 말했다.

"선생처럼 높은 재주를 가지신 분이 어찌하여 이런 산중에 머물러 계십니까? 만약 조 승상을 찾아가신다면 무상의 환대를 받을 것입니다."

"조조가 인재를 무척이나 아낀다는 이야기는 나도 벌써부터 듣고 있었소."

"그런데 어찌하여 조 승상을 찾아가지 않으시고 산중에 머물러 계십니까?"

"강동에 있다가 느닷없이 조조를 찾아가면 도리어 나를 의심할 게 아니오?"

"만약 선생께서 조 승상을 찾아갈 뜻만 있다면 제가 발 벗고 나서겠습니다."

"네, 귀공께서요?"

"실은 저는 조 승상의 명을 받고 주유를 항복시키려고 찾아온 사람입니다."

장간은 방통을 믿고 모든 비밀을 기탄없이 털어놓았다.

"음, 귀공이 그런 분이라면 나를 안내해 주시오."

두 사람은 그 밤으로 산을 내려와 대기 중에 있는 배를 타고 강을 건넜다.

장간이 배에서 내려 봉추 선생을 모시고 온 일을 보고하니, 조조가 친히 나와 반가이 맞았다.

"내 선생의 대명을 익히 들은 바 있소이다. 이처럼 왕림해 주시니 기쁘기 한량없소. 부디 가르침을 아끼지 말아주시오."

방통이 말했다.

"너무나 과분한 말씀입니다. 오늘 승상을 뵈올 영광을 얻게 된 것은 모두 장 공의 덕택입니다."

조조는 진심으로 기뻐하며 주연을 베풀고 흉금을 털어놓았다.

이튿날, 조조는 방통을 데리고 산상에 올라가 포진을 보여주며 말했다.

"선생은 진형을 시찰하시고 잘못된 점이 있다면 기탄없이 지적해 주십시오."

그러나 방통은 시찰하고 나서 그저 경탄만 할 뿐이었다.

"연안 백 리의 포진이 방산의림(傍山依林)하고 전고후면(前顧後眄)하며 출입유문(出入有門)과 진퇴곡절(進退曲折)하신 수법이 비록 손자(孫子)나 오자(吳子)가 온들 저 이상의 포진은 못했을 것입니다."

"선생은 칭찬만 마시고 잘못된 점을 가르쳐주십시오."

"용병법이 저렇게도 신묘한데, 제가 어찌 잘못된 점을 비평할 수 있으오리까. 승상을 보고 천하의 명장이라고 하더니 과연 명불허전(名不虛傳)입니다."

방통은 조조를 극구 칭송하고 나서 즉시 손을 들어 강동을 가리키며 혼잣말하듯 중얼거렸다.

"주랑아, 네가 멸망할 날이 머지않았구나!"

장중으로 돌아온 조조는 다시 주연을 베풀어 방통을 후대했다. 술이 몇 순배 돌았을 때, 뒷간에 잠깐 다녀온 방통이 조조에게 물었다.

"진중에 좋은 의원이 몇 사람이나 있습니까?"

"의원은 왜 찾으십니까?"

"수군은 원래 병이 많은 법이라 의원이 많아야 합니다."

방통의 말에 조조는 내심 크게 수긍되는 바가 있었다. 왜냐하면 조조의 군사들이 수토불복으로 배 멀미와 구토증을 앓는 자가 많아 은근히 걱정하고 있던 중이기 때문이었다.

"과연 선생의 말씀대로 우리 군사들 중 수토불복으로 환자가 많이 발생하고 있습니다. 그에 대비한 좋은 예방책은 없습니까?"

"수상생활에 익숙지 못한 북방 군사들이니 반드시 그럴 것입니다. 배

멀미와 구토증을 예방하기 위한 근본적인 예방책은 흙을 가까이 하는 것 뿐입니다. 수병이 육지에 내려갈 수도 없는 일이고, 결국은 포진을 바꾸는 수밖에는 방법이 없을 듯합니다."

"포진을 어떻게 바꾸어야 합니까? 부디 가르쳐주십시오."

"배 위에 있으면서 수질(水疾)을 면하게 하려면 결국은 배를 철환(鐵環)으로 여러 척 연결하여 동요가 적게 하면 될 것입니다. 그런 다음 배와 배 사이에 널빤지를 깔아놓으면 배 위에 있으면서도 마치 육지에 있는 것과 마찬가지 효과를 거둘 수 있을 것입니다. 그러면 조수가 드나들거나 웬만한 풍랑이 일어도 배는 끄떡하지 아니할 것이니, 병자가 반드시 줄어들 것입니다."

"참으로 좋은 방법을 알려주셨소. 꼭 그렇게 하겠습니다."

조조는 진심으로 탄복하며, 곧 모든 병선을 쇠사슬로 연결하라는 군령을 내렸다.

방통은 속으로 회심의 미소를 지었다.

동남풍을 부르다

조조는 방통의 마음을 사게 된 것을 크게 기뻐하며 말했다.

"강동 호걸 중에 주유에게 원한을 품고 있는 장수들이 많다고 하오. 강동으로 돌아가시거든 선생은 그들을 포섭해 주시오. 만약 선생이 큰 공을 세우시면 천자께 상주해 삼공(三公)에 봉하도록 할 것이오."

방통은 머리를 내저으며 대답했다.

"말씀은 고맙습니다만 저는 개인의 영달을 탐내지 않는 사람입니다. 승상은 만일 강을 건너시더라도 백성들만은 해치지 말아야 할 것입니다."

"내 하늘을 대신하여 도를 행하는 터에, 어찌 백성들을 시해하겠소."

"참으로 옳은 생각이십니다. 그러나 백만 대군이 일시에 처들어가면 부분적인 살육과 약탈을 피할 수 없을 것입니다. 그 경우에 대비해 저희 집 가족들의 안전을 기하고 싶사오니, 승상께서는 저에게 방문(榜文)을 하나 써주십시오."

"선생의 가족들은 지금 어디 계시오?"

"형주에서 쫓겨나 현재 강동의 산속에서 우거하고 있습니다."

조조는 곧 붓을 들어 방통에게 방문을 하나 써주었다.

방통은 방문을 받고 나서, 조조에게 하직을 고하고 강변으로 나왔다. 방통이 막 배 위로 오르려는데, 홀연 한 사람이 등 뒤에서 나타났다.

"그대들은 참 대담도 하구려. 황개는 고육계(苦肉計)를 쓰고, 감택은 사항서(詐降書)를 바치고, 이제 그대는 연환계(連環計)를 써 조조를 용하게 속였소. 그러나 그대들의 놀라운 지략도 나만은 속이지 못할 것이오."

방통이 깜짝 놀라 쳐다보니 그는 도포에 대나무 관을 쓰고 있는 서서였다.

"공이 만약 우리의 계획을 발설하신다면 강남 팔십일 주의 백성들이 모두 조조군의 말발굽 아래 죽게 될 것이오."

"그것은 그대의 생각일 것이고, 그 계획이 성공하면 조조 휘하의 팔십삼만의 인마가 불에 타 죽는다는 것도 생각해 보시오."

"그럼 귀공은 나의 계획을 발설하겠다는 것이오?"

"그 걱정은 마시오. 나는 일찍이 유 황숙과 군신의 서약을 맺었을 뿐만 아니라, 그 어른으로부터 과분한 은총을 받았기에 몸은 비록 조조의 휘하에 있어도 마음은 언제나 유 황숙에게 가 있소. 어머니 때문에 조조의 진영으로 떠나올 때에도 유 황숙에게 해로운 계책은 절대로 쓰지 않겠노라고 내 자신에게 맹세했소. 다만 걱정되는 것은 내가 이번 난을 어떻게 모면할 수 있을까 하는 것이오."

"귀공은 어찌 그런 일까지 걱정하시오?"

방통은 그의 귀에 입을 갖다대고 몇 마디 말을 일러주었다. 서서가 연신 고개를 끄덕이며 수긍했다.

방통이 서서와 작별하고 강동으로 돌아간 지 며칠 후에 조조의 군중에서는 난데없는 풍설이 돌기 시작했다.

"서량의 마등과 한수가 모반하여 허도를 엄습해 오는 중이다!"

그것은 방통의 지시에 따라 서서가 암암리에 퍼뜨려놓은 헛소문이었다. 그러나 허도를 오랫동안 비워둔 조조는 그 소문에 큰 충격을 받았다. 그리하여 모사들을 모아놓고 말했다.

"지금 마등과 한수가 모반하여 허도로 쳐들어온다는 소문이 도는데, 내가 남정(南征)을 포기하고 떠날 수가 없으니, 누가 나를 대신해 그들을 진압해 줄 사람이 없겠소?"

서서가 대뜸 나서며 대답했다.

"제가 그 책임을 맡아보겠습니다."

"선생이 가주신다면 나도 마음을 놓을 수 있겠소."

조조는 즉시 정병 삼천을 주어 길을 떠나게 했다.

때는 건안 십일년 동짓달이었다. 조조는 서서를 허도로 보내고 강으로 나와 수채를 다시 돌아보았다. 수(帥) 자가 끼어 있는 깃발이 펄럭이는 그의 배에는 많은 장수들이 모여들었다. 때마침 보름달이 밝은지라 조조는 장수들을 거느리고 병선 위에서 성대한 주연을 베풀었다. 자못 득의만면한 조조가 용용히 흐르는 장강을 내려다보며 말했다.

"내 의병을 일으킨 지 수십 년 동안 사직을 위해 사해(四海)를 휩쓸었건만 아직도 얻지 못한 곳은 오직 강동뿐이오. 그러나 이제 강동 땅을 제패할 시간도 머지않았소. 기름진 강동을 손에 넣는 날에는 이 자리에 모여 앉은 모든 장수들과 함께 부귀영화를 마음껏 누리도록 하겠소. 제장들은 그런 줄 알고 선전 분투해 주기 바라오."

모든 장수들이 술잔을 들고 일제히 일어나 승리의 축배를 올렸다.

"승상의 건강과 개선의 무운을 축원하나이다."

오고 가는 술잔에 밤이 깊으니 조조는 거나하게 취해 손을 들어 남쪽 언덕을 가리키며 말했다.

"아아, 주유와 노숙이 천시(天時)를 모르는구나. 그대들의 진영 속에 이미 나에게 투항한 자 많으니, 이는 하늘이 나를 도우심이 아니고 무엇이겠느냐?"

순유가 그 소리를 듣고 눈살을 찌푸리며 말했다.

"승상은 행여 그런 말씀 마십시오. 혹시라도 누설되면 어찌합니까?"

그러나 순유의 간언에도 아랑곳하지 않고 조조는 크게 웃었다.

"하하하, 이 좌석에 있는 사람들은 모두 나의 심복지인뿐인데 무슨 말을 한들 어떻겠소."

그리고 이번에는 하구 쪽을 가리키며 비웃기를 마지않았다.

"유비, 제갈량아! 너희들은 개미 같은 힘을 헤아리지 못하고 감히 태산을 흔들어보려 하니 그 얼마나 어리석은 꿈이더냐!"

그리고 나서 다시 혼잣말을 했다.

"내 나이 어느덧 쉰넷이로다. 이번에 강남을 얻게 되면 교공(喬公)의 두 딸과 더불어 여생을 즐겁게 지내볼까 하노라."

그 말이 조조의 입에서 떨어지자 밤하늘에서 난데없이 까마귀 한 떼가 남쪽으로 날아가며 음흉스럽게 울어댔다.

"지금 까마귀가 남쪽으로 날아가며 울고 있는데 어찌 된 일인가?"

그러자 사신 하나가 대답했다.

"달이 하도 밝기 때문에 날이 밝은 줄 알고 까마귀가 우는 것입니다."

"음, 그럴 법도 하구나!"

조조는 뱃머리에 나와 강에 술을 뿌려 수신(水神)에게 제사를 지내고, 검을 어루만지며 장수들에게 말했다.

"내 젊었을 때, 이 검으로 황건적을 섬멸하고, 여포를 사로잡고, 원술을 멸하고, 원소를 깨치고, 다시 삭북(朔北)에 진격하고, 요동을 평정했소. 이제 최후로 강대한 강동을 일거에 취하려 하니 실로 감개무량하구려. 아아, 대장부의 이 감격, 이 환희를 한 편의 시로 읊어 볼까 하오."

그리고 나서 조조는 즉흥시 한 편을 읊었다.

술 들고 노래하세, 인생이 그 얼만고,
초로(草露)와 같다 할까, 지난날이 꿈 같구나.
슬픈 일 당할 때면 근심을 풀 길 없어,
이 시름 어찌 푸노, 술만이 약이로다.
푸르른 그대 옷깃 유유한 이내 마음.
사슴은 울어대며 풀을 뜯어먹는구나.
귀한 손 모시고 비파 타고 피리 부네.
밝고 밝은 저기 저 달 기울 줄이 있으랴.
마음속에 시름 오니 끊일 꿈 바이 없네.
백을 넘고 천을 건너 그런대로 살아가네.
오랜만에 서로 만나 옛 은혜를 생각한다.
달은 밝고 별 드문데 남으로 가는 까막까치.
두루 살펴 나무 찾되 의지할 가지 없네.
산은 높아 싫지 않고 물은 깊어 좋을레라.
주공이 밥 뱉으니 천하가 돌아오네.

노래를 마치자 좌중이 모두 축배를 돌리며 즐거워하는데, 양주(楊州) 자사(刺史) 유복(劉馥)이 자리에서 벌떡 일어서더니 조조를 나무랐다.

"승상은 어찌하여 대군을 일으키려는 차제에 그런 불길한 시를 읊으시나이까?"

"내 노래를 어찌하여 불길하다고 하느뇨?"

조조는 분노의 빛을 띠며 따졌다.

"'달은 밝고 별 드문데 남으로 가는 까막까치' 라는 구절도 불길하거니와 '두루 살펴 나무 찾되 의지할 가지 없네' 라는 구절도 불길합니다."

"네 방자스럽게 감히 나의 흥을 깨뜨리려 하느냐!"

조조는 일갈하며 검을 번쩍 들더니 유복을 한칼에 베어버렸다. 좌중은 크게 놀라고 잔치의 기분은 산산이 부서지고 말았다. 그러나 다음날 조조는 자신의 취중 경솔을 크게 뉘우치며 유복을 삼공(三公)의 예로 후하게 장사지내주었다.

그로부터 수일 후, 수군 총대장 모개와 우금이 조조 앞에 나와 아뢰었다.

"승상의 군령대로 우리 병선을 오류십 척씩 모두 연결해 놓고 만반의 전투태세를 갖추어놓았습니다."

"내가 사열을 해야겠소!"

조조가 대전선(大戰船)을 타고 나가보니, 많은 병선이 오색 기호(旗號)로 나뉘어 있는데,

중앙의 황기(黃旗)는 모개, 우금의 군사요,

전부(前部)의 홍기(紅旗)는 장합의 군사요,

후군의 흑기(黑旗)는 여건의 군사요,

좌군의 청기(靑旗)는 문빙의 군사요,

우군의 백기(白旗)는 여통의 군사요,

마보군(馬步軍)으로서는 전군이 홍기인 서황이요,

후군이 흑기인 이전이요,

좌군이 청기인 악진이요,

우군이 백기인 하후연이요,

수륙구응군(水陸救應軍)의 대장이 하후돈과 조홍이요,

교통수호군 감전사(交通守護軍 監戰使)가 허저와 장요였다.

"내 오늘날까지 수없이 싸웠으되, 오늘처럼 규모가 방대하고 군비가 충실한 싸움은 한 번도 겪지 않았노라. 이제 우리는 오직 기회를 노려 진군이 있을 뿐이다!"

조조가 뱃전에 높이 올라 만족스러운 어조로 말하자 북소리가 세 번 울리고 모든 병선이 서서히 움직이며 조조에게 사열을 받았다.

이날 바람이 사나워 풍랑이 매우 높았으나 병선이 서로 연결돼 있어 군사들은 멀미를 조금도 느끼지 않았다. 그 모양을 보고 조조가 말했다.

"만약 하늘의 도움으로 봉추 선생을 만나지 못했던들 내가 어찌 배를 연결할 생각을 했으리오."

그러자 정욱이 말했다.

"배를 연결해 놓으니 미상불 편하기는 합니다. 하오나 만약 적들이 화공법을 쓰는 날에는 피해를 면하기 어려울 것입니다."

"그것은 무용의 걱정이오. 화공법은 반드시 바람을 빌려야 하는데 지금 같은 한겨울에는 서풍이나 북풍은 불어도 동풍이나 남풍은 불지 않소. 우리는 서북쪽에 있고, 적은 남쪽에 있는데 제놈들이 만약 불을 쓰면 도리어 자기네 군사들이 타죽게 될 것이오. 봄이나 여름에는 화공법이 가능하지만 겨울에는 절대로 안 될 것이오."

모든 장수들이 그 말을 듣고, 제각기 감탄을 마지않았다.

"과연 승상은 천문에도 밝은 어른이십니다."

조조가 다시 말했다.

"우리 군사는 대부분이 청주, 서주, 연주 출신이니, 만약 이런 연쇄철환(連鎖鐵環)법을 쓰지 않았다면 물결 거친 이 강을 어찌 이처럼 자유롭게 활동할 수 있겠소."

그러자 원소의 부하였던 초촉과 장남이 나서며 아뢰었다.

"저희들은 비록 북방 출신이나 배에는 매우 능란합니다. 만약 저희 두 사람에게 병선 이십 척만 내주시면 선봉으로 나가 적의 간담을 서늘하게 만들고 돌아오겠습니다."

"그대들의 기개는 장하지만 섣불리 덤벼들어서는 안 된다."

"아닙니다. 만약 저희들이 실패하는 날에는 죽음으로 처벌을 달게 받을 것이니, 반드시 허락해 주시기 바랍니다."

"이십 척으로는 너무 적으니, 기어이 가고 싶다면 문빙의 배 삼십 척과 정병 오백 명을 더 달아줄 테니 한번 기세를 올려보도록 하라!"

초촉과 장남은 크게 기뻐하며, 곧 병선을 거느리고 강남으로 발진했다.

한편, 강동에서는 적선이 진군해 온다는 정보를 듣고, 주유가 곧 산으로 올라가 적들을 바라보며 호령했다.

"적들은 지금 소부대가 올 뿐이니, 너무 떠들 일이 못 된다. 누가 나가 저들을 쳐부숴 서전의 개가를 올릴 자가 없느냐?"

그러자 한당과 주태가 앞으로 나섰다.

"저희들이 가겠습니다."

한당과 주태가 십여 척의 병선을 이끌고 진고를 높이 올리며 적을 맞아 나갔다. 이윽고 사십여 척의 병선들이 강상에서 어지러이 어울려 싸우기 시작했다. 쫓고 쫓기고, 쫓기다가 돌아서 반격을 가했다. 나중에는 초촉과 한당이 맞붙다시피 창검을 휘두르며 백병전을 전개했다. 그런 와중에 주태가 뒤로 덤벼들어 장창으로 초촉의 등을 산적처럼 푹 꿰어버렸다.

그러자 이번에는 장남이 주태에게 덤벼들며 활을 쏘아 갈겼다. 주태는 배 바닥에 엎드려 적의 화살을 피하다가, 별안간 적선으로 뛰어오르며 장남을 단칼에 두 동강 내어버렸다. 그런 다음 주태는 그들이 거느리고 왔던 배를 모조리 노획했다.

이리하여 조조의 군사는 서전에서 참패했을 뿐만 아니라 두 명의 장수까지 잃었다. 주유는 그 광경을 보고 크게 기뻐했다.

서전에 참패를 당한 조조는 통분을 금할 길이 없어 이번에는 모든 병선을 동원해 한꺼번에 덤벼왔다. 그 위세는 일망무제한 장강을 뒤덮고도 남음이 있었다.

"아아, 적들의 병선이 저리도 많았던가? 저 병선들을 무슨 재주로 쳐부순단 말인가?"

주유도 이번만은 숨이 막혀오는 것처럼 가슴이 답답했다.

그때 별안간 난데없는 광풍이 불더니, 조조가 타고 있는 배의 깃대가 딱 소리를 내며 부러져버렸다.

"이게 무슨 불길한 징조인가?"

조조를 비롯하여 모든 군사들이 크게 당황했다. 그들은 진격해 오던 선단을 멈추더니 일단 뒤로 물러가버렸다.

"아아, 하늘이 우리를 도와주는구나!"

주유가 안도의 숨을 내쉬는데, 또다시 일진광풍이 지나가며 이번에는 주유가 타고 있는 배의 돛대가 부러져 떨어졌다. 주유는 그 순간 마음속에 생각하는 바가 있어 일부러 큰소리를 지르며 나자빠졌다.

장병들은 주유를 급히 병석에 눕히고, 일변 의원을 청한 다음 손권에게 그 사실을 알렸다.

"백만의 대적이 강동을 일거에 무찌르려는 이 판국에 대도독이 병석에 누웠으니 장차 적을 누가 막아낼 것인가?"

모든 장수들이 수심이 만면하여 한탄했다.

노숙이 생각다 못해 공명을 찾아와 말했다.

"주 도독께서 저 모양이니, 장차 이 일을 어찌했으면 좋겠습니까?"

그러나 공명은 태연히 말했다.

"주 도독의 병을 내가 고쳐드리리다."

"선생께서 어떻게 병을 고친단 말입니까?"

"아무 말씀 말고 나를 따라오시오."

공명은 노숙과 함께 주유를 찾아가 물었다.

"병세는 좀 어떻습니까?"

"가슴과 머리가 아프고, 정신이 어지러워 못 견디겠소."

"약은 좀 써보셨소?"

"비위가 역겨워 약도 안 들어가는구려. 아마 이번에는 내가 살아나기 어려울 것 같소."

"너무 그렇게 실망하지 마십시오. 그러면 제가 약을 드릴 테니 제 약을 한번 써보시지요."

"선생은 무슨 약을 주려고 그러시오?"

"제가 드리려는 약은 신력(神力)이 통하는 비약(秘藥)이기 때문에 남이 보아서는 안 됩니다. 좌우를 다 물리고 난 연후에 약을 드리겠습니다."

공명은 좌우를 물리치더니 붓을 들어 종이에다 다음과 같이 썼다.

조조를 깨치려 할진댄
마땅히 화공(火攻)을 쓸 것이라.
모든 준비가 다 되었으나
다만 동풍(東風)만이 빠졌도다.

공명은 글발이 적힌 종이를 주유에게 내보이며 말했다.

"이것이 바로 주 도독이 몸져누운 원인일 것입니다."

주유는 글발을 보고 소스라치게 놀라며 말했다.

"과연 선생만은 속일 수 없구려. 장차 이 위급지세를 어떻게 구해야 할

지, 선생은 대책을 가르쳐주소서."

공명이 대답했다.

"제가 일찍이 이인(異人)을 만나 기문둔갑천서(奇門遁甲天書)를 배운 덕택에 호풍환우(呼風喚雨)하는 법을 알고 있습니다. 만약 도독께서 동남풍이 꼭 필요하시면 남병산(南屛山) 아래에 칠성단(七星壇)이라는 제단을 모아주십시오. 그런 다음 제사에 필요한 사람 일백이십 명만 달아 주시면, 제가 심혈을 기울여 제사를 지내, 동남풍이 삼일 삼야(三日三夜) 동안 불게 하겠습니다."

주유는 그 소리를 듣고 크게 기뻐하며 부탁했다.

"삼일 삼야가 아니라 단 하룻밤만 불어도 좋겠소. 제발 내 뜻을 이루게 해주오."

"동남풍이 십일월 이십일 갑자(甲子)일부터 불기 시작하여 이십이일 병인(丙寅)일에 그치게 하면 어떻겠소이까?"

"좋습니다. 꼭 선생만 믿고 있겠소."

주유는 공명의 지시대로 명을 내려 정병 오백 명에게 남병산 아래에 제단을 쌓게 했다.

칠성단은 높이가 구척이나 되는 삼층단인 데다가 방위가 이십사 장(丈)이나 되는 호화스런 제단이었다. 게다가 주위에는 청, 홍, 적, 백, 흑의 오색 기를 방위에 따라 줄줄이 늘어 꽂고, 장창 보검을 군데군데 세워놓아 사뭇 장엄하게 보였다.

제사를 지낼 준비가 모두 끝나자 공명은 십일월 이십일 갑자(甲子) 길진(吉辰)에 목욕재계를 한 다음 도의(道衣)를 입고, 노숙을 돌아다보며 말했다.

"이제부터 제사를 지낼 터인데, 잡인이 있으면 안 되니, 노숙 장군은 궁중으로 돌아가오. 그리고 만약 제사를 지내어 응험(應驗)이 없더라도 너무 나무라지는 마오."

공명은 노숙을 돌려보내고 제단을 지키는 군사들에게 엄숙히 말했다.

"너희들은 제사를 지내는 동안 다음 몇 가지만은 엄격히 지켜야 한다. 만약 영을 어기는 자 있으면 참형에 처하리라. 첫째, 함부로 방위를 떠나지 말며 둘째, 입을 봉하고 말하지 말며 셋째, 어떤 괴이한 일이 있더라도 놀라지 말아야 한다."

말이 끝나자, 공명은 향로에 향을 피우고, 바리에 제수를 붓고, 제단에 높이 올라 머리 숙여 제문을 암송했다.

이날 공명은 제단에 세 번 올라 축원을 올렸고, 쉬는 사이에 군사들에게 교대로 밥을 먹게 했다. 그러나 날이 저물고 밤이 깊어도 아무런 응험이 나타나지 않았다.

한편, 주유는 동남풍이 불면 조조에게 총공격을 가하려고 만반의 준비 태세를 갖추고 초조하게 대기 중이었다. 황개에게는 화선(火船) 이십 척을 내주며 바람이 일어나는 것과 동시에 투항을 가장해 조조에게 접근한 다음 적의 병선에 일시에 불을 지르도록 빈틈없는 작전을 세웠다. 황개가 먼저 나가 적의 함선에 불을 지름과 동시에, 이편에서는 일제히 총공격을 개시하자는 것이었다.

이제 병사들은 오로지 주 도독의 명령이 떨어지기만을 기다리고 있었다. 그러나 밤이 깊어가는데도 동남풍이 불어올 낌새는 보이지 않았다.

주유가 노숙을 초조하게 돌아다보며 말했다.

"공명이 괜한 큰소리를 친 게 아니오? 이 깊은 겨울에 동남풍이 불어올 까닭이 없지 않소?"

"공명이 설마 허황한 말씀이야 하였겠습니까?"

마침 그때 동남풍이 간들간들 불며 깃발이 나부끼기 시작했다.

주유는 악연히 놀랐다.

"아! 동남풍이오."

"틀림없는 동남풍입니다."

모두들 놀라며 새삼스러이 바라보니, 함상의 모든 깃발이 서북쪽을 향해 나부끼고 있었다. 바람이 점점 거세지고 있었다. 주유는 진격 명령을 내리기에 앞서 생각했다.

'공명은 천지조화의 법과 신출귀몰하는 도법을 가졌구나. 그런 사람을 살려두었다가는 장차 우리에게도 큰 화근이 될 것이니 죽여없애야 하겠다.'

주유는 정봉(丁奉)과 서성(徐盛)에게 군사 백 명씩을 내주며 다음과 같이 명했다.

"너희들은 곧 군사를 데리고 남병산 제단으로 달려가 두말없이 공명의 머리를 베어 오너라. 공을 이루면 상을 크게 줄 터인즉 급히 시행하라!"

정봉과 서성은 배를 급히 몰아 육지에 오른 다음 남병산을 향하여 황급히 달려갔다. 그러나 남병산 제단에는 동남풍이 모질게 부는 가운데 군사들만이 엄숙히 서 있을 뿐, 공명의 모습은 그 어디에도 보이지 않았다.

"공명은 어디로 갔느냐?"

"지금 막사에서 쉬고 계십니다."

즉시 막사로 달려갔으나 공명은 보이지 않았다.

그제야 알고 보니, 공명은 조금 전에 강으로 나가 배를 타고 어디론가 떠났다는 것이었다.

정봉과 서성이 급히 강가로 나가보니, 공명은 도의를 입은 채 한 장수의 호위를 받으며 배를 타고 하구 쪽을 향하여 가고 있었다.

"군사는 어디로 가십니까? 도독께서 모시고 오라고 하시더이다."

정봉과 서성이 배를 타고 뒤따라가며 큰소리로 외쳤다.

그러자 공명이 대답했다.

"장군은 어서 돌아가 도독에게 용병이나 잘하시라고 이르오. 나는 지금 하구로 돌아가는 길이오."

"아닙니다. 도독의 긴급한 말씀을 전하겠습니다."

정봉과 서성이 급히 뒤따라가 배 가까이 접근하려 하니, 이번에는 공명을 호위하고 있던 장수가 화살을 메겨 들고는 큰소리로 외쳤다.

"나는 상산 조자룡이다. 내 이제 주공의 영을 받들어 군사를 모셔가는 터이니, 너희들은 죽고 싶지 않거든 즉시 물러가거라! 말을 듣지 않으면 용서치 않겠다."

정봉과 서성은 '상산 조자룡'이라는 말을 듣자 기가 푹 꺾였다.

게다가 그가 쏘아 갈기는 한 대의 화살이 돛 줄을 대번에 끊어버리는 바람에 배가 금방이라도 뒤집힐 듯 감돌아가고 있었다.

두 장수는 어쩔 수 없이 돌아와 주유에게 사실대로 보고를 했다.

"아아, 공명이 이렇게도 신명할 줄은 몰랐구나. 우선 조조나 쳐부순 뒤에 다시 방법을 강구하기로 하자!"

주유는 장탄식을 하면서도, 총공격 명령을 내릴 준비를 다시 한번 갖추었다.

적벽대전

주유는 진군령을 내리기 전에 감녕을 불러 명했다.

"감 장군은 우리에게 거짓 항복한 채중을 앞세우고 오림(烏林) 방면의 적진 깊숙이 상륙하여 조조의 군량고에 불을 지르라!"

"채화는 어찌합니까?"

"채화는 따로 쓸 데가 있으니 장중에 그냥 머물러 있게 하라."

그리고 이번에는 태사자를 불러 명했다.

"너는 삼천군을 거느리고 황주로 달려가 합비(合淝)에서 오는 조조의 응원군을 공격하여 불을 지르라. 그때에 만약 홍기군이 보이거든 주공이 거느린 군사임을 알라!"

세 번째는 여몽을 불러 명했다.

"너는 감녕과 함께 오림으로 가서 조조의 병선단에 불을 지르라!"

네 번째는 능통을 불러 명했다.

"너는 삼천군을 거느리고 이릉(彝陵) 경계를 지키고 있다가, 오림에서

불이 일어나거든 함성을 올리며 적을 공격하라!'

다섯 번째는 동습을 불러 명했다.

"너는 삼천군으로 한양(漢陽)을 취하고 나서 조조에게 공격을 가하라."

여섯 번째로는 반장(潘璋)을 불러 명했다.

"너는 삼천군으로 한천(漢川)을 점령하고, 적의 백기 부대를 공격하라!'

선봉으로 여섯 부대를 먼저 떠나게 한 뒤에, 이번에는 황개를 시켜 화선(火船)을 안배하고, 조조에게 오늘밤 항복하러 가겠다는 밀서를 먼저 보내게 했다.

황개가 배를 띄워 출발하자 응원군으로 배 네 척을 따로 딸아주었다. 그런 뒤에 한당, 주태, 장흠, 진무 등의 네 부대가 각각 전선 삼백여 척씩을 거느리고 떠났는데, 그들의 앞에는 각각 화선 이십 척씩이 선행하고 있었다.

주유 자신은 모사 정보와 더불어 서성, 정봉, 노숙, 감택 등의 대장들을 거느리고 뒤를 따랐다. 이날 손권으로부터 자기 자신은 황주 방면의 적을 공격할 계획이라는 기별이 왔다. 주유는 그것에 대해서도 호응책을 세웠다.

그때 공명이 돌아오기만을 눈이 빠지게 기다리고 있던 유비는 마침 동남풍이 불어오자 미리 약속한 대로 조자룡을 시켜 공명을 마중 나가게 했다. 그런 다음 몸소 망루에 올라 공명의 배를 초조하게 기다리고 있었다.

이때에 강하의 유기가 찾아왔다. 유비는 누상으로 그를 맞으며 물었다.

"무슨 일인데 기별도 없이 오셨는가?"

"어젯밤 강동의 병선들이 일제히 행동을 개시했다는 소식을 듣고 급히 찾아뵈려고 왔습니다."

"나도 그 일이 걱정인데, 공명이 아직 강동에서 돌아오지 않아 큰일이오."

마침 그때 멀리서 작은 배 한 척이 가까이 다가오는 것이 보였다. 그 배는 틀림없는 조자룡의 배였다.

"아아, 군사께서 이제야 돌아오시나 보오."

유비가 강가로 달려나가 공명을 반갑게 맞으며 눈물까지 흘렸다.

"그 동안 선생을 얼마나 기다렸는지 모르오."

공명도 손을 마주 잡고 반겨하며 말했다.

"주공께서는 이러고 계실 때가 아닙니다. 우리는 싸울 준비가 다 되어 있습니까?"

"수륙 양군을 다 정비해 놓고 선생이 돌아오시기만 손꼽아 기다리고 있었소."

공명은 유비와 함께 장중으로 돌아와 모든 장수를 한자리에 불렀다. 그런 다음 유비의 이름을 받들어 군령을 내렸다.

"자룡은 삼천 군마를 이끌고 강을 건너, 오림의 갈대밭 속에 매복하고 있으라. 오늘밤 사경 무렵에 조조가 반드시 그 길로 도망해 올 것이니, 그들이 절반쯤 지나가기를 기다렸다가 공격을 가하며 불을 지르라."

"오림에는 길이 둘이 있어, 하나는 남군(南郡)으로 가고, 하나는 형주(荊州)로 가는데, 어느 길에 매복하오리까?"

"조조는 형주로 갈 것이니, 그 길에 매복하고 있으라."

다음은 장비를 불러 명했다.

"장비는 군사 삼천 명을 거느리고 강을 건너 이릉으로 가 호로곡(葫蘆谷)에 매복해 있다가, 내일 아침 조조의 패잔병이 그곳에서 밥을 지어 먹을 터인즉 연기가 일어나거든 맹렬히 치라."

다음은 미축, 미방, 유봉을 불러 명령했다.

"그대들은 강가에 배를 대기시켜놓고 있다가, 조조의 군사가 패주하거든 그곳을 공격하여 패잔병의 군량과 무기를 모조리 빼앗으라."

이번에는 유기를 향하여 말했다.

"무창(武昌)은 가장 긴요한 곳이니 공자께서는 곧 돌아가서서 수하들을 독려하여 강안을 잘 지키도록 하십시오. 조조가 패하면 그리로 도망가는 무리가 많을 것이니, 그들을 남김없이 붙잡으시되 결코 수비처에서 멀리 떠나지 마십시오."

그리고 최후로 유비를 향하여 제안했다.

"주공께서는 신과 함께 번구로 가셔서 오늘밤 주유가 지휘하는 강상의 대회전(大會戰)을 살펴보기로 하십시다."

유비는 곧 전의를 갖추었다.

관우는 아까부터 군령이 내리기를 기다리고 섰다가 한마디 말했다.

"관우가 오늘날까지 형님을 위해 싸우는 일에 있어 남에게 한 번도 뒤진 일이 없는데, 지금 군사께서 제게는 한 말씀도 없으시니 웬일이십니까?"

공명이 웃으며 말했다.

"관 공을 요긴하게 쓰고 싶지만 한 가지 걱정되는 점이 있소. 이번 싸움에는 출전하지 마시고 본성(本城)이나 지켜주는 게 좋겠소."

"걱정이라면 무얼 말씀하시는 겁니까?"

"전일에 조조는 운장을 후하게 대접하였소. 이제 운장이 다시 조조를 만나 전일의 은혜를 갚기 위하여 그를 놓아 보내면 어떡하오?"

관우가 웃으며 말했다.

"선생은 별 걱정을 다 하십니다. 제가 조조에게 후대를 받았으나 안량과 문추를 죽여 이미 은혜를 갚았거늘 이제 그를 만난다고 해서 어찌 그냥 놓아 보내리까?"

공명이 정색을 하며 따지고 들었다.

"만약 놓아 보내면 어떡하겠소?"

"군법대로 처벌을 받으오리다."

"그러십시다!"

관우는 서슴지 않고 군령장을 내놓았다.

"그러면 운장은 화용도(華容道)에 매복해 있다가 조조를 붙잡아 오시오."

"만약 조조가 그리로 도망을 오지 않으면 어찌합니까?"

"거기 대해서는 나도 군령장을 두겠소."

공명은 단호하게 대답하며 자기 자신도 군령장을 써놓고 나서 말했다.

"운장은 화용산 고개 위에 매복해 있으면서, 나무를 잔뜩 모아놓고 불을 높이 올리시오. 그러면 조조가 반드시 그리로 도망을 올 거요."

"매복해 있으면서 불을 놓으라는 것은 무슨 말씀입니까?"

"그것은 허허실실(虛虛實實)의 전법이라는 것이오. 연기를 올리면 조조는 그것이 위계인 줄 알고, 부러 그리로 오게 되어 있소."

관우는 깊이 탄복하며 곧 관평, 주창과 함께 오백여 기를 거느리고 화용도를 향해 떠났다.

관우가 떠나자 유비가 공명을 보고 걱정스럽게 말했다.

"운장이 군령장을 두고 떠나기는 했지만, 워낙 의리가 강하기 때문에 정작 조조를 만나면 반드시 놓아 보내게 되지 않을까 걱정이오."

그러자 공명이 대답했다.

"저도 그 점을 짐작했지만 일부러 보냈습니다."

"조조를 놓아 보낼 것을 아시면서 일부러 보내다니, 그게 무슨 말씀이시오?"

"제가 어젯밤 건상(乾象)을 보온 즉 조조의 명이 아직도 끝나지 않기에 운장을 시켜 일부러 인정을 쓰게 한 것입니다."

유비는 그 말을 듣고 새삼 탄복했다.

"선생의 신산(神算)은 참으로 탄복이 있을 따름이오."

공명은 손건과 간옹에게 본진을 지키게 한 다음 유비와 함께 번구로 가서 주유의 용병법을 관전하기로 했다.

한편, 조조의 동정은 어떠하였던가.

조조는 황개에게서 좋은 기별이 있기만 기다리는 중에 하루는 난데없이 동남풍이 불기 시작했다. 그것을 보고 정욱이 말했다.

"승상, 지금 동남풍이 부니, 만일을 생각해 배의 연결을 풀어놓아두는 것이 어떻겠습니까?"

조조가 웃으며 대답했다.

"동남풍이 불기로 무슨 걱정이오?"

마침 그때 황개의 밀사가 서신을 가지고 나타났다. 기다리고 있던 서신이어서 조조는 급히 뜯어보았다.

주유의 관방(關防)이 너무나 엄하여 그동안 탈신한 기회가 없었더니, 이제 파양호(鄱陽湖)로부터 군량이 오는 것이 있어, 주유가 저더러 순초(巡哨)를 하라 하므로, 이 기회에 강동 장수들의 수급을 가지고 청룡아기(靑龍牙旗)를 높이 달고 군량선을 그쪽으로 이끌어갈까 하나이다.

황개의 서신을 읽고 난 조조는 크게 기뻐하며, 모든 장수들과 함께 배가 나타나기만을 고대했다.

그 무렵, 강동의 주유는 채화를 장중으로 불러 수하 군사더러 결박을 지으라 명했다.

"아무 죄도 없는 저에게 왜 결박을 지으십니까?"

채화가 매우 놀라며 나무랐다. 그러자 주유가 목소리를 가다듬어 꾸짖었다.

"이놈! 네가 누구를 속이려고 거짓 항복을 한단 말이냐? 이제 출동에 앞서 네 머리를 베어 제사를 지내려는 터이니, 곱게 죽도록 하여라!"

채화는 죽음을 모면할 길이 없음을 깨닫자 이렇게 발악했다.

"네 수하의 감녕과 감택도 나와 내통한 사실을 아느냐?"

"하하하, 어리석은 놈! 그것은 모두 내가 시킨 일이다."

주유는 곧 영을 내려 채화의 수급으로 수신제를 지낸 뒤에, 황개의 배를 떠나게 했다.

밤은 초경이었다. 황개가 거느린 병선은 물결을 밀며 강심으로 나갔다. 바람은 아까보다 훨씬 부드러워졌으나 희미한 불빛이 창파에 비쳐 처량한 기분이 천지에 가득했다.

조조는 양양자득하여, 배선에 나서서 달을 우러러보고 입속으로 시를 읊었다. 이때 남쪽에서 청룡아기를 높이 올린 군선이 무수히 다가온다는 보고가 들어왔다.

"아아, 황개가 이제야 오는가 보구나. 황개가 항복을 하니, 이는 하늘이 나를 도움이로다!"

조조는 크게 기뻐하며 배를 저어 마중을 나가게 했다.

그러자 정욱이 말했다.

"저 배가 아무래도 수상합니다. 너무 가까이 오지 못하도록 하십시오!"

"무슨 이유 때문이오?"

"저게 군량을 실은 배라면 물속 깊이 잠겨 있어야 할 터인데, 배가 모두 높이 떠 있습니다. 혹시 적이 위계를 쓴다면 어떻게 막겠습니까?"

조조는 그제야 깨닫는 바 있어 좌우를 돌아보며 명했다.

"누구 나가 저 배를 멈추게 할 자 없느냐!"

"제가 나가 멈추게 하겠습니다."

쾌히 대답하고 나서는 장수는 문빙이었다. 문빙은 병선 칠팔 척과 쾌속정 십여 척을 거느리고 급히 나가며 황개의 길을 막았다.

"그대들은 배를 멈추라는 승상의 명령이시다. 모든 배는 여기서 닻을 내리고 승상의 지시를 기다리라."

그러나 상대방은 대답도 아니하고 그냥 쏜살같이 달려오며 활을 쏘아 댔다. 문빙이 팔에 화살을 맞고 쓰러지며 소리쳤다.

"거짓 항복이다!"

그 말이 채 떨어지기도 전에 화살이 빗발치듯 날아왔다.

황개는 목전의 적을 맹렬히 공격하며 조조의 수채를 향하여 급히 배를 몰아나갔다. 조조의 군사들이 기습을 받고 몹시 당황했다. 황개가 칼을 높이 들고 다가오며 군호를 외치니, 앞서 오던 배들이 일제히 불씨를 화살에 날려 보냈다.

어느새 조조의 수채에서 불길이 수없이 일기 시작했다. 불길은 바람의 기세를 빌리고, 바람은 불길의 힘을 얻어, 화광은 시시각각 하늘로 치솟았다.

조조의 군사는 불벼락이 떨어지는 바람에 미처 싸울 생각도 못하고 혼란에 빠져들었다.

불을 뿜는 적선은 수채 안으로 돌입하여 가는 곳마다 불바다를 이루었다. 화광이 충천하고 연기가 천지에 자욱한데, 황개는 칼을 뽑아 들고 조조를 찾아 덤볐다. 조조는 형세가 위급함을 보고 절치부심하면서도 육지로 피신을 하는 수밖에 없었다.

장요가 작은 배로 그를 부축하여 내렸다. 조조의 수백 척이나 되는 병선은 철환으로 서로 얽매여 있는지라, 불길은 갈수록 맹렬하게 타올랐다.

조조가 배에서 육지로 올라오는데 뒤에서 함성이 들려왔다.

"조조는 어디를 가느냐? 황개가 여기 있다!"

"어이구, 큰일이구나!"

조조의 입에서 그런 비명까지 나오게 되었을 때, 장요가 활을 들어 황개를 쏘아댔다.

황개는 화살을 맞고 바다로 떨어졌다. 그러자 한당이 급히 황개를 건져내어 전포를 찢고 상처를 감싸주었다.

사방에서 강동의 군사들이 불을 뿜으며 공격을 개시하니, 조조의 군사는 불에 타 죽고 창에 찔려 죽는 자가 부지기수였다.

조조가 몸을 피하여 강상을 굽어보니, 조금 전까지 천지를 뒤덮었던 자기 군사는 모두 어디로 갔는지 보이지 않고, 온통 강동의 군사들만이 남아 아우성을 쳐대고 있었다.

"아아, 이것이 꿈이란 말이냐?"

조조는 크게 탄식하며 말에 올랐다.

이날 밤의 싸움이야말로 청사에 유명한 삼강대전(三江大戰)이요, 적벽오병(赤壁鏖兵)이라는 것이었다.

한편, 감녕은 채중을 앞세우고 조조의 영채 속으로 깊숙이 들어갔다. 그런 다음 채중의 목을 베고 십여 군데 불을 질렀다. 여몽, 태사자, 능통, 동습, 반장 등의 장수도 제각기 종횡무진으로 적을 무찌르며 가는 곳마다 불을 질렀다.

조조는 장요와 함께 겨우 백여 기를 거느리고 불길 속을 간신히 빠져나왔다. 그러나 천지가 모두 불바다여서 어디로 피해야 할지 알 수 없었다. 한참 달려가다 보니 모개가 문빙과 함께 겨우 십여 기를 거느린 채 뒤쫓아 오고 있었다.

"여기가 어디냐? 우리는 어디로 가야 하느냐?"

장요가 대답했다.

"여기는 오림입니다. 적의 추격이 심하니 빨리 피신해야 합니다."

그 소리가 채 끝나기도 전에 여몽이 십여 기를 거느리고 들이닥쳤다.

"조조야 어디를 가느냐? 거기 섰거라!"

"승상, 뒤는 제가 막아낼 테니 빨리 피신하십시오!"

적을 장요에게 맡기고 십여 리쯤 정신없이 달려가다 보니, 이번에는 능통이 앞을 막아섰다.

"능통이 여기 있다. 조조는 체념하고 항복하라!"

조조는 기겁을 하고 놀라 숲속으로 뛰어들었다. 그러나 거기에서도 일군의 복병이 들고 일어나는 바람에 혼비백산하여 도망을 치려 할 때였다.

"승상! 놀라지 마십시오. 저는 서황입니다. 승상께서 이리로 오시리라 믿고 기다리고 있었습니다."

"오오, 서황인가!"

조조는 그제야 안도의 가슴을 쓸어내렸다.

"지금 장요가 저 뒤쪽에서 홀로 고전하고 있을 테니 빨리 가서 도와주고 오라."

서황이 급히 달려가 여몽과 능통의 군사를 쳐 물리고, 장요를 무사히 데리고 돌아왔다.

조조 일행이 동북방을 향해 몸을 피해 가는데 저만치 산속에서 일군의 군사가 움직이고 있었다. 조조가 거기에도 적이 있는가 싶어 상황을 알아보니, 그들은 본시 원소의 부하였다가 조조에게 귀순한 마연과 장의였다.

"승상! 저희들은 어젯밤 승상을 도우려고 떠나다가 불길이 너무 심해 여기서 정세를 살피고 있던 중입니다."

조조는 크게 기뻐하며 이제야 오백여 기의 부하를 뒤따르게 하고 여유 있는 피신을 하게 되었다. 그러나 십 리도 채 못가 또다시 적을 만났다. 마연이 앞으로 달려나가 알아보니, 적장이 칼을 들고 나오며 소리쳤다.

"나는 강동의 장수 감녕이다. 조조는 대장부답게 나의 칼을 받아라!"

감녕이 마연을 단칼에 베어버리고 조조에게 덤벼들었다. 장의가 번개같이 달려나가며 싸움을 가로맡았으나 그 역시 감녕의 칼에 피를 뿌리며 쓰러졌다. 그 광경을 본 조조는 간담이 서늘해져 서황에게 감녕을 맡기고는 급히 말을 달렸다.

밤은 깊어 어느덧 오경이었다. 한참 달려와 보니, 사방은 조용하고 화광도 적이 희미했다.

"여기가 어디냐?"

"여기는 오림의 서쪽이요, 의도(宜都)의 북방입니다."

조조는 비로소 마음의 여유를 얻어 산천을 돌아보았다. 산은 높이 솟고 숲은 우거졌는데, 길이 몹시 험했다. 조조가 산천경개를 한동안 바라보다가 별안간 하늘을 우러러 크게 웃었다.

좌우 부하들이 깜짝 놀랐다.

"승상! 무슨 일로 웃으십니까?"

"별일 아니로다. 이 지대의 지세를 보고 공명과 주유의 지략이 아직 미숙한 것을 깨달았기 때문이로다. 만약 내가 공명이나 주유였다면 이곳에다가 일군을 매복해 두었다가 쫓겨가는 적장을 섬멸해 버렸을 것이다. 그로 미루어 보건대 적벽대전은 저들의 우연한 승리였을 뿐, 조금도 겁낼 것이 없구나!"

바야흐로 그런 이야기를 하고 있는데, 문득 앞뒤에서 하늘을 찌르는 함성이 일어났다. 조조는 소스라치게 놀라 말에 뛰어올랐다. 군사들이 미처 뒤를 쳐다 보기도 전에 사방에서 불길이 일어나며 한 떼의 군마가 앞을 가로막으며 달려왔다.

"상산 조자룡이 여기 있다. 조조는 꼼짝 말아라!"

조조는 조자룡이란 소리에 소스라치게 놀라며 반대편으로 말을 달렸다.

조조는 패주 또 패주를 거듭했다. 수많은 군사를 잃었고, 장수들도 부상을 당하지 않은 자가 거의 없었다. 새벽녘에는 비까지 내렸다.

"아아, 하늘이 나를 버렸단 말이냐? 이처럼 처량해진 나에게 비는 또 웬일이냐!"

조조는 하늘을 우러러 장탄식을 했다.

이때 앞서 가던 군사가 물었다.

"승상! 길이 두 갈래가 있는데, 어느 길로 가오리까?"

"어느 길이 가까운가?"

"남이릉(南彝陵)으로 가는 길은 큰길이고, 북이릉(北彝陵)으로 가는 길은 좁은 길입니다. 가깝기는 북이릉 길이 훨씬 가깝습니다."

"그러면 가까운 길로 가자!"

점심때가 좀 지났을 무렵, 일행은 호로곡을 통과하게 되었다. 그나마 조조에게 퍽이나 다행스러운 것은 그의 맹장 허저, 이전 등을 도중에서 만나게 된 것이었다.

"이제는 그대들을 만났으니 내 마음이 든든하오."

조조는 크게 기뻐하면서, 여기서 점심을 지어 먹고 떠나기로 했다. 그는 말에서 내려 투구를 벗어놓고 안도의 가슴을 쓸어내렸다. 그러고 나서 산천지세를 살펴보다가 또다시 크게 웃었다.

"승상께서는 아까도 웃으시다가 복병의 습격을 받았는데, 또 무슨 일로 웃으십니까?"

"아무리 생각해도 공명과 주유가 지략가로서는 역시 부족하구나. 만약 여기에 한 떼의 복병을 매복시켜두었다면 우리는 매우 곤란했을 것이

다."

그 말이 미처 끝나기도 전에 산중에서 홀연 징소리, 북소리가 요란스럽게 울리며 한 떼의 군사들이 달려오고 있었다. 조조가 황급히 투구를 쓰며 말에 오르니, 이번에는 장비가 장팔사모를 휘두르며 소리쳤다.

"조조야, 연인 장비의 칼을 받아라!"

"뭐, 장비?"

조조가 깜짝놀라 달아나려 하니, 허저가 다급히 말했다.

"승상, 뒤쪽은 소장이 막을 테니 빨리 피신하십시오!"

조조는 허저, 장요, 서황 등이 장비와 어울려 싸우는 것을 뒤로 두고 혼비백산 줄달음질을 치기 시작했다.

이십여 리쯤 달려왔을 때, 뒤에서 싸우던 장수들이 다행히 죽지 않고 돌아왔다. 그러나 모두들 부상을 당한 상태였다.

조조는 부상을 당한 장수들을 돌아다보며 탄식했다.

"아아, 하늘도 무심하시지, 내가 이럴 수 있느냐!"

"승상, 한 번 실수는 병가(兵家)의 상사(常事)가 아닙니까? 염려 마십시오."

이제는 오히려 부하들이 조조를 위로할 지경이었다.

길은 멀고, 몸은 피로하고, 배는 고팠다. 앞서 가던 부하들이 뒤를 돌아다보며 조조에게 물었다.

"허도로 가는 길은 이제부터 두 길이 있습니다. 어느 길로 가오리까?"

"둘 중에 어느 길이 더 가까우냐?"

"대로로 가면 길은 평탄하나 오십 리를 돌아야 하고, 소로를 취하여 화용도로 가면 길은 험하나 오십 리쯤 덜 걷게 됩니다."

조조는 사람을 시켜, 산에 올라가 동정을 살펴보게 했다. 잠시 후에 군졸이 돌아와 보고했다.

"화용도 산변에는 몇 군데서 연기가 나고, 대로에는 아무런 동정이 없습니다."

조조는 곧 단안을 내렸다.

"화용도로 나가도록 하자."

부하들이 놀라며 반문했다.

"연기 나는 곳에는 군마가 있을 터인데 어찌하여 그 길을 택하십니까?"

조조는 웃으며 대답했다.

"병서에 '허즉실지(虛則實之)요, 실즉허지(實則虛之)' 라는 말이 있느니라. 제갈공명은 원체 꾀가 많은 사람이라 산벽협로(山僻峽路)에 일부러 연기를 내어 우리가 못 가도록 만들어놓고, 대로에 군사를 매복시켜두었을 것이다. 제가 어찌 나를 속일 수 있으랴."

그 말을 듣고 모든 장수들이 감탄해 마지않았다.

"참으로 승상의 영명에는 귀신도 탄복할 것이오."

드디어 일행은 화용도를 택하여 행군하기 시작했다.

사람들은 저마다 허기지고 말은 말대로 몹시 지쳤다. 게다가 상처를 입어 다리를 절룩거리는 사람이 있는가 하면, 불에 옷이 타고 머리가 탄 사람도 있었다. 게다가 비는 내리고 길은 험하여 행군은 한없이 더뎠다.

"선봉대가 왜 이다지도 느린가?"

조조는 앞을 향하여 큰소리로 꾸짖었다.

"어젯밤 비에 비탈이 무너져 말굽이 많이 빠져 헤어나기가 어렵다고 합니다."

앞에 있는 군사가 대답했다.

그 소리를 듣고 조조가 크게 노했다.

"군대란 산을 만나면 길을 터나가고, 늪을 만나면 다리를 놓아 건너는 법인데, 그만한 흙구덩이 하나 때문에 행군을 못한다는 것이 말이 되는 가?"

그는 즉시 영을 내려 늙은 군사는 비켜서고, 젊은 군사들에게 나무를 찍어 다리를 놓고 풀을 베어 길을 메우게 했다. 해가 저물면서 날씨가 몹시 추워졌다. 게다가 몹시 허기가 져서 추위가 뼛속 깊이 스며들었다.

"춥다고 위축되지 말고, 용기를 내어 이 험로를 극복해 나가자!"

조조는 삼엄한 군령을 내렸다. 그 바람에 가다가 쓰러져 죽는 자가 속출하여, 험한 고비를 세 개쯤 넘었을 때에는 군사가 삼백여 명밖에 남아 있지 않게 되었다.

"이제는 형주가 멀지 않았다. 잠깐 쉬었다가 단숨에 달려가자."

조조가 풀밭에 앉아 산천을 살펴보았다. 그러다가 아까 모양으로 또다시 하늘을 우러러 크게 웃었다.

"승상, 왜 그러십니까?"

"하하하, 공명과 주유가 제아무리 지모가 능하다 해도 내가 보기에는 아직도 유치할 뿐이다. 만약 이곳에 군사 수백 명만 숨겨두었던들 우리는 몰살을 하고 말았을 게 아니냐! 그러니 내가 어찌 웃지 않을 수 있겠느냐!"

그러나 그 말이 채 끝나기도 전에 숲속에서 별안간 오백여 군사가 뛰어나와 조조를 에워싸는데, 손에 청룡도를 움켜잡고 말 위에 올라앉아 있는 장수는 바로 관우였다.

군사들은 모두 혼비백산했다. 그러나 조조는 마치 얼빠진 사람처럼 멍하니 바라만 보고 있다가 좌우를 돌아보며 중얼거렸다.

"이제는 이렇게 되었으니 죽기를 각오하고 싸우는 수밖에 없구나!"

그러자 정욱이 말했다.

"아직 너무 실망하실 것은 없습니다. 일찍이 운장이 허도에 있을 때 제가 가깝게 지낸 일이 있었는데, 그는 의리가 두터운 성품이었습니다. 관운장은 아직 옛날 승상이 베푼 은총을 잊지 않았을 것이니, 제가 한번 만나볼까 합니다."

"가만있어라. 내가 직접 만나겠다!"

조조는 무슨 결심이나 한 듯 눈을 무겁게 감았다 뜨더니, 관우 앞으로 정중히 걸어 나오며 말했다.

"장군! 참 오래간만이오. 그 동안 별고 없으셨소?"

관우가 그 소리를 듣고는 청룡도를 늘어뜨리며 대답했다.

"오오, 뜻하지 못했던 곳에서 뵙게 되었소이다. 나는 주군의 명을 받고 이곳에서 승상을 기다린 지 오래요. 전일 승상의 후대를 받은 적이 있으나 지금은 그 시절의 관우가 아니오!"

관우는 의식적으로 냉담한 어조로 말했다. 그러나 조조는 간절히 청했다.

"내가 지금 싸움에 패하고 이곳에 이르러 다시 갈 길이 없게 되었소. 장군은 부디 지난날의 정리를 생각해서 나를 보내주기 바라오."

"내가 비록 승상의 후은을 받았으나, 이미 안량과 문추를 베는 것으로 보은은 끝났다고 생각하오. 내 어찌 사사로운 정리 때문에 공사를 그르치리오."

그래도 조조는 포기하지 않고 간청했다.

"장군, 전일의 은공을 너무 내세우는 것 같지만 현덕 공의 두 부인을 구출한 사람도 바로 내가 아니오? 춘추(春秋)라는 책에, 유공(庾公)이 자탁(子濯)을 쫓던 고사가 있는 것을 장군 또한 다 아는 일이 아니오?"

관우는 워낙 의리를 중하게 여기는 사람인지라 전일의 은총과 오늘날 조조의 몰락을 목전에서 바라보며 마음이 움직이지 않을 수 없었다. 관우는 이 문제를 어떻게 처리해야 좋을지 매우 난감할 뿐이었다. 더구나 아무 죄도 없는 조조의 부하들이 살려달라고 땅에 엎드려 애원하는 꼴을 보고서는 차마 칼을 쓸 수가 없었다.

관우는 뒤로 돌아서 부하들에게 불필요한 영을 내렸다.

"모두들 산 아래로 내려가자!"

조조는 그 사이에 달아나라는 뜻임을 깨닫고 황망히 숲속으로 도망을 치기 시작했다.

어부지리

조조가 화용도를 무사히 벗어나 곡구에 이르니, 따르는 자는 겨우 이십여 기뿐이었다. 다시 길을 재촉하여 남군에 이르니, 조인이 한 떼의 군마를 몰고 와 기다리고 있었다. 뒤미처 장요가 수십 명의 수하를 거느리고 돌아왔고, 그밖의 장수들도 속속 귀환했다. 그들은 서로서로 손을 마주 잡고 말없이 눈물을 지었다.

조인이 조조와 장수들을 위로하려고 주연을 베풀었다. 조조는 술잔을 받아들고, 죽지 않고 돌아온 장수들을 돌아보더니 별안간 크게 소리 내어 통곡했다.

"승상께서 허다한 난관을 돌파해 오실 때에는 조금도 절망하는 빛이 없으시더니, 이제 와서 갑자기 통곡하시는 것은 무슨 까닭입니까?"

"내가 우는 것은 요동 원정 때 죽은 곽가가 생각났기 때문이오. 만약 곽가만 살아 있었다면 오늘날 내가 이 꼴은 되지 않았을 것이오."

조조는 가슴을 치며 울부짖었다.

"아아, 슬프다 곽가! 아깝다 곽가!"

이튿날 조조는 조인을 불러 분부를 내렸다.

"사태가 이 꼴이 되었으니 이제는 허도로 돌아가 당분간 군마를 수습하는 도리밖에 없다. 적이 다시 이리로 공격해 올지 모르니, 너는 죽기를 각오하고 이 성을 지켜라. 내가 자세한 계책을 적어 너에게 줄 테니, 만약 정말로 위급하거든 이 글발을 열어보아라. 내 계책대로 하면 강동의 군사들이 남군만은 절대로 점령하지 못할 것이다."

"합비와 양양은 누구더러 지키게 합니까?"

"형주는 네가 관장하고, 양주는 하후돈으로 지키게 하고, 합비는 가장 중요한 곳이니 장요, 악진, 이전에게 지키게 하겠다."

수습책이 모두 끝나자 조조는 잔여의 무리를 거느리고 허도를 향하여 면목 없는 귀로에 올랐다.

그 무렵, 유비의 본진에서는 승리의 기쁨에 상하가 물 끓듯 하고 있었다. 장비, 조자룡을 비롯하여 많은 장수들이 허다한 수급과 무수한 노획물을 가지고 돌아와 제각기 훈공을 자랑했다.

유비가 공명과 함께 높은 당상에 올라앉아 모든 장수들에게서 승리의 보고를 받는 중에, 유독 관우만이 넋이 나간 모습으로 무언의 절을 올렸다.

"오오, 관 장군이 돌아오셨구려! 장군은 조조의 수급을 어찌하셨소?"

공명이 자리에서 일어나 반겨 맞으며 물었다. 그러나 관우는 고개를 숙인 채 대답을 못했다.

공명이 다시 말했다.

"장군은 어찌하여 경황이 없으시오? 혹시 우리가 멀리 나가 영접을 아니했다고 섭섭하게 생각하는 것이오?"

관우는 여전히 고개를 떨군 채 말이 없다가 그제야 입을 열어 조그맣게 대답했다.

"저는 공훈 보고를 올리러 이 자리에 나온 것이 아니라, 처벌을 받기 위해 나왔습니다."

"그게 무슨 말씀이오? 그러면 조조가 화용도에 나타나지 않았더란 말씀이오?"

"군사의 말씀대로 조조가 화용도에 나타나기는 했습니다. 하오나 제가 무능하여 놓쳐버리고 말았습니다."

"운장이 눈앞의 조조를 놓쳐버린 것이오?"

공명은 짐짓 놀라는 척하고 나서 물었다.

"그러면 장수나 군졸들은 얼마나 잡았소?"

"한 사람도 못 잡았습니다."

"한 사람도 못 잡았다구요?"

공명은 그만 어처구니가 없어 얼굴에 노기를 띠며 말했다.

"그렇다면 이는 운장이 조조의 은혜를 생각해 일부러 잡지 않은 것이 분명하니, 군령장을 써둔 대로 시행할 수밖에 없는 일이오."

"······."

"법령은 국가의 기본이오. 개개인의 사정 때문에 법령을 무시할 수는 없는 일이오."

공명은 그렇게 말하고는 좌우를 돌아보며 추상같은 명령을 내렸다.

"제군, 군령에 의하여 즉시 관우의 목을 베어라!'

이에 놀란 사람은 유비였다. 유비는 창황히 자리에서 일어나 공명 앞으로 나오며 말했다.

"군사, 관우와 장비와 나는 전일에 도원에서 의를 맺을 때 생사를 같이하기로 맹세했소. 이제 관우의 목을 벤다면 나도 마땅히 죽어야 하오. 물론 관우의 잘못은 죽어 마땅하지만 이번만은 나를 위해 그 죄를 용서해 주오. 아니, 용서가 아니라 당분간 처벌을 나에게 맡겨주오. 후일 관우가 큰 공을 세우거든 그때에 용서해 줍시다."

유비는 주공의 몸이건만 공명에게 간곡히 청했다.

"군기가 지엄하여 용서는 안 되는 일이니, 주공의 말씀대로 처단을 당분간 유예하겠소."

공명이 조용히 대답했다.

이때, 삼강대전에서 크게 이긴 주유는 수만의 포로와 무수한 전리품을 얻어 일약 승리의 대장군이 되었다. 그는 모든 장수와 군졸들에게 승리의 훈공을 내리고, 군사를 다시 정비하여 강북으로 약진할 계획을 세웠다.

마침 그때, 손건이 유비를 대신하여 많은 선물을 가지고 축하차 찾아왔다. 주유는 손건을 맞아 정중한 하례를 받고 나서 말했다.

"현덕 장군과 공명은 지금 어디 계시오?"

"지금은 유강구(油江口)에 계십니다."

"유강구에 계신다구요?"

손건의 대답에 주유는 적이 놀라며 되물었다.

"공명도 정녕 유강구에 계시오?"

"예, 군사께서도 역시 그곳에 계십니다."

"알겠소. 내가 머지않아 몸소 찾아가 현덕 장군에게 답례를 올릴 터이니, 족하는 돌아가 그 뜻을 전해 주오."

주유는 무슨 심산인지 그렇게 말할 뿐이었다.

손건이 돌아가자 노숙이 물었다.

"도독은 어찌하여 그리도 놀라셨소?"

주유가 대답했다.

"현덕이 지금 유강구로 군사를 옮긴 것은 남군을 점령하려는 심산이 있기 때문이오. 우리가 많은 군사를 동원해 싸워 승리를 거둔 결과 남군을 취하려는 판에 제가 먼저 점령한다니 이 어찌 놀라운 일이 아니겠소."

"그러면 무슨 계책으로 그들을 물리치시려오?"

"내가 몸소 그들을 찾아가볼 생각이오. 그들이 온당하게 나온다면 모르되 만약 그렇지 않다면 유비부터 없애버릴 작정이오."

"그럼 나도 함께 가겠소이다."

그로부터 며칠 후, 주유는 노숙과 함께 삼천 군사를 거느리고 유강구에 있는 유비를 찾아 나섰다.

한편, 손건은 본국에 돌아오자 주유가 불원간 친히 방문한다는 말을 전했다. 그 보고를 받은 유비가 공명에게 물었다.

"주유가 답례로 온다 하니, 그 까닭이 무엇입니까?"

"답례로 온다는 것은 구실에 불과하고, 실상은 남군성에 대한 문제를 따지러 오는 것입니다."

"그가 만약 군사를 거느리고 온다면 우리는 어찌했으면 좋겠소?"

"그것은 걱정할 일이 아닙니다. 그를 만나시거든 이렇게 대답하십시오."

공명은 유비에게 대답할 말을 일러주었다.

유비는 공명의 귀띔을 듣고 나자 그날로 곧 유강의 강상에 병선을 배치하고 강안 일대에 군사를 주둔시켰다.

주유가 강을 건너 유비를 찾아온 것은 그로부터 이틀 후의 일이었다. 주유는 강을 건너오며 유비의 군사와 병선들을 살펴보았다. 그리고 나서 속으로 이렇게 생각했다.

'허어, 현덕의 군사도 만만하게 볼 것이 아니었구나!'

주유가 온다는 소식을 듣고 유비와 공명은 영문 밖에까지 영접을 나왔다. 그리하여 곧 성대한 환영연을 베풀었다.

주유가 술을 마시며 물었다.

"유 예주께서 이곳에 둔을 치고 계신 것은 혹시 남군을 취하시려고 그런 것입니까?"

유비가 웃으며 대답했다.

"도독께서 남군을 취하신다면 나 또한 도울 생각입니다. 하지만 만약 도독께서 남군을 그냥 내버려두신다면 내가 대신 취하겠소이다."

"남군은 이미 우리의 장중에 있는데 어찌 그냥 내버려두겠습니까."

그러자 유비가 다시 말했다.

"하지만 승부란 반드시 예정할 수 없는 것입니다. 조조가 허도로 돌아가면서 남군만은 결사적으로 지키라고 조인에게 엄명을 내리고 떠났다하오. 조인은 범 같은 장수라 도독께서 간단히 취하시기는 매우 어려울 것이오."

"만약 내가 남군을 취하지 못하거든 그때에는 유 예주가 취하시구려."

"정녕 그렇게 언약을 하시겠소? 여기 공명과 노숙 장군이 증인으로 있으니, 도독은 그 언약을 꼭 지켜주기 바라오."

"걱정 마오. 장부의 언약에 어찌 증인이 필요하겠소."

이때 공명이 입을 열어 주유를 극구 칭찬했다.

"도독의 말씀은 참으로 정당하신 공론입니다. 남군은 응당 강동에 속해야 할 지방입니다. 그러하니 강동에서 불가능하다고 여기실 때에만 우리가 취하는 것이 옳습니다."

주유가 돌아간 뒤였다. 유비는 공명을 은근히 나무라며 말했다.

"나는 어쩔 수 없이 군사가 시키는 대로 대답했소. 하지만 남군을 주유더러 취하라고 말한 것은 암만해도 석연치 않소이다."

"그러기에 전에 제가 주공더러 형주를 먼저 취하라고 권고하지 않았습니까? 이제 와서 그런 말씀을 하시면 어떡하십니까?"

"그때는 유표의 땅인 까닭에 의리상 그럴 수 없었지만, 지금은 조조의 땅이 아니오?"

"주공께서는 조금도 염려 마십시오. 머지않아 주공께서 남군 성중에 높이 앉으실 날이 있으오리다."

공명이 웃으며 대답했다. 공명을 철석같이 믿는 유비는 그제야 안도의 가슴을 쓸어내렸다.

한편, 주유는 본영으로 돌아오자 곧 막하에 영을 내려 남군을 취하라 했다.

노숙이 물었다.

"도독은 남군을 그처럼 소중히 여기시면서 어찌하여 우리가 취하지 못할 경우에는 현덕더러 취하라 했소?"

"그것은 헛생색을 내어본 것뿐이오. 우리 힘으로 왜 남군을 취하지 못하겠소."

주유는 장흠에게 군사 오천 명을 주어 선봉에 서게 하고, 정봉과 서성에게 그의 뒤를 따르게 하면서 자신도 중군을 거느리고 남군으로 진격했다.

그 정보를 전해 들은 조인은 참모들을 불러 모아놓고 긴급하게 대비책을 논의했다.

"적이 아무리 공격해 와도 반격을 가하지 않고 성안에서 지키기만 하는 것이 어떻겠소?"

그러자 효장 우금이 반대했다.

"적이 성하에 와서 공격하는데, 성중에서 지키기만 하는 것은 너무도 용렬한 대처 방법이오. 그렇게 되면 군사들의 사기가 위축되는 것을 무엇으로 방지하겠소. 정병 오백만 내주면 내가 나가 죽기로 싸우리다."

조인은 우금의 용기에 감동되어 군사 오백을 서슴지 않고 내주었다. 우금은 군사를 거느리고 성문을 나오자 적의 선봉장 정봉을 맹렬히 공격했다. 우금이 쫓겨가는 정봉을 적진 깊숙이 추격해 들어갔다. 정봉이 그제야 돌아서며 반격을 가하는데, 깨닫고 보니 우금은 어느새 적에게 완전히 에워싸여 독안에 든 쥐가 되어 있었다.

조인은 그 급보를 받고, 직접 우금을 구출하러 나가려 했다. 그러자 장사(長史) 진교(陳矯)가 간했다.

"승상께서 떠나실 때 당부하신 말씀을 잊으셨습니까? 승상은 나가 싸울 생각을 말고, 성안에서 지키라 하시지 않으셨소?"

"나도 승상의 분부를 잊은 것은 아니오. 그러나 우금이 귀중한 장수인데다가 정병 오백도 우리에게는 무시할 수 없는 군사들이오. 그들만은 어떤 일이 있어도 구출해야 하오."

조인은 마침내 간언을 듣지 않고 군사를 재촉하여 성을 나갔다.

조인은 기세를 올려 적이 포위망을 깨치고 우금과 합류했다. 조인이 맹렬하게 싸워 우금의 부대를 구출해 돌아오는데 적장 장흠이 앞을 가로막았다. 조인과 우금이 죽기로 싸워 적을 물리치고 무사히 성안으로 돌아왔다.

그로 인해 조인의 명성은 성내에 널리 떨쳤고, 성안에서는 초전의 승리에 축배를 높이 들었다. 그러나 그와 반대로 강동의 총대장 주유는 초전의 실패에 크게 분노했다.

"성을 나온 적에게 몇 배나 되는 대군으로 패한 것은 다시없는 추태가 아닐 수 없소."

주유는 장흠, 정봉, 서성 등의 선봉장을 모조리 견책한 뒤에, 이번에는 주유 자신이 대군을 이끌고 나서면서 말했다.

"남군성은 내가 몸소 취해 보이리라."

"도독께서 직접 나가시는 건 삼가셔야 합니다. 정병 삼천만 내주시면 제가 이릉을 취하겠습니다. 제가 이릉을 함락시키거든 도독께서는 그때에 진격하여 남군을 취하십시오."

감녕의 간언이었다.

주유는 그 말을 옳게 여겨, 감녕에게 군사 오천을 주어 이릉을 먼저 치게 했다. 이릉은 조홍이 지키고 있었으나 방비가 미약했다. 조인은 그 소식을 듣고 적이 놀랐다. 이릉이 함락되는 날이면 남군의 수비가 매우 위태로워질 수 있기 때문이었다.

조인이 모사 진교를 보고 물었다.

"이릉성을 어떡하면 수비할 수 있겠소?"

"조순과 우금을 보내 도와드려야 합니다. 이릉이 함락되면 남군은 절로 떨어질 것입니다."

조인은 드디어 조순과 우금에게 군사를 주어, 이릉을 응원하도록 명했다.

강동의 대장 감녕은 그런 줄도 모르고 일거에 이릉성에 육박했다. 조홍은 성에서 나와 이십여 합을 싸우다가 일부러 성을 버리고 멀리 쫓겨 달아났다.

감녕은 해질 무렵 군사들을 이끌고 성에 들어가 개가를 올렸다. 그러나 조순과 우금은 미리 후면에 숨어 있다가 성을 외부에서 포위하고 조홍과 힘을 합하여 적의 양도(糧道)를 차단해 버렸다. 말하자면 조홍은 적을 성안으로 몰아넣어 꼼짝을 못하게 한 것이었다.

주유는 그 소식을 받고 크게 노했다.

"정보, 이 일을 어찌했으면 좋겠소?"

"곧 군사를 보내어 감녕을 구출해야 합니다. 그러나 이곳 군사를 두 갈래로 나누면 적이 나와 우리를 공격할 우려가 있습니다."

"내가 직접 감녕을 구하러 가고 싶으니 나를 대신해 이곳을 지켜줄 장수가 없겠소?"

"능통 장군에게 도독의 소임을 대신하게 하시고, 제가 도독의 선봉을 서면 열흘 안으로 개가를 올릴 자신이 있습니다."

앞에 있던 여몽의 말이었다.

주유는 능통을 돌아다보며 물었다.

"공이 내 소임을 맡아주겠소?"

능통이 대답했다.

"제가 열흘쯤 막아낼 자신은 있습니다. 그러나 날짜가 그 이상 더 오래 지나면 감당하기 어렵겠습니다."

"날짜를 그리 오래 끌 일이 못 되니, 안심하고 맡아주오."

일만 군사를 능통에게 맡긴 주유는 여몽과 함께 감녕을 구하러 이릉으로 급히 떠났다.

여몽이 이릉으로 행군해 가며 말했다.

"우리가 공격하려는 이릉의 남쪽에는 좁고 험한 길이 있습니다. 적이 패하면 반드시 그 길로 달아날 것이니 군사를 오백 명쯤 보내 나무를 베어 그 길을 막아놓는 것이 어떻겠습니까?"

"그것 참 좋은 생각이오."

주유는 여몽의 계책을 그대로 응낙했다. 이릉은 완전히 적에게 포위되어 있었다.

"누가 포위망을 뚫고 성안으로 들어가 감녕과 연락할 장수가 없느냐?"

"제가 가겠습니다."

주태가 나서며 말했다.

주태는 적의 포위망을 뚫고 단기필마로 이릉성을 향하여 달렸다.

"누구냐! 거기 섰거라!"

조홍, 조순의 부하가 급히 쫓아오며 물었다.

주태는 칼을 뽑아 휘두르며 소리쳤다.

"나는 멀리 허도에서 온 조 승상의 급사다. 내 길을 막지 말라!"

성루에서 내려다보고 있던 감녕이 주태를 반겨 맞았다. 주태가 여몽과 도독의 구원병이 왔음을 알리자 성안에 고립되어 있던 군사들의 사기가 별안간 왕성해졌다.

조홍과 조순은 그제야 그 사실을 알고 크게 당황했다.

그들이 주유의 군사를 맞아 싸우려고 하니, 성안에 있던 감녕이 성문을 열고 공격을 가해 왔다. 조홍은 앞뒤로 적을 맞아 크게 어지러웠다. 강동의 군사들은 기세를 올려 전후에서 맹렬히 공격해 왔다. 조홍과 조순은 싸우다 못해 남쪽으로 패주했다. 그러나 그쪽은 이미 길이 막혀 있어 어쩔 수 없이 말을 버리고 산으로 도주했다.

이번 싸움에서 강동 군이 노획한 군마는 삼백여 필이나 되었다. 그러나 싸움이 그것으로 끝난 것은 아니었다. 주유는 이릉을 완전히 점령하자 이번에는 숨 돌릴 사이도 없이 대군을 몰아 남군을 향하여 진격했다.

한편은 승승장구한 주유 군이요, 한편은 패전을 거듭한 조인의 군사들인지라, 남군성의 운명은 이제 경각에 달린 듯한 느낌이었다.

주유의 헛수고

크게 패한 조인은 참모들을 모아놓고 금후의 대책을 강구했다. 그 자리에서 조홍이 말했다.

"이제 이릉을 잃고 형세가 위급하게 되었느니, 승상께서 두고 가신 비계(秘計)를 꺼내보는 게 어떠하겠습니까?"

"아닌 게 아니라 나도 그 생각을 하고 있었소."

조인은 조조가 위급할 때에 펴보라고 일러두고 간 유계서(遺計書)를 꺼내보더니 별안간 얼굴에 기쁨이 충만해지며 뜻하지 않았던 군령을 내렸다.

"오늘밤 오경(五更)에 밥을 지어 먹고 평명(平明)에 대소 군마가 모두 성을 버리고 나가되, 성 위에는 두루 정기(旌旗)를 꽂아 허장성세(虛張聲勢)하고, 군사는 삼문으로 나누어 나가도록 하여라!"

한편, 이릉성을 점령하고 감녕을 무사히 구해 낸 주유는 득의의 미소를 지으며, 남군성 밖에 둔을 치고 적의 동정을 관망 중이었다. 이날 아침, 조인의 군사들이 삼문으로 나누어 나오는데, 저마다 허리에 보따리를 차고 있었고, 성 위에 정기는 꽂혀 있어도 성안에는 군사가 있는 기색이 전연 보이지 않았다.

'옳지! 저것들이 이제는 도망을 가는가 보구나! 그렇다면 이 기회에 최후의 일격을 가해 완전한 승리를 거두도록 하리라.'

그렇게 생각한 주유는 후진을 정보에게 통솔하게 하고, 친히 군사를 이끌고 나가 성을 취하기로 했다. 주유가 성중으로 쳐들어가니 조홍이 마주 달려 나오며 소리쳤다.

"주유야, 어서 오너라! 나는 호북(湖北)의 효장(驍將) 조홍이다. 네가 자신이 있거든 어디 한번 나와 싸워보자!"

주유가 소리 내어 웃으며 말했다.

"하하하, 너 같은 패장과 싸울 내가 아니다. 누가 나가서 저자의 목을 취해 오라!"

그 말이 떨어지기 무섭게 한당이 창을 꼬나 잡고 달려나갔다.

두 장수가 어울려 싸우기 시작했다. 삼십 합 가까이 싸웠을 때쯤 조홍이 지쳐 도망을 쳤다. 그러자 이번에는 조인이 말을 달려 나오며 소리쳤다.

"비겁한 주유야! 용기를 내어 나와 승부를 결하자!"

이번에는 주태가 마주 달려나가 조인을 물리쳤다. 조홍, 조인이 모두 패하여 쫓기는 바람에 성안에 있던 군사들은 크게 동요되었다.

주유가 그 기회를 놓치지 않고 군사를 성안으로 휘몰아쳐 들어갔다. 조인, 조홍을 비롯한 조조의 군사들은 크게 당황하여 성으로 들어가지 못하고 모두 서북방으로 쫓겨 달아났다.

한당과 주태가 군사를 이끌고 그들의 뒤를 급히 추격했다.

주유는 또 하나의 성을 점령하게 된 것을 크게 기뻐하며 성문 앞에 다다르자 우렁찬 목소리로 명했다.

"누구 성벽에 올라 적의 깃발을 모두 뽑아버리고, 우리의 깃발을 세워라!"

이때 성루 위에 숨어 그 광경을 본 진교(陳矯)는, 주유가 성안으로 들어오는 것을 보고 회심의 미소를 지었다.

'아아, 주유가 이제야 우리의 계략에 빠졌구나! 승상의 묘책은 과연 귀신과 같구나!'

진교가 마음속으로 탄복하며 목탁을 한 번 크게 울리니, 성 위에 잠복해 있던 궁노수들이 일제히 활을 쏘아 갈겼다. 화살이 마치 퍼붓는 빗발처럼 날아갔다. 그 바람에 앞을 다투어 성안으로 들어온 군사들은 모두 함정에 빠져버린 꼴이 되었다.

주유가 깜짝 놀라며 말머리를 돌려 달아나려 했다. 그러나 그 순간, 힘차게 날아온 화살 한 대가 주유의 가슴에 푹 들이박혔다. 주유는 외마디 비명을 지르며 말에서 떨어졌다. 우금이 급히 달려가 주유를 사로잡으려 했다. 그러자 오군 진영에서 서성, 정봉이 급히 달려와 주유를 구출해 갔다.

천만 다행하게도 주유는 생금(生擒)을 면했으나, 그 싸움에서 강동 군은 수많은 병력을 잃었다. 정보가 군사를 급히 거두어 후퇴하려 하니 거짓 쫓겨갔던 조인과 조홍이 반격을 가해 오는 바람에 강동 군은 또다시 참패를 거듭했다.

가까스로 주유를 구출해 본진으로 돌아온 서성, 정봉은 군의(軍醫)를 급히 불러들였다. 군의가 살촉을 뽑고 상처에 금창고(金瘡膏)를 붙였다. 주유는 상처가 쑤셔서 먹지도 마시지도 못했다.

군의가 말했다.

"살촉에 독이 묻어 있어 졸연히 나으시기가 어렵겠습니다. 만약에 노기가 급등하면 창독이 재발하기 쉬우니 각별히 조심하셔야 합니다."

주유의 신병이 위중한지라 정보는 삼군에 명하여 영채를 굳게 지키고 절대 밖으로 나가지 못하게 했다.

이번에는 우금이 군사를 거느리고 와서 싸움을 청했다. 우금이 이틀, 사흘 연거푸 싸움을 청해 왔으나 정보는 일체 응하지 않았다. 도무지 응전을 아니하자 영채 밖까지 접근해 온 우금의 군사들이 큰소리로 주유를 조롱했다.

"겁쟁이 주유야! 네가 화살을 한 대 맞고 나더니 겁에 질려 꼼짝을 못하는가 보구나!"

병상에서 그 소리를 들은 주유는 크게 노했다.

"내 갑옷을 가져오고, 나의 군마를 끌어오라. 내 나가서 저놈들을 모조리 엄살하리라!"

주유가 병석에서 일어나며 외치는 모양을 보고, 정보가 간곡히 만류했다.

"도독님! 불편하신 몸으로 싸우는 것은 무리십니다. 며칠만 더 참으십시오."

"무슨 소리인가? 군인이 전장에 나온 이상 시체가 말가죽에 싸여 돌아가게 되면 그 이상의 영광이 어디 있으랴. 여러 말 말고 어서 갑옷과 창검을 가져오라!"

주유는 마침내 상처입은 몸에 갑옷을 입고, 수백 기의 군마를 거느리고 적진을 향해 나갔다.

조인이 주유를 보고 깜짝 놀랐다. 그리하여 군사들에게 이렇게 명했다.

"주유는 분명 상처가 완쾌되지 않았을 것이다. 독화살을 맞은 상처는 노기를 띠게 되면 덧나기 쉬운 법이다. 모든 군사들은 주유에게 욕을 퍼

부어 노기를 돋우도록 하라!'

그런 다음 조인 자신도 주유 앞으로 접근해 가며 큰소리로 조롱을 했다.

"주유는 아직도 살아 있었느냐? 이제는 창을 들 만한 기력도 없을 것인데 무엇 하러 나왔느냐?"

주유는 크게 노했다.

"누가 나가서 저놈의 목을 베어 올 장수가 없느냐?"

그러자 뒤에 있던 반장이 말을 달려나가는데, 마상의 주유는 그대로 피를 토하며 말에서 떨어졌다.

그 모양을 본 조조의 군사들은 아우성을 치며 덤벼들었다. 강동 군은 가까스로 주유를 구출해 돌아왔으나, 이날의 싸움에서도 크게 참패했다. 그 때문에 강동 군의 군심(軍心)은 몹시 황황했다.

주유가 장수들을 앞으로 불러놓더니 말했다.

"내가 오늘 마상에서 피를 토하며 떨어진 것은 나의 계교에 불과하오."

"그것이 계교라니 무슨 말씀이십니까?"

"나의 병은 아무렇지도 않으나 조조의 군사들에게 나의 병이 위중한 것처럼 보이기 위해 일부러 벌인 짓이란 말이오. 이제 군사들에게 시켜 곡을 하게 하시오. 그런 다음 심복 군사들을 적에게 거짓 항복시키면서 내가 죽었다는 말을 전하게 하시오. 그러면 조인은 필연코 오늘밤 안으로 우리를 습격해 올 것이오. 우린 사면에 군사를 매복해 두었다가 조인을 사로잡아야 하오."

좌중의 장수들은 그 말을 듣고 주유의 묘계에 오직 감탄을 마지않았다.

정보가 주유의 명령대로 장하 군사들에게 곡을 하게 하니, 주유가 죽었다는 소문은 삽시간에 퍼져나갔다.

이때 조인은 주유가 금창이 도져 머지않아 죽게 되리라고 부하들에게 장담하고 있었다. 마침 그때 십여 명이나 되는 강동 군 군졸들이 항복을 드리러 왔다는 보고를 전해 왔다. 조인이 곧 그들을 불러들여 항복한 이유를 묻자, 그 중 한 사람이 대답했다.

"강동의 도독 주유 장군은 어젯밤 금창이 재발하여 마침내 세상을 떠났습니다. 강동 군은 비밀리에 회군할 모양입니다. 이젠 도저히 이길 가망이 없기에 저희들은 마음을 바꾸어 장군에게 항복을 드리기로 결심했습니다."

조인은 그 말을 듣고 크게 기뻐했다. 그는 곧 수하 장수들을 모두 모아놓고 말했다.

"오늘밤 적진을 습격하여 주유의 시체를 빼앗고, 그의 수급을 베어 허도로 보내도록 해야겠소."

조인은 곧 우금으로 선봉을 삼고 조홍, 조순 등을 후군으로 삼아 심야에 적진을 기습하기로 했다.

밤이 깊어 적진에 접근해 보니, 군사는 한 사람도 없고, 주위에는 깃발과 총이 꽂혀 있을 뿐이었다.

'적들은 어느새 이리도 깨끗이 철수해 버렸단 말인가?'

그러한 의심을 품어보는 순간, 동서남북의 어둠 속에서 적의 대군이 별안간 함성을 울리며 구름 떼처럼 휘몰아쳐 왔다.

동편에서 쳐들어오는 것은 한당과 장흠의 군사요, 서편에서 쳐들어오는 것은 주태와 반장의 군사요, 남쪽에서 쳐들어오는 것은 서성과 정봉의 군사요, 북쪽에서 쳐들어오는 것은 진무와 여몽의 군사였다.

조인의 군사는 크게 패하여 산산이 부서졌다.

승리를 거둬 의기양양해진 주유는 정보와 함께 남군성으로 말머리를 돌렸다. 그들이 강동의 깃발을 올리려고 성벽을 올려다보니, 성루 꼭대기에 보지 못했던 깃발이 바람에 펄럭이고 있었다. 그리고 성루 위에는 무장 한 사람이 꼿꼿이 서서 아래를 굽어보고 있었다.

"성루에 서 있는 무장은 누구인가?"

주유가 성벽을 올려다보며 큰소리로 외쳐 물었다.

그러자 그 무장이 큰소리로 대답했다.

"나는 상산의 조자룡이오. 나는 군사 공명의 장령에 의하여 이 성을 점령했소. 주 도독은 한걸음 늦었으니 그대로 돌아가주기 바라오."

주유는 공명에게 기선을 제압당한 것을 통절히 여겼지만, 이제는 어찌하는 수가 없었다.

사세가 그렇게 되고 보니, 이제는 손을 빨리 써서 형주와 양양을 먼저 빼앗을 결심이었다. 주유는 감녕으로 형주를 치게 하고, 능통으로 양양을 치도록 명했다. 형주와 양양을 취한 뒤에는 남군성을 칠 계획이었다. 그러나 거기서도 역시 뜻밖의 일이 벌어졌다.

형주와 양양에서 각각 급사가 달려와 보했다.

"형주성을 이미 장비가 점령했습니다."

"양양성은 이미 관운장에게 점령을 당하여 현덕의 군기가 드높이 휘날리고 있습니다."

공명이 세 개의 성을 순식간에 얻게 된 계략을 들어보니, 남군성을 먼저 점령한 유비가 조인의 병부(兵符)를 이용하여 싸우지도 아니하고 형주성과 양양성을 무난히 점령했다는 것이었다.

주유는 크게 실망했다.

"도대체 공명이 어떻게 조인의 병부를 손에 넣을 수 있었단 말인가?"

정보가 경황없는 어조로 대답했다.

"남군을 쳐서 진교를 사로잡았을 때 병부를 빼앗았을 것입니다."

"그렇구나! 그렇다면 나는 누구를 위해 싸웠단 말인가!"

주유는 통분을 금치 못해 큰소리로 외치다가 그 자리에 푹 고꾸라져 버렸다. 노기가 치밀어 올라 금창이 재발한 것이었다. 의원을 불러 긴급히 치료를 한 덕택에 간신히 소생한 주유는 끝내 분노를 참지 못하고 노숙을 불러 이렇게 외치는 것이었다.

"제갈 촌부를 죽이지 않고는 내 원한은 풀리지 않을 것이오. 내 곧 군사를 일으켜 유비, 공명과 자웅을 결할 터이니 노숙 장군은 부디 나를 도와주오."

그러나 노숙은 고개를 흔들었다.

"우리가 적벽대전에서 승리했지만 아직 조조는 망하지 않았습니다. 본격적인 승부는 이제부터 결할 판인데, 그 일을 내버려두고 현덕과 새로 싸움을 시작한다면 조조만 이롭게 하는 것입니다."

"나도 그것을 모르는 바가 아니오. 우리가 적벽대전에서 희생이 많았다는 것도 알고 있소. 그러나 조조 때문에 형주를 현덕에게 빼앗기고 가만히 있을 수는 없는 일 아니오?"

"제가 현덕을 만나 도의로 설복시켜보면 어떻겠소이까?"

노숙은 주유의 허락을 받고 곧 남문성으로 향했다. 성문 밖에서 방문을 통고하니 조자룡이 나와 물었다.

"노숙 장군은 무슨 일로 오셨소?"

"현덕 장군을 만나 뵈러 왔소이다."

"유 황숙께서는 형주성에 계시오."

노숙은 마지못해 형주로 향했다.

형주성에 와보니 정기가 정연하고 군용이 매우 웅장했다.

'아아, 공명은 참으로 비상한 군정가로구나!'

노숙이 감탄을 마지않으며 성안으로 들어서니, 공명이 마주 나오며 반갑게 맞아주었다.

노숙은 예를 갖추고 나서 공명에게 말했다.

"나는 우리 주공의 뜻을 현덕 장군에게 전하러 왔습니다. 전일에 조조가 백만 대군을 이끌고 남하한 목적은 유 황숙을 치자는 데 있었습니다. 결국 유 황숙께서는 우리 강동 군이 도와준 덕택으로 무사하게 되었으니 도의적으로 보아도 형주의 아홉 군은 우리가 가져가야 마땅합니다. 한데 유 황숙께서 궤계(詭計)로 형주와 그밖의 성들을 점령하셨으니 이는 도의에 크게 벗어나는 일입니다."

거기에 대해 공명이 웃으며 대답했다.

"노숙 장군은 어찌 그런 말씀을 하시오? 물필유주(物必有主)로 형주는 옛날부터 주인이 있소. 이미 아시다시피 형주는 조조의 소유도 아니요, 손권 장군의 소유도 아닙니다."

"그게 무슨 말씀이시오?"

"형주의 영주 유표는 이미 세상을 떠나셨지만 그의 적자 유기는 지금 현덕의 밑에 버젓이 살아계시오. 유 황숙은 워낙 유표와는 동종(同宗)의 가계(家系)이니 조카를 도와 형주를 부흥시키려는데 무엇이 잘못이란 말이오?"

노숙은 공명의 명쾌한 대답을 듣고 가슴이 뜨끔했다.

"그러나 유기는 강하에 있고, 형주에는 없다고 들었소."

"허어! 그리도 의심하시니 제가 유 공자를 이 자리로 모셔 오리다."

공명은 그렇게 말하고, 좌우를 돌아보며 유기를 모셔오도록 일렀다.

잠시 후, 발소리가 나더니 귀공자 타입의 창백한 청년이 나타났다. 그는 틀림없는 유표의 아들 유기였다.

"공자께서는 지금 몸이 불편하셔서 자리보존하고 누워계시는 중이니 잠깐 인사만 여쭙고 들어가도록 하십시오."

유기가 인사를 드리고 나가자 공명이 다시 말했다.

"유기 공자가 몸이 약해 언제 돌아가실지 모르지만 그 분이 형주의 주인임은 틀림없는 사실일 것이오."

"만약 그 분이 세상을 떠난다면 그때에는 형주를 우리에게 주시겠소?"

"그야 물론이지요."

공명은 쾌히 대답하고, 노숙을 위해 주석을 융숭하게 베풀었다. 노숙은 대접을 후하게 받고 돌아와, 그 사실을 주유에게 보고한 뒤에 말했다.

"제가 보기에 유기라는 청년은 주색에 곯고 병이 골수에 사무쳐 얼마 살지 못할 것 같았습니다. 그 청년만 죽으면 형, 양 두 지역은 문제없이 우리에게 돌아올 터이니 당분간 기다려보십시다."

"언제까지 젊은 놈이 죽어 없어지기를 기다린단 말이오."

그때 마침 형주는 내버려두고 시상구(柴桑口)로 이동하라는 손권의 명령이 떨어졌다. 주유는 형주를 포기하고 군사들을 시상구로 이동시키는 수밖에 없었다.

한편 유비는 형주, 양양, 남군의 세 성을 일거에 점령하고 보니 마음이 흐뭇했다. 그러나 유비는 어디까지나 신중을 기하는 마음에서 공명에게 말했다.

"내가 아무 노력도 아니하고 세 개의 성을 한꺼번에 얻은 것은 오직 공명 군사의 탁월하신 계책 덕택이오. 이제 이 성을 길이 간직하자면 구원지계(久遠之計)를 세워야 하겠는데, 그러자면 어찌해야 좋겠소이까?"

"모든 일의 성패는 오직 사람에게 달렸습니다. 그러하니 이제는 널리 인재를 구해서야 합니다."

"형, 양 땅에 어떤 현인이 있는지 선생이 말씀해 주시오."

"양양 의성(宜城) 땅에 마량(馬良)이라는 사람이 살고 있는데, 그의 오형제가 모두 이름 높은 사람들입니다. 특히 막내 동생 마속(馬謖)은 병서에 대한 연구가 도저한 만부부당(萬夫不當)의 무인입니다."

"그러면 그들을 불러오는 것이 어떻겠소?"

"우리의 막빈(幕賓)으로 있는 이적(伊籍)과 친한 사이니 그 사람을 보내 맞아오도록 부탁하십시오."

유비는 곧 이적에게 마씨를 불러오게 했다.

이윽고 마량이 오자 유비는 예를 두터이 하여 그를 맞았다.

"귀공은 이 지방 실정에 밝으실 터이니, 나를 위해 좋은 계책을 말씀해 주시기 바라오."

그러자 마량이 말했다.

"형, 양 땅은 모두가 눈독을 들이는 곳인 만큼 고주(故主)의 적자인 유기 공자로 주인을 삼아 옛사람들을 모아들이는 것이 좋을 것입니다. 그런 다음 중앙에 표를 올려 공자로 형주 자사를 삼아 민심을 수습하면 무릉, 장사, 계양, 영릉의 네 고을을 취하는 것도 문제가 아닐 것입니다."

유비는 크게 기뻐하며 다시 물었다.

"네 고을 중에서 어느 곳을 먼저 취하는 것이 좋겠소?"

"영릉부터 취하여 계양, 무릉, 장사의 순서로 점령하시는 것이 좋겠습니다. 요컨대 군사의 진로는 흘러가는 물과 같아야 합니다. 물이 흘러가는 방향을 군사의 진로로 생각하시면 좋을 것입니다."

현자의 말에 유비는 크게 용기를 얻었다. 그리하여 마량을 종사(從事)로 삼아 중히 쓰기로 했다.

그로부터 몇 달이 지난 건안 십오년 봄에, 유비는 공명의 동의를 얻어 군사 일만 오천을 거느리고 남사군(南四郡)의 정도에 올랐다. 관우는 형주를 지키게 하고, 장비를 선봉으로 삼고, 조자룡을 후군으로 삼아 보무도 당당하게 영릉부터 쳐들어가기 시작한 것이다.

이때, 영릉 태수 유도(劉度)는 유비의 군사가 온다는 소리를 듣고 아들 유현(劉賢)을 불러 상의했다.

"현덕의 군사를 어찌하면 막아낼 수 있겠느냐?"

"염려 마십시오. 우리의 상장(上將) 형도영(邢道榮)은 장비와 조자룡을 능히 막아낼 수 있는 장수입니다. 군사 일만 기만 내주신다면 제가 형도영과 함께 삼십 리 밖으로 나가 그들을 물리치고 오겠습니다."

이리하여 유현은 영릉성 삼십 리 밖에서 유비의 군사와 대진하게 되었다.

양군이 서로 대진하자 형도영은 무게가 육십 근이나 되는 개산대부(開山大斧)를 휘두르며 나오더니 유비의 진영을 향하여 우레 같은 목소리를 가다듬어 꾸짖었다.

"반적(反賊)의 무리들아! 네놈들이 어찌 우리의 지경을 범하는가?"

그러자 홀연 유비의 진영에서 난데없는 일량(一輛)의 사륜거(四輪車)가 먼지를 일으키며 달려 나왔다. 자세히 보니 그 사륜거 위에는 머리에는 윤건(綸巾)을 쓰고 몸에는 학창의(鶴氅衣)를 입고, 손에는 백우선(白羽扇)을 든 젊은 도사 한 사람이 단정히 앉아 있었다.

그는 부채를 들어 형도영을 부르며 말했다.

"나는 남양의 제갈공명이다. 조조가 백만 대군을 거느리고 왔다가 나의 계책에 걸려 참패하고 돌아갔거늘 네놈들이 어쩌자고 나와 감히 대적을 하려 드느냐! 너희들은 빨리 항복해 백성들을 전란에서 구하도록 하라."

그 말을 듣고 형도영은 크게 웃었다.

"하하하, 적벽대전은 주유의 계책으로 이겼는데, 네가 무슨 공이 있었다고 큰소리를 치느냐?"

형도영이 말과 동시에 개산대부를 휘두르며 덤벼 왔다. 공명이 급히 수레를 돌려 진중으로 달려 들어오니 진문(陣門)이 굳게 닫혀졌다.

형도영이 어쩔 수 없어 말을 멈추고 바라보니, 이번에는 저편 산기슭에 누런 깃발의 군사들이 보였다. 그리하여 이번에는 그들을 바라보고 달려가니, 별안간 험악하게 생긴 장수 하나가 장팔사모를 휘두르고 달려 나오며 소리쳤다.

"이놈아! 네가 연인 장비를 모른단 말이냐! 용기가 있거든 한번 덤벼 보라!"

형도영도 자신만만하여 개산대부를 번쩍이며 마주 덤볐다.

"네가 장비였단 말이냐! 마침 잘 만났다. 어디 한번 자웅을 결해 보자!"

두 장수는 동서로 번쩍이며 장팔사모와 개산대부에 불을 일으켰다. 그러나 형도영은 장비의 적수가 되지 못했다. 십여 합을 싸우다가 세궁역 진한 형도영이 급히 달아나기 시작했다. 그리하여 산길을 정신없이 도망쳐 오는데 이번에는 젊은 장수가 앞을 막아서며 큰소리로 외쳤다.

"상산 조자룡이 여기 있으니 형도영은 목숨이 아깝거든 빨리 항복하라!"

형도영은 이미 싸울 기력이 없어 말에서 뛰어내렸다. 말을 내리는 것은 항복을 의미하는 것이었다. 조자룡은 형도영을 결박 지어 본진으로 돌아왔다.

유비는 형도영을 보자 곧 목을 베라고 명했다. 그러자 공명이 참수하는 것을 만류하며 말했다.

"네가 만약 유현을 사로잡아 온다면 내 너를 살려주리라."

"저를 놓아 보내주면 곧 잡아 오리다."

"네가 어떻게 잡아 오겠단 말이냐?"

"저를 돌려보내주시고, 오늘밤 저의 영채를 습격하십시오. 그러면 제가 유현을 잡아 바치오리다. 유현만 사로잡으면 그 아비 유도는 절로 항복할 것입니다."

그러자 유비가 공명에게 말했다.

"저놈을 암만해도 믿지 못하겠으니, 빨리 참수시키는 것이 어떠하겠소?"

그러나 공명은 머리를 가로저었다.

"형도영은 거짓말을 할 사람이 아닙니다."

형도영은 본진으로 돌아오자 유현에게 사실대로 고해 바쳤다. 유현이 크게 근심하며 물었다.

"그러면 어찌했으면 좋겠소?"

"현덕의 군사가 매우 정강하니, 정방법(正防法)을 피하여 성을 비워놓고 성 밖에 군사를 매복시켜두었다가 기습 작전을 펼치는 수밖에 없을 것이오."

유현은 형도영의 말에 따라 작전 계획을 세웠다.

이날 밤 이경쯤 되자, 과연 유비의 일표군이 영채에 와서 불을 질렀다. 유현과 형도영은 곧 군사를 좌우로 나누어 그들을 공격했다.

유비의 군사는 맥없이 쫓겨 달아났다. 유현과 형도영은 십여 리나 그들을 쫓아갔다. 적병이 너무도 적은 것에 소스라치게 놀라 부랴부랴 본진으로 돌아오려 하니 장비가 어둠 속에서 불쑥 나타나며 소리쳤다.

"형도영아! 장비가 여기 있으니 한번 싸워보자!"

형도영이 혼비백산하여 본진으로 급히 달려오니, 이번에는 성내에서 조자룡이 마주 달려 나오며 형도영의 목을 낙엽처럼 날려버렸다.

그 바람에 유현은 제대로 싸워보지도 못하고 사로잡혔다. 이리하여 영릉 태수 유도와 그의 아들 유현은 마침내 유비에게 항복을 하게 되었다.

노장 황충

유비는 영릉을 점령하자 장수들에게 상을 후하게 주고, 태수 유도를 여전히 군수로 봉한 뒤에, 이번에는 계양(桂陽)을 향하여 군사를 일으켰다.

"누가 선봉을 서고 싶소?"

유비가 그렇게 묻자 맨 먼저 조자룡이 대답했다.

"저에게 선봉에 서게 해주십시오."

뒤미처 장비도 큰소리로 말했다.

"내가 앞장을 서겠소."

공명이 그것을 보고 유비에게 말했다.

"자룡이 먼저 손을 들었으니 선봉을 삼으시지요."

그러자 장비가 불평을 했다.

"선후진을 정하는데, 손을 먼저 들고 나중에 든 것이 무슨 상관이란 말이오? 나를 선봉으로 보내주오."

"그러면 제비를 뽑아 정하기로 하자!"

두 사람이 제비를 뽑아보니 자룡이 선이요, 장비는 후였다. 선봉이 결정되자 조자룡이 자신 있게 말했다.

"제게 군사 삼천만 주시면 혼자 가서 계양을 취해 오리다."

"그렇게도 자신이 있는가?"

유비는 크게 기뻐하며 조자룡에게 군사 삼천을 내주었다.

계양성에는 널리 알려져 있는 용장이 두 사람 있었다. 한 사람은 호랑이를 맨손으로 붙잡았다는 포룡(鮑龍)이요, 다른 한 사람은 역발산(力拔山)의 힘을 가진 진응(陳應)이었다.

"현덕의 군사가 쳐들어온다는데 우리 힘으로는 그들을 감당해 낼 수 없으니 차라리 처음부터 항복하여 영토의 평온을 기하는 것이 어떻겠는가?"

계양 태수 조범(趙範)이 신하들을 보고 말했다. 그러나 포룡과 진응은 저희들의 힘을 믿고 강경하게 반대했다.

"유비는 무능한 사람이고, 관운장과 장비가 약간의 용명을 떨치고 있기는 하나 그들 역시 폭도에 불과하거늘 무엇이 두려워 항복을 하신단 말씀입니까?"

조범이 다시 말했다.

"관우, 장비도 용장이지만 지금 쳐들어온다는 조자룡도 장판교에서 조조의 백만 대군을 쳐부순 용장이 아닌가?"

"저희들이 조자룡과 싸워 과연 어느 누가 참된 용장인지 태수님께 친히 보여드리겠습니다."

태수 조범은 어쩔 수 없이 항전을 하기로 마음먹었다.

진응이 군사 사천을 이끌고 성 밖으로 나가 적을 맞았다. 조자룡이 말을 달려 나와 진응을 보고 말했다.

"유 황숙께서 유기 공자를 받들어 천하를 편히 다스리시려 하니, 그대들은 곱게 항복하여 복을 받으라!"

그러자 진응이 코웃음을 치며 대답했다.

"우리의 주인은 조 승상밖에 없다. 너희들은 어찌하여 딴생각을 품느냐?"

진응은 비차(飛叉)라는 무기를 잘 쓰는 장수였다. 조자룡이 대로하여 창을 꼬나 잡고 달려드니, 진응이 비차를 내두르며 마주 달려 나왔다.

서로 불을 뿜는 듯이 싸우기를 십여 합, 진응이 감당을 못하고 달아나려 하자 어느새 조자룡이 달려와 목덜미를 붙잡아 땅에 떨어뜨리고 결박을 지었다. 진응은 어이없게도 사로잡히고 만 것이었다. 그러나 조자룡은 그를 놓아서 돌려보내며 이렇게 일렀다.

"네가 어쩌자고 나한테 덤벼드는가? 내가 죽이지 않고 너를 돌려보낼 테니, 돌아가거든 조범에게 말해 속히 항복하여라!"

진응이 돌아가 그 말을 전하니, 조범은 두말 않고 조자룡을 십 리 밖으로 맞아 나와 항복했다. 조자룡은 크게 기뻐하며, 곧 조범과 함께 연락을 베풀었다.

"장군의 성도 조씨요, 나도 조씨이니, 우리 형제의 의를 맺으면 어떠하겠습니까?"

조자룡이 그 말을 듣고 크게 기뻐하며 나이를 따져 보았다. 조자룡이 조범보다 넉 달이나 손위였다.

다음날 조범이 조자룡을 성중으로 청했다. 조자룡은 군사 오십여 기를 거느리고 성안으로 들어갔다. 백성들이 손에 향을 잡고 길가에 도열하여 정중히 맞아주었다.

입성식이 끝나자 주연이 벌어졌다. 술이 거나하게 취했을 무렵 조범이 조자룡을 후당으로 모셔 들이더니, 젊은 미인 한 사람을 소개했다.

"이 부인은 누구요?"

"나의 형수님이올시다. 이 어른은 우리와 종씨인 자룡 장군이오. 오늘 밤 형수님은 이 어른을 잘 모시도록 하오."

조자룡은 그 말을 듣고 아연실색했다.

"어찌 형수에게 시녀처럼 나의 시중을 들게 하는 것이오?"

"실은 형님이 삼 년 전 세상을 떠나셔서 형수는 지금 홀로 있습니다. 제가 재혼하기를 권했더니 형수는 항상 세 가지 조건을 내세웠습니다. 첫째는 유명한 사람이라야 하고, 둘째는 세상 떠난 남편과 성이 같아야 하고, 셋째는 문무의 재주를 겸비해야 한다는 것이었습니다."

"음……."

"형수의 희망은 마치 자룡 장군을 두고 한 말씀 같으니, 장군께서는 부디 제 형수를 아내로 맞아주시면 고맙겠습니다."

그 말을 들은 조자룡이 크게 노하여 자리를 박차고 일어섰다.

"내 이미 그대와 형제의 의를 맺지 않았는가? 그대의 형수라면 나에게도 형수가 아닌가? 네 어찌 인륜을 어지럽히는 일을 꾸민단 말이냐?"

조범은 얼굴을 붉히며 좌우를 향하여 눈짓을 해보였다.

"제가 호의로 말씀드린 것인데, 그처럼 역정을 내실 것은 없지 않습니까?"

암만해도 사정이 심상치 않아 보여 조자룡은 조범을 주먹으로 때려누이고 밖으로 나와 말을 타고 진지로 돌아왔다.

조범이 진웅과 포룡을 불러 상의했다.

포룡이 말했다.

"그 사람이 암만해도 가만있을 것 같지 않으니, 우리가 먼저 손을 써 죽여버리는 수밖에 없겠습니다."

"그러나 그를 죽일 재주가 없지 않은가?"

"저희 두 사람이 먼저 찾아가 거짓 항복을 드릴 터이니, 그 동안 태수 께서 군사를 몰고 쳐들어오십시오. 그러면 우리 두 사람이 조자룡을 잡 아놓겠습니다."

곁에 있던 진응이 겁을 내며 말했다.

"그래도 인마를 데리고 가야 하지 않겠소?"

"한 오백 기 데리고 갑시다."

이날 밤 두 사람은 군사 오백 기를 거느리고 영채로 조자룡을 찾아와 거짓 항복을 했다. 조자룡은 그것이 거짓임을 알고 있으면서도 반갑게 만났다.

두 사람이 계하에 엎드려 말했다.

"조범이 미인계를 써서 장군을 모살하려 하다가 발각되었으므로 혹시 라도 죄가 저희들에게 미칠까 두려워 지금 항복을 드리는 것입니다."

조자룡은 짐짓 기쁜 빛을 보이며 취하도록 그들에게 술을 권했다.

그들이 잔뜩 취하자 결박을 지어놓고 수하 장졸들에게 물어보니, 과연 두 사람은 사항계를 쓴 것이 분명했다. 조자룡은 오백 명의 군사들에게 술과 음식을 후히 먹이며 이렇게 말했다.

"나를 해치려고 한 것은 진응과 포룡뿐이고, 너희들에게는 아무 죄도 없다. 너희들이 만약 나를 따른다면 내가 후히 상을 내리겠다."

장병들은 모두 조자룡을 따르기를 원했다.

조자룡은 진응과 포룡을 참한 뒤에, 오백 명의 군사를 앞세우고 뒤에 일천 기를 거느리고 다시 계양성으로 들어갔다.

성 아래 당도하자 조자룡은 군사들을 시켜 소리치게 했다.

"진 장군, 포 장군이 조자룡을 죽이고 회군하여 돌아옵니다. 빨리 성문 을 열어주시오."

조범이 성 위에서 횃불을 밝혀보니, 성문 밖에서 떠드는 군사는 틀림없는 자기 부하들이었다. 안심하고 성문을 열어주니 뒤미처 조자룡이 달려 들어와 조범을 사로잡았다.

그 소식을 본부에 보고하자 유비와 공명이 급히 달려왔다. 공명은 조자룡이 미인을 거절했다는 말을 듣고 물었다.

"미인은 누구나 좋아하는 법인데, 공은 어찌하여 미인을 거절했소?"

"제가 조범과 이미 형제의 의를 맺었는데, 어찌 그의 형수를 범할 수 있으오리까? 게다가 조범이 항복하고 가서 이내 그 말을 꺼냈으니, 그의 진심을 믿을 수도 없었습니다. 그리고 무엇보다 주공께서 아직 천하를 평정하지 못하셨는데 제가 여색에 반했다가는 무슨 실수를 범할지 몰라 자제했습니다."

그러자 유비가 웃으며 말했다.

"오늘로 대사는 이미 정한 셈이니, 그 부인과 혼인하는 것이 어떻겠는가?"

조자룡이 대답했다.

"천하에 여자는 얼마든지 많습니다. 저는 공명을 세우지 못한 것이 두려울 뿐이지, 처자가 없는 것은 조금도 걱정하지 않습니다."

"과연 조자룡은 대장부일세!"

유비는 감탄을 마지않으며 조자룡에게 상을 후히 주고, 동시에 조범을 계양 태수로 그대로 임명했다.

조자룡이 계양에서 공을 세웠다는 소식을 듣고, 장비가 탄식하며 외쳤다.

"어찌하여 자룡만 공을 얻게 하고 나는 썩혀만 두오? 나에게 삼천만 내주면 무릉을 취하고, 태수 김선(金旋)을 사로잡아 오겠소."

공명이 그 말을 듣고 물었다.

"만약 실패하면 어떡할 작정이오?"

"실패하면 군법에 의하여 처벌을 받도록 군령장이라도 두고 가겠소."

장비는 군마 삼천을 거느리고 곧 무릉을 향하여 떠났다.

무릉 태수 김선이 그 정보를 알고 곧 싸울 태세를 갖추었다.

그러자 종사(從事) 공지(鞏志)가 간했다.

"유현덕의 덕망은 천하에 널리 알려져 있고, 장비는 세상에 둘도 없는 맹장이니 차라리 항복하는 것이 어떻겠습니까?"

김선은 그 말을 듣고 크게 노했다.

"이놈! 네가 진작부터 적과 내통하여 나를 멸망시킬 계획이었나 보구나!"

김선은 공지를 즉시 참하라는 명령을 내렸으나, 좌우가 가까스로 간하여 참살을 모면하게 했다.

김선은 성 밖에 진을 치고 장비에 대항했으나, 애초에 상대가 되지 않았다. 무릉 군은 몇 번 싸우다가 여지없이 참패했다. 그리하여 성안으로 들어가려고 하니, 공지가 성 위에서 활을 쏘아대며 외쳤다.

"성안의 백성들은 모두 나와 뜻을 같이하여 현덕에게 항복하기로 했으니, 너희들은 들어오지 못할 것이다."

이리하여 장비는 별로 싸우지도 아니하고 무릉성을 수월하게 얻었다.

유비는 승리의 보고를 받고 무릉으로 달려가 공지를 무릉 태수로 임명했다. 그리고 나서 삼군을 평정했다는 소식을 관우에게 알렸다. 그러자 관우가 다음과 같은 편지를 보내왔다.

자룡과 장비가 각각 고을을 하나씩 얻었다 하는데, 장사는 아직 그대로 남아 있으니 제가 공을 세우도록 해주시면 고맙겠나이다.

유비는 그 충성심을 기쁘게 생각하여, 장비를 보내 형주를 대신 지키게 하고 관우를 불러다가 장사를 치게 했다.

공명이 관우에게 말했다.

"장비와 자룡이 모두들 삼천 기를 거느리고 갔었으니, 운장도 삼천 기를 거느리고 가오."

그러자 관우가 대답했다.

"장사를 치는데 무슨 삼천 기가 필요하겠소. 나는 도부수(刀斧手) 오백만을 데리고 가겠소."

"장사를 그렇게 경솔히 보아서는 안 되오. 태수 한현(韓玄)은 보잘 것 없는 인물이지만 그의 휘하에는 만부부당(萬夫不當)의 노장 황충(黃忠)이라는 장수가 있소. 그는 이미 육순이 넘은 백발 노장이지만 운장도 결코 가볍게 대할 장수가 아니오."

"그까짓 육십 노장이 뭐가 두렵겠소이까? 저는 오백만 데리고 가겠소이다."

관우는 끝내 고집을 부렸다. 공명은 어쩔 수 없이 그대로 보내주었다. 그러나 암만해도 안심이 되지 않아 유비에게 이렇게 간했다.

"운장이 자기의 용맹만 믿고 상대방을 너무 경시하다가 패를 보기가 쉬울 것 같으니, 주공께서 뒤따라가셨다가 만일의 경우에 도와주도록 하십시오."

유비는 그 말대로 군사를 따로 거느리고 뒤를 따라 떠났다.

유비가 장사에 도착했을 때, 장사성은 이미 불바다를 이루고 있었다. 관우의 군사는 이미 성 아래 근접하여 적과 혼전을 벌이고 있었다.

초전에 장사의 총대장인 양령(楊齡)이 관우의 청룡도에 어이없이 전사하는 바람에 장사군은 크게 당황했다. 패주하는 군사들 속에서 백발 노장 한 사람이 큰 칼을 휘두르며 분마(奔馬)로 달려 나왔다.

관우는 그 노장이 바로 황충임을 대번에 깨닫고 전면으로 마주 달려

나가며 소리쳐 물었다.

"노장이 바로 황충인가?"

황충이 말을 달려오며 말했다.

"그렇다! 그대가 관운장인가?"

"내가 바로 관운장이다. 나는 그대의 수급을 취하러 왔노라."

"어림없는 수작 그만하라. 내 비록 늙었으나 그대의 손에 목이 날아가
도록 힘이 없지는 않다!"

수작을 주고받으며 두 장수는 싸움을 시작했다.

정작 싸워보니 과연 노장 황충의 용맹은 관우도 당해 내기 어려웠다.
두 장수는 날이 저물 때까지 백여 합을 싸워도 승부가 나지 않았다.

'노장 황충은 과연 명불허전(名不虛傳)의 명장이로구나. 그렇다면 내일
은 타도계(拖刀計)를 써서 그를 이기리라!'

관우가 속으로 그렇게 생각하며, 날이 너무 어두워 이날은 싸움을 일
단 중지했다.

다음날 조반 때부터 두 장수의 싸움은 다시 시작되었다. 두 장수의 싸
움이 어찌나 맹렬했던지 양편 군사들은 모두 손에 땀을 쥐고 정신없이 구
경만 하고 있을 뿐이었다.

관우가 한참 싸우다가 별안간 말머리를 돌려 급히 달아나기 시작했다.
황충이 기회를 놓치지 않으려고 급히 뒤따라왔다. 관우가 얼마간 쫓기다
가 바야흐로 말머리를 돌려 타도계를 쓰려 했을 때에, 별안간 관전하던
군사들이 아우성을 쳤다.

관우가 급히 돌아보니, 쫓아오던 황충의 말이 고꾸라지는 바람에 노장
이 땅에 굴러 떨어져 있었다. 관우가 급히 달려가 청룡도를 급히 치켜들
고 외쳤다.

"내 너를 지금 죽여 마땅하나 특별히 살려주는 터이니, 급히 돌아가 말

을 바꿔 타고 나오라!"

황충은 말을 일으켜 올라타더니 황급히 성중으로 달려 들어갔다. 성 위에서 싸움을 보고 있던 태수 한현이 크게 놀라며 황충에게 물었다.

"어찌하여 말에서 떨어졌소?"

"말을 너무 오래 놀려두었더니 싸움에 서툴러 고꾸라졌던 모양입니다."

"노장의 활은 백발백중이니 내일은 관우를 다리로 유인하여 활을 쏘아 죽이도록 하오."

한현은 그렇게 말하며 자신의 애마(愛馬)를 내주었다.

밤이 지나자 관우가 다시 싸움을 청해 왔다. 황충은 추호도 피로한 기색이 없이 말을 달려 나왔다.

또다시 격전이 벌어졌다. 십 합, 이십 합, 삼십여 합을 싸우다가 황충이 별안간 쫓겨 달아났다. 관우가 그의 뒤를 바짝 추격했다. 황충이 급히 달려 다리를 건너더니 칼을 거두고 활을 쏘아 갈겼다. 시위 소리가 크게 울리는 바람에 관우는 깜짝 놀라며 몸을 피했다. 그러나 웬일인지 화살이 날아오지 않았다.

황충은 관우가 어제 자기를 살려준 은혜를 생각하여 살을 메기지 아니하고 활을 힘껏 잡아당겨 시위 소리만 내어 보냈던 것이다.

관우가 다시 몸을 날려 달려드니 황충은 또다시 활을 힘차게 잡아 당기더니 시위 소리를 날카롭게 내어 보였다. 관우는 또다시 몸을 피했으나 이번에도 화살은 날아오지 않았다.

'나에게 화살을 쏠 뜻이 없는가 보구나!'

관우가 그렇게 깨달으며 세 번째 접근해 가니, 이번에는 정말로 화살이 날아왔다. 그 화살은 관우의 투구 끈에 깊이 박혔다.

관우는 간담이 서늘했다. 백 걸음 앞에 있는 버들잎을 쏘아 맞힐 수 있는 재주를 가졌다는 황충이 두 번씩이나 화살을 헛쏘고 세 번째에는 투구 끈을 쏘아 맞힌 셈이었다. 황충이 자신을 죽일 뜻이 있었다면 과연 이렇게 화살을 쏠 리 없었다.

'황충은 어제의 일을 생각해 나를 봐주는 것이구나!'

생각이 거기에 미치자 관우는 다시는 싸울 의욕이 없어 곧 군사를 거두어 본진으로 돌아와버렸다.

황충이 싸움을 그만두고 성안으로 들어오니, 태수 한현이 노기가 등등하여 소리쳤다.

"저놈을 빨리 잡아내어라!"

황충이 놀라 물었다.

"소장에게 무슨 죄가 있습니까?"

"이놈! 네가 싸우는 것을 사흘 동안이나 성 위에서 보아왔다. 어제는 관운장이 너를 능히 죽일 수 있었는데 죽이지 아니하더니, 오늘은 네가 그를 능히 쏘아 죽일 수 있었는데도 두 번씩이나 활시위만 당겼다가 놓고, 세 번째는 투구 끈을 쏘아 맞히더구나. 그런 점으로 보았을 때 너는 적과 내통하고 있는 것이 분명하다. 내 어찌 너 같은 놈을 살려둘 수 있겠느냐! 저놈을 당장 끌어내 목을 베어라!"

좌우가 크게 놀라 만류했다. 그러나 한현은 간언을 듣지 않고 추상같은 호령을 내렸다.

"저놈을 살리려 했다가는 같은 죄로 다스릴 테니, 그리 알고 당장 내다가 목을 베라!"

"아아, 주군! 어찌 이럴 수 있습니까?"

황충은 눈물을 흘리며 탄식했다. 그러나 한현은 끝내 듣지 아니하고 형장으로 끌고 가라는 명령만 반복했다.

도부수들이 드디어 명장 황충을 형장으로 끌어내었다. 그리하여 바야흐로 목을 베려는데, 홀연 인마 일기가 쏜살같이 달려오더니 도부수들을 한칼에 휘갈겨버리며 큰소리로 외쳤다.

"황 장군은 장사의 충신이니, 이 어른을 해하려는 자는 곧 백성의 적이다. 이제 한현을 죽여 백성들의 원을 풀려 하니, 나와 뜻을 같이하는 자는 모두 따르라!"

자세히 보니 그는 의양(義陽)의 장사 위연(魏延)이었다. 위연은 본디 유표의 신하로 유비를 따르려다가 기회를 못 얻어 장사에 머물러 있던 사람이었다.

위연이 한번 외치니, 너도 나도 손을 들어 그를 따르려는 백성이 수백 명이었다. 위연은 곧 백성들과 함께 성안으로 들어가 태수 한현을 한칼에 베어, 그의 수급을 손에 들고 관우의 영채를 찾아왔다.

관우는 크게 기뻐하며 그들을 반가이 맞은 뒤에 곧 성안으로 들어갔다. 그리하여 백성들을 위무한 뒤에 위연에게 물었다.

"황충 장군은 어디 계시오?"

"황 장군은 지금 댁에 계십니다. 제가 한현의 목을 벨 때 황 장군은 눈을 감고 귀를 막으며 댁으로 돌아가셨습니다."

"이미 싸움은 끝났으니 황 장군을 영접해 옵시다."

관우는 사람을 여러 차례 보냈으나 황충은 병이라 칭하고 끝끝내 오지 않았다. 관우는 마지못해 유비와 공명을 청해 오기로 했다.

한편, 공명과 함께 관우의 뒤를 따라왔던 유비에게 관우의 사자가 달려와 전승 소식을 알렸다.

"과연 관운장은 천하의 명장이로구나!"

유비가 크게 기뻐하며 길을 재촉하여 장사로 행군하는데, 난데없이 까마귀 한 마리가 군기 위에 내려와 앉더니 세 번 울고 나서 북에서 남쪽으로 날아갔다.

유비가 매우 의아스러워 공명에게 물었다.

"선생, 저것은 흉조가 아닙니까?"

"아니올시다. 길조입니다."

"까마귀가 세 번 울고 간 것은 장사를 점령했다는 뜻이고, 동시에 좋은 장수를 얻게 된다는 징후입니다."

이윽고 유비 일행이 장사성에 도달하니 관우가 마중을 나와 전승 보고를 올린 뒤에 아뢰었다.

"황충은 천하의 명장이기에 제가 누차 만나기를 청하였으나 끝내 병을 빙자해 만나주지 않았습니다."

유비는 주저하지 않고 황충을 찾아갔다. 황충은 그제야 밖으로 나와 항복을 했다. 그러고 나서 이렇게 청원했다.

"고주 한현 공을 장사지내드리게 그의 시신을 소장에게 내어주시면 고맙겠습니다."

유비가 그의 충의에 감동되어 한현의 시체를 내주니, 황충은 동편 산기슭에 한현을 정중히 묻고 장사지냈다.

관우가 장사 한 사람을 데리고 들어와 유비에게 소개했다.

"이 사람은 제가 아까 말씀드린 위연입니다. 황충 장군을 구출하고 한현을 죽이는 데 공이 많은 사람입니다."

유비는 그 소리를 듣고 칭찬을 마지않았다.

"오오, 위 공의 공로가 그처럼 크니 매우 고맙소. 그 공로는 결코 잊지 않으리다."

그러자 옆에 앉아 있던 공명이 별안간 소리를 높여 위연에게 추상같은 명령을 내렸다.

"이 불의(不義)의 치한아! 여봐라, 저놈을 당장 내다가 참하라!"

유비가 깜짝 놀라며 공명에게 물었다.

"공훈이 큰 사람에게 그게 무슨 말씀이오?"

공명이 대답했다.

"위연은 한현의 녹을 먹다가 제 손으로 주인을 죽였으니 이는 불충이고, 제가 살던 땅을 남에게 바쳤으니 이는 불의입니다. 천하의 공도(公道)로 볼 때, 저런 자를 어찌 살려둘 수 있겠습니까. 게다가 저자에게는 반골기질이 있어 언제든지 주인을 배반할 소질이 있습니다."

그러나 유비는 고개를 가로저었다.

"만약 이 사람을 죽이면 일후에 나를 따라올 사람이 누가 있겠소. 군사는 부디 용서해 주오."

그러자 공명은 손을 들어 위연을 가리키며 말했다.

"내 주공의 특명으로 너를 살려주는 터이니, 일후에는 딴마음 먹지 말고 부디 충성을 다하라. 만약 딴마음을 품는 일이 있거든 단호히 참형에 처하리라."

위연이 대답을 못하고 눈물을 흘리며 머리 숙여 절했다.

그런 일이 있은 뒤에, 유비는 유표의 조카 유반(劉磐)이 유현(攸縣)에 숨어 있다는 말을 황충에게서 듣고, 그를 불러다가 장사 태수에 봉했다.

이리하여 유비는 남사군을 완전히 점령하게 되어 천하삼분(天下三分)의 지반을 공고히 닦게 되었다.

강동의 미인계

형주를 근거로 일어선 유비는 중한(中漢) 아홉 고을 중에서 네 고을을 수중에 넣고보니, 이제는 빈약한 대로 토대가 잡혔다. 게다가 조조의 하후돈이 양양에서 번성으로 쫓겨가는 바람에 많은 군사들이 귀순하여 유비의 세력은 더욱 강해져가고 있었다.

유비는 강안의 요지인 유강구(油江口)를 공안(公安)이라 고쳐 부르게 한 다음, 그곳에 많은 군량과 무기를 저장하여, 북으로는 조조를 막고, 남으로는 손권의 침략에 대비했다. 유비의 세력이 그처럼 안정되자 동서 사방에서 그의 덕망을 흠모하여 모여드는 현사들이 꼬리에 꼬리를 물고 이어질 지경이었다.

한편, 손권은 적벽대전에서 승리를 크게 거두자 그 여세를 몰아 조조의 합비성을 공격했다. 합비성은 장요가 지키고 있었다. 합비는 전략상 중요한 곳이기 때문에 조조는 허도로 돌아가며 장요에게 성을 사수하라는 특명을 내렸던 것이다.

손권은 합비를 여러 차례 공격했으나 신통한 성과를 거두지 못했다. 그도 그럴 것이 합비성에는 대장 장요를 비롯하여 이전, 악진 같은 백전노장들이 부장으로 있었던 것이다.

손권은 합비성을 수없이 공격했으나 좀처럼 함락되지 않자 이제는 이편이 기진맥진하여 멀리 포위를 하고 성안에서 군량이 떨어지기만 기다리고 있었다.

마침 그 무렵에 주유의 참모 노숙이 찾아왔다. 손권은 노숙을 성문까지 마중 나가 정중히 맞았다. 노숙이 손권에게 과분한 우대를 받는 것을 보고 장졸들이 모두 깜짝 놀랐다.

진중으로 돌아온 손권이 노숙에게 가만히 말했다.

"나는 오늘 공을 말에서 내려 영접했소. 공은 그만했으면 만족하다고 생각하시오?"

노숙이 머리를 흔들며 대답했다.

"어찌 그 정도로 족할 수 있으오리까?"

"그러면 어느 정도의 표창을 받아야 만족하시겠소?"

"명공께서 하루빨리 구 주를 총괄하신 뒤에 제업(帝業)을 성취하셔서, 이 사람의 이름을 청사에 길이 빛나게 해주시면 만족할 것입니다."

"아아, 과연 노숙 장군다운 말씀이시오!"

두 사람은 손뼉을 치며 웃었다. 그러나 잠시 후 노숙은 손권에게 두 가지 불행한 보고를 올리지 않을 수 없었다. 그 하나는 주유가 금창으로 인해 중태에 빠져 있다는 사실이요, 그 둘은 형주, 양양, 남군을 유비에게 빼앗겼다는 사실이었다.

"음, 주유 도독이 금창으로 신음하고 있어 재기하기가 어려울 것 같다는 말씀이오?"

"워낙 호기로운 어른이셔서 언젠가는 회복되리라 믿습니다. 하지만 단시일 내에 완쾌되기는 어려울 것 같습니다."

두 사람이 그와 같은 이야기를 주고받는데, 군사가 들어오더니 장요가 결전장을 보내왔다고 보고했다.

그 결전장에는 다음과 같은 모욕적인 언사가 씌어 있었다.

……오의 대군은 파리 떼란 말인가, 모기 떼란 말인가? 도대체 합비성을 둘러싸고 너희들은 무엇을 기대하고 있단 말이냐?

손권은 무례한 결전장을 보고 나서 크게 노했다.

"장요란 놈이 나를 너무 얕잡아 보는구나! 정보의 응원군이 왔다고 해서 일부러 도전하는 모양이나, 제가 이렇듯 방자스럽게 나온다면 내 실력만으로 본때를 한번 보여주리라!"

다음날 아침 손권은 갑옷을 찬란하게 갖추고, 선두에 나와 적진을 엄습했다. 합비성에서도 장요를 비롯하여 이전, 악진 등의 명장이 총동원되어 싸움을 맞았다.

"아아, 손권이 네가 왔느냐? 마침 잘 왔으니 내 창을 받아라!"

장요가 그렇게 외치며 손권을 향하여 쏜살같이 달려 나왔다. 그러자 그때, 한소리 크게 외치며 장요의 앞을 막아서는 장수가 있었다. 그는 오군의 대장 태사자였다.

장요와 태사자는 단병접전으로 싸우기 시작했다. 두 사람은 한결같이 백전노장인지라 불을 뿜는 듯한 열전은 한없이 계속되었다. 십 합, 이십 합, 삼십 합 그리고 무려 팔십여 합을 싸워도 승부가 나지 않았다.

그 사이에 이전과 악진이 창을 꼬나 잡고 손권에게 덤벼들었다.

"여봐라! 저기 금투구를 쓰고 있는 자가 바로 손권이다. 저자만 잡으면 적벽대전에서 죽은 팔십삼만 전우의 원수를 갚는 셈이다."

이전, 악진의 무리가 양쪽에서 전광석화처럼 맹렬한 공격을 가해 오니 손권은 자못 위태로워 보였다. 그러자 번개같이 달려 나와 이전, 악진과의 싸움을 가로막는 장수가 있었다. 그는 송겸(宋謙)이었다.

"이놈아! 너는 뭐냐!"

이전과 악진은 공격의 목표를 송겸 쪽으로 돌렸다. 그리하여 창으로 가슴을 찌르고 철추로 머리를 내리갈기는 사이에 손권은 죽기살기로 도망을 쳤다.

장요와 태사자는 여전히 싸웠으나 이전, 악진 등이 손권과 싸우는 바람에 양편 중군이 모두 동요를 일으켜 두 사람도 승부를 결하지 못하고 헤어졌다.

손권은 도망하는 도중에 몇 고비의 위태로운 곤경에 빠졌으나 다행히 응원하러 달려온 정보의 도움을 받아 무사히 본진으로 돌아왔다. 그러나 손권은 이날의 패전 때문에 심리적 타격을 크게 받았다.

손권이 눈물을 뿌리며 애통해 마지않았다.

"아아, 오늘 싸움에서 송겸을 잃었으니 이런 슬픈 일이 어디 있단 말이냐!"

장굉이 그 모양을 보고 손권에게 간했다.

"오늘의 패전은 오히려 좋은 교훈이 되었습니다. 지금까지 주공께서는 왕성한 기분만 믿으시고, 항상 적을 업신여겨 장성들을 몹시 걱정스럽게 하셨습니다. 바라옵건대 이제부터는 필부의 만용을 억제하시고 왕패(王霸)의 기상을 품으시도록 하십시오."

손권은 즉석에서 고개를 끄덕였다.

"과연 공의 말씀이 옳소이다. 앞으로는 나의 잘못을 반드시 고치도록 하리다."

이날 밤, 태사자가 들어와 손권에게 보고했다.

"저의 부하 중에 과정(戈定)이라는 자가 있습니다. 그는 장요의 밑에서 말을 기르는 후조(後槽)와 형제간입니다. 후조가 사소한 일로 장요에게 견책을 당하자 원한을 품고 있던 중 형제가 내통하여 오늘밤 장요를 죽이고 불을 들어 군호를 치겠다고 했습니다. 우리는 곧 송겸의 원수를 갚게 될 것입니다."

손권은 그 소리를 듣고 크게 기뻐했다.

"과정은 지금 어디에 있소?"

"형제가 내통해서 지금 적진 속에 들어가 있습니다. 오늘 치열하게 싸우는 북새통에 적의 성중으로 잠입했습니다."

"일을 성공시킬 수 있을 것 같소?"

"주공께서 저에게 오천 기만 주시면 오늘밤 반드시 성공하고 돌아오겠습니다."

"장요는 워낙 지략이 대단한 사람이니 선불리 행동해서는 안 되오."

"그 점은 저도 충분히 고려하고 있습니다. 부디 저에게 오천 기를 주셔서 승리를 거두게 해주십시오."

손권은 그러지 않아도 송겸의 원수를 갚고 싶은 생각이 간절했던지라 마침내 태사자에게 군사 오천을 주기로 응낙했다.

바로 그 무렵, 장요의 부하 후조와 태사자의 부하 과정이 마구간에서 밀담을 주고받고 있었다.

"내 이미 태사자 장군에게 말씀드렸다. 장군이 오늘밤 축시에 군사들을 이끌고 우리를 맞으러 오실 터인데 거사에 실수가 없도록 해야 한다."

"형님 염려 마오. 내가 마초에 불을 지르고 내변이 일어났다고 소란을 피우면 진중이 발칵 뒤집히게 될 것이오. 그 북새통에 내가 장요를 죽일 터이니, 형님은 그때를 이용해 태사자 장군의 군사를 불러들여 나를 데려가주면 될 것 아니오?"

"그것 참 좋은 계책이다. 만사 착오가 없도록 하여라!"

형제는 새삼스럽게 밀약을 굳게 했다.

이날 밤, 장요는 싸움에 이기고 성에 돌아오자 삼군에게 상을 후히 내렸다. 그런 다음 군사들에게 뜻하지 않았던 엄명을 내렸다.

"모든 군사는 오늘 밤에 갑옷을 벗고 자서는 안 된다."

모든 장수들은 의외의 엄명에 적이 놀랐다.

"적은 대패하고 물러갔는데, 장군께서는 어찌하여 군사들에게 갑옷을 벗지 못하게 하십니까?"

장요가 대답했다.

"우리가 싸움에 이긴 것은 오늘 낮의 일이고, 오늘 밤의 일은 아니오. 완전한 승리를 거두자면 아직 몇 십 번은 더 싸워야 할는지 모르는 일이오. 적어도 장수는 일승일패에 희우(喜憂)를 달리해서는 못 쓰는 법이오. 특히 오늘 밤은 전투태세를 엄격하게 갖출 뿐만 아니라 방비에도 추호의 소홀함이 없도록 하오."

그 말이 채 끝나기도 전에 별안간 영채 안이 소란해지더니 사방에서 불길이 솟았다.

"내변이다! 혁명이다!"

"모반자가 나타났다!"

장요는 결코 당황하지 않았다. 그는 수하 장수들을 이끌고 곧 밖으로 나와 정세를 살폈다.

여기저기에서 불길이 일어나고 아우성소리가 드높았다. 악진이 급히 달려와 황망하게 고했다.

"성중에서 모반자가 생겼답니다. 장군께서는 함부로 나오지 마십시오."

그러자 장요가 호통을 쳤다.

"악진 장군은 무얼 그리 당황해 하오."

"여기저기서 불길이 솟고 아우성소리가 드높으니 보통 일은 아닌 듯합니다."

"내가 처음부터 자지 않고 듣고 있었으니 염려 마오. 내변이 일어났다고 떠드는 소리는 단 두 사람의 목소리뿐이었소. 그것을 모르고 우리가 당황했다가는 오히려 그들의 함정에 빠지고 말 것이오. 장군은 아무 염려 말고, 군사들이 떠들지 못하도록 진압시키시오."

악진이 명을 받고 나간 지 얼마 후에, 이전이 군사 두 명을 결박하여 데리고 왔다. 소란을 일으킨 장본인인 후조와 과정이었다.

그들은 뜻하지 않게 체포를 당한 것이었다.

"두 놈을 즉석에서 참하라!"

두 사람은 어이없게 목이 달아났다.

태사자는 그런 줄도 모르고 불길이 일어나자 군사를 거느리고 성문으로 쳐들어왔다. 장요는 적의 습격이 있을 것을 미리 짐작하고 군사들을 시켜 성문을 열고 소리치게 했다.

"내변이다!"

"모반자가 나타났다!"

태사자는 일이 잘되어가는 줄만 알고 군사를 이끌고 성안으로 밀려 들어왔다. 그러자 장요의 군사들이 사방에서 창을 번개 치듯 하며 노도와 같이 공격을 가해 왔다.

'앗! 실수였구나!'

태사자는 급히 퇴진하려 했으나 워낙 불의의 반격이 치열하여 마침내 만신창이가 되어 참혹하게 전사하고 말았다. 그는 죽음에 직면하여 이렇게 외쳤다.

"대장부가 난세에 났으니 삼척검(三尺劍)을 허리에 차고 마땅히 불세

지공(不世之功)을 세워야 할 것이거늘, 내 이제 뜻을 이루지 못하고 죽으니 그것만이 원통하구나!'

그 무렵 유비의 진영에서는 커다란 이변이 생겼다. 그가 주공으로 섬기고 있던 양양성의 유기가 세상을 떠난 것이었다. 유비는 양양에서 장사를 끝내고 형주로 돌아오자 공명에게 물었다.

"유기가 세상을 떠났으니 이제 양양성은 다른 사람으로 지키게 해야겠는데 누구를 보내는 것이 좋겠소이까?"

"관운장을 보내는 것이 좋겠습니다."

유비는 공명의 말대로 관우를 양양에 보내기로 결정했다. 그런데 유비에게는 또 하나 걱정스러운 일이 있었다. 유기가 세상을 떠나면 형주를 손권에게 돌려주겠다고 약속한 일이었다.

"유기가 세상을 떠났으니 이제 손권이 형주를 찾으러 올 터인데, 그 일은 어찌했으면 좋겠소?"

"만약 강동에서 그 일로 사람이 오거든 제가 만날 터이니 주공은 염려 마십시오."

공명은 웃으면서 유비를 안심시켰다.

그로부터 십여 일이 지난 뒤에, 과연 노숙이 손권을 대신하여 유비를 찾아왔다. 노숙은 유기에 대한 조상을 끝낸 뒤에, 술좌석에서 이렇게 말했다.

"적벽대전 이후 우리가 형주를 접수하려고 했을 때, 현덕 장군은 유기 공자가 돌아가신 뒤에야 형주를 내주신다고 말씀하셨습니다. 이제 유기 공자가 세상을 떠나셨으니 이번 기회에 형주를 접수해 오라는 주공의 분부가 계셨습니다."

유비는 그 말에 어찌할 바를 몰랐다.

"그 일에 대해서는 나중에 말씀드리기로 합시다."

"나중이라뇨? 언제 말씀입니까?"

"그런 얘기는 술자리에서는 못할 일이 아니오?"

"나중에 다시 얘기해도 좋지만 이번에는 반드시 약속을 지켜주셔야 하겠습니다."

노숙이 끈덕지게 추궁하고 나오자 이번에는 공명이 정색을 하며 대답을 가로맡았다.

"노숙 공은 어찌하여 사리를 그렇게도 모르오? 고황제께서 기업을 일으켜 오늘에 이르렀는데, 불행하게도 지금은 간웅들이 사방에서 벌 떼처럼 일어나 각기 지방을 점거하고 있는 것은 노숙 공도 이미 잘 알고 있는 일일 것이오. 그러나 이제는 천도(天道)가 옳게 돌아, 정통으로 돌아가고 있는 중이오. 우리 주공으로 말씀드리자면 중산정왕(中山靖王)의 후예인 효경황제(孝景皇帝)의 현손이시고, 금상황제(今上皇帝)의 숙부이시오. 게다가 형주의 주인이셨던 돌아가신 유표 장군으로 말하면 주공의 의형이시니, 이제 아우가 형님의 유업을 이어받는 것이 뭐 그리 잘못이겠소? 그런데 강동의 손권 장군으로 말하자면 지방 관리인 아전의 아들로 조종에 대한 아무런 공로도 없이 강동 육십일 주를 힘으로 얻은 데 불과하오. 그렇건만 강동의 주인이 그것으로 만족하지 못해 이제 형주까지 탐낸다면 그것은 분수를 모르는 과분한 욕심이 아닐까 하오. 이편은 황족이고 손씨는 한낱 토호(土豪)에 불과한데, 어찌 감히 그런 욕심을 부리느냐 말이오? 적벽대전에 관해 말하더라도 그 싸움을 승리하도록 이끌어 준 공로가 과연 누구에게 있었소? 그런 것을 깨닫지 못하고 욕심만 부리는 것은 도리에 어긋난 말씀이오."

공명의 변론은 장강유수처럼 흐르면서도 어조에 힘이 있고 열기가 있었다. 노숙이 한동안 꿀 먹은 벙어리처럼 묵묵히 앉아 있다가 문득 입을 열어 말했다.

"공명의 말씀은 너무나 이기적이십니다."

"무엇이 이기적이란 말씀이오?"

"생각해 보십시오. 유 황숙이 당양(當陽)에서 조조에게 대패하여 선생과 함께 우리를 찾아왔을 때, 주유 장군이 주공을 설복하여 적벽대전을 일으키게 한 것은 누구를 위해서였습니까?"

"그것은 우리 자신을 위해서였소."

공명은 눈도 깜박이지 않고 단호하게 대답했다.

"선생이 그렇게까지 말씀하시면 이 사람은 돌아가 주공을 뵈올 면목이 없습니다. 선생은 제 입장도 좀 생각해 주십시오."

"……."

노숙의 개인적인 입장에는 동정이 가므로 공명은 한동안 생각하다가 말했다.

"그러면 노숙 장군의 면목을 생각해 형주는 당분간 유 황숙이 맡아 있기로 합시다. 만약 후일에 적당한 영토가 입수되면 형주를 돌려드린다는 증서를 써드리지요. 그러면 노숙 장군도 주인에게 면목이 설 것입니다."

"어느 고을을 점령하면 형주를 돌려주신다는 말씀입니까?"

"중원(中原)은 지금 도모하기 어려워도 서촉(西蜀)은 쉽게 빼앗을 수 있을 것입니다."

노숙은 하는 수 없이 그 말을 따르기로 했다.

유비는 친필로 문서를 꾸민 뒤에 이름 아래 수결을 하고, 공명도 보증인으로 수결을 두었다.

그러고 나서 노숙에게 말했다.

"우리 집안끼리만 보증을 하는 것은 우스우니, 노숙 공도 보증을 서주시면 손권 장군이 더욱 든든하게 생각하실 것이오. 그런 의미에서 같이 수결을 해주시오."

노숙은 그 말을 옳게 여겨 곧 수결을 두었다.

노숙이 그 문서를 가지고 강동으로 돌아오는 길에 시상에 들러 주유에게 문서를 내보였다. 그 문서를 본 주유가 경악을 마지않았다.

"자경이 제갈량의 꾀에 속아 넘어갔구려. 땅을 돌려준다는 것은 말뿐이고, 실상은 형주를 영원히 먹어버리자는 속셈이오. 그런 놈들 앞에 이런 종이조각이 무슨 필요란 말이오. 장군이 만약 이 문서를 주군께 보였다가는 커다란 누를 끼치게 될 것이오."

노숙도 그제야 자신이 어리석었음을 깨닫고는 크게 당황했다.

"그러면 이 일을 어찌했으면 좋겠소?"

주유는 그를 위로하며 다시 말했다.

"내가 공을 도와드리도록 하리다. 공은 당분간 이곳에 머물러 있도록 하오."

주유는 노숙을 붙들어두고 금후의 선후책을 강구하기로 했다.

때마침 형주에 보냈던 세작이 돌아와 유비의 첫부인인 감 부인이 세상을 떠났다는 사실을 알렸다. 주유는 그 소식을 듣고 손뼉을 치며 기뻐했다.

"이제 됐소. 우리도 힘 안 들이고 유비에게서 형주를 빼앗을 기회가 왔소."

노숙이 눈을 커다랗게 뜨며 물었다.

"어떻게 말씀입니까?"

"유비가 상처를 했으니 후취를 얻으려고 할 것이오. 우리 주공께는 마침 매씨 한 분이 계시니 혼인을 빙자해 유비를 꾀어내 옥에 가두면 형주를 힘 안 들이고 빼앗을 수 있을 것이오."

노숙도 즉석에서 그 계교에 찬동했다.

노숙은 주유가 쓴 편지를 지참하고 본진으로 돌아와 지금까지의 모든 경과를 손권에게 보고했다. 처음 계약 문서를 보고 크게 노한 손권은 다시 주유의 서신을 읽어보고는 고개를 끄덕였다.

"주유의 계교가 절묘하구려! 나 또한 이대로 따르겠소."

손권은 즉시 여범을 불러 명했다.

"근자에 현덕이 상처를 했다고 하오. 내 누이동생을 그리로 시집보내고 싶으니 그대는 중신아비로 현덕을 찾아가 강동에 한번 다녀가도록 주선해 주시오."

여범은 명을 받고 그날 당장 동자 몇 사람을 데리고 형주를 향해 떠났다.

한편, 감 부인을 잃고 외로이 지내던 유비는 이날도 공명과 더불어 한담을 주고받고 있었다. 그때 손권이 보낸 사신이 도착했다는 전갈이 왔다.

"손권이 보낸 사신이 무슨 일로 왔을까?"

공명이 옆에서 대답했다.

"아마 주유가 무슨 계책을 써서 형주를 빼앗으려고 사람을 보냈을 것입니다. 제가 병풍 뒤에 숨어 엿듣고 있을 터이니, 주공께서는 사신이 무슨 소리를 하거든 듣고만 계십시오. 그런 다음 우선 오늘 밤에는 역관에 나가 편히 쉬라고 하십시오."

의논이 끝나자 공명은 병풍 뒤에 숨고, 유비는 손권이 보낸 사신 여범을 정중히 맞아들였다.

"근자에 황숙께서 상배(喪配)하셨다는 말씀을 들었는데, 마침 강동에 좋은 혼처가 있기에 제가 외람되이 중신을 서려고 찾아왔습니다."

유비가 대답했다.

"상처한 지 일년도 채 못 되었는데 어찌 장가들 의논을 하겠소."

"아닙니다. 가정에 부인이 없으면 집에 대들보가 없는 것이나 마찬가지인데 어찌 그냥 지낼 수 있겠습니까. 저의 주공 손 장군께는 마침 매씨한 분이 계신데 재덕(才德)을 겸비한 규수입니다. 만약 황숙께서 그 분과혼사를 맺으신다면 조조가 감히 침범 못할 것이고, 집안과 나라가 모두태평할 것이 아닙니까?"

유비가 물었다.

"이 일을 손 장군께서도 아시오?"

"물론입니다. 주공의 말씀을 들어보지도 아니하고 제가 어찌 중신을설 수 있겠습니까."

"나는 이미 오십이 넘었지만 손 장군의 매씨는 아직 이십 전이니 아무래도 어울릴 것 같지 않구려."

"아닙니다. 주공의 매씨는 나이는 어리지만 뜻이 매우 장하시어 천하의 영웅이 아니면 시집을 안 가겠노라고 하셨습니다. 그 분에게 연령의차이는 아무런 문제도 아닙니다."

"무슨 말씀인지는 잘 알았소. 내가 내일 대답을 해드리리다."

유비는 여범을 융숭히 대접하여 역관으로 내보낸 뒤에, 공명에게 물었다.

"이 문제를 어찌 처리했으면 좋겠소?"

공명이 대답했다.

"제가 점을 쳐보았는데 이 일은 대길대리(大吉大利)합니다. 주공께서는반드시 이번 혼사에 응낙한다는 뜻을 전하십시오. 그런 다음 손건을 여범과 함께 보내어 손 장군의 의향을 들어보게 한 연후에 주공께서 친히강동을 방문하셔서 대례를 거행하십시오."

유비는 크게 놀랐다.

"이 일은 주유가 나를 해치려고 꾸민 계교가 분명한데 선생은 어찌 나더러 응낙하기를 권하시오?"

"주유가 아무리 계교를 잘 쓰기로 제가 언제 속아 넘어간 적이 있습니까? 아무런 걱정 마시고 제 말대로 하십시오."

"나로서는 매우 걱정이 되는구려."

"제가 이미 세 가지 계책을 세워두었습니다. 첫째는 손 장군의 매씨를 반드시 주공의 배필이 되게 할 것이고, 둘째는 형주를 절대로 잃지 않게 할 것이고, 셋째는 이번 혼사로 우리에게 큰 이득이 돌아오게 할 것입니다."

유비는 마지못해 손건을 여범에게 딸려 보내 손권의 의견을 알아오게 했다. 그러나 여전히 유비의 의혹은 풀리지 않고 있었다.

금낭삼계

손건이 강동으로 가서 손권을 만나보고 돌아와 유비에게 보고했다.

"오후는 지금 주공께서 하루속히 강동으로 오셔서 대혼(大婚)을 결정하시기를 고대하고 계셨습니다."

그러나 유비가 결단을 못 내리고 있자 이번에는 공명이 배행할 대장으로 조자룡을 선정해 주면서 속히 떠나기를 재촉했다. 공명은 조자룡에게 비단주머니 세 개를 내주면서 당부의 말을 했다.

"자룡은 강동에서 급한 일이 생겼을 때 이 금낭(錦囊)을 차례대로 열어 보고, 그 속에 들어 있는 계책대로 실천하도록 하오."

때는 건안 십사년 시월이었다. 유비는 조자룡 이하 오백 명의 군사를 거느리고 수십 척의 범선(帆船)으로 형주를 떠나 물로 천리 길인 강동을 향해 출발했다.

강동에 도착할 무렵이 되자 조자룡은 우선 첫 번째 비단주머니를 열어 보았다.

'먼저 교 국로(喬 國老)를 찾아보라!'

주머니 속에는 그 한 줄의 문구가 씌어 있었다.

'교 국로'는 저 유명한 이교(二喬)의 아비로, 손책의 장인인 동시에 주유의 장인이기도 했다.

유비는 술과 고기를 준비해 교 국로를 먼저 찾아가 손권의 매씨에게 장가를 들기 위해 강동에 왔다는 뜻을 전했다. 교 국로는 뜻하지 못했던 대빈(大賓)을 맞아 크게 놀라는 한편 기쁨을 감추지 못했다.

"유 황숙께서 우리 주공의 누이와 혼사를 맺으신다구요? 세상에 이런 경사가 어디 있겠습니까?"

교 국로는 금시초문인지라 어쩔 줄을 모르도록 기뻐했다.

"그 아이라면 유 황숙의 정실로 조금도 손색이 없을 것이오. 그런데 유 황숙께서 강동에 오신 것을 우리 주공이 알고 계십니까?"

"제가 강동에 오는 즉시 국로 댁을 먼저 찾아왔기 때문에 손 장군은 아직 모르고 계실 것입니다."

"그래서야 어디 될 일이오? 가만 계십시오. 내가 우리 주공을 만나 유 황숙이 강동 땅에 오신 걸 알리고 오리다."

교 국로는 친히 성중으로 들어가 태부인(太婦人)을 만나 그 사실을 알렸다. 태부인은 그 소리를 듣더니, 펄펄 뛰며 소리를 질렀다.

"유현덕이 내 딸에게 장가를 들러 왔다구요? 세상에 그토록 뻔뻔스러운 놈이 어디 있단 말이오?"

"그것은 태부인께서 모르고 하는 소리입니다. 주공께서 여범을 일부러 보내 청혼을 했기 때문에 유 황숙이 찾아온 것이오."

"그것은 교 공께서 모르고 하시는 말씀입니다. 내 아들 손권이 결코 그런 짓을 했을 리 만무합니다."

마침 그때 하인 몇 사람이 들어오더니 아뢰었다.

"지금 현덕의 군사 오백여 명이 거리로 돌아다니며 유현덕과 주공의 매씨가 혼인을 하게 되었다고 떠들어대고 있습니다. 그자들이 술과 고기를 마구 사들이는 바람에 거리는 온통 경축 일색이 되어 있습니다."

태부인은 그 소리를 듣고 통곡을 하면서 아들을 불렀다.

"어머니는 웬일로 우시나이까?"

"오오, 권아! 내가 아무리 늙었기로 네 어미가 아니더냐? 그런데 내게는 일언반구의 말도 없이 내 딸을 원수 같은 현덕에게 준다니, 이 어찌된 일이란 말이냐?"

손권은 그제야 태부인이 분노하는 원인을 알고 크게 놀랐다.

"어머니께서는 누구한테 그런 말씀을 들으셨습니까?"

"여기 네 사돈어른께서 와 계시니 직접 여쭤보거라!"

그러자 교 국로가 나서며 말했다.

"이미 세상이 다 알게 되었으니 너무 떠들지 않는 게 좋겠습니다. 주공, 대체 어찌 된 일입니까?"

손권이 이맛살을 찌푸리며 대답했다.

"주유가 현덕에게서 형주를 빼앗기 위해 거짓 혼사를 꾸몄습니다. 혼인을 빙자하여 현덕을 불러다 죽이려고 여범을 중신아비로 보낸 것입니다."

태부인은 그 소리를 듣고 더욱 노했다.

"주유란 놈이 팔십일 주의 대도독으로 있으면서 겨우 쓴다는 계책이 미인계란 말이냐? 그런 계책으로 설사 유비를 죽이고 형주를 빼앗은들 내 딸은 시집도 못 가보고 생과부가 되는 것이 아니냐? 그뿐만 아니라 우리는 세상 사람들의 치소를 사게 될 것이니, 그런 어리석은 계책이 어디 있단 말이냐?"

일은 크게 저질러졌다. 교 국로가 신중히 생각하다가 말했다.

"이미 일이 이처럼 되었으니, 이제는 유 황숙과 혼인을 맺는 것이 상책일 것 같소이다."

태부인 역시 딸을 생과부로 만들지 않으려면 그 길밖에는 없다고 생각되었다.

태부인이 말했다.

"내가 아직 유 황숙을 본 일이 없으니, 내일 감로사(甘露寺)에서 선이나 한번 보게 해다오. 인물이 내게 합당치 않을 경우에는 너희들 맘대로 하고, 만약 내 눈에 든다면 부득이 사위로 삼아야겠다."

손권은 곧 가화(賈華)를 불러 도부수 오백 명을 감로사 주위에 매복시켜두었다가 만약 태부인이 마음에 없어할 경우 즉시 현덕을 죽여버리라는 명령을 내렸다.

다음날 유비가 성장을 하고 감로사로 향하자 조자룡도 수병(隨兵) 오백 명을 거느리고 뒤를 따랐다. 유비가 온후한 태도로 감로사의 넓은 방에 들어서니 태부인이 손권, 교 국로 등과 함께 엄숙히 앉아 기다리고 있었다.

손권은 유비의 비범한 풍모에 은근히 경외심을 느꼈다. 그러나 정작 유비의 인품에 탄복한 사람은 태부인이었다. 태부인은 얼굴에 흡족한 빛을 띠며, 교 국로의 귀에 대고 소곤거렸다.

"과연 훌륭한 사윗감이오!"

교 국로가 대답했다.

"유비는 인덕이 높기로 유명한 영웅이십니다. 이렇듯 좋은 사위를 맞으셨으니 참으로 다시없는 경사이십니다."

이윽고 그 자리에서 연석이 벌어졌다.

조자룡이 칼을 차고 들어와 유비를 옆에서 모셨다. 태부인이 그를 보고 유비에게 물었다.

"저 장수는 누구요?"

"저의 장수 상산 조자룡입니다."

"아, 그러면 저 장수가 바로 당양 장판교 싸움에서 아두(阿斗)를 품에 안고 조조의 백만 대군을 무인지경처럼 달렸다는 장수인가요?"

"바로 그 사람입니다."

태부인은 감탄을 마지않으며 조자룡에게 친히 술을 권했다.

"장군은 참으로 다시없는 천하의 명장이오. 그런 뜻에서 내가 친히 술을 한잔 권하겠소."

조자룡이 무릎을 꿇고 술을 받아 마셨다.

연락이 다시 계속되는 중에, 조자룡이 유비의 옆으로 다가오더니 귓가에 입을 갖다대고 소곤거렸다.

"주공, 제가 지금 복도를 순시하다 보니, 마루 밑에 많은 군사가 매복해 있습니다. 주공께서는 그런 줄 아시고 태부인에게 말씀드려 저들을 물려 보내도록 하십시오."

유비는 그 소리를 듣고 잠시 후 태부인에게 말했다.

"만약 태부인께서 현덕을 죽이시려거든 바로 이 자리에서 죽이십시오."

태부인은 그 소리를 듣고 깜짝 놀랐다.

"아니, 이 경사스러운 자리에서 그게 무슨 말씀이오?"

"마루 밑에 도부수를 매복해 놓은 것은 저를 죽이려는 계책이 아니고 무엇입니까?"

태부인은 그 말을 듣고 크게 노하며, 손권을 꾸짖었다.

"오늘 현덕이 내 사위가 되었는데, 너는 무슨 생각으로 도부수들을 매복시켜놓았느냐?"

손권은 매우 난처했다.

"저는 전혀 모르는 일입니다."

태부인은 즉시 가화를 불러 매복한 까닭을 물었다. 가화는 고개를 수그린 채 대답을 못했다. 태부인은 더욱 노하여 추상같은 명령을 내렸다.

"여봐라! 저놈을 당장 목 베어 내 사위의 근심을 덜게 하라!"

유비는 그 소리에 크게 놀랐다.

"만약 저로 인해 대장을 참하신다면 제가 어찌 이 자리에 앉아 있을 수 있겠습니까?"

태부인이 가화를 호되게 꾸짖어 물리치니, 매복해 있던 도부수들도 급히 도망을 쳐버렸다.

이윽고 주연이 끝나자 유비는 홀로 뜰에 나왔다. 뜰을 거닐다보니 한편 구석에 큰 바위 하나가 놓여 있었다.

"만약 저에게 왕패(王霸)의 대업(大業)을 이루게 하시려거든 제 칼이 바위를 두 조각 내게 하시고, 그렇지 못하겠거든 돌이 쪼개지지 않게 하소서!"

유비가 앙축과 동시에 칼을 내리치니 바위가 두 조각으로 짝 갈라졌다. 뒤따라오던 손권이 그 광경을 보고 물었다.

"현덕 공은 이 바위에 무슨 원한이 있어 칼로 내리갈기시오?"

유비가 앙축한 사유를 말하니, 손권도 칼을 뽑아들며 말했다.

"그럼 나도 한번 시험해 보겠소. 저에게 왕패의 대업을 이루게 해주시려거든 이 칼에 바위가 두 조각 나게 해주소서."

말을 마치고 칼을 내리치니, 이번에도 바위가 두 조각으로 짝 갈라지는 것이었다. 그리하여 지금도 감로사 뜰에는 그 당시 십자문의 흔적이 그대로 남아 있게 되었다.

그로부터 며칠 동안 유비는 강동 땅에 머물러 있었다. 그러나 하루하루가 견딜 수 없을 만큼 살벌해 교 국로를 찾아가 형주로 돌아가겠다고 말했다.

교 국로가 태부인에게 유비의 뜻을 전했다. 그러자 태부인이 목소리를 높였다.

"내 사위를 누가 감히 해치려 한단 말인가?"

태부인은 유비를 부중에서 거처하게 했다.

그로부터 며칠 후 길일을 택하여 대혼례식을 거행하게 되었다. 날이 저물어 만당의 축하객들이 모두 돌아간 뒤에, 유비가 신방에 들려고 하니, 신부를 모시고 있는 시녀들이 모두 허리에 칼을 차고 있었다.

유비가 매우 괴이하게 여겨 낯빛이 변하니, 시녀를 통솔하는 노파가 유비에게 말했다.

"귀인은 행여 우리들을 의심치 마십시오. 오늘의 신부께서 워낙 무사(武事)를 좋아하셔서 저희들은 항상 허리에 칼을 차고 귀낭(貴娘)을 모셔 오고 있습니다."

유비는 그제야 마음을 놓고 신방에 들었다.

한편, 손권은 모든 계획이 어그러진 것을 크게 걱정하며, 곧 시상구로 사람을 보내 그 사실을 주유에게 알렸다. 주유는 너무도 엄청난 사실에 기겁하고 놀라며, 다시 새로운 계교를 꾸며 보냈다.

저의 계교가 이렇듯 엉뚱한 방향으로 흐르게 된 것은 너무나 뜻밖입니다. 이는 진실로 농가성진(弄假成眞)이니, 이제는 그 사실을 토대로 새로운 계교를 꾸미는 수밖에 없습니다. 생각컨대 유비는 효웅의 바탕이 있는 데다가 관우, 장비, 조자룡 같은 용장들이 그를 돕고, 제갈량이 또한 지략으로 돕고 있어 몸을 굽혀 남의 그늘에 있을 위인이 아닙니다. 지금의 제 생각으로는 그를 강동에 오래 붙들어두고, 궁전을 크게 짓고 미녀들을 많이 내려 심지를 잃어버리게 한 뒤에 군사를 일으켜 형주를 치는 것이 상책이 아닐까 합니다.

손권이 주유의 편지를 읽어보고 나서 장소를 불러 의견을 물었다.

"주유 제독의 계교는 과연 탁견입니다. 유비가 워낙 어려서부터 빈천하게 자란 까닭에, 도독의 말씀대로 화당대하(華堂大廈)를 지어주고, 미녀들을 무수히 딸려주고, 조석(朝夕)으로 산해진미를 맛보게 해주면 형주로 돌아갈 생각이 없어질 것입니다. 그렇게 되면 관우, 장비, 공명 등도 환멸을 느낄 것이니, 형주를 그때에 도모하면 쉬울 것입니다."

손권은 그 말을 듣고 크게 기뻐하며 그날부터 누궁(樓宮)을 신축하고 기화요초를 심어 극락세계를 만드는 동시에, 수많은 시녀들을 주어 사치스러운 생활을 하게 했는데, 그 호화로움이란 말로는 다할 수 없는 지경이었다.

세상 사람들은 손권의 그러한 처사를 의심하지 아니하였고, 유비도 호화스러운 생활에 현혹되어 형주에 돌아갈 생각을 아니하였다.

유비의 그러한 생활을 보며 누구보다도 걱정이 많은 사람은 조자룡이었다. 자룡은 생각다 못해 형주를 떠날 때 공명이 준 두 번째 비단주머니를 열어보았다. 그 속에 또 하나의 지시문이 들어 있었다.

자룡은 그 비책을 읽어보고 나서 곧 시녀를 통해 유비를 만났다.

"주공께서는 이러고 계실 때가 아닙니다. 지금 나라에는 큰일이 일어나고 있으니, 주공은 빨리 형주로 돌아가셔야 하겠습니다."

"무슨 일이 일어났는가?"

"오늘 제갈 군사께서 밀사를 보내왔습니다. 조조가 적벽대전의 원수를 갚기 위해 정병 오십만을 거느리고 형주로 쳐들어오는데 그 형세가 심히 위급하다고 합니다. 주공께서는 급히 형주로 돌아가셔야 하겠습니다."

유비도 그 소리에 눈을 커다랗게 뜨더니 말했다.

"속히 떠나도록 부인과 의논해 보겠소."

"그건 안 됩니다. 부인께 물으시면 주공을 붙드실 것이니 아무 말씀 마시고 당장 떠나셔야 합니다."

"나도 생각이 있으니, 그 점은 염려 말고 나에게 맡기오."

유비가 안으로 들어가자 부인이 대뜸 물었다.

"아무래도 이제는 형주로 떠나셔야 하시겠습니까?"

"그 일을 어떻게 아오? 누구한테서 그런 소리를 들었소?"

"아내가 되어 남편의 일을 몰라서야 되겠습니까?"

"아무래도 형주로 급히 돌아가야겠소. 이곳에서 안락한 생활에 파묻혀 지내다가 형주를 빼앗기는 날에는 천하의 조소를 사게 될 것이오."

"지당한 말씀이십니다. 저 또한 장군을 섬기는 몸이니 어디든 물불을 가리지 아니하고 따라가겠습니다."

"나를 따라가겠다고 했소? 그렇지만 태부인과 손 장군이 허락지 않을 것이오."

"지어미가 지아비를 따라간다는데 누가 막을 수 있으오리까?"

"태부인은 몰라도 손 장군은 절대 승낙하지 않을 것이오."

"그렇다면 저는 말없이 장군을 따라 떠나겠습니다. 내일 모레가 정월 초하루이니, 그날 아침에 우리 두 사람이 어머님에게 신년 하례를 올리고 강에 나가 조상들의 영령에 제사를 올리는 척하다가 그대로 떠나십시다."

유비는 손 부인의 극진한 애정에 감격의 눈물을 흘리며 그러기로 약속했다. 그리고 조자룡에게 지시해 그날 아침 강가에서 미리 대기하고 있도록 조치했다.

드디어 정월 초하룻날이 왔다. 유비는 손 부인을 거느리고 부중으로 신년 하례를 올리러 떠났다. 그들의 행차를 아무도 의심하지 않았다. 태부인에게 신년 하례를 끝낸 다음 강변으로 나오와 시녀들을 보고 말했다.

"이제부터 조상들에게 제사를 지낼 터인즉, 너희들은 부정함이 없도록 저기 숲속에 있는 샘터에 가서 몸을 깨끗이 씻고 오너라."

시녀들이 숲속으로 목욕을 하러 가버리자 손 부인은 미리 준비했던 옷으로 갈아입고 허리에 칼을 찬 뒤에 말 위로 뛰어올랐다.

"자, 이제는 형주로 빨리 떠나십시다. 오라버니가 아시면 반드시 군사를 보내 우리들을 죽이려 할 것입니다."

그제야 보니, 손 부인은 어디로 보나 일기당천의 여장부였다.

유비는 크게 기뻐하며 말에 채찍을 가하여 강변으로 나갔다. 조자룡이 강가에서 기다리고 있다가 반겨 맞았다.

"조금 후에는 반드시 추격병이 올 것이니 빨리 떠나야 하겠소."

"염려 마십시오. 조자룡이 살아 있는 동안에는 아무도 주공을 해치지 못할 것입니다."

일행은 형주를 향해 나아갔다.

이날 손권은 신년 연락에 대취해 있다가 날이 저물 무렵에야 유비가 신부와 함께 형주로 도망갔다는 소식을 듣고 소스라치게 놀랐다.

손권이 문무백관들을 급히 소집하여 상의하니 장소가 아뢰었다.

"현덕을 이대로 놓아 보냈다가는 머지않아 반드시 후환이 있을 것인즉, 즉시 뒤를 쫓아가 없애버려야 합니다."

손권은 그의 말대로 진무와 반장에게 군사 오백을 주면서 추상같은 엄명을 내렸다.

"너희들은 주야를 가리지 말고 현덕을 추격하여, 그를 반드시 사로잡아 오라!"

손권은 두 장수를 뒤따라 보내놓고 나서도 좌불안석이었다.

그 광경을 보고 정보가 물었다.

"추격하는 장수로 누구를 보냈습니까?"

"진무와 반장을 보냈소."

"아, 그들로는 도저히 현덕을 붙잡지 못할 것입니다."

"어째서 그러하오?"

"이번 일은 영매(令妹)께서 현덕과 짜고 도망을 친 것이 분명합니다. 그런데 영매께서는 평소에 무술에 조예가 깊으셔서 웬만한 장수들은 적수가 못 됩니다. 진무와 반장 따위 장수를 보내어 어찌 현덕을 잡아올 수 있으오리까? 주공께서는 사람을 잘못 택해 보내셨습니다."

"아, 그래요? 그렇다면 다른 장수를 보내기로 합시다."

손권은 장흠과 주태를 급히 불러 명했다.

"내가 너희들에게 이 칼을 줄 테니, 즉시 달려가 유비의 머리를 베어 오라. 만약 영을 어겼다가는 내가 너희들의 머리를 벨 터이니, 그리 알고 엄중히 실행하라!"

장흠과 주태는 손권의 엄명을 받들고 물러나왔다. 그리하여 즉시 만반의 준비를 갖추고는 정병 일천을 거느리고 유비를 맹렬히 추격하기 시작했다.

〈제3권 끝〉

삼국지 3

1판 1쇄 1985년 2월 5일
1판 37쇄 1993년 7월 20일
2판 1쇄 1993년 10월 20일
3판 1쇄 1995년 7월 1일
4판 1쇄 1996년 5월 1일
5판 1쇄 1997년 4월 10일
6판 1쇄 2004년 6월 24일
6판 9쇄 2020년 5월 8일

옮긴이 · 정비석
펴낸이 · 주연선

총괄이사 · 이진희
편집 · 심하은 백다흠 하선정 최민유 허단 김서해 이우정 박연빈 허유민
디자인 · 손주영 이다은 김지수
마케팅 · 장병수 김진겸 이한솔 이선행 강원모
관리 · 김두만 유효정 박초희

(주)은행나무
121-839 서울특별시 마포구 양화로11길 54
전화 · 02)3143-0651~2 ㅣ 팩스 · 02)3143-0654
신고번호 · 제 1997-000168호(1997. 12. 12)
www.ehbook.co.kr
ehbook@ehbook.co.kr

잘못된 책은 바꿔드립니다.

값 9,000원
ISBN 978-89-5660-063-5 04810
　　　978-89-5660-067-8 (세트)